LISA SCOTTOLINE

DIE KATZE WAR NOCH DA

LISA SCOTTOLINE

DIE KATZE WAR NOCH DA

Roman

Aus dem Amerikanischen von Dagmar Roth

LIMES

Die Originalausgabe erschien 1993
unter dem Titel *Everywhere that Mary Went*
bei HarperCollins, New York.

1 2 3 4 5 99 98 97 96

Satz: Mitterweger Satz GmbH, Plankstadt
Druck und Bindung: Ebner Ulm

ISBN 3-8090-2410-4

Für Franca und für Kiki

– 1 –

»Erheben Sie sich! Jeder, der ein Anliegen vor diesem Ehrenwerten Richter des Bezirksgerichts der Vereinigten Staaten vorzubringen hat, möge vortreten und verhandeln!« trompetet der Gerichtsdiener.

Augenblicklich verschwinden Sportberichte in Aktentaschen, und Prozeßakten werden auf die Börsennachrichten geknallt. Die teuren Rechtsanwälte, die drei Bankreihen füllen, springen auf die Füße und verharren in Habachtstellung vor einem leeren Mahagonipodium. Nie zuvor hat ein Möbelstück soviel Respekt verlangt.

»Die Sitzung des Bezirksgerichts für den Ostdistrikt von Pennsylvania ist hiermit eröffnet! Gott schütze die Vereinigten Staaten und dieses Ehrenwerte Gericht!« Der Gerichtsdiener wirft einen Blick in Richtung Podium und legt eine bedeutungsvolle Pause ein. »Den Vorsitz führt der Ehrenwerte William A. Bitterman.«

Genau aufs Stichwort stürmt Richter Bitterman auf das Podium und baut sich wie ein beleibter Herrscher, der auf seine Leibeigenen herabblickt, hinter seinem Pult auf. Von hoch oben überfliegen seine tief in feistes Fleisch eingebetteten Augen, im Grunde nur noch Schlitze, prüfend den Gerichtssaal. Ich kann in seinem Gesicht lesen, was in seinem Kopf vorgeht: Alles in Ordnung. Die Tische der Anwälte glänzen. Der Marmorfußboden blitzt. Die Klimaanlage läßt das Blut niederer Lebensformen gefrieren. Und da wir gerade von diesen sprechen, die Rechtsanwälte warten und warten.

»Die Anwälte wird die Verspätung kaum stören«, sagt der Richter gleichmütig, während er sich auf seinen weichen Lederthron sinken läßt. »Die Wartezeit wird schließlich auch in Rechnung gestellt.«

Ein unsicheres leises Lachen macht in der Menge hinten im Gerichtssaal die Runde. Keiner von uns Anwälten der Verteidigung gibt es gerne zu, aber wir werden die Zeit in Rechnung stellen – wir müssen sie jemandem berechnen, und das könnten ebensogut Sie sein. Den Anwalt des Klägers läßt das kalt. Ein Erfolgshonorar fängt einen allemal weicher auf als ein Airbag.

»So, so, so«, murmelt der Richter ohne jede nähere Erläuterung, während er die Anträge auf seinem Tisch überfliegt. Richter Bitterman mag im früheren Leben recht gut ausgesehen haben, aber die ungeheure Fettleibigkeit hat seine Züge in das obere Drittel seines Gesichts geschoben und darunter lediglich ein ballonförmiges Kinn hinterlassen, so voluminös wie das eines Ochsenfrosches. Den Gerüchten nach hat er so zugenommen, als ihn seine Frau vor Jahren verlassen hat, aber für seine von Natur aus üble Laune gibt es keine Entschuldigung. Wegen seiner permanent miesen Laune nennt ihn meine beste Freundin, Judy Carrier, den Bärbeißigen.

»Guten Morgen, Euer Ehren«, sage ich und setze mich auf meinen Stuhl am Anwaltstisch. Ich gebe mir Mühe, meine Stimme forsch und munter klingen zu lassen, auf keinen Fall so, wie ich mich tatsächlich fühle, nämlich nervös und ängstlich. Ich trage meinen marineblauen Hosenanzug; dieses Kostüm eignet sich perfekt für die speziellen Anlässe, zu denen ein weibliches Wesen wie ein Mann aussehen möchte, vor Gericht zum Beispiel oder in der Autowerkstatt. Der Grund für meine Nervosität besteht darin, daß dies erst meine zweite mündliche Verhandlung ist – in meiner Anwaltsfirma reißen die Partner die Auftritte vor Gericht ungeniert an sich. Sie erwarten, daß die Mitarbeiter allein durch Zuschauen lernen, wie man am besten argumentiert. Das ist ungefähr so, als erwartete man, daß jemand radfahren lernt, indem er anderen Leuten beim Fahrradfahren zuschaut.

»Guten Morgen, Euer Ehren«, sagt der gegnerische Anwalt, Bernie Starankovic. Starankovic blinzelt unentwegt und trägt einen schlechtsitzenden Anzug. Ich empfinde ein klein wenig Schuldgefühl bei dem Gedanken daran, was ich gleich in der öffentlichen Verhandlung über ihn sagen werde: daß er zu inkompetent ist, um die Angestellten unseres Mandanten in einer Gruppenklage wegen Altersdiskriminierung zu vertreten. Falls ich diesen Antrag durchbringe, löst sich die Gruppenklage in nichts auf, das Schweinegeld, das unser Mandant verpflichtet wäre zu zahlen, verringert sich schlagartig auf Beträge, die locker aus der Portokasse bezahlt werden können, und die älteren ehemaligen Angestellten werden den Rest ihrer Tage von der Sozialhilfe und Luft und Liebe bestreiten müssen. Anwälte der Verteidigung halten das für einen Sieg.

»Guten Morgen, Kinder«, antwortet Richter Bitterman.

Ich zwinge mich zu einem verlogenen leisen Lachen. Die Jungs hinten im Gerichtssaal ebenfalls.

»Ha-ha-ha!« Starankovic lacht lauthals. »Ha-ha-ha!« Das falsche Gelächter prallt noch wie ein subatomarer Querschläger mit einem scharfen Echo von den Wänden des höhlenartigen Gerichtssaals ab, als alle anderen schon längst verstummt sind.

»Gebührend beachtet«, sagt der Bärbeißige trokken, und Starankovic sinkt schlapp auf seinen Stuhl. Die Augen des Richters wandern in meine Richtung. »Miz DiNunzio!«

»Ja, Euer Ehren!« Ich springe ruckartig auf und grinse und komme mir dabei vor wie ein überqualifizierter Schachtelteufel. Ruckartig aufzuspringen und zu grinsen hat man mir auf der juristischen Fakultät nicht beigebracht, aber das hätte man unbedingt tun sollen, denn es zahlt sich verdammt viel mehr aus als etwa Eigentumsrecht. Ich habe es im Laufe meines Berufslebens gelernt. Inzwischen reagiere ich automatisch so auf mehr auslösende Reize, als man sich vorstellen kann. In zwei Monaten bin ich mit der Partnerschaft dran.

»Sie haben Ihre Hausaufgaben für heute vormittag gemacht, nicht wahr, Miz DiNunzio? Von einer meiner ehemaligen Studentinnen erwarte ich nichts anderes.«

Die dicklichen Lippen des Bärbeißigen teilen sich zu einem Lächeln. Es ist kein freundliches Lächeln. Ich kenne es, es ist mir vertraut aus der Zeit, als ich gegen Ende meines Studiums meine Stunden als seine Assistentin absaß. Drei Nachmittage in der Woche verbrachte ich damit, Fälle für seinen bestens als Schlafmittel geeigneten Artikel über die Zuständigkeiten des Bundesgerichts auszugraben. Egal, wie gut die Präzedenzfälle waren, für ihn waren sie nie gut genug. Immer setzte er dieses Lächeln auf, kurz bevor er in echter sokratischer Tradition verbal über mich herfiel und mich mit Fragen bombardierte, bis er durch logische Schlußfolgerung bewiesen hatte, daß ich ungerechtfertigterweise zuviel Raum im Universum beanspruche.

»Miz DiNunzio? Wo sind Sie? Sind Sie hier?« fragt der Richter.

Ich nicke hektisch, als stünde ich unter zuviel Koffein. Meine Nervosität steigert sich. Unter meiner gestärkten Bluse erblühen in rascher Folge zornige rote Flecken. In zwei Minuten wird meine Brust aussehen wie ein hochroter Rosenteppich auf einem schneebedeckten Feld. Außerordentlich reizvoll.

Der Bärbeißige wendet sich an Starankovic. »Mr. Starankovic, wir beide hatten noch nie das Vergnügen miteinander, aber ich verlasse mich darauf, daß auch Sie Ihre Hausaufgaben gemacht haben. Schließlich kämpfen Sie heute um Ihr Leben, oder? Oder zumindest um das Zweitwichtigste – ein sehr stolzes Erfolgshonorar.«

Starankovic springt auf und blinzelt rhythmisch. »Das Honorar ist für mich von keinerlei Bedeutung, Euer Ehren, das kann ich Ihnen versichern. Mein einziges Anliegen besteht darin, für meine Mandanten, eine Generation rechtschaffener älterer Menschen, die von dem beklagten Unternehmen skrupellos betrogen wurden, und zwar in einem Alter, in dem sie eigentlich davon ausgehen konnten, endlich einmal wohlverdient ausspannen zu können im Vertrauen darauf, daß ihre schwer verdiente Rente ...«

»Sehr gut, Mr. Starankovic. Sie bekommen die Note eins für Enthusiasmus«, schnappt der Bärbeißige und bringt Starankovic mitten in seiner Predigt zum Schweigen. Dann vertieft sich der Richter in die vor ihm liegenden Papiere und ignoriert uns beide.

Ich bin mir nicht sicher, ob ich stehen bleiben soll, und schiele zu Starankovic hinüber. Er schwankt steif vor und zurück wie eine Sonnenblume vor einem Gewitter. Ich lasse es darauf ankommen und setze mich.

»Miz DiNunzio!« ertönt prompt die Stimme des Bärbeißigen.

»Ja, Euer Ehren!« Ich springe ruckartig auf und grinse.

»Kommen Sie vor zum Podium!«

Ich höre Starankovic kichern, was mir beweist, daß er keinerlei Mitgefühl von meiner Seite verdient. Mit gespieltem Selbstvertrauen gehe ich vor zum Pult und stelle das Mikrophon auf Mädchengröße ein. »Ich möchte mich dem Gericht vorstellen, ich heiße Mary DiNunzio ...«

»Miz DiNunzio«, sagt der Bärbeißige. »Ich weiß, wie Sie heißen, erinnern Sie sich?«

»Ja, Euer Ehren. Entschuldigung, Euer Ehren.« Ich räuspere mich unter dem Klang gedämpften Gelächters. »Wie Sie wissen, habe ich im Namen der Firma Harbison, ›Die Eisenwarenexperten‹, den Antrag zur Abweisung der Gruppenklage gestellt. Die Firma beschäftigt landesweit über ...«

»Die Werbesprüche sind überflüssig, Miz DiNunzio. Ich habe bereits von dieser Firma gehört.«

»Ja, Euer Ehren.«

»Ich müßte taub, stumm und blind sein, um noch nie von dieser Firma gehört zu haben, in Anbetracht des albernen Jingles dieser Leute. Sie kennen doch den Jingle.«

»Den Jingle?«

»Ja, den Jingle. Ihre Hymne. Ihr Firmenliedchen. Ich höre es tagaus, tagein – im Fernsehen, im Autoradio – alle fünfzehn Minuten. Sie sagen, Sie vertreten diese Leute, Miz DiNunzio, deshalb hege ich nicht den geringsten Zweifel, daß auch Ihnen diese Melodie bekannt ist. Ist das richtig?«

Ich nicke unsicher.

»Dann singen Sie sie.«

»Sie *singen*, Euer Ehren?«

»Sie haben gehört, was ich gesagt habe«, erwidert er gelassen.

Stille senkt sich über den Gerichtssaal. Jeder einzelne auf den Zuschauerbänken dankt Gott, daß er nicht in meinen Pumps steckt. Ich blicke auf das Podium hinunter. Mein Herz hämmert, meine Ohren brennen. Ich verfluche den Bärbeißigen, weil er mich demütigt, und Richard Nixon, weil er ihn zum Bundesrichter ernannt hat.

»Aber schön singen bitte, ja? Mit einem Sahnehäubchen obendrauf.« Die Stimme des Richters trieft vor Sarkasmus.

Keine Menschenseele im Zuschauerraum lacht. Der

Gerichtsdiener weicht meinem Blick aus und beschäftigt sich angelegentlich damit, die Knöpfe am Kassettenrecorder zu überprüfen. Großer Gott. Es wird auf Band aufgezeichnet. »Euer Ehren ...«

»Miz DiNunzio!« Schlagartig ist der Bärbeißige wütend; er sieht aus wie ein Vulkan kurz vor dem Ausbruch. »Singen Sie!«

Der Gerichtssaal ist still und eiskalt wie der Tod.

Ich schließe die Augen. Ich wünsche mir, woanders zu sein, überall, nur nicht hier. Ich fühle mich in meine Kindheit zurückversetzt, in die Christmette am Heiligabend, verloren in den luftigen Höhen des »Ave Maria«. Ich öffne den Mund, und die Töne perlen unerwartet klar und kräftig heraus. Wie bei der Hymne erheben sie sich hoch hinauf über die Gemeinde, schön und volltönend in der frostigen Luft. »Harbison, ›Die Eisenwarenexperten‹. Wir machen für Sie das Schweeeere leicht!«

Als ich die Augen wieder öffne, ist der Zorn des Bärbeißigen verraucht. »Das war recht... hübsch«, sagt er.

Ich weiß nicht, ob er das sarkastisch meint, und es ist mir auch gleichgültig. »Darf ich mit meinen Ausführungen beginnen, Euer Ehren?«

»Sie dürfen.«

Angestachelt von meiner Wut auf den Richter, kommen meine Ausführungen rasch und präzise. Ich raßle die Verfahrensregeln herunter, an die sich zu halten Starankovic versäumt hat, gehe dann ohne Pause zur Beweisführung über und mache aus jedem Punkt eine Parabel vom fahrlässigen Rechtsanwalt, der mit seinem Verhalten unser Rechtssystem untergräbt. Der Bärbeißige beginnt, die Zähne zu blecken, ein ermutigendes Zeichen, denn das bedeutet, er ist entweder glücklich oder hungrig. Ich schließe meine Beweisführung ab und kehre zum Anwaltstisch zurück.

»Euer Ehren, wenn ich darauf eingehen dürfte«, sagt Starankovic. Er zieht die blankgewetzten Hosenbeine nach unten, die statisch angezogen an seinen Socken haften, und geht vor zum Podium wie ein Christ in das Kolosseum von Rom. »Ich möchte mich dem Gericht vorstellen, ich heiße Bernard …«

»Sparen Sie sich das, Mr. Starankovic. Wir wissen beide, die Rechtslage gibt der Verteidigerin recht. Ihr Verhalten als Gruppenanwalt war eine Schande – sogar meine Referendare könnten das besser. Wie konnten Sie die Frist für Ihren Antrag zur Zulassung der Gruppenklage versäumen? Das ist das einzige, was Sie beachten müssen, und noch nicht einmal das haben Sie richtig gemacht.«

»Aber Euer Ehren …«

Der Bärbeißige hält eine Hand hoch, so unförmig wie ein aus Knetmasse geformter Klumpen. »Ersticken Sie dran, Mr. Starankovic, wie Archie Bunker zu sagen pflegte.« Er überblickt den Saal, um zu sehen, ob jemand seinen Witz zu schätzen weiß. Die Galerie ist zu erschrocken, um zu lachen, doch der Gerichtsdiener grinst breit. Sie sehen, Ihre Steuergelder arbeiten.

»Ja, Euer Ehren.« Starankovic verbeugt sich leicht.

»Nun, Mr. Starankovic, auch wenn Miz DiNunzio glaubt, sie hätte Sie erledigt, so wissen doch Sie und ich, daß es allein in meinem Ermessen liegt, ob ich ihrem Antrag stattgebe oder nicht. Ich kann dem Antrag stattgeben oder ihn ablehnen, das ist ganz allein Sache der mir von Rechts wegen innewohnenden Macht. Habe ich recht?«

Starankovic nickt.

»Natürlich habe ich recht. Folglich liegt Ihre Aufgabe glasklar vor Ihnen. Sie besteht darin, Ihr bestes Argument vorzubringen. Nennen Sie mir einen guten Grund, warum ich Miz DiNunzios Antrag nicht stattgeben soll.«

Starankovic blinzelt rasch. »Euer Ehren, wenn ich das sagen darf, die Gruppe besteht aus …«

Der Bärbeißige hebt einen Finger. »Ich sagte, einen guten Grund.«

»Ich war gerade im Begriff, Euer Ehren. Die Gruppe besteht aus etwa fünfhundert Angestellten, und wenn man bedenkt …«

»Nein. Nein. Sie hören nicht zu, Mr. Starankovic. Sprechen Sie mir nach. ›Der eine gute Grund …‹«

Starankovic leckt sich die trockenen Lippen. »Der eine gute Grund …«

»›Weshalb Sie dem Antrag nicht stattgeben sollen …‹«

»Weshalb Sie dem Antrag nicht stattgeben sollen …«

»›Besteht darin, daß …‹« Der Bärbeißige endet mit einer schwungvollen Geste, indem er die Hand hoch in die Luft hebt wie ein Dirigent.

»Besteht darin, daß …«

»Nein, Sie Idiot! Ich werde diesen Satz ganz bestimmt nicht für Sie zu Ende führen. *Sie* beenden den Satz.«

»Ich habe schon verstanden, Euer Ehren. Tut mir leid.« Der Mann schwitzt Blut und Wasser. »Es ist schwer zu erklären. Ich …«

»Einen guten Grund!« brüllt der Richter.

Starankovic fährt zusammen.

Der Gerichtsdiener senkt den Blick. Die Zuschauer halten den Atem an. Ich frage mich, warum Richter wie der Bärbeißige eine Ernennung auf Lebenszeit bekommen. Die Antwort lautet: Wegen Präsidenten wie Nixon. Eines Tages wird der Wähler diese Verbindung herstellen, da bin ich mir sicher.

»Ich habe ein paar Fehler gemacht, Euer Ehren, ich gebe es zu«, stößt Starankovic hervor. »Ich habe eine schwere Zeit hinter mir, meine Mutter ist gerade verstorben, und ich habe zahlreiche Termine versäumt. Nicht nur, was diesen Fall betrifft – auch in anderen

Fällen. Aber es wird nicht wieder vorkommen, Euer Ehren, Sie haben mein Wort darauf.«

Das Gesicht des Bärbeißigen ist eine Maske übertrieben gespielter Ungläubigkeit. Er umklammert das Pult auf beiden Seiten und beugt sich vor. »*Das* ist Ihr bestes Argument? *Das* ist der eine gute Grund?«

Starankovic schluckt schwer.

Mir ist abscheulich zumute. Fast wünschte ich, den Antrag überhaupt nicht gestellt zu haben.

»*Das* ist das Beste, was Sie vorbringen können? Der eine gute Grund, aus dem heraus ich dem Antrag nicht stattgeben soll, besteht darin, daß Sie zu der Zeit eine Menge Fehler gemacht haben – *und daß dies nur einer davon war?*«

»Euer Ehren, so ist das nicht ...«

»Mr. Starankovic, Sie sagten, Ihr größtes Anliegen sei Ihre Sorge um Ihre Mandanten. Oder stimmt das nicht?«

»Doch, Euer Ehren.«

»Ist Ihre Sorge so groß, daß Sie Ihren Mandanten den besten Rechtsanwalt wünschen würden?«

»Ja, Euer Ehren.«

»Würde der beste Rechtsanwalt versäumen, den Antrag auf Zulassung der Gruppenklage termingerecht zu stellen?«

»Nein ... Euer Ehren.«

»Aber Sie haben es versäumt, nicht wahr?«

Starankovic blinzelt wie wahnsinnig.

»Haben Sie oder haben Sie nicht?«

Starankovic öffnet den Mund, aber kein Laut kommt über seine Lippen.

»Haben Sie diese Frist versäumt, Mr. Starankovic? Ja oder nein genügt.«

»Ja«, sagt er leise.

»Dann sind Sie also nicht der beste Rechtsanwalt für Ihre Mandanten, oder?«

Es herrscht Stille, Starankovic blickt zu Boden. Er bringt es nicht fertig, diese Worte auszusprechen. Er schüttelt einmal den Kopf, dann noch einmal.

Sokrates hätte an diesem Punkt aufgehört, aber der Bärbeißige ist erst in der Aufwärmphase. Er zwingt Starankovic, sämtliche Fristen aufzuzählen, die dieser versäumt hat, und alle Telefonanrufe, bei denen er vergessen hat, zurückzurufen. Ich kann das Spektakel kaum mit ansehen; in den hinteren Reihen herrscht entsetztes Schweigen. Der arme Starankovic windet sich hierhin und dorthin, seine Augenlider flattern, aber der Bärbeißige hat die Fangzähne tief in sein Genick gesenkt und nagelt ihn am Boden fest. Er kann nirgendwohin flüchten, sich nirgendwo verstecken. Für ihn gibt es nur Schmerz und Leiden.

Als es endlich vorbei ist, verkündet der Bärbeißige seine höchstrichterliche Entscheidung. Mit einem süffisanten Lächeln erklärt er: »Antrag stattgegeben.«

»Danke, Euer Ehren«, sage ich mit trockenem Mund.

»Danke, Euer Ehren«, sagt Starankovic, sichtlich blutend. Er wirft mir einen Blick zu, der töten könnte.

»Der nächste Fall!« sagt der Bärbeißige.

Ich stopfe die Papiere in meine Aktentasche und wende mich zum Gehen, während ein anderer Bauernfänger aus einer der großen Kanzleien meinen Platz am Anwaltstisch einnimmt. Die Bankreihen sind vollgestopft mit unsereins, eine gepolsterte Schulter an der anderen, weil die Sitzung, in der sich der Richter mit Anträgen zu verschiedenen Fällen befaßt, zeitlich in Verzug ist. Ich haste an den Anzügen mit Schlips und Kragen vorbei, alle sind frisch rasiert. Mir ist zumute, als würde ich vom Schauplatz eines Mordes fliehen. Ich weiche den Blicken der Männer im Zuschauerraum aus, manche amüsiert, andere neugierig. Ich will nicht daran denken, wer letztes Jahr um diese Zeit dort unter ihnen saß.

Dieses Versprechen habe ich mir selbst gegeben.

Fast habe ich die letzte Reihe geschafft, da faßt mich jemand am Ellenbogen. Es ist die einzige Frau außer mir in dieser Horde von nadelgestreiftem Testosteron, und sie bohrt ihre rotlackierten Fingernägel in meinen Arm.

»Jetzt reicht es!« sagt die Frau.

»Was meinen Sie?« Noch immer habe ich ein Engegefühl in meiner von Flecken übersäten Brust. Ich muß ein Versprechen halten, und ich bin nicht sehr standhaft. Ich gebe mir Mühe, nicht in die Bankreihe zu blikken, in der sie sitzt, aber ich kann es nicht verhindern. Da saß mein Mann mit seinen Erstkläßlern und sah mir zu, wie ich zum erstenmal einen Antrag vor Gericht vorbrachte. Das prächtige Mahagoniholz der Bank war auf Hochglanz poliert wie das eines Sargs.

»Er haßt uns! Er haßt Rechtsanwältinnen!« sagt sie. Sie drückt mit einem Finger gegen den Steg ihrer Brille. »Ich finde, es ist höchste Zeit, daß wir etwas dagegen unternehmen.«

Ich höre nur mit halbem Ohr hin. Alles, woran ich denken kann, ist Mike. Er saß genau in dieser Reihe und hatte alle Hände voll zu tun, um die Klasse ruhig zu halten. Die Kinder zappelten, flüsterten und kicherten während der gesamten Beweisführung. Er saß am Ende der Reihe, sein Arm ruhte genau hier. Ich berühre die knorrige Armlehne mit den Fingerspitzen. Das Holz fühlt sich an wie seine Schulter: stark und fest. Als ob es nie nachgeben würde. Ich möchte meine Hand nicht wieder wegnehmen.

»Wir müssen Beschwerde einreichen wegen ungebührlichen richterlichen Verhaltens. Nur so können wir ihn aufhalten. Ich weiß, was wir tun müssen. Man legt Beschwerde beim Protokollführer des Dritten Gerichtshofs ein, dann geht sie zum Vorsitzenden des Gerichts ...«

Ihre Worte werden zunehmend leiser. Meine Fingerspitzen auf der Schulter aus Holz bringen mich in Kontakt mit Mike, und ich fühle mich an jenen Tag zurückversetzt. Es war ein Morgen wie dieser. Meine erste Verhandlung vor Gericht. Ich erinnere mich deutlich an meine Nervosität und Aufregung und daß ich meine Beweisführung fast automatisch vorbrachte, wie in Trance. Der Bärbeißige entschied letztendlich zu meinen Gunsten, woraufhin die Erstkläßler spontan applaudierten. Auf Mikes Gesicht erstrahlte ein stolzes Lächeln, das nicht einmal verblaßte, als der Bärbeißige in Rage geriet und mit seinem Hammer zuschlug…

Peng! Peng! Peng!

Die Wirklichkeit.

Ich nehme meine Hand von dem kalten, glänzenden Holz der Bank. Mike ist nicht da, Mike ist fort. Ich spüre, wie sich erneut brennende Röte über meine Brust ausbreitet. »Ich muß gehen.«

»Warten Sie. Wie finde ich Sie? Ich brauche Sie, Sie müssen die Beschwerde mit unterzeichnen«, sagt die Frau und greift wieder nach meinem Arm. »Ich weiß von mindestens zwei weiteren derartigen Vorfällen. Wenn wir nichts dagegen unternehmen, tut das niemand!«

»Lassen Sie mich los, ich muß jetzt gehen.« Mit einem Ruck befreie ich mich aus ihrem Griff und donnere durch die Türen des Gerichtssaals.

Ich habe mein Versprechen gebrochen; mein Kopf wird von Erinnerungen überschwemmt. Mike und ich feierten an jenem Abend nach meinem Auftritt vor Gericht. Wir liebten uns zärtlich, dann aßen wir Pizza, eine Umkehrung unserer gewohnten Reihenfolge. Später sagte er zu mir, er empfinde Mitleid für die Angestellten, deren Diskriminierungsfall aufgrund meines Antrags abgewiesen worden war.

»Du bist ein Softie«, sagte ich.

»Aber genau darum liebst du mich«, erwiderte er.

Er hatte recht. Zwei Monate später war Mike tot.

Und von da an fiel mir eine Stimme auf, eine mitfühlendere Stimme als gewohnt, die sich in mein Bewußtsein schlich. Ich bin mir nicht sicher, wessen Stimme das ist, aber ich glaube, sie gehört Mike. Er spricht immer noch zu mir. Die Stimme sagt die Dinge, die er sagen würde, sie macht da weiter, wo er aufgehört hat. Unlängst flüsterte sie mir zu, meine berufsbedingten Sünden häuften sich. Jeder Pluspunkt für die Firma sei ein schwarzer Fleck auf meiner Seele.

Der Tag des Jüngsten Gerichts wird kommen, sagt sie. *Es ist nur eine Frage der Zeit.*

– 2 –

Punkt 11 Uhr 47 bin ich zurück in meinem Büro bei Stalling & Webb, einer der zur Heiligen Dreifaltigkeit der großen Anwaltskanzleien Philadelphias zählenden Firmen. Der Blick aus meinem Büro läßt mir keine andere Wahl, ich weiß immer genau, wie spät es ist. Mein Büro unterscheidet sich im Grunde in nichts von denen der anderen Mitarbeiter, abgesehen davon, daß das Fenster hinter meinem Schreibtisch vollständig von dem riesigen gelben Zifferblatt der Uhr oben auf dem Rathaus eingenommen wird, das direkt gegenüber auf der anderen Straßenseite steht. Wenn man schon eine Uhr haben muß, die einem bei der Arbeit ständig über die Schulter lugt, so sollte sie wenigstens schön sein, und diese hier ist es: eine altmodische Uhr, rund wie der Vollmond und fast genauso groß. Reich verzierte Zeiger, verschnörkelt mit viktorianischen Schmiedeeisenarbeiten, bewegen sich präzise und pünktlich und deuten schweigend auf römische Ziffern in düsterem Schwarz. Keiner der älteren Kollegen wollte dieses Büro, alle störte die Uhr, aber mich nicht. So weiß ich immer, wie spät es ist, und das ist gut für einen Rechtsanwalt. Wie Sokrates sagte, Zeit ist Geld.

Ich drehe meinen Stuhl und blicke auf die Uhr. 11 Uhr 48, 11 Uhr 49. Inzwischen mag ich sie nicht mehr besonders, aber ich weiß nicht, woran das liegt. 11 Uhr 50. *Es ist nur eine Frage der Zeit.*

»Komm, laß das, Mare«, sagt eine unverwechselbare Stimme von der Tür her. Mein Sekretär Brent Polk kommt herein mit einem Stapel gelber Telefonnotizen und Kaffee auf einem Tablett. Brent ist schlank, und mit seinen nußbraunen Augen und dem tiefschwarzen Haarschopf sieht er richtig gut aus. Außerdem ist er schwul, aber nur Judy und ich verfügen über diese seinen Job gefährdende Information. Judy gab ihm in Ableitung seines Namens und zu Ehren seiner sexuellen Präferenz den Spitznamen Bent, was soviel wie »pervers« heißt; ihm gefällt er, aber wenn die Sekretärinnen in der Nähe sind, dürfen wir ihn nicht so anreden. Sie glauben, er hätte eine Freundin in Massachusetts und könnte sich nicht zu einer Heirat entschließen. Die perfekte Tarnung – ein Mann, der sich nicht binden will. Sie paßt großartig zu ihm.

»Kaffee, eine prima Idee. Brent, du bist der Mann aller Männer.«

»Mein größter Wunsch.« Er stellt den Kaffee auf meinen Schreibtisch und legt die Notizen dazu. »Siehst du, heute habe ich sogar das Tablett benutzt. Bist du nicht stolz auf mich?« Was diesen Punkt angeht, ging Brent erst neulich auf die Palme. Ein Gebot bei Stalling lautet nämlich DU SOLLST KEINEN KAFFEE OHNE TABLETT TRAGEN, weil sonst die Teppiche Flecken bekommen könnten, und letzte Woche erhielt er einen Verweis, weil er kein Tablett benutzt hatte.

Dankbar greife ich nach der WANN WILLST DU ES?-Tasse. Alle Kaffeetassen bei Stalling geben unverschämte Antworten oder stellen vorlaute Fragen, weil sich die Angestellten selbst nicht trauen.

»Hör mal, Mare, du hast wieder einen Anruf von Mr. Geheimnisvoll bekommen. Die Sache wird langsam lächerlich. Wir sollten endlich deine Telefonnummern ändern. Das geht jetzt schon ein Jahr so.«

»Übertreib nicht. Das ist noch kein Jahr.«

»O doch, wenn auch mit Unterbrechungen. Außerdem kommt es mir so vor, als häuften sich die Anrufe in letzter Zeit – dieser Kerl hat anscheinend nichts Besseres zu tun. Hast du zu Hause auch wieder Anrufe bekommen?«

»Wann hat er denn angerufen?« Vor kurzem fiel mir auf, daß die Anrufe inzwischen einem bestimmten Muster folgen, und zwar finden sie statt, wenn ich ins Büro oder nach der Arbeit nach Hause komme. Ich habe das Gefühl, jemand weiß genauestens Bescheid über mein Kommen und Gehen, und das ist wahrlich kein angenehmes Gefühl. Würde Brent die ganze Geschichte kennen, er würde die Nationalgarde rufen. Aber ich bin mir nicht sicher, vielleicht ist auch alles nur Zufall.

»Was macht es für einen Unterschied, wann er angerufen hat? Er hat angerufen.«

»Warten wir ab. Seit meinem ersten Tag hier habe ich die gleiche Telefonnummer. Alle Mandanten kennen sie. Ich ändere die Nummer ungern ohne triftigen Grund. Die Leute hassen das.«

»Arrrgh«, knurrt er frustiert und streckt die Hände nach meiner Kehle aus.

»Aus, aus. Ich sag' dir eines: Man verärgert die Mandanten nicht ohne Grund. Schwupp, sind sie weg, und du bist pleite.«

»Aber Mary, es ist widerlich. Ist dir überhaupt klar, was der Kerl treibt, wenn du das Telefon abnimmst?« Angeekelt verzieht er das Gesicht. »Ich hatte einen Onkel, Onkel Morty, der …«

»Brent, bitte.«

»Aber es stimmt.«

»Schon gut. Laß es noch eine Weile auf sich beruhen. Wenn es weitergeht, ändern wir die Nummern, okay?«

»Ja, Bwana«, antwortet er seufzend.

»Gut.«

Seine dunklen Augen leuchten boshaft auf. »Warte,

bis der große Kahuna erfährt, daß du den Antrag durchgebracht hast. Er und Delia werden heute abend im Four Seasons feiern.« Brent weiß immer, was bei Stalling gerade die Runde macht. Das neueste Gerücht lautet, der Seniorpartner, der sich mit dem Fall Harbison beschäftigt, Sam Berkowitz, habe eine Affäre mit seiner Sekretärin. »Ich nehme an, daß sie um fünf geht, und bestimmt verschwindet er zehn Minuten später. Dieses Mal gewinne ich. Das spüre ich.«

»Was soll das heißen, du gewinnst?«

»Willst du einsteigen? Der Einsatz ist nur ein Dollar.« Brent zieht ein zerknittertes Blatt von einem Stenoblock aus seiner Hosentasche und liest davon ab. »Ich wette, er wartet zehn Minuten, Janet glaubt, nur fünf. Maggie wettet, er hält eine halbe Stunde durch. Lucinda sagt, sie gehen zusammen weg, aber die spinnt. Er muß an seine Stellung denken. Nicht an *jene* Stellung, an *diese*.« Er lacht.

»Willst du damit sagen, ihr habt Wetteinsätze laufen?«

»Ja.« Er schiebt den Zettel wieder in seine Tasche.

»Ihr seid schamlos. Ihr wißt nicht einmal, ob sie überhaupt eine Affäre haben.«

»Was, nimmst du mich auf den Arm? Alle wissen es.«

»Aber er ist verheiratet.«

Brent verdreht die Augen. »Das war ich auch.«

»Du warst jung. Das ist etwas anderes.«

»Also bitte. Wie kann jemand in deinem Alter nur so naiv sein? Sieh dir Delia an, wenn du das nächstemal oben bist. Sie ist zum Anbeißen.«

»Sie sieht ganz gut aus, aber …«

»Sieht ganz gut aus? Sie ist ein absoluter Hammer. Ich bin schwul, meine Liebe, nicht blind, und Berkowitz auch nicht. Er ist scharf auf sie. Alle reden darüber. Wo Rauch ist, ist bekanntlich auch Feuer.«

Ich forme mit den Fingern ein Kreuz und wehre ihn damit ab. »Gotteslästerer! Der Mann ist Vorsitzender dieser Abteilung!«

»O entschuldige, das habe ich vergessen. Dein Idol, Berkowitz, König der Könige. Weißt du, was ich über ihn gehört habe?«

»Was denn?«

»Zuerst mußt du mir versprechen, nicht durchzudrehen, wenn ich es sage, sonst sage ich dir gar nichts mehr. Nie wieder.« Er droht mir mit dem Finger aus einem zu langen Hemdsärmel hervor. Schwarz natürlich, er trägt nur Schwarz. »Und schon gar nicht über diesen Partnerschaftsscheiß.«

»Was hast du gehört?«

»Versprich es mir, Mary.«

»Sag's mir! Wir reden hier von meinem Job.«

Er beugt sich über meinen Schreibtisch. Ich kann das Obsession an seinem Hals riechen. »Mir ist zu Ohren gekommen, daß, egal, was sie sagen, Berkowitz nur zwei Partner aufnimmt. Zwei, nicht drei. Zwei, und damit hat sich's.«

»Nicht drei? Sie haben gesagt, drei!«

»Ah ja? Das war damals, heute ist heut. Sie wollen den Kuchen nicht weiter aufteilen als unbedingt nötig.«

»Soll das heißen, sie entlassen einen von uns? Das glaub' ich nicht.«

»Da haben wir's. Ich wußte, ich hätte dir nichts sagen sollen.«

»Nach welchen Kriterien wollen sie denn zwischen uns drei auswählen? Wir haben alle die gleiche Beurteilung, alle stellen wir Rechnungen über mehr als zweitausend Stunden im Jahr aus. Wir haben uns alle an diese Scheißfirma gebunden, und jetzt wollen sie einen von uns absägen?« Ich reibe meine Stirn, hinter der es zu hämmern beginnt. Ich bin überzeugt, es ist der Partnerschaft-Stirnlappen, der da hämmert. Er befindet sich gleich neben dem Staatsexamen-Stirnlappen und dem für die akademische Eignungsprüfung.

»Dich trifft es bestimmt nicht, Mare. Du hast gerade einen Riesenerfolg gehabt.«

»Was ist mit Judy?«

»Judy schafft es. Sie brauchen sie, sie muß die notwendigen Informationen für die Berufungsfälle zusammentragen.«

»Und Ned Waters, was ist mit ihm? Es paßt mir nicht, wenn irgendeiner von uns gefeuert wird, Herrgott noch mal. Es ist unmöglich, einen anderen Job zu bekommen. Es ist heute nicht mehr wie in den achtziger Jahren, als man sich die Arbeit noch aussuchen konnte.«

»Hör mal, du tötest mir den letzten Nerv. Gehst du heute mit Judy mittagessen?«

»Sicher.«

»Gut. Dann geh zeitig. Sprich mit ihr darüber. Sie wird dich wieder runterholen.«

Und das versucht sie an einem wackligen Tisch an der Wand des Bauchfüllers, einem schmuddligen Restaurant im Untergeschoß unseres Bürogebäudes. Judy schleppt mich ständig hierher, weil hier die Sandwiches riesig und die Pickles umsonst sind. Es stört sie nicht, daß die Umgebung dunkel und dreckig ist, der großformatige Fernseher das falsche Publikum anzieht und das Sägemehl auf dem Boden manchmal krabbelt.

»Du läßt dich verrückt machen, Mary!« Sie wirft ihre langen Arme von der Spannweite einer Boeing in die Höhe. Judy Carrier ist einsdreiundachtzig groß. Sie stammt aus Nordkalifornien, wo die Frauen so groß werden wie Mammutbäume.

»Ich kann's nicht ändern.«

»Warum denn nicht? Du hast gerade einen Antrag durchgebracht, du Tölpel. Du hast wieder mal einen Sieg errungen. Wir sollten feiern.«

»Wie schaffst du es bloß, das so locker hinzunehmen?«

»Wie schaffst du es bloß, dir deswegen so große Sorgen zu machen?«

Ich lache. »Machst du dir nie Sorgen, Judy?«

Sie überlegt eine Minute. »Doch, natürlich. Wenn mein Vater sichert. Dann mache ich mir Sorgen. Seine Aufmerksamkeit schweift zuweilen ab, er ...«

»Was meinst du mit sichern?«

»Du weißt doch, beim Klettern bestimmt man einen zum ...«

»Ich rede jetzt nicht vom Bergsteigen. Ich rede von der Arbeit, von der Partnerschaft. Hast du nie Angst, wir könnten es nicht schaffen?«

»Partner werden ist gar nichts im Vergleich zum Bergsteigen«, sagt sie ernst. »Wenn du beim Bergsteigen einen Fehler machst, bist du im Arsch.«

»Das glaube ich gern.«

»Du solltest irgendwann mal mitkommen. Ich nehm' dich mit.« Sie dreht sich um und blickt zum drittenmal innerhalb von fünf Minuten suchend nach unserer Kellnerin.

»Geht klar. Sobald Schweine fliegen.«

Sie wendet sich wieder mir zu. »Was hast du gesagt?«

»Nichts. Du machst dir also wirklich keine Sorgen wegen der Partnerschaft?«

»Nein.«

»Warum nicht?«

»Weil wir beide gute Rechtsanwältinnen sind. Du machst die Verteidigung in den Diskriminierungsverfahren, und ich bin die gesamte Abteilung für die Berufungsfälle. Wir schaffen es.« Judy grinst und zeigt dabei die vielen Lücken zwischen ihren Zähnen, die bei ihr seltsamerweise nicht unattraktiv aussehen. Im Gegenteil, sie zieht die Blicke der Männer nur so auf sich, ignoriert sie aber fröhlich. Sie liebt Kurt, den Bildhauer, mit dem sie zusammenlebt. Erst vor kurzem hat er Judys butterblumengelbes Haar zu einem eckigen, das Gesicht wie eine Holländerhaube umrahmenden Schnitt abgesäbelt. Sie bezeichnet die Frisur als unvollendetes Kunstwerk.

»Glaubst du, daß es so leicht ist?«

»Das glaube ich nicht, ich weiß es. Tu deine Arbeit, der Rest kommt von selbst. Du wirst sehen …«

»Hier, meine Damen«, unterbricht uns die Bedienung. Sie haßt uns. Damit sind wir keine Ausnahme; die Kellnerinnen hier hassen alle Gäste. Sie läßt die Teller von ihrem Arm gleiten und mitten auf den Tisch klappern. Sofort stolziert sie davon und überläßt es Judy und mir, die Bestellungen zu sortieren. Wir schieben die schweren Teller herum wie Autoskooter.

»Die Kinderportion ist für dich«, sagt Judy und schiebt mir den Gartensalat und die Diätcola hin. »Igitt!«

»Laß gut sein. Wenn ich richtig groß wäre, könnte ich auch wie ein Holzfäller essen.« Ich bugsiere das Sandwich mit doppelter Fleischportion, den zusätzlich bestellten Kartoffelsalat und einen Vanillemilchshake vor sie hin.

»Aber das bist du nicht. Du bist ein kleiner italienischer Gartenzwerg. Da, wo ich herkomme, nehmen wir Leute wie dich als Türstopper her.« Judy beißt gierig in ihr Sandwich. Sie beginnt an einem Ende wie ein Schwertschlucker im Zirkus. »*Eine* Sache gibt es allerdings, die mir Sorgen macht«, sagt sie kauend.

»Und was?«

»Du. Ich mache mir deinetwegen Sorgen.«

»Meinetwegen?« Ich weiß nicht, ob sie mich auf den Arm nimmt.

»Jawohl.«

»Die merkwürdigen Telefonanrufe?« Ich nehme einen Schluck Cola. Er schmeckt nach Süßstoff.

»Ach was, die hören irgendwann von selbst auf. Ich spreche von einer echten Gefahr«, sagt sie und zuckt wie ein Komiker mit den Augenbrauen. »Ned Waters ist hinter dir her.«

»O Gott. Laß es, Jude.«

»Er will, Mare. Kauf dir lieber bald neue Unterwäsche.« Judy mag Sex und spricht offen und frei darüber. Ich bin katholisch erzogen worden, daher weiß ich, daß ihre Einstellung verdorben und gottlos ist. Vom Satan persönlich gefaxt.

»Judith, keine Schweinereien.«

Sie beugt sich vertraulich vor. »Mach dich darauf gefaßt, dich mit dem Mann abgeben zu müssen, denn es stimmt. Ich habe es von Delia der Wahnsinnsfrau.«

»Delia? Die Sekretärin von Berkowitz? Woher weiß die das?«

»Sie hat es von Annie Zirilli aus Süd-Philly.«

Ich lache. Judy vergibt gerne Spitznamen. Meist weiß ich gar nicht, von wem sie spricht. »Du meinst die Sekretärin von Barton?«

»Genau. Annie sah ihn gestern träumend in seinem Büro sitzen und knüpfte ein Gespräch mit ihm an. Er hat ihr erzählt, er habe Interesse an jemandem, sage aber nicht, an wem. Er sagte, nicht einmal das Mädchen – er sagte wirklich das *Mädchen* – wisse etwas davon, er habe zu große Angst, ihr etwas zu sagen. Zu große *Angst*, kannst du dir das vorstellen? Der Kerl ist doch nicht ganz dicht!« Sie sticht mit einem Strohhalm in ihren Milchshake.

»Er ist schüchtern.«

»Bei einem Kind nennt man das Schüchternheit. Bei einem Mann ist das eine Störung. Und ich wette jede Summe, daß du das glückliche Opfer bist, denn er versucht immer, bei den Besprechungen neben dir zu sitzen. Außerdem ist mir nicht entgangen, wie er dich ansieht.« Sie verdreht schmachtend die Augen.

»Quatsch. Wenn er Interesse an mir hätte, wäre er auf der Universität hartnäckiger gewesen. Damals, nach unserem großartigen Rendezvous.«

»Aber da hast du doch gleich darauf Mike kennengelernt.«

»Das wußte Ned überhaupt nicht. Er hat mich nach der Verabredung nicht einmal mehr angerufen.«

Judy schüttelt den Kopf. »Klingt verdächtig nach Waters. Eine heiße Liebesaffäre im Hirn. Dieser Typ hat sexuelle Beziehungen ohne Geschlechtsteile, das sag' ich dir. Er ist zu cool. Cool Waters, das paßt zu ihm. Geh bloß in Deckung.« Sie pflügt mit einem Suppenlöffel durch ihren Kartoffelsalat wie ein Bulldozer durch schweren Schnee.

Ich sehe ihr beim Essen zu und denke an Ned Waters. Ich halte ihn immer noch für schüchtern, auch wenn das im Widerspruch zu seinem guten Aussehen steht. Er hat kräftige, maskuline Züge, ein paar auffallende Sommersprossen und ungewöhnliche, hellgrüne Augen. »Er hat schöne Augen.«

»Wenn dir Rosemarys Baby gefällt.«

»Hör schon auf. Er war ein sexy Mann auf der Universität.«

»Da gehört aber was dazu, an der Uni ein sexy Mann zu sein, Mare. Wenn deine Pupillen auf Licht reagieren, kannst du das halbe Seminar bumsen.«

Ich lächle und denke an die Studentenzeit, als ich mit Ned zum Essen ausging. Ich war überrascht, als er mich einlud, aber nicht, als er sich nach unserem Treffen nicht mehr bei mir meldete. Er war den ganzen Abend sehr still gewesen. Er sagte kaum ein Wort; ich quasselte drauflos, um die Pausen zu füllen. Natürlich habe ich nicht mit ihm geschlafen oder etwas dergleichen; dazu wären weitere 12 736 Verabredungen nötig gewesen, und selbst dann hätte es mir nicht gefallen. Erst mit Mike gefiel es mir.

Nach dem Essen drehen Judy und ich eine Runde um den Block. Es ist ein warmer Frühlingstag, und die Schwüle, für die Philadelphia berüchtigt ist, hat noch nicht eingesetzt. Wir machen einen Schaufensterbummel, betrachten die Auslagen von Laura Ashley, Banana Republic und Borders, einer schicken Buchhandlung in der Walnut Street. Mir gefällt Borders, weil das Unternehmen dafür gesorgt hat, daß Lesen wieder in ist, und ich lese gerne. Judy ißt gerne Gebäck. Ihr gefällt Borders, weil es dort eine Espressobar mit großen Butterkeksen gibt. So groß wie Pfannkuchen, wie sie gerne sagt. Ich spendiere ihr einen Riesenkeks, und wir gehen zurück zum Büro. Ich komme mir neben ihr vor wie eine untersetzte Mami mit einem Kind, das Wachstumshormone nimmt.

– 3 –

Ein mit schwarzem Spiegelglas verkleideter Lift befördert uns blitzschnell in die oberen Stockwerke des mit schwarzem Spiegelglas verkleideten Monolithen, in dem eine große Ölgesellschaft, eine Investmentbank und Stalling & Webb ihre Büroräume haben. Stalling residiert in den oberen sieben Etagen. Mich erinnern sie immer an die sieben Todsünden, von denen man mir in der katholischen Privatschule erzählt hat. Trägheit ist das unterste Stockwerk, in dem Judy aussteigt, der nächste Halt ist Zorn, dann folgen Unmäßigkeit, Neid, Wollust und Habsucht. Hochmut ist das Penthouse. Ich steige auf Neid aus, denn dort befindet sich das Büro von Martin H. Chatham IV., dem Juniorpartner im Fall Harbison. Ich möchte ihm von unserem großen Sieg erzählen, sobald ich mich frischgemacht habe.

In den Damenwaschräumen bei Stalling wähnt man sich im Himmel. Sie sind sauber, luxuriös, allesamt wolkenweiß. Der prachtvolle Sanitärtisch prunkt mit acht großzügig bemessenen Waschbecken, jedes aus imitiertem Gold. Am Ende des Waschtisches steht ein weißer Schrank mit einem Vorrat an allen nur vorstellbaren Toilettensachen – kostenlosen Tampons, Heftpflaster, Mundwasser und Zahnseide. Es gibt sogar Handcreme, von der ich großzügig Gebrauch mache.

Ich wasche mein Gesicht, während die Sekretärinnen ihre Scherzchen mit mir machen. Nach Mikes Tod sind sie freundlicher zu mir geworden. Er wurde von einem Fahrerflüchtigen getötet, als er am Schuylkill River entlang radgefahren ist. Ich war plötzlich eine junge Witwe und damit eine tragische Figur, die viele der Sekretärinnen aus ihren Liebesromanen kannten. Die Rechtsanwälte, die keine Zeit haben, irgendwas zu lesen, sagten zu Mikes Tod kaum ein Wort, was mir zupaß kam. Das ist Privatsache.

Ich tupfe mir das Wasser mit einem rauhen Papierhandtuch vom Gesicht und gehe hinaus.

Martin telefoniert, aber er winkt mir einzutreten. Ich setze mich auf einen der Shaker-Stühle vor seinem Shaker-Schreibtisch. Alles in Martins Büro zeugt von Geschmack – wenn auch eher hausbackenem –, außer den Eulen. Eulen in Gobelinstickerei glotzen von Kissen, Keramikeulen starren von den Bücherregalen herab. Ich dachte erst, die Eulen seien so eine Art gehobener Popper-Fetisch wie Wale, aber es gibt eine bessere Erklärung. Martin ist die Langeweile in Person, und er kann nicht umhin, sich selbst darüber im klaren zu sein, deshalb hat er sein Interesse auf etwas konzentriert, was ihn interessant machen könnte. Die Eulen füllen das Vakuum, in dem sich eigentlich seine Persönlichkeit befinden sollte. Jetzt kennen ihn alle als Martin, den Typ, der Eulen liebt. Alles klar?

»Ich höre, Stuart«, sagt Martin in den Hörer.

Hören ist Martins Stärke. Er hörte zu, als ich ihm von meiner Idee mit dem Antrag erzählte, obwohl er vor Widerwillen zusammenzuckte. Martin gehört zur alten Schule der Prozeßanwälte, für die es von schlechtem Stil zeugt, die Interessen des Mandanten über die des Squashpartners zu stellen. Es war Berkowitz, der grünes Licht für den Antrag gab, denn Berkowitz ist ein richtiger Rechtsanwalt und hat keine Ahnung von Squash.

»Nicht übel, Stuart. Paß auf dich auf, mein Lieber.« Martin legt den Hörer auf und legt sofort einen Finger auf die Lippen, ein wortloser Ausdruck der Erleichterung. Er schreibt eine Notiz in sein rotes Stundenabrechnungsbuch, um später seine Zeit, und eine weitere in sein blaues Telefonabrechnungsbuch, um den Anruf in Rechnung stellen zu können. Danach wird Martin noch die Zeit berechnen, die es ihn kostet, eine Aktennotiz über den Anruf zu schreiben, und er wird die Kosten für die Kopie der Aktennotiz in Rechnung stellen. Martin verlangt 265 Dollar pro Stunde und 15 Cents pro Seite. Im Namen des Vaters, des Sohnes und des Heiligen Geistes.

»Nun, Mary, wie ist es gelaufen?« fragt er unverbindlich.

»Sehr gut.«

»Gute Nachrichten?« Seine wäßrigen blauen Augen flackern interessiert.

»Wir haben gewonnen, Martin.«

»Gewonnen? Wir haben *gewonnen*?«

»Er hat gleich entschieden. Die Gruppenklage gibt's nicht mehr.«

»Großer Gott, Mary!« Martin quetscht mich nach sämtlichen Einzelheiten meiner Argumentation aus. Ich streiche das »Ave Maria« und liefere ihm die Hochglanzversion, in der ich der strahlende Star bin, bestes Partnerschaftsholz, keine Frage. Als ich fertig bin, ruft Martin oben an, um festzustellen, ob Berkowitz im Hause ist. Dann greift er nach seinem Sakko, denn DU SOLLST AUF DEN FLUREN NICHT OHNE SAKKO HERUMLAUFEN, und stürzt hinaus.

Ich gehe in mein Büro zurück. Ich habe meine Pflicht getan, und Martin steht gut da. Er ist allein zu Berkowitz gegangen, um aus meinem Sieg Kapital zu schlagen. Martins Daseinszweck wiederum besteht darin, Berkowitz gut aussehen zu lassen, deshalb überläßt er es Berkowitz, Kapital aus dem Telefongespräch mit dem Chef der Rechtsabteilung der Firma Harbison zu schlagen. Da Berkowitz den Chef der Rechtsabteilung vor dessen Vorstandsvorsitzenden gut aussehen läßt, wird der Chef der Rechtsabteilung ihm weitere Fälle zuschanzen. Das läuft sozusagen vollautomatisch. Und Partner, die die meisten Aufträge heranschaffen, machen die meiste Kohle. Sie kennen das: Das Knie ist mit dem Oberschenkel verbunden, der Oberschenkel mit der Hüfte und so weiter.

Ich sollte eigentlich froh sein, aber ich bin es nicht. Dieser Sieg vor Gericht läßt zwar die Lämpchen auf meinem Partnerschafts-Totalisator auf Hauptgewinn aufflackern, aber er fordert seinen Preis. Wenn Brents Information zutrifft, kann meine Partnerschaft dazu führen, daß einer von zwei guten Rechtsanwälten entlassen wird, und einer davon ist meine beste Freundin.

Und vergiß die Angestellten von Harbison nicht, sagt die sich erneut leise meldende Mike-Stimme. *Sie wurden entlassen, kurz bevor sie Anspruch auf ihre Rente hatten, und der einzige Fehler, den sie sich haben zuschulden kommen lassen, bestand darin, sich einen miserablen Rechtsanwalt zu nehmen. Jetzt haben sie nicht einmal mehr ihn. Hast du deshalb Jura studiert?*

Nach Betreten meines Büros versuche ich, die Stimme zum Schweigen zu bringen. 14 Uhr 25. Ich beschäftige mich mit dem täglichen Kleinkram und widme mich lustlos der Post. Ich bitte Brent stets, sie in »gut« und »böse« aufzuteilen und die gute Post auf die rechte, die böse auf die linke Seite zu legen. Die gute Post, das sind broschierte Zusammenfassungen neuer Gerichtsurteile. Eigentlich sollte ich die gute Post lesen, aber wenn ich es täte, wäre mein Hintern irgendwann mit Spinnweben, so kräftig wie Drahtseile, mit meinem Stuhl verbunden. Und so lege ich sie lieber in das Kästchen für die ausgehende Post, damit die Boten sie irgend jemand anderem auf den Schreibtisch schaufeln. Darum ist das die gute Post.

Alles andere ist böse Post. Sie ist böse, weil der Gegner einen auszutricksen versucht. Für einen Rechtsanwalt gibt es darauf nur eine Antwort: austricksen. Letzte Woche zum Beispiel versuchte der gegnerische Anwalt im Fall Noone Pharmaceuticals uns mit einem Vergleich reinzulegen. Falls wir nicht darauf eingingen, drohte er, interne Firmenaufzeichnungen in der Zeitung veröffentlichen zu lassen. Sofort machte ich mich an die Formulierung eines schriftlichen Antrags, die Verwendung interner Firmendokumente auf den Prozeß zu beschränken, und schickte Noone meine Honorarforderung für die Vorbereitung des Antrags. Das ist Austricksen in Reinkultur, und man muß austricksen. Wer nicht austrickst, wird ausgetrickst.

Ob Sie es glauben oder nicht, normalerweise genieße ich diesen Aspekt meines Berufes – Köpfe aneinanderschlagen und andere austricksen –, aber heute nicht. Angst frißt sich von außen in mein Gehirn, ich kann mich nicht auf die böse Post konzentrieren. Ich wende mich dem noch nicht endgültig formulierten Antrag im Fall Noone zu. Ich lese den Text wieder und wieder, aber die Argumentation erinnert mich an ein verbales Möbiussches Band: Richter, Sie müssen die Verwendung der Dokumente auf den Prozeß beschränken, weil die Verwendung derartiger Dokumente auf Prozesse beschränkt gehört. Ich weiß nicht, liegt es an meiner Konzentration oder an der Formulierung. Ich stecke den Entwurf in meine Aktentasche und verlasse das Büro bei Einbruch der Dämmerung.

Die neue, höhere Skyline Philadelphias sperrt das schwindende Tageslicht vorzeitig aus. Als der Stadtrat Gebäude genehmigte, die höher aufragen als der Hut vom William-Penn-Denkmal, drehten die Baulöwen durch. Das Resultat ist, daß die Straßen in der Innenstadt zu früh dunkel werden und jede Menge leerstehender Bürogebäude wie Pilze aus dem Boden schießen.

Am Rittenhouse Square kühlt die Luft stark ab. Ich fröstele wie all die anderen überalterten Yuppies, von denen ich mich allerdings in einem Punkt unterscheide, denn ich weigere mich, Reeboks zu tragen. Wenn meine Schuhe zu unbequem zum Laufen wären, würde ich sie gar nicht erst kaufen.

Der Platz sieht aus wie an jedem Abend um diese Jahreszeit. Die Alten drängen sich auf den Bänken zusammen und gackern aufgeregt über die jungen Leute mit den orange-gesträhnten Haaren und Nasenringen und über die Obdachlosen mit ihren Einkaufswägelchen und der herrlichen Sonnenbräune. Jogger umrunden zum x-ten Mal den Platz. Fußgänger, in Walkmen eingestöpselt, überqueren mit flotten Schritten den Platz auf dem kürzesten Weg. Ein blasser junger Mann auf einer Bank mustert mich von oben bis unten, und erst dann fällt es mir wieder ein.

Beobachtet mich jemand?

Ich blicke über die Schulter zurück zu dem blassen Mann auf der Bank, aber inzwischen hat sich eine Freundin mit einer schwarzen Baskenmütze zu ihm gesellt. Während ich den Platz überquere, nehme ich die anderen Leute in Augenschein, aber sie wirken alle völlig normal. Befindet sich der Betreffende unter ihnen? Ruft mich einer von ihnen an und macht Gott weiß was, wenn ich mich melde? Unwillkürlich beschleunigen sich meine Schritte.

Vor meinem Haus angelangt, eile ich hastig hinein. In der Eingangshalle ist es ruhig. Es herrscht die besondere Art von absoluter Stille, die sich nur in einem großen, alten, leeren Haus einstellt. Ich bin die einzige Mieterin. Meine Vermieter, ein älteres Ehepaar, bewohnen das Erdgeschoß und den ersten Stock. Es sind nette Leute, die noch nach fünfzig Jahren Ehe Händchen halten und zur Zeit wieder einmal eine Flitterwochenkreuzfahrt machen. Ich hebe meine Rechnungen und Kataloge vom Fußboden auf und überzeuge mich, daß die Eingangstür geschlossen ist.

Während ich die Stufen hinaufsteige, frage ich mich, ob nach meinem Eintreten das Telefon klingeln wird. Ich schließe die Tür auf und mache das Wohnzimmerlicht an. Mißtrauisch schiele ich zum Telefon hinüber, aber es steht stumm da, ein braver lebloser Gegenstand. Mit einem Seufzer der Erleichterung lasse ich meine Aktentasche fallen, die mit einem dumpfen Aufprall auf dem Boden landet.

»Schätzchen, ich bin da.«

Die getigerte Katze auf dem Fensterbrett blickt nicht einmal auf. Sie ist beileibe nicht taub, sie ist gleichgültig. Es würde sie nicht kümmern, wenn Godzilla in einer Corvette durch die Tür brausen würde. Sie wartet nur darauf, daß Mike nach Hause kommt. Im Winter ist die Fensterscheibe gepunktet von den Abdrücken ihrer Nase. Im Sommer haften ihre grauen Haare am Fliegengitter.

»Er kommt nicht zurück«, sage ich zu ihr. Nach dem Erlebnis heute morgen im Gericht ist es eine an uns beide gerichtete Mahnung.

Ich schleudere meine Schuhe von den Füßen, trete neben die Katze an das Fenster und blicke hinüber zu den Wohnungen auf der anderen Straßenseite. Auf den meisten Fensterbrettern stehen Pflanzen, die in dieser Nordlage nach Licht hungern. In einem Fenster hängt, wie eine Einladung zum Einbrechen, ein türkisfarbenes Bianchi-Rad, in einem anderen ein alter Rechen. Die meisten meiner Nachbarn sind zu Hause und bereiten das Abendessen zu oder hören Musik. An dem Fenster direkt gegenüber von meinem ist die Jalousie heruntergelassen; drinnen sieht es dunkel aus. Ich frage mich, ob vielleicht der Mensch, der dort wohnt, mich mit den

Anrufen verfolgt. Es ist allerdings kaum vorstellbar, denn Mike kannte alle unsere Nachbarn. Er war der freundliche von uns beiden.

»Komm schon, Alice. Machen wir dicht.« Ich stupse die Katze an, und sie springt mit zuckenden Hinterläufen auf den Wohnzimmerteppich.

Ich ziehe an der Schnur der Jalousie mit den messerscharfen Lamellen, und mit einem *Zzziiip* schnurrt sie bis auf das Fensterbrett herunter. Ungewohnt plattfüßig ohne meine hochhackigen Schuhe, trotte ich zum anderen Fenster hinüber und will gerade dort die Jalousie herunterlassen, als ich höre, wie genau unter dem Fenster ein Wagen angelassen wird.

Komisch. Ich habe niemanden gesehen, der auf das Auto zugegangen wäre, und es ist kein Auto, das ich kenne.

Ich lasse die Jalousie herunter und spähe zwischen den Lamellen hindurch auf den Wagen. Es ist zu dunkel, ich kann den Fahrer nicht erkennen.

Die Scheinwerfer leuchten auf, der Wagen parkt aus und gleitet die Straße hinunter. Ich habe keine Ahnung, um welches Fabrikat es sich handelt; ich bin nicht gut in so was. Aber er ist groß, wie die Schlitten, die mein Vater früher fuhr. Vielleicht ein Oldsmobile. Noch aus der Zeit, bevor man versucht hatte, uns klarzumachen, das seien jetzt andere Autos als die Schlitten, die unsere Väter gefahren haben.

Ich beobachte noch den sich entfernenden Wagen, als plötzlich das schrille Klingeln des Telefons ertönt.

Ich zucke zusammen. Ob er es ist?

Vorsichtig nehme ich den Hörer ab. »Hallo?«

Die einzige Antwort ist eine atmosphärische Störung – eine Störung, wie ich sie bei vielen seiner Anrufe schon gehört habe. Mein Herz beginnt zu hämmern, zum erstenmal zähle ich zwei und zwei zusammen.

»Ist das ein Autotelefon, du Schwein? Beobachtest du mein Haus, du kranker ...«

Das Freizeichen unterbricht meinen Wortschwall.

»Verdammter Scheißkerl!« rufe ich in den toten Hörer.

Alice blinzelt mich mißbilligend an.

– 4 –

»Probier mal, *cara*«, sagt meine Mutter und hält mir einen Holzlöffel mit Tomatensauce hin.

»Mmmm. *Perfetto.*« Am nächsten Tag bin ich zu Besuch im Reihenhaus meiner Eltern im Süden Philadelphias. Ich schwänze, weil meine Zwillingsschwester von ihrem Kloster Hafturlaub bekommen hat. Nach den Regeln ihres Ordens darf sie nur einmal im Jahr raus, Telefonanrufe oder Post sind ihr nicht gestattet. Ich hasse das Kloster, weil es mir meine Zwillingsschwester geraubt hat. Ich kann nicht glauben, daß Gott, selbst wenn er existieren sollte, uns hätte trennen wollen.

»Geht es dir gut, Maria?« Meine Mutter blickt finster hinter ihren dicken Brillengläsern, die ihre braunen Augen unnatürlich vergrößern. Sie ist halb blind, zu lange hat sie Lampenschirme im Keller dieses Hauses, dem Haus ihrer Kindheit, genäht. Außer der Küche hat sich nichts verändert; die Möbel und Installationen sind die gleichen wie damals, die Zeit ist stehengeblieben. Nach wie vor benutzen wir die schwarze blecherne Schalttafel als Schwarzes Brett und hinterlassen darauf Nachrichten zwischen eselsohrigen Karten mit den Ankündigungen von Totenmessen, einem Foto von JFK und einem vertrockneten Palmwedel.

»Mir geht's gut, Ma. Wirklich, mir geht's gut.« Es fiele mir nicht im Traum ein, ihr zu sagen, daß ich vielleicht verfolgt werde. Sie ist wie diese hochempfindlichen Instrumente, die den Luftdruck anzeigen – oder

Lügen. Sie besitzt eine hypersensible Nadel, die bei einer derartigen Nachricht unverzüglich in den roten Bereich katapultiert würde.

»Maria? Behandeln sie dich nicht gut in diesem Büro?« Sie betrachtet mich forschend. Der Holzlöffel ruht lang ausgestreckt an ihrer Stretchhose und wartet wie Excalibur in der Scheide auf seinen Einsatz.

»Ich habe einfach viel zu tun. Es ist jetzt bald soweit. Die Entscheidung, wer Partner wird, steht kurz bevor.«

»*Dio mio!* Die können froh sein, daß sie dich haben! Froh sein können die! Die Nonnen haben gesagt, du seist ein Genie! Ein Genie!« Ein Stirnrunzeln verzerrt ihre feinen Züge. Auch mit dreiundsiebzig legt sie jeden Morgen Make-up auf und läßt sich jeden Samstag um die Ecke die Haare machen. Der Friseur toupiert sie, damit die kahle Stelle verdeckt ist.

»Nach dem Maßstab der katholischen Schulen, Ma.«

»Ich sollte in dieses feine Büro gehen! Ich sollte denen sagen, wie froh sie sein können, daß meine Tochter bei ihnen als Rechtsanwältin arbeitet!« Sie zückt den Löffel und fuchtelt damit verwegen in der Luft herum.

»Nein, Mutter. Bitte nicht.« Sanft berühre ich ihren Unterarm, um sie zu beruhigen. Ihre Haut fühlt sich an wie Papier.

»In der Hölle sollen sie braten!« Sie zittert vor Aufregung. Ich umarme sie. Ihre Zerbrechlichkeit überrascht mich.

»Es ist alles in Ordnung. Mach dir keine Sorgen.«

»Was macht ihr zwei denn da, tanzt ihr Foxtrott?« scherzt mein Vater, der gerade Zigarre paffend in die Küche kommt. In seinem dünnen kurzärmeligen Hemd sieht er pummelig aus. Das Hemd ist fast durchsichtig, aus irgendeinem obskuren Synthetikmaterial, und darunter trägt er sein Spaghettifresser-T-Shirt. So lange ich denken kann, hat sich mein Vater in diesem Stil angezogen. Das heißt, wenn er sich feingemacht hat.

»Raus! Raus aus meiner Küche mit dieser Zigarre!« schreit meine Mutter – notgedrungen, denn mein Vater trägt nie sein Hörgerät.

»Bitte nicht schießen!« Er hebt beide Hände hoch, dreht sich folgsam um und geht wieder zu dem Baseballspiel, das im Fernseher im Wohnzimmer lärmt.

Die unnatürlich vergrößerten Augen meiner Mutter sind nur einen Zentimeter von meiner Nase entfernt. »Wann hört er endlich mit diesen Zigarren auf? Wann, frage ich dich?«

»Er raucht seit sechzig Jahren Zigarren, Ma. Glaubst du, er hört morgen damit auf?«

Plötzlich herrscht Bewegung an der Vordertür. Ich höre Angie, die meinem Vater eine Begrüßung zuruft. Meine Mutter und ich eilen ins Wohnzimmer, wo Angie gerade ihren Pullover auszieht.

»Hallo, meine Schöne«, sagt sie lachend. Sie nennt mich immer so. Das ist ihr ureigenster Scherz, denn wir sind eineiige Zwillinge.

»Angie!« Ich umarme sie ungestüm und drücke sie an mich.

»He, nicht so fest. Laß mich los.«

»Nein.«

»Mare ...«

»Erst, wenn du mir gesagt hast, daß ich dir gefehlt habe.«

»Ma, sorg dafür, daß sie mich losläßt, bitte.«

»Laß deine Schwester in Ruhe. Du bist zu alt für so was. Zu alt.« Meine Mutter schlägt mit dem Löffel auf meinen Arm.

»Zu alt, um meine eigene Zwillingsschwester zu umarmen? Seit wann gibt's denn das?«

Wieder schlägt sie mich.

»Au! Was soll das, *liebe Rabenmutter*?« Ich lasse Angie los.

»Ja, werd erwachsen«, sagt sie mit einem kurzen Auflachen. Ihre Augen sehen groß und strahlend aus unter dem Kurzhaarschnitt – unser Koboldhaarschnitt aus der Kinderzeit. Sie trägt Jeans und ein Penn-Sweatshirt wie ich, ihr Halloween-Kostüm hat sie anscheinend im Kloster gelassen. Wir sind wieder Zwillinge, abgesehen von der Frisur und der Tatsache, daß Angie, deren Inneres spirituell gefestigt ist, ausgeruht und heiter aussieht.

»Sieh sie dir an, Ma, sie sieht sehr gut aus!« sage ich. »Angie, du siehst toll aus!«

»Hör auf.« Angie kann kein Kompliment annehmen, sie konnte es noch nie.

»Dreh dich. Laß mich sehen.«

Pflichtschuldig macht sie eine schnelle Drehung in ihren Jeans.

»Trägst du Unterwäsche?«

Sie lacht vergnügt. Für den Bruchteil einer Sekunde erhasche ich wieder eine Momentaufnahme von der Zwillingsschwester, mit der ich aufgewachsen bin. Nur hin und wieder ist mir ein flüchtiger Blick auf die alte Angie vergönnt. Diese neue Zwillingsschwester kenne ich kaum.

»Basta, Maria! Basta!« tadelt meine Mutter glücklich.

»Du steckst also nicht in deiner Uniform. Ich fass' es kaum.«

»Ich habe mich in einer Gaststätte umgezogen, nachdem ich weggegangen bin.« Sie stellt ihre Handtasche auf den Boden.

»Warum?«

»Aus keinem besonderen Grund. Wahrscheinlich war ich es einfach leid, daß du immer deine Witze über die Ordenstracht gemacht hast.«

»Ich?«

»Du.«

»Mir gefällt das Sweatshirt. Du siehst wieder aus wie du selbst.«

»Als hätte ich nicht gewußt, daß du genau das sagen wirst«, sagt Angie.

»Sieh dir diese Haare an!« Meine Mutter streicht mit ihrer arthritischen Hand über Angies Kopf. »So weich. Wie Babyhaare.«

Angie lächelt, und ich wüßte zu gern, warum sie die Berührung meiner Mutter duldet, aber meine nicht.

»Sieh dir diese Haare an, Matty!« brüllt meine Mutter entzückt. »Genau wie bei einem Baby!«

Mein Vater lächelt. »Du hast dein Baby wiederbekommen, Mama.«

Angie strahlt in den Armen meiner Mutter.

»Ich komm' gar nicht darüber weg, wie gut du aussiehst, Ange. Ich glaube, ich bin verliebt«, sage ich.

»Hörst du endlich auf?« Immer noch lächelnd, windet sie sich aus der Umarmung meiner Mutter.

»Mir ist neu, daß du soviel besser aussiehst als ich. Du siehst aus wie die auf dem *Nachher*-Foto und ich wie die auf dem *Vorher*-Foto.«

»Das kommt davon, weil du zuviel arbeitest.«

»Erzähl mir, wie du das machst.«

»Bist du schon Partner?«

»Nein, darüber wird in zwei Monaten entschieden. Es macht mich noch verrückt. Ich hasse das Leben.« Ich wünschte, ich könnte mit ihr über die im Zusammenhang mit der Partnerschaft kursierenden Gerüchte sprechen und ihr von dem unbekannten Auto erzählen, aber wir werden kaum miteinander allein sein, es sei denn, es gelingt mir, sie irgendwo abzufangen.

»Das ist ein Schlag! Ins rechte Feld! Das könnte reichen... Es reicht!« schreit Richie Ashburn, der Fernsehkommentator, aber mein Vater ist so aufgeregt über das Wiedersehen mit Angie, daß er die Sportübertragung nicht beachtet. Meine Eltern vermissen Angie, obwohl sie stolz auf ihre Entscheidung sind. Sie sind stolz auf beide Zwillinge, auf die Tochter, die Gott dient, und auf die Tochter, die dem Mammon dient.

Wir versammeln uns in der Küche, unterhalten uns und trinken Filterkaffee aus angeschlagenen Tassen. Mehr haben wir heute gar nicht vor, und die ganze Zeit schreit Richie Ashburn lautstark seine Kommentare in ein leeres Wohnzimmer. Ich bringe das Gespräch bei der ersten Tasse in Gang und jammere über die vielen Fälle, die ich zu erledigen habe, aber mein Vater reißt die Unterhaltung bald an sich. Er versteht nichts, wenn andere miteinander sprechen, deshalb bleibt ihm nur die Möglichkeit, einfach drauflos zureden. Keine von uns stört sich besonders daran, am wenigsten meine Mutter, die seine Schilderung von der Zeit, als sie sich kennenlernten, mit Randbemerkungen schmückt.

Nach dem Essen zieht sich mein Vater zurück, und meine Mutter läßt sich des langen und breiten über den neuen Metzger aus, der zu wenig Fett wegschneidet. Sie erzählt ein paar Geschichten über sich, meist aus der Zeit ihrer Kindheit, und mir wird bewußt, wie sehr sie es braucht, mit jemandem sprechen zu können, der sie hören kann. Auch Angie muß das aufgefallen sein, sie wirkt keineswegs gelangweilt, und um die Wahrheit zu sagen, ich bin es auch nicht. Aber wir verziehen uns beide, als sie die Geschichte von der Gallenblasenoperation einer jungfräulichen Tante vom Stapel läßt. Angie ergreift die Gelegenheit, um ins Badezimmer zu gehen, und ich folge ihr die Treppe hinauf in der Hoffnung, sie allein zu erwischen. Ich komme gerade vor der Badezimmertür an, als sie sie zumachen will.

»Ange, warte. Ich bin's.« Ich schiebe meinen Fuß zwischen die Tür.

»Was tust du da?« Angie lugt durch den Türspalt.

»Ich möchte mit dir reden.«

»Nimm den Fuß da weg. Ich bin gleich fertig.«

»Wer bin ich, der Würger von Boston? Laß mich rein.«

»Ich muß auf die Toilette.«

»Klein oder Groß?«

»Mary, wir sind keine Kinder mehr.«

»Eben. Klein oder Groß?«

Sie schüttelt den Kopf. »Klein.«

»Okay. Bei Klein kannst du mich reinlassen.«

»Hat es nicht zwei Minuten Zeit?«

»Ich will nicht, daß Mom was mitkriegt. Machst du jetzt die gottverdammte Tür auf?«

Sie öffnet die Tür, und ich setze mich auf den geschwungenen Rand der alten Badewanne mit den Klauenfüßen. Mit in die Hüften gestemmten Händen steht Angie vor mir. »Worum geht's?« fragt sie.

»Du kannst ruhig pinkeln, wenn du mußt.«

»Ich kann warten. Warum sagst du mir nicht endlich, worum es geht?«

Ein Fünkchen Zorn lodert in meiner Brust auf. »Was ist so schlimm daran, Angie? Wir haben zusammen gebadet, bis wir zehn Jahre alt waren. Und jetzt willst du mich nicht mal mehr ins Badezimmer lassen?«

Sie schließt den Deckel über dem Toilettensitz und setzt sich leise aufseufzend darauf. Die alte Angie hätte mich angefahren, hätte sich, so gut es geht, zur Wehr gesetzt, aber diese Angie ging ins Kloster und kam nie wieder heraus. »Ist was Besonderes los?« fragt sie geduldig.

Aber jetzt bin ich beleidigt. »Nein.«

»Ach, Mary, wir wollen nicht streiten. Was ist los?«

Ich blicke hinunter auf die winzigen weißen Achtecke, mit denen der Boden gefliest ist. Die Fugen dazwischen sind so makellos weiß wie Zucker. Mein Vater war Fliesenleger, bis er einen Bandscheibenvorfall hatte, und er verfugt das Badezimmer jedes Jahr neu. Der Porzellankitt glänzt wie nur irgendwas im Trump Tower. Mein Vater leistet großartige Arbeit.

»Schön, findest du nicht?« sagt Angie.

Ich lächle. Früher konnten wir gegenseitig unsere Gedanken lesen; ich habe den Verdacht, Angie kann meine heute noch lesen. »Was hat Pop immer gesagt?«

»Das ist kein Handwerk, das ist eine *Kunst.*«

»Stimmt.« Ich blicke auf, ihr Gesicht hat sich entspannt. Ich hole tief Luft. »Ich weiß nicht, wo ich anfangen soll, Ange. Da tut sich soviel. Im Büro. Zu Hause. Ich fühle mich ständig unter Druck.«

»Was belastet dich?«

»Es sind diese letzten paar Wochen, bis die Entscheidung über die Partnerschaft gefallen ist. Ich habe gehört, sie übernehmen nur zwei von uns. Was ich auch tue, alles wird wie unter dem Mikroskop beobachtet. Dann kriege ich diese ekelhaften Telefonanrufe. Und gestern abend hätte ich schwören können, daß mich jemand von einem Auto aus beobachtet, das auf der anderen Straßenseite stand.«

Sie runzelt die Stirn. »Bist du sicher?«

»Ja.«

»Aber warum sollte dich jemand beobachten? Du bist doch nicht in irgendwelche Schwierigkeiten verwickelt, oder? Ich meine, durch deine Arbeit.«

»Ich bearbeite keine Strafsachen, wenn es das ist, was du meinst. Mit so etwas würde sich Stalling nie abgeben.«

Meine Mutter ruft von unten: »Angela! Maria! Nachtisch!«

Angie steht auf. »Vielleicht bildest du dir alles nur ein. Du hattest immer schon eine lebhafte Phantasie, das weißt du.«

»Das stimmt nicht.«

»Ach, wirklich nicht? Und wie war das damals, als

du in unserem Zimmer Knoblauch aufgehängt hast, nachdem wir diesen Vampirfilm angeguckt haben? Er hing fast ein ganzes Jahr lang an unserem Schwarzen Brett. Ein halber Meter langer Knoblauchzopf.«

»Na und?«

»Meine sämtlichen Pullover rochen wie Pesto.«

»Immerhin hatten wir nie Probleme mit Vampiren.«

Sie lacht. »Du bist wahrscheinlich überarbeitet. Du mußt ausspannen. Was passiert schon, wenn du nicht Partner wirst? Du bist eine gute Rechtsanwältin. Du bekommst einen anderen Job.«

»Ach ja? Bei einer Beförderung übergangen zu werden ist nicht unbedingt eine Empfehlung, und der Markt in Philadelphia ist dicht. Selbst die großen Firmen entlassen Leute.«

»Du mußt Ruhe bewahren. Ich bin felsenfest überzeugt, alles geht gut aus. Ich würde dir ja sagen, alles liegt in Gottes Hand, aber ich weiß, welche Antwort ich darauf bekäme.«

»Mädchen, euer Kaffee wird kalt!« ruft meine Mutter.

»Sie wartet auf uns«, drängt Angie. »Und ich muß immer noch auf die Toilette.«

Zögernd stehe ich auf. »Ich wünschte, wir hätten Zeit, um richtig miteinander zu reden. Nie reden wir miteinander. Ich weiß nicht einmal, wie es dir geht. Geht es dir gut?«

»Mir geht's ausgezeichnet«, sagt sie mit einem glatten Lächeln, wie man es für einen Bankangestellten aufsetzt.

»Ehrlich?«

»Ehrlich. Jetzt geh schon. Ich muß pinkeln.« Sie schiebt mich zur Tür hinaus. »Ich bete für dich«, ruft sie von drinnen.

»Na toll«, murmle ich und gehe hinunter in das abgedunkelte Wohnzimmer. Die Übertragung ist zu Ende. Mein Vater steht vor dem Fernsehgerät und sieht zu, wie die Mannschaft der Phillies das Spielfeld verläßt. Im Dunkeln flackern rote, blaue und grüne Lichter über sein Gesicht. Trotz des bunten Treibens auf seinem Gesicht sehe ich, daß er niedergeschlagen ist. »Haben sie wieder verloren, Pop?«

Er hört mich nicht.

»Haben sie verloren, Pop?« schreie ich.

Er nickt und schaltet seufzend den alten Fernseher ab. Nach einem kurzen elektrischen Knistern herrscht Totenstille im Zimmer. Mir war vorher gar nicht aufgefallen, wie laut der Ton des Gerätes aufgedreht war. Er zieht an der Schnur der Stehlampe, und das Zimmer wird schlagartig gleißend hell. Sie müssen eine Millionen-Watt-Birne in der Lampe haben; der Pergamentschirm ist in der Mitte bereits braun. Ich will gerade etwas dazu sagen, da fällt mir ein, daß Mutters schlechte Augen der Grund sein könnten.

»Möchtest du ein paar Cannoli, mein Schatz?« fragt mein Vater liebevoll und legt einen Arm um meine Schultern.

»Du hast die mit Schokostreuseln, oder? Denn wenn du die nicht hast, gehe ich auf der Stelle. Der Service hier hat ganz schön nachgelassen.«

»Was wäre ich für ein Vater, wenn ich nicht die mit Schokostreuseln hätte? Ha?« Er drückt mit der Hand meine Schulter, und wir gehen zusammen in die Küche.

Während wir unsere Stühle zurechtrücken, meckert meine Mutter wegen des inzwischen kalt gewordenen Kaffees. Angie setzt sich zu uns. Die schlaffen Schultern meines Vaters sacken über seiner Kaffeetasse nach vorn. Wir setzen die Unterhaltung fort, er sitzt nur stumm dabei, und meine Mutter schwatzt sich unruhig durch das Dessert. Etwas stimmt nicht, aber ich komme nicht dahinter, was. Auch Angie spürt es, denn als mein Vater zum zweitenmal ein Cannoli ablehnt, stupst sie mich verstohlen an.

»Pop«, sage ich, »nimm dir ein Cannoli. Ich bin die einzige hier, die ißt.«

Er blickt nicht einmal auf. Ich weiß nicht, ob er mich nicht gehört hat oder was sonst mit ihm los ist. Angie und ich wechseln Blicke.

»Pop?« schreit Angie. »Alles in Ordnung mit dir?«

Meine Mutter berührt meine Hand. »Laßt ihn in Ruhe. Er ist nur müde.«

Mein Vater blickt auf, seine sanften braunen Augen schimmern feucht. Er drückt mit zwei schwieligen Fingern auf die Augenlider.

Rasch steckt ihm meine Mutter eine Serviette zu. »Stimmt doch, Matty? Du bist müde, ja?«

»O ja. Ich bin müde.« Er nickt.

»Du stellst Suggestivfragen, Ma«, wende ich ein.

Sie wedelt mich weg wie eine lästige Fliege. »Euer Vater und ich haben gestern abend über Frank Rizzo gesprochen. Erinnert ihr euch, es war um diese Zeit herum, als Rizzo den Herzinfarkt hatte. Es ist eine Sünde. Er hätte wieder Bürgermeister werden können.«

Mein Vater scheint völlig in Gedanken versunken. Halb zu sich selbst sagt er: »So plötzlich. So jung. Wir waren nicht darauf vorbereitet.«

»Es ist eine Sünde«, wiederholt meine Mutter und reibt ihm den Rücken. Ihr Lippenstift ist abgegangen, und ihre Lippen sehen blutleer aus.

»Pop, Rizzo war fast achtzig«, werfe ich ein, aber Angie bringt mich mit einem Blick zum Schweigen. Ihre Augen sagen mir, um wen sie trauern. Um den Mann, der Filterkaffee und die Phillies liebte und gelegentlich sogar eine Zigarre rauchte – Mike. Ich verspüre einen schmerzhaften Stich in meinem Innern; ich frage mich, wann dieser Schmerz aufhören wird. Steif stehe ich auf. »Ich glaube, ich muß gehen. Ich muß morgen früh raus.«

Erstarrt und klein kauern meine Eltern nebeneinander am Tisch.

Angie räuspert sich. »Ich auch. Ich muß mich noch umziehen.«

Ich gehe zur Fliegengittertür mit dem albernen, in Laubsägearbeit ausgesägten D und starre hinaus in die kühle, neblige Nacht. Ich erinnere mich an die Nächte zu der Zeit, als ich klein war. Die Nachbarn saßen in ihren Liegestühlen draußen, die Frauen schwatzten auf italienisch und die Männer spielten *mora*. Angie und ich saßen in unseren identisch aussehenden Schlafanzügen auf der Marmortreppe wie Zwillingsmaskottchen. Es ist lange her.

Ich wünschte, ich könnte diese Atmosphäre erneut spüren.

Ich öffne die Fliegengittertür und gehe über die Vorderstufen auf den Gehweg hinunter. Die Luft ist kühl vom Nebel. Er hängt tief, bis auf die dicken silbrigen Pfosten herunter, die eingelassen wurden, um das Parken auf dem Gehweg zu verhindern. Eine dumme Idee – der ganze Erfolg besteht darin, daß die Leute gezwungen sind, auf den Hauptstraßen in der zweiten Reihe zu parken. Und wie mein Vater sagt, im Süden Philadelphias sind die Autos größer als die Häuser.

Plötzlich rast ein schwerer Wagen heran, er ist viel zu schnell für diese schmale Straße. Direkt vor mir kommt er dem Bordstein gefährlich nahe, ich spüre sogar einen kalten Luftzug in seinem Sog.

»He, Freundchen!« schreie ich hinter ihm her. Erst dann fällt es mir auf: Der Wagen sieht genauso aus wie das Auto von gestern abend.

Ich laufe mitten auf die Straße und starre blinzelnd in die Dunkelheit. Aber ich erhasche lediglich noch einen Blick auf die flammendroten Rücklichter, danach biegt der Wagen rechts ab und verschwindet im Dunkeln. Mein Vater tritt aus dem Haus, gefolgt von meiner Mutter.

»Pop! Hast du das Auto gesehen? Was war das für ein Typ? War das ein Oldsmobile?«

»Was?« Er legt eine Hand hinter das Ohr, seine Silhouette vor der Fliegengittertür wirkt schwerfällig.

»Ma! Hast du das Auto gesehen?«

»Was denn für ein Auto?« brüllt sie und blinzelt hinter ihren kugelsicheren Brillengläsern.

Hinter den beiden, in einiger Entfernung, steht Angie.

– 5 –

»Ich würde sagen, das ist böse Post, du auch?« fragt Brent grimmig. Er hält ein weißes Blatt Papier in der Hand, auf dem steht:

GLÜCKWUNSCH ZUR PARTNERSCHAFT, MARY

Die Worte sind in Großbuchstaben getippt. Die Schrift sieht aus, als sei der Brief auf einem Computer geschrieben und mit einem Laserdrucker gedruckt worden. Solche Drucker benutzen wir auch bei Stalling. Alles auf dem neuesten Stand der Technik. Das Papier ist glatt. Der Brief ist nicht unterschrieben.

Ich lese den Text noch einmal. »Sonderbar.«

»Sehr.«

»Das ist nicht nett gemeint, oder was glaubst du?«

»Nein.« Brents Gesicht wirkt angespannt.

»Was glaubst du, von wem das ist?«

»Keine Ahnung. Da ist nichts drauf, was auf den Absender schließen läßt.«

»Laß mich mal sehen.« Ich nehme den Umschlag, ein gewöhnliches weißes Kuvert für Geschäftsbriefe, und inspiziere ihn. Vorne stehen mein Name und die Adresse von Stalling in Großbuchstaben. Auch vom Laserdrucker. Die Marke zeigt eine winzige amerikanische Flagge. »Das verstehe ich nicht.«

»Ich schon.«

»Was?«

»Ich glaube, da ist jemand eifersüchtig auf dich, genau das glaube ich. Die Neuigkeit über deinen Erfolg mit dem Harbison-Antrag hat sich im ganzen Büro herumgesprochen. Alle wissen, daß du unter Bitterman gewonnen hast. Das ist schon eine große Sache für eine Mitarbeiterin. Ich habe sogar in der Cafeteria die Sekretärinnen darüber reden hören. Du kannst also sicher sein, daß auch die Rechtsanwälte davon sprechen.«

»Im Ernst?«

»Natürlich. Du bist ein Star, Kindchen. Jetzt werden deine Feinde aus den Löchern kriechen. Das beweist wieder einmal meine Theorie.«

»Welche Theorie?«

»Hab' ich dir noch nie von meiner Theorie erzählt?«

»Du hast mir von deiner Ausgleichstheorie erzählt, nach der Arschlöcher einander heiraten. Von deiner Theorie über Haßbriefe hast du mir noch kein Wort gesagt.«

»Na so was. Also meine Theorie lautet folgendermaßen: Wer deine wahren Freunde sind, merkst du, wenn dir etwas Gutes widerfährt, und nicht, wenn dir etwas Schlechtes zustößt. Wenn es dir schlechtgeht, lieben dich alle. Dann ist es leicht, dich zu lieben.«

»Das ist doch krank, Brent.«

»Aber es stimmt. Das hier ist ein gutes Beispiel. Es muß jemanden geben, den du für deinen Freund hältst, der aber in Wahrheit gar nicht dein Freund ist. Jedenfalls kein wahrer Freund. Da ist jemand wie verrückt eifersüchtig auf dich und konkurriert insgeheim mit dir. Wer immer es ist, er oder sie lächelt dir ins Gesicht.«

Seine Worte verunsichern mich. »Wer könnte das sein?«

»Überleg doch. Wer konkurriert gerade jetzt mit dir wegen der Partnerschaft? Judy und Ned. Wir beide wissen, Judy kann es nicht sein, also bleibt Ned. Ich konnte den Kerl noch nie ausstehen.« Sein Blick wird hart.

Meine Gedanken überschlagen sich. Besteht eine Verbindung zwischen diesem anonymen Brief und dem Auto? Oder den Telefonanrufen? Handelt es sich um ein und dieselbe Person, oder sind es mehrere? Lieber Himmel. Ich reiche Brent den Briefumschlag. Ich will ihn nicht einmal mehr in der Hand halten.

Die Lage spitzt sich zu, flüstert die Mike-Stimme. *Zuerst die Anrufe. Dann das Auto. Jetzt ein anonymer Brief.*

»Mary? Alles okay?«

Ich sinke auf meinen Stuhl. »Ich glaube, das hängt irgendwie mit den Telefonanrufen zusammen.«

»Mit Mr. Geheimnisvoll?«

»Brent, da geht irgend etwas vor.«

»Was meinst du?«

»Mach die Tür zu, okay?«

»Mare, was geht da vor?« Er schließt die Tür und läßt sich auf den Stuhl vor meinem Schreibtisch fallen.

»Ich glaube, irgend jemand beobachtet mich. Verfolgt mich.«

»Was?« Seine Augen weiten sich.

Ich erzähle Brent von dem Wagen in meiner Straße und von dem Zwischenfall vor dem Haus meiner Eltern. Kaum habe ich geendet, rastet er aus. »Du mußt die Bullen anrufen! Jetzt, sofort!« Er deutet auf das Telefon auf meinem Schreibtisch. »Worauf wartest du noch?«

»Das geht nicht. Ich bin mir noch nicht einmal sicher, was das Auto angeht. Vielleicht bilde ich mir das alles …«

»Mary, *das* hier bildest du dir nicht ein!« Er wedelt mit dem anonymen Brief in der Luft herum wie mit einer Signalflagge.

»Ich kann nicht einfach die Bullen anrufen. Kannst du dir vorstellen, was dann hier los ist? Wie die Bullen alle in der Firma – sogar die Partner – über mich befragen? Genau das, was ich jetzt brauche, direkt vor der Wahl der neuen Partner.«

»Mare, was ist bloß los mit dir? Jemand ist hinter dir her, und du machst dir Sorgen wegen der Partnerschaft?«

»Es ist niemand hinter mir her, es gibt keinen Grund, das so zu formulieren.«

In diesem Augenblick schrillt mein Telefon. Wir wechseln unbehagliche Blicke. Brent entscheidet. »Laß Lucinda abnehmen. Und irgendeiner *ist* hinter dir her. Was glaubst du, wie man das nennt, wenn jemand ständig einen anderen verfolgt?«

Das Telefon läutet erneut, und Brent bedenkt es mit einem bösen Blick. »Scheiße! Kann sie nicht *einmal* ihren Arsch hochkriegen? Ich nehme schließlich auch für *sie* ab!«

Das Telefon läutet zum drittenmal.

Ich greife danach, aber Brent hindert mich. »Nein, laß mich ran. Wenn es dieses Arschloch ist, brülle ich, bis ihm das Trommelfell platzt.« Er packt den Hörer mit festem Griff. »Ms. DiNunzios Büro«, meldet er sich mit flotter Telefonstimme. Sein Gesicht wird blaß. »Okay. Jetzt gleich.« Er nickt und hängt ein.

»Was ist denn?«

»Du sollst zu Berkowitz kommen.«

»Warum? Ist was im Busch? War er das selbst?«

»Es war Delia. Sie sagte, er wolle dich sofort sehen.«

»Na, großartig. Das hat mir gerade noch gefehlt.« Ich krame in meiner Handtasche nach meiner Puderdose und überprüfe mein Aussehen in dem kleinen runden Spiegel. Ein Kreis aschblonder schulterlanger Haare. Ein Kreis mit einem dunkelbraunen Auge, auf dessen Hornhaut eine harte Kontaktlinse schwimmt. Ein Kreis weißlicher Zähne, mit Hilfe eines in Raten bezahlten Kieferorthopäden in einer geraden Reihe ausgerichtet. Mike sagte immer, ich sei hübsch, aber heute finde ich mich gar nicht hübsch.

»Was treibst du da? Mach dich auf die Strümpfe! Du bist ja noch schlimmer mit diesem Spiegel als Vic«, schimpft Brent. Vic, ein Barkeeper bei Mr. Bill's, einer Schwulenbar in der Locust Street, ist seit fünf Jahren sein Geliebter. Judy nennt ihn Wichs, aber Brent behauptet, er wäre zuerst draufgekommen. »Los, Mädel, du kommst zu spät!«

Berkowitz hat ein Eckbüro auf Hochmut, und Delias Schreibtisch blockiert den Eingang wie eine aus Nußbaumholz errichtete Barrikade. Sie tippt und lauscht dabei durch den Kopfhörer des Diktiergerätes der Stimme des Großen Vorsitzenden Berkowitz. Nicht einmal der häßliche Kopfhörer beeinträchtigt ihre Schönheit. Glänzendes rotes Haar, eine perfekte Nase und den geilsten Schmollmund der Rechtsgeschichte. Judy hat recht. Delia *ist* eine Wahnsinnsfrau.

»Hi, Delia.«

»Ich habe zu tun.« Sie blickt nicht einmal auf, sondern hämmert mit spitzen Acrylnägeln weiter auf die Tasten ihres Textcomputers ein. *Klick-klick-klick-klick.* Es hört sich an wie Hagel auf einem Dach. Zu schade, daß es aussehen wird wie *jciywegwebcniquywgxnmai.* Ich weiß es, ich habe ihre Werke schon oft bewundert.

»Oh. Entschuldigung.«

»Er ist drin.« *Klick-klick-klick. Oreuhbalkejeopn?*

»Dann geh' ich gleich rein.«

»Wie Sie wollen.«

Das ist mehr Förmlichkeit, als ich ansonsten von Delia gewohnt bin; ich frage mich, was sie stört. Ich marschiere auf Berkowitz' Büro zu, aber sein kräftiger Rücken ist der Tür zugewandt. Der englische Maßanzug spannt sich an den Schulternähten, als Berkowitz sich ein wenig vornüberbeugt. Anscheinend das einzige Mal, daß Burberrys einen Kühlschrank eingekleidet hat.

»Gehen Sie schon rein!« fährt mich Delia an.

Der Befehl befördert mich erschrocken ins Allerheiligste. Berkowitz telefoniert und dreht sich nicht um. Ich gehe die drei Häuserblocks bis zu seinem Schreibtisch und setze mich in einen üppigen Lederschwingsessel. Die ganze Ausstattung schreit Straßenjunge-der-es-zu-Gott-gebracht-hat – ich meine, zu gottsmillionischem Reichtum. Der Schreibtisch ist französisches Barock mit einer hochglanzpolierten Oberfläche. Der Schreibtischsessel mit der hohen Lehne könnte dem Sonnenkönig persönlich gehört haben. Fotos von Berkowitz' erster, zweiter und dritter Kinderserie zieren Mahagonitischchen mit gedrechselten Beinen. Ich komme mir vor wie ein Küchenmädchen in Versailles.

»Das ist mir egal, Lloyd! Das ist mir verdammt noch mal *scheißegal*!« bellt Berkowitz in das Telefon, während er in seinem Stuhl herumschwenkt. »Sagen Sie dem kleinen Dreckskerl, wenn er glaubt, er könnte mich reinlegen, dann ziehe ich andere Saiten auf! Wir können seine *beschissene* kleine Drecksfirma fertigmachen, und das werden wir!« Berkowitz ist derart vertieft in das, was im Strafgesetzbuch von Pennsylvania Terroristische Drohungen genannt wird, daß er mich gar nicht beachtet. Judy nennt ihn Brutalkowitz, aber meiner Meinung nach ist sie da unfair. Berkowitz wuchs im verrufenen Westen Philadelphias auf und kämpfte sich mit Intelligenz und eisernem Willen bis hinauf zum höchsten Gipfel. Wenn ein Multikonzern tief im Dreck steckt, zählt er zu den wenigen Rechtsanwälten in diesem Land, die den jämmerlichen Arsch des Vorstands retten können. Garantiert. Ohne Brief und Siegel.

»Was zum Teufel bildet der sich eigentlich ein? Ich hab' ihm gesagt, worum's geht, und er versucht, mich als Idioten hinzustellen! Der fliegt so schnell wieder aus dem Ausschuß raus, daß ihm schwindlig wird im

Kopf!« Berkowitz brüllt einen seiner Apostel aus dem Regelausschuß an, dessen Vorsitzender er ist. Dieses Gremium setzt sich aus zwölf Mann zusammen, sämtlich Bundesrichter und führende Prozeßanwälte, und tagt in unseren Büroräumen, um Änderungen der Verfahrensregeln des Bundesgerichtes auszuarbeiten. Falls irgend etwas bei der letzten Besprechung schiefgelaufen ist, werden Köpfe rollen. Und Eier. Und es wird einiges den Bach runtergehen.

»Sagen Sie mir nicht, ich soll mich beruhigen! Ich *bin* ruhig! ... Nein! Nein! Nein! Dann sehen *Sie* zu, wie Sie mit ihm zurechtkommen!« Berkowitz knallt den Telefonhörer auf die Gabel. Sein eiskalter Blick sagt mir, daß er wieder in der Girard Avenue ist, um Jahrzehnte zurückversetzt, und sich gegen die kleinen Ganoven wehrt, die einen Blick auf seine Vorhaut riskieren wollen. Oder vielmehr die fehlende. Berkowitz schüttelt den Kopf, sein Gesicht glüht noch immer. »So ein Scheißkerl! Das kann doch nicht wahr sein. Können Sie sich das vorstellen?«

Ich gelange zu dem Schluß, daß es sich um eine rhetorische Frage handelt, und halte den Mund.

Gereizt reibt er sich die Augen und lehnt sich zurück. Sein Blick sagt: Schwer ist das Haupt, das die Krone trägt. »Wollen Sie meinen Job, Maria, Maria aus Bahia?«

»Wie bitte?«

»Ich frage Sie. Wollen Sie ihn?« Er lächelt nicht.

»Ich verstehe nicht.«

»Wollen Sie eines Tages hier sitzen? Die Abteilung leiten, Vorsitzende der Ausschüsse sein? Als ich in Ihrem Alter war, wollte ich unbedingt der sein, der ich heute bin, um jeden Preis.« Er schaut aus dem riesigen Fenster, aus dem man den schönsten Ausblick auf die Stadt hat. Von hier kann man den Delaware überblikken. Man erkennt deutlich die sich schlängelnde dunkle Grenze, die der Fluß zwischen Pennsylvania und New Jersey bildet. Eine einsame Touristenfähre gleitet langsam unter der Ben-Franklin-Brücke durch. Wir sind auch nicht mehr der Anlaufhafen, der wir mal waren.

»Ich hätte getötet, um so weit zu kommen«, sagt Berkowitz abwesend. Unvermittelt greift er nach einer Packung Marlboro auf seinem Schreibtisch und zündet sich eine Zigarette an. Er pafft eine Rauchwolke aus, so dick, daß man glauben könnte, in seinem Büro fände gerade die industrielle Revolution statt. Ich tue so, als würde mich der Rauch nicht stören, aber er stört mich, gewaltig sogar. Ich versuche, nicht zu atmen.

»Aber Sie haben kein Interesse an diesem ganzen Scheiß und ich auch nicht. Sie fragen sich, warum ich Sie herbestellt habe.« Er nimmt einen tiefen Zug von seiner Zigarette und schielt durch die Rauchschwaden zu mir herüber.

Ich nicke.

»Aus zwei Gründen. Erstens: Das war ein Mordsding mit dem Harbison-Antrag vor Bitterman. Ich traf ihn bei der Versammlung des Regelausschusses« – an dieser Stelle zuckt er leicht zusammen –, »und er hat mir gesagt, in Ihnen stecke eine Menge.«

»Äh … danke.«

»Er ist ein widerwärtiger Dreckskerl, finden Sie nicht?«

Ich lache.

»Zweitens: Der Chef der Rechtsabteilung von Harbison hat mir einen neuen Fall übertragen. Sie wissen ja, wie sie ihre Aufträge verteilen, möglichst so, daß alle Firmen miteinander konkurrieren. Ursprünglich hatten sie den Fall Masterson übergeben, aber nun ist der Chef der Rechtsabteilung überzeugt, wir würden bessere Arbeit leisten. Und das tun wir auch, stimmt's?«

»Stimmt.« Wir haben also Masterson, Moss & Dunbar, der Firma an der Spitze der Heiligen Dreifaltigkeit, einen Fall weggenommen. Wir müssen sie mit unserem Sieg vor dem Bärbeißigen und etwas Bettgeflüster von Berkowitz ausmanövriert haben. Er sagt nichts in dieser Richtung, aber ich brauche keinen Spickzettel, um Latein auf Grundkursniveau zu übersetzen.

»Es geht wieder um einen Fall von Altersdiskriminierung. Sie haben einen leitenden Finanzchef degradiert, es handelt sich also um eine Sache ganz oben. Und sie wollen auf gar keinen Fall einen Vergleich. Sie wollen den Scheißkerl fertigmachen.« Berkowitz bläst eine gewaltige Rauchwolke möglichst weit nach oben. Das macht er auch bei Besprechungen. Er glaubt dann, er verhalte sich ausgesprochen rücksichtsvoll. »Ich übergebe Ihnen den Fall, Maria Maria. Sie erledigen sämtliche Anrufe und Termine, aber halten Sie mich über die Korrespondenz auf dem laufenden. Ich will nicht dastehen wie das letzte Arschloch, wenn der Kerl von der Rechtsabteilung anruft. Heute um halb vier ist ein Vorverfahren angesetzt. Es ist Ihr Kind. Irgendwelche Fragen?« Er saugt an der Zigarette, die er zwischen seine dicken Fingerknöchel geklemmt hat. Die Glut leuchtet auf wie eine rote Ampel.

»Und ... Martin?«

»Vergessen Sie Martin!« sagt er und stößt Rauch aus. »Sie brauchen Martin doch nicht, oder?«

»Nein, ich dachte nur ... ich dachte, er erledigt diese Dinge für Sie.«

»Tja, das tut er nicht. Ich habe es ihm gestern gesagt. Er ist einverstanden. Wollen Sie nun diesen Fall oder wollen Sie ihn nicht?«

»Ich will ihn, natürlich will ich ihn.«

»Gut. Dann sind wir verheiratet.« Er bricht in Gelächter aus.

Ich lache ebenfalls, vor Erleichterung und Verwunderung.

»Jetzt verschwinden Sie aus meinem Büro. Sehen Sie nicht, daß ich ein vielbeschäftigter Mann bin?«

Ich lache noch einmal, aber die Besprechung ist beendet. Ich stehe auf und wende mich zum Gehen.

»Übrigens, heute war Ned Waters bei mir und hat rumgemeckert. Er hat irgendwas gehört, daß nur zwei im Juni Partner werden. Kam Ihnen auch etwas dergleichen zu Ohren, Maria, Königin der Schotten?«

»Nein«, lüge ich.

»Gut«, antwortet er, wohl wissend, daß ich lüge. »Es stimmt auch nicht.«

»Gut«, antworte ich, wohl wissend, daß er lügt.

Als ich sein Büro verlasse, sehe ich, daß Delia die Kopfhörer abgenommen hat. Sie baumeln ihr um den Hals wie eine zu enge, billige Kette. Im Vorbeigehen fällt mir auf, wie affektiert sie ihren Tee aus einer weißen Porzellantasse nippt. Eine Vorliebe, die sie von Berkowitz abgeguckt hat, der gerne seine Marlboro auf der Untertasse ausdrückt.

»Auf bald, Delia.«

»Bereit für das Spiel mit den großen Jungs, Mary?« Sie durchbohrt mich mit Blicken über ihre zierliche Tasse hinweg.

Ihre Miene verwirrt mich. »Denke schon.«

»Das würde ich Ihnen auch raten.« Ihre schönen Augen funkeln feindselig. Laut klirrend stellt sie die Tasse auf die Untertasse. Ein unheilvolles Geräusch.

»Sind Sie aus irgendeinem Grund wütend auf mich, Delia?«

»Auf Sie, Mary? Niemals. Sie sind doch die kleine Miß Perfekt. Ave Maria, voller Gnaden. Die hat er vergessen, nicht wahr? Aber die kennt er nicht.«

Bevor ich reagieren kann, erscheint Berkowitz' massige Silhouette in der Tür. Seine Zigarette ist bis zu dem V zwischen Zeige- und Mittelfinger heruntergebrannt, aber er achtet nicht darauf. »Delia, ich brauche Sie«, sagt er barsch.

»Aber ich unterhalte mich gerade so nett mit Mary, Mr. Berkowitz.« Ihre Mundwinkel gehen nach oben, ihre vollen Lippen verziehen sich zu einem durchtriebenen Lächeln.

»Sofort!« Es klingt wie ein Pistolenschuß.

Ich fahre zusammen, aber Delia nicht. Immer noch lächelnd, steht sie auf und präsentiert sich langsam in voller Größe von ihren kecken Brüsten an abwärts. Ihr Blick begegnet dem von Berkowitz. Er sieht sie an wie der gestrenge Direktor ein unartiges Schulmädchen. Im Hinausgehen höre ich, wie sich die Tür zu Berkowitz' Büro hinter ihnen schließt.

– 6 –

»Oho!« Hinter der geschlossenen Tür meines Büros stößt Brent einen Triumphschrei aus. »Sie ist eifersüchtig auf dich, Mare. Sammie hat dir deine große Chance gegeben, und das bringt sie um. Hier geht's nicht zu wie in einer Anwaltskanzlei, sondern wie in einer Fernsehserie!«

»Glaubst du wirklich, sie ist eifersüchtig?«

»Diesem Mädchen gehört der Hintern versohlt, und ich wette, ich weiß, wer das …«

»Eifersüchtig genug, um mir diesen anonymen Brief zu schicken?«

Er macht ein langes Gesicht. »Mein Gott, Mary. Daran habe ich nicht im Traum gedacht.«

»Wäre sie dazu fähig?«

»Ich weiß nur, was ich über sie gehört habe. Sicher, sie ist der Typ, der Haßbriefe schreibt – da muß sie nicht lange überlegen. Aber dir in einem Wagen nachfahren? Das ist ein bißchen viel. Das kann ich mir eher bei Waters vorstellen. Und er hat wahrlich mehr Grund dazu. Du kostest ihn die Partnerschaft.« Brent beißt sich auf den Daumennagel.

»Ich glaube nicht, daß es Ned ist.«

»Warum nicht?«

»Eine innere Stimme sagt mir, daß er es nicht ist. Ich weiß auch nicht; er wirkt irgendwie verletzlich. Und warum nicht Delia? Sieh mal, ich weiß nicht, ob sie eine Affäre mit Berkowitz hat, und es spielt auch keine Rolle. Aber was, wenn sie in ihn verknallt ist und er ein Faible für mich hat? Vielleicht reicht das, um sie stocksauer zu machen.«

»Sie haben eine Affäre, Mare. Am Montag abend ging er fünf Minuten nach ihr. Janet hat vier Dollar gewonnen.«

Augenblicklich schießt mir durch den Kopf, wie Berkowitz Delia angesehen hat, bevor sich die Tür hinter ihnen schloß. »Okay. Vielleicht haben sie eine Affäre. In diesem Fall wäre sie doch noch eifersüchtiger, oder nicht?«

Er schüttelt den Kopf und betrachtet prüfend seinen mißhandelten Nagel. »Sie ist es nicht«, sagt er mit Bestimmtheit.

»Woher weißt du das?«

»Keine Tippfehler.«

Also hat er auch gesehen, wie sie arbeitet.

Eine Weile später schleppt mich Judy zum Mittagessen zum Bauchfüller. Mir ist es recht, ich habe sowieso keinen Hunger. Das Lokal ist voll besetzt mit Angestellten aus dem mittleren Management. Sie sitzen hinter ihren mit verschiedenen Fleischsorten belegten Sandwiches und heucheln Desinteresse an der Seifenoper auf dem großformatigen Fernsehschirm. Ich erzähle Judy von dem Auto, das am Haus meiner Eltern vorbeigerast ist, und von dem anonymen Brief in der Morgenpost. Meine Geschichte scheint noch realitätsferner als die Fernsehserie, und ich brauche fast genauso lange, um sie zu erzählen, wie die Folge der Serie dauert. Judy ist mit ihrem Nachtisch fertig, als ich endlich zum Ende komme.

»Brent hat recht«, sagt sie entschieden. »Ich glaube auch, Ned hat den Brief geschrieben. Das ergibt den meisten Sinn. Er will diese Partnerschaft mehr als alles auf der Welt.«

»Mehr als wir?«

»Sicher. Er hat einen berühmten Vater, dem muß er

was beweisen, hast du das vergessen? Und die Firma ist sein Leben. Sie ist alles, was er hat.«

Judys Worte hallen in meinem Kopf wider. Sie ist auch alles, was *ich* habe. Das muß der Grund sein, warum ich so besessen bin von der Partnerschaft und sie nicht. Ich trinke einen Schluck Wasser aus einem angeschmuddelten Glas.

»Wir können nicht mit Bestimmtheit sagen, ob zwischen dem Auto und dem anonymen Brief ein Zusammenhang besteht, aber mir scheint das wahrscheinlicher als das Gegenteil. Aus irgendeinem Grund, nenn es meinetwegen Sexismus, fällt es mir schwer zu glauben, daß eine Frau dich in einem Auto verfolgen würde. Deshalb ist Delia draußen.«

»Ja, vermutlich.« Ich bin angespannt und verwirrt. Auf dem riesigen Fernsehschirm blickt eine riesige Krankenschwester angespannt und verwirrt. Eine Parodie auf mein Leben direkt vor meinen Augen. Ich versuche, den Fernseher zu ignorieren, aber er ist ebenso schwer zu übersehen wie die riesige Uhr in meinem Bürofenster. Wohin ich in letzter Zeit auch gehe, überall tauchen große unheimliche Dinge auf wie in einem Alptraum von Claes Oldenburg.

»Hast du den Wagen schon einmal tagsüber gesehen?«

»Nein.«

»Das läßt darauf schließen, daß der Betreffende tagsüber arbeitet.«

»Alle bei Stalling, mit anderen Worten.«

Judy überlegt eine Minute. »Hast du schon daran gedacht, die Bullen zu verständigen?«

»Brent will, daß ich es tue, aber mir ist diese Vorstellung zuwider. Das letzte, was ich jetzt brauchen kann, sind Ermittlungen in der Firma. Dann könnte ich meiner Karriere gleich Lebewohl sagen.«

»Hmmmm. Ich verstehe deinen Standpunkt. Wir

wollen jetzt nicht durchdrehen, warten wir ab, ob es sich von selbst erledigt. In der Zwischenzeit amtiere ich als deine Leibwächterin. Wie klingt das?«

Ich überlege kurz. »Ich kann es mir nicht leisten, dich durchzufüttern.«

»Sehr komisch.«

Im Fernsehen spekulieren zwei Riesenschwestern darüber, ob irgend jemand die Woche überleben wird oder nicht. Ihre glänzenden Münder sind so groß wie ein Swimmingpool. Gleich darauf wird ein Werbespot mit einem meterhohen Behälter Bratfett eingeblendet.

»Mary?«

»Ja?«

»Du wirkst abwesend. Hör zu, es ist okay, wenn du wegen dieser Sache durcheinander bist. Ich mache dir deshalb keine Vorwürfe. Es ist gespenstisch.«

»Es ist nicht nur der Wagen, Jude. Es ist alles.«

»Was meinst du?« Sie stellt ihren Milchshake auf den Tisch.

»Ich weiß es nicht. Was ich glaube, ergibt keinen Sinn.«

»Jetzt sag schon, was du denkst. Es ist egal, ob es einen Sinn ergibt oder nicht.«

Ich blicke in Judys weit auseinanderstehende, klare blaue Augen. Sie erinnern mich daran, wie verschieden wir sind. Zwischen uns liegt ein ganzes Land. Sie ist so frei und offenherzig wie die Westküste, und ich bin so … nun ja, wie die Ostküste. Trage die Last meiner eigenen Vergangenheit, düster und in Trümmer fallend. »Ich weiß nicht, Jude. Es ist dumm.«

»Komm schon, Mary. Laß uns darüber reden.«

»Ich weiß nicht.«

»Versuch's.«

»Na gut.« Ich nehme noch einen Schluck Wasser. »Es ist nur so, daß ich seit kurzem, zum Beispiel nach meiner Beweisführung im Fall Harbison … diese

Stimme höre. Nicht, daß ich wirklich glaube, echte Stimmen zu hören wie dieser Massenmörder in New York damals, nicht so.«

»Also keine deutschen Schäferhunde«, sagt sie mit einem Lächeln.

»Nein. Manchmal hört sich die Stimme an wie Mike, verstehst du? Ich meine nicht den Tonfall, sondern das, was sie sagt. Es sind die Worte, die er zu mir sagen würde. Sie sind einfach richtig. Erkläre ich das verständlich?«

»Du machst das sehr gut, ja.«

Ich hole tief Luft. »Kennst du die Redensart, wie man in den Wald hineinruft, so schallt es heraus?«

Sie nickt geduldig. Ihre langen silbernen Ohrringe schwingen dabei vor und zurück.

»Manchmal glaube ich, es gibt einen ganz bestimmten Grund für dieses Auto und jetzt diesen anonymen Brief. Und ich glaube, es wird noch schlimmer werden, wenn ich nicht irgend etwas ändere. Ändere etwas, verhalte dich anständiger. Ich glaube, Mike oder die Stimme – wessen Stimme auch immer – versucht mir das zu sagen.«

Sie runzelt heftig die Stirn. »Glaubst du, du hättest etwas getan, was Anlaß zu diesem Brief gegeben hätte? Oder zum Auftauchen dieses Kerls in dem Wagen?«

Damit berührt sie eine Saite. Genau das Gefühl habe ich. Ich nicke und spüre überrascht, wie sich Flecken auf meiner Brust ausbreiten.

»Das ist verrückt. Du hast gar nichts getan, Mary. Irgend jemand ist eifersüchtig auf dich. Es ist nicht deine Schuld.«

Ich spüre, wie mir die Röte ins Gesicht steigt, mir wird heiß. Es ist kein Wasser mehr im Glas.

»Was ist das, eine italienische Spezialität? Eine mediterrane Version von Karma?«

»Ich weiß nicht.«

Judy sieht mich mitfühlend an. »Es hat absolut nichts mit irgend etwas zu tun, was du getan hast, Mary. Du hast das nicht verursacht. Du bist nicht dafür verantwortlich. Wenn das nicht von selbst aufhört – obwohl ich das schwer hoffe –, dann müssen wir sehen, wie wir damit fertig werden. Wir werden gemeinsam dahinterkommen.«

Judy umarmt mich so fest, daß mir fast die Knochen brechen. Wir verlassen das Restaurant und beschließen, heute keinen Spaziergang nach dem Mittagessen zu machen. Sie kauft für uns beide etwas Schnürsenkel-Lakritze in einem Süßwarenladen im Untergeschoß. Sie meint, etwas Süßes würde meine Laune heben, aber da hat sie sich getäuscht.

Um 13 Uhr 58 sitze ich wieder an meinem Schreibtisch und kämpfe mit meinen Ängsten und den Prozeßakten des Noone-Falles. Ich mache die Unterlagen fertig und schicke sie an den zuständigen Prozeßanwalt, Timothy Jameson. Ich habe mir Mühe mit dieser Arbeit gegeben, denn bei der Partnerschaftswahl verfügt jeder Partner über eine Stimme, und ich kann es mir nicht leisten, zu diesem Zeitpunkt etwas zu vermasseln. Bereits zum drittenmal an diesem Tag zähle ich die erforderlichen Stimmen – ich verhalte mich wie eine Magersüchtige, die wieder und wieder die paar wenigen Kalorien zählt, die sie zu sich nimmt. Wenn Berkowitz für mich stimmt, habe ich vielleicht schon genügend Stimmen beisammen, aber es gibt eine Splittergruppe, die Berkowitz haßt, und zu dieser Gruppe gehört Jameson. Es kann eng werden. In meinem Kopf beginnt es zu hämmern.

Am Nachmittag sitze ich im Richterzimmer des Ehrenwerten Morton A. Weinstein, dem Genie des Bezirksgerichts. Judy nennt ihn natürlich Einstein. Einstein hat Hängeschultern und einen Schopf krauser Silberhaare. Die Lesebrille aus Stahl mit den halbmondförmigen Gläsern läßt ihn noch klüger aussehen.

Ihm zur Seite sitzt ein bescheuerter Rechtsreferendar, eine bemühte Schmalspurausgabe von Pat Riley, dem Basketballtrainer.

Wir sitzen an einem kastanienholzfurnierten Konferenztisch und erörtern meinen neuen Fall Hart gegen Harbison. Zu meinem Entsetzen handelt es sich um einen glasklaren Verlierer. Auf der Taxifahrt zum Gericht überflog ich die dünne Akte, schaute dabei aber immer wieder aus dem Fenster nach dem dunklen Wagen. Ich weiß nicht, was mir größere Sorgen machte, der Wagen oder der Fall. Ich habe schon schlimme Fälle von Diskriminierung erlebt – Beweise für die Benachteiligung sämtlicher Minderheiten in allen Regenbogenfarben –, aber Hart ist der schlimmste. Ginge es nach mir, würde ich in diesem Fall sofort einen Vergleich anstreben, aber ich habe eine Mission. Suche, finde, vernichte und laß sie bluten.

Und obendrein tritt auch noch ein Cherub als Anwalt des Klägers auf. Es kann kaum ein Jahr her sein, seit er das Studium beendet hat, sein Gesicht ist so zart und sanft wie das eines Neugeborenen. Feine, rotblonde Haare betonen die rosige Farbe seiner Wangen. Seine Aktentasche ist funkelnagelneu; die Fliege sieht aus wie angeheftet. Und mein Job besteht darin, all diese Niedlichkeit zu ignorieren und ihm die Eier mitsamt der Wurzel auszureißen.

»Junger Mann«, unterbricht Einstein. »Tut mir leid. Ich habe Ihren Namen nicht mitbekommen.«

»Oje. Tut mir leid, Euer Ehren.« Der Cherub läuft bezaubernd rot an. »Mir ist das alles neu, vermutlich habe ich vergessen, mich vorzustellen. Mein Name ist Henry Hart. Henry Hart junior.«

»Ist der Kläger Ihr Vater, Henry?« fragt Einstein.

»Ja. Man nennt mich Hank. Erst kürzlich ist es mir gelungen, meine Mutter so weit zu bringen, daß sie mich nicht mehr Little Hank nennt, ob Sie es glauben oder nicht. Ich mußte sie tatsächlich daran erinnern, daß ich inzwischen schon vierundzwanzig bin.« Er lächelt ohne jede Hinterlist.

Ich fasse kaum, was ich da höre. Dem *Vater* dieses Kindes hat Harbison das angetan? Und ich soll das rechtfertigen?

»Vierundzwanzig, du meine Güte.« Einstein lacht in sich hinein und wendet sich an seinen Referendar. »War ich irgendwann in meinem Leben auch mal vierundzwanzig, Neil?«

Neil läßt sich eine solche Gelegenheit natürlich nicht entgehen. »Na, na, Richter. So alt sind Sie nun wirklich noch nicht.«

»Nein? Na ja, ich erinnere mich jedenfalls noch gut an den Krieg. Den Zweiten Weltkrieg. Ich war Navigator, am Schauplatz im Osten. Wir flogen eine B-24 von Italien aus.«

»Die fliegenden Güterwagen!« sagt Hank.

Einstein scheint hocherfreut. »Woher wissen Sie das?«

»Mein Vater war in England stationiert und flog eine B-29.«

»Tja, ich bin beeindruckt. Ich freue mich darauf, ihn kennenzulernen, selbst unter diesen Umständen.« Einsteins Blick verweilt freundlich auf Hanks Gesicht. »Ist das Ihre erste Vorverhandlung, Hank?«

»Ja, Sir.«

Einstein legt leicht eine Hand auf Hanks Ärmel. »Also, mein Sohn, da gibt es nichts, wovor man sich fürchten müßte. Ich habe lediglich die Absicht, Sie beide bis zum Ende anzuhören. Vielleicht finden wir ja eine Möglichkeit zu einem Vergleich.«

»Genau, Sir.«

»Nur zu, fangen Sie an und geben Sie mir einen Überblick über die Fakten. Sie brauchen nichts zu überstürzen.«

»Gut, Euer Ehren. Danke.« Hank wirft einen raschen Blick auf seine Notizen. »Die diesen Fall betreffenden Fakten liegen auf der Hand. Mein Vater hat zweiunddreißig Jahre für Harbison gearbeitet, so lange ich denken kann. Er ist Buchhalter und begann seine berufliche Laufbahn in der Buchhaltung der Firma Harbison.« Hank vergewissert sich erneut anhand seiner Notizen. »Er wurde rasch befördert, und mit jeder Beförderung war eine Gehaltserhöhung verbunden. 1982 wurde er Mitglied der Geschäftsleitung. 1988 wurde er zum Finanzchef befördert und unterstand damit direkt dem Vorstand Franklin Stapleton. Aber kaum war er fünfundsechzig, Euer Ehren, sagte Mr. Stapleton zu ihm, er solle in den Ruhestand gehen. Ein klarer Verstoß gegen den Artikel bezüglich Altersdiskriminierung im Arbeitsrecht.« Hank funkelt mich vorwurfsvoll an.

Ich kritzle eifrig auf meinen Block, um seinem Blick auszuweichen. Ich schreibe: *Ich hasse meinen Beruf. Ich ziehe nach New Jersey und pflanze Tomaten in der Sonne.*

»Fahren Sie fort, Hank«, ermuntert ihn Einstein.

»Natürlich lehnte mein Vater das ab. Er war auf der Höhe seiner Leistungskraft und seiner Erfahrung, und im übrigen brauchte er das Geld. Als Vergeltungsmaßnahme degradierte ihn die Firma Harbison. Sie nahmen ihm seinen Titel, sein Büro und seinen Stolz, Euer Ehren. Sie versetzten ihn als Büroleiter in das Geschäft in der King of Prussia Mall. Nachdem er dreißig Jahre für die Firma Harbison gearbeitet hatte und direkt der Unternehmensleitung unterstand, ließen sie ihn nun mit Ringbolzen hausieren gehen. In der Mall.« Seine jungenhafte Brust hebt und senkt sich heftig vor Entrüstung.

Im Richterzimmer herrscht Stille. Ich schreibe: *Ein herrlicher Strand müßte da sein. Dort könnte ich mit einem Metalldetektor nach Münzen suchen.*

»Henry, ich war darauf gefaßt, Sie darüber belehren zu müssen, daß es nicht unbedingt klug ist, Verwandte zu vertreten«, sagt Einstein mit einem Lächeln, »aber Ihr Vater hat in Ihnen einen sehr guten Rechtsanwalt gefunden.«

»Danke, Sir.« Hank errötet wieder.

Der Richter wirft mir über seine randlose Halbbrille hinweg einen finsteren Blick zu. »Ms. DiNunzio, Sie vertreten die Firma Harbison in dieser Angelegenheit?«

Ich nicke. Ich fühle mich wie ein Teufel im Businesskostüm.

»Das ist ja eine schöne Geschichte, die ich da eben gehört habe. Ich bin sicher, sie wird die Jury nicht weniger beeindrucken als mich.«

Ich räuspere mich, als wüßte ich genau, was ich sagen will, dabei habe ich nicht die geringste Ahnung. »Euer Ehren, ich habe diesen Fall erst heute übernommen. Der Mandant hatte vorher eine andere Anwaltsfirma beauftragt.«

Wieder legt Einstein die Stirn in Falten. Dieses Stirnrunzeln besagt, Sie kommen mit Entschuldigungen an, und das verdient einen Verweis.

Was macht man als Mädchen in so einem Fall? Ich plappere nach, was ich auf der Fahrt zum Gericht in der Akte gelesen habe. »Wie Sie wissen, Euer Ehren, hat jede Sache zwei Seiten. Die Firma Harbison bestreitet, gegenüber dem Kläger derartige Äußerungen gemacht zu haben und den Kläger aufgrund seines Alters degradiert zu haben. Die Firma Harbison vertritt vielmehr die Auffassung, die Versetzung des Klägers sei unvermeidlich gewesen, weil sein Führungsstil unangemessen autoritär war, insbesondere aber, weil er sich gegenüber Angestellten des Unternehmens verbal ausfallend geäußert hat.«

»Das ist eine Lüge, das wissen Sie genau!« ruft Hank und springt auf.

Ein entsetzter Einstein umklammert mit kräftiger Hand Hanks Arm. »Setzen Sie sich.«

Hank setzt sich langsam auf seinen Stuhl. »Tut mir leid, Euer Ehren.«

Einstein reißt sich die Lesebrille von der Nase und wirft sie auf die vor ihm liegende Akte. Der Richter hält sich stets an die Regeln, die besagen, keine Beschimpfungen im Richterzimmer. Er bringt es kaum über sich, den Blick zu heben, so gekränkt ist er wegen dieses Regelverstoßes. »Bei *mir* müssen Sie sich nicht entschuldigen, junger Mann«, stößt er schließlich hervor.

»Schon gut, Euer Ehren«, werfe ich ein. »Ich wäre auch außer mir, wenn es sich um meinen Vater handeln würde.« Es ist aufrichtig gemeint, aber es klingt herablassend. Unabsichtlich habe ich den einzigen Schwachpunkt in Hanks Argumentation ausgenutzt – daß er der Sohn seines Vaters ist.

Der Punkt, wenn auch zufällig erzielt, verfehlt seine Wirkung auf Einstein nicht. So schnell kann sich das Blatt wenden. Der Richter setzt die Brille wieder auf und fragt mit eiskalter Stimme, ohne Hank auch nur eines Blickes zu würdigen: »Henry, ist Ihr Vater an einem Vergleich interessiert?«

»Ja, Euer Ehren.«

»Ms. DiNunzio, ist die Firma Harbison an einem Vergleich interessiert?«

»Nein, Euer Ehren.«

Einstein schlägt seinen dicken schwarzen Terminkalender auf und blättert rasch die Seiten durch. »Die Frist bis zur Offenlegung beträgt von heute an zwei Monate. Die Verhandlung wird auf den dreizehnten Juli festgesetzt. Ich schicke Ihnen beiden die genaue Terminaufstellung zu. Tauschen Sie rechtzeitig eventuelle Beweisstücke und Gutachten aus. Ich gehe davon aus, daß keiner von Ihnen eine Fristverlängerung beantragt. Das war's.«

Wir verlassen Einsteins Richterzimmer. Hank flüchtet vor mir zu den Aufzügen. Als er sich in einen Lift hineindrängt, sehe ich, daß er weint.

»Hank, warten Sie!« rufe ich und laufe zum Aufzug. Aber die Stahltüren schließen sich in dem Moment, als ich vor dem Lift ankomme, und ich stehe da und starre auf den Trauerrand der schwarzen Gummistreifen zwischen den Türen. Es bleibt mir nichts anderes übrig, als den ABWÄRTS-Knopf zu drücken.

In diesem Moment höre ich die Stimme. Sie klingt jetzt schärfer, weniger nach Mike. *Wie man in den Wald hineinruft, so schallt es heraus. Du hast einen Engel zum Weinen gebracht, das wird sich rächen. An der Wohnungstür begrüßt dich ein Telefonanruf. Ein anonymer Brief steckt zwischen deiner Post. Und ein dunkler Wagen verfolgt jeden deiner Schritte.*

Pling! Die Aufzugklingel ertönt und bringt die Stimme zum Schweigen.

Ratternd öffnen sich die Türen. Der einzige Mensch im Lift ist ein Anabolika-Freak in einem engen ärmellosen T-Shirt und mit einer verspiegelten Sonnenbrille. Akne sprenkelt seine Schultern. Er lehnt an der Seitenwand des Aufzugs, die Hüften anzüglich vorgeschoben. »Komm rein, Schätzchen«, sagt er träge. »Das Wasser ist herrlich.«

»Äh, nein. Ich will nach oben.«

»Vielleicht das nächstemal, Süße.«

Kaum hat sich die Tür geschlossen, drücke ich erneut den ABWÄRTS-Knopf. Dankbar schlüpfe ich in den nächsten Aufzug, in dem dicht gedrängt ehrbare Bürger mit gelben Geschworenen-Abzeichen stehen. Ich ergattere ein Taxi zurück ins Büro und verbringe den größten Teil der Rückfahrt wie schon auf der Hinfahrt damit, suchend aus dem Fenster zu blicken. Ängstlich fasse ich jede dunkle Limousine in der Market Street ins Auge. Bei meiner Rückkehr ins Büro ist

Brents Schreibtisch verwaist. Er hat heute Gesangsunterricht; er sagt, das Leben bestehe nicht nur aus Kurzschrift.

Ich gehe in mein Büro, um meine Aktentasche auszupacken.

Und da, an meinem Schreibtisch, tief über meine Papiere gebeugt, sitzt Ned Waters.

– 7 –

Ned blickt auf, seine grünen Augen blitzen alarmiert. Hinter ihm leuchtet schwach die große Uhr. »Mary. Ich wollte dir gerade eine Nachricht hinterlassen.«

»Eine Nachricht?« Meine Kehle wird eng. Hat Ned mir den anonymen Brief geschickt, den ich heute vormittag bekommen habe? Fährt er einen dunklen Wagen?

»Ich dachte, du bist den ganzen Tag außer Haus. Dein Sekretär war schon weg, deshalb konnte ich nichts bei ihm hinterlassen.«

»Er hat heute seinen Kurs in Operngesang.«

»Opern?« Ned steht unbeholfen auf. Er steckt einen meiner Kugelschreiber wieder in den dafür vorgesehenen Becher und schnappt sich ein Blatt Papier von meinem Schreibtisch.

»Ist das deine Nachricht?« Ich stelle meine Aktentasche auf den Aktenschrank.

»Ja.« Er zerknüllt den Zettel und stopft ihn in seine Jackentasche. »Aber die hat sich ja nun erübrigt. Ich kann dir persönlich sagen, was draufsteht. Ich dachte, vielleicht hast du Lust, einen Happen zu essen.«

»Essen?« Sonst fällt mir nichts ein, was ich sagen könnte, ich starre ihn nur mit offenem Mund an. Wahrscheinlich sehe ich aus wie eine Forelle.

»Ich habe gehört, du hast einen wichtigen Antrag durchgebracht. Das könnten wir doch feiern.«

»Du willst mit mir meinen Sieg feiern?«

»Ja sicher. Warum denn nicht?«

»Vielleicht, weil wir Konkurrenten sind. Du weißt schon, die Partnerschaft.«

Er sieht verletzt aus. »Daran habe ich nicht einmal im Traum gedacht, Mary.«

Ich seufze. Mit einemmal überfällt mich große Müdigkeit angesichts der Intrigen, der Verdächtigungen, der Merkwürdigkeiten, die mein Leben in letzter Zeit heimsuchen. »Ich begreife es nicht, Ned. Als wir das letztemal zusammen essen waren, waren wir noch Studenten.«

Er blickt zu Boden und betrachtet prüfend seine Schuhspitzen. Als er mir wieder in die Augen schaut, hat sein direkter Blick fast etwas Katzenhaftes. »Ich wollte dich damals nach dem Essen anrufen, aber als ich endlich den Mut dazu aufbrachte, warst du praktisch schon verlobt.«

Es klingt aufrichtig. Ich fühle mich geschmeichelt, bleibe aber trotzdem auf der Hut. Da ich mal wieder nicht weiß, was ich sagen soll, halte ich den Mund. Immerhin gebe ich mir Mühe, dabei nicht wie eine Forelle auszusehen.

»Stimmt das nicht?«

»Nicht ganz. Ich habe Mike erst kennengelernt, nachdem du und ich zusammen aus waren. Und so schnell habe ich mich nun auch wieder nicht verlobt.«

»Nein? Ich hatte den Eindruck, als hätte es dich ganz schön erwischt. Ich weiß noch recht gut, als ich dich bei deinen Recherchen in der Bibliothek gesehen habe, da habe ich gedacht, du schwebst im siebten Himmel. Jedenfalls hast du so ausgesehen. Aber vielleicht war das auch die schiere Freude darüber, daß du für Bitterman arbeiten durftest.«

»Recht unwahrscheinlich.«

»Wie hast du den Kerl bloß ertragen? Ich weiß, man hält ihn für ein Genie in Sachen Recht, aber ein Wichser ist er trotzdem. Malone erzählte mir, im Gerichtssaal habe er sich wie ein Tyrann aufgeführt.«

»Auch außerhalb. Er hat einen Anfall bekommen, als ich mich weigerte, die Recherchen für seinen zweiten Artikel zu machen. Er hat mich in seinem Richterzimmer fertiggemacht.«

»Warum?«

»Dem Recht sollte meine größte Liebe gelten, hat er gemeint.«

»Aber so war es nicht.«

Ich denke an Mike.

Ned räuspert sich. »Wie auch immer, du hast ausgesehen wie eine verliebte Frau, selbst für einen so begriffsstutzigen Trottel wie ich es bin. Mir war klar, daß ich nicht den Hauch einer Chance hatte, und deshalb gab ich mich mit deiner Freundschaft zufrieden. Bin schon ein toller Typ, was?«

»Ein toller Typ, ja.«

Seine Hände verschwinden in den Taschen seines ausgebeulten Seersucker-Jacketts. »Also. Mach die ganze Sache nicht noch unnötig kompliziert. Laß dich von mir zum Essen einladen.«

»Ich gehe wirklich nicht aus, Ned. Ich meine, ich weiß nicht, ob du überhaupt von Ausgehen sprichst, aber ich ...«

»Warum müssen wir überhaupt ein Etikett dafür finden? Laß uns einfach zusammen essen. Wir sind alte Freunde, Studienkollegen, und wir sind schon einmal ausgegangen. Ich hätte eher auf dich zugehen sollen, aber ... na ja, es war eine Menge los.« Er zuckt unbehaglich die Achseln. »Laß uns essen gehen, ja?«

Ich kann mich nicht entscheiden. Das Schweigen wird langsam peinlich.

»Na, komm schon. Es wird dich nicht umbringen.«

»Eins mußt du mir vorher sagen. Was fährst du für einen Wagen?«

»So was nennt man Trugschluß!« sagt er mit einem herzhaften Lachen. Es klingt fröhlich, glücklich und erleichtert und bringt seine Zähne vorteilhaft zur Geltung. Sie sind weiß und ebenmäßig, und ich wette, sie sind ganz von selbst so gewachsen. »Okay, ich gestehe. Ich fahre einen Miata.«

»Welche Farbe?«

»Weiß.«

»Hast du ein Autotelefon?«

»Willst du meine Steuererklärung sehen? Ich kann mir ein Essen leisten, weißt du.«

»Darum frage ich nicht, außerdem teilen wir uns die Rechnung.«

»Warum fragst du dann? Und nein, das tun wir nicht.«

»Antworte einfach auf meine Frage, okay? Bitte.«

»Selbstverständlich habe ich kein Autotelefon. Der Miata genügt mir vollauf als Prestigeobjekt.«

Zögernd willige ich ein.

Zu Beginn ist das Essen überhaupt kein Vergnügen, denn ich bin vollauf damit beschäftigt, darüber nachzugrübeln, ob Ned vielleicht den Wagen mietet, mit dem er mich verfolgt. Schließlich bestellt er für mich einen Tanqueray-Gin mit Tonic, und unter der Wirkung des Drinks werde ich lockerer. Langsam gelingt es mir, das Restaurant zu genießen, ein elegantes Lokal mit Blick über den Rittenhouse Square, und auch die Unterhaltung mit Ned beginnt, mir Spaß zu machen. Das Reden scheint ihm leichter zu fallen als früher. Er scheint sich tatsächlich stark verändert zu haben, jedenfalls soweit ich das beurteilen kann. Er wirkt freier, lebhafter. Wir tauschen Firmenklatsch aus, und er vertraut mir an, daß er Judy schon immer seltsam gefunden hat. Er bezeichnet sie als eine rätselhafte Person. Ich finde das komisch, denn sie ist auch nicht gerade ein Fan von ihm. Beim zweiten Drink gestehe ich, daß Judy ihn Cool nennt.

»Warum das denn? Ich bin alles, nur nicht cool.«

»Du *bist* cool, Cool.«

»Bin ich nicht.«

»Bist du doch.«

Er lacht. »Das ist stark.«

»Gib's zu! Sieh dich doch an, du bist ein richtiger Kaschmir-Schwarzenegger. Wie ein Landedelmann aus einem J.-Crew-Katalog, nur lebendig.« Noch während ich das sage, wird mir bewußt, daß ich flirte. Das jagt mir nicht nur eine Scheißangst ein, sondern löst auch sofort große Schuldgefühle in mir aus. Meinen ersten Erfolg vor Gericht habe ich mit Mike gefeiert, und hier sitze ich und feiere den zweiten mit Ned. Und tief in meinem Innern bin ich immer noch Mikes Frau. Ich mache dicht.

Ned fällt meine Schweigsamkeit anscheinend nicht auf, er läßt unbeeindruckt seine Lebensgeschichte vom Stapel. Er erzählt mir vom reichen Hauptzweig seiner Familie und seinem Vater, der Partner und Vorstand bei Masterson ist. Als er seine Seezunge aufgegessen hat, wechselt er das Thema, als würde ihm plötzlich bewußt, daß er ein Selbstgespräch führt. »Nur noch zwei Monate bis zum Tag der Entscheidung. Am 1. Juni findet die Partnerschaftswahl statt.«

Ich schiebe ein Radieschen über meinen Teller.

»Ich glaube, Juni ist kein schöner Monat für dich. Ist nicht dein Mann in diesem Monat ...«

»Ja.« Am 28. Juni ist Mikes Todestag, aber ich wäre nie auf die Idee gekommen, daß Ned das weiß. »Woher weißt du ...«

»Ich erinnere mich gut. Ich war auf der Beerdigung.«

»Du?« Ich weiß nicht, ob ich darüber sprechen möchte.

»Ich dachte, du hättest nichts dagegen. Ich wollte hingehen. Mike schien ein sehr netter Kerl zu sein. Es tut mir wirklich leid.«

»Ich wußte gar nicht, daß ihr euch gekannt habt.«

»Natürlich. Du hast uns miteinander bekanntgemacht, als er zur Uni gekommen ist und dich zum Essen abgeholt hat. Er war mit dem Fahrrad da. Er fuhr doch Rad, stimmt's?«

Ich nicke und richte meine Gabeln in einer Reihe aus, die Zinken oben in einer geraden Linie.

»Tut mir leid. Wahrscheinlich hätte ich das besser nicht erwähnen sollen ...«

»Nein, schon gut.«

»Okay. Etwas Angenehmes wird im Juni immerhin passieren.«

»Und was?«

»Du wirst Partner.«

»Also bitte. Aus deinem Mund klingt das wie eine beschlossene Sache.«

»Ist es auch. Du bist die sichere Siegerin. Du brauchst dir nicht die geringsten Sorgen zu machen.«

Plötzlich geht mir durch den Kopf, was Berkowitz über Neds Besuch in seinem Büro gesagt hat. »Ich habe gehört, sie nehmen nur zwei Partner auf, nicht drei. Ist dir auch so was zu Ohren gekommen?«

»Ich gebe mir Mühe, nicht auf jedes Gerücht zu achten. Es kursieren so viele. Zuerst hieß es, sie nehmen drei, dann habe ich gehört, sie seien runter auf zwei. Heute morgen war die Rede davon, das Büro in Washington würde einen Quereinsteiger durchdrücken. Es ist lächerlich.« Er schüttelt den Kopf.

»Ein Quereinsteiger? Aus Washington? Mist.«

»Ich bin sicher, sie nehmen drei aus Philadelphia, Mary. Die Geschäftsstelle hier hat ein großartiges Jahr hinter sich.«

»Ja. Schätze ich auch.« Mir entgeht nicht, daß er seine Unterredung mit Berkowitz über dieses Thema nicht einmal ansatzweise erwähnt. Ich betrachte das als Unterschlagung von Beweismaterial, und während des ganzen Desserts, irgendwas mit geraspelter Schokolade, zweifle ich an seiner Glaubwürdigkeit.

Später besteht Ned darauf, mich nach Hause zu begleiten. Ich wohne nur ein paar Blocks von seinem Haus entfernt. Schweigend gehen wir durch die schwüle Nacht. Es ist so feucht, daß die Luft Glorienscheine um die Quecksilberdampfleuchten bildet. Der Rittenhouse Square liegt fast verlassen da. Die Jogger sind nach Hause gejoggt, die Fußgänger nach Hause gegangen. Nur die Obdachlosen sind geblieben und schlafen auf den Parkbänken, an denen wir vorbeischlendern. Ich blicke mich nach dem dunklen Wagen um, aber er ist nirgendwo zu sehen.

Plötzlich, kurz bevor wir die Stufen vor meiner Haustür erreichen, küßt mich Ned. Ich bin darauf völlig unvorbereitet, und sein schüchternes Küßchen landet auf meiner rechten Augenbraue. Ich erstarre zu Eis. Ich mache mir Gedanken, ob meine Nachbarn etwas gesehen haben. Ich mache mir Gedanken, ob Alice es gesehen hat. Ich mache mir sogar Gedanken, ob Mike es gesehen hat. Schnellstens eile ich ins Haus und murmle Ned nur ein hastiges Auf Wiedersehen zu. Er sieht betroffen und bekümmert aus, als ich die Tür schließe.

Ich sammle die Post vom Boden auf und will sie mir gerade unter den Arm klemmen, da fällt mir ein, daß die Post der Vereinigten Staaten seit heute morgen nicht mehr unbedingt zu meinen Freunden zählt. Ich stelle die Aktentasche ab und blättere mit angehaltenem Atem die Briefe durch. Rechnungen: Elektrizitätswerke, Kabelgesellschaft, Allstate, *Vanity Fair.* Zwei Kataloge, einer adressiert an DiNunziatoi, der andere an O'Nunzion, und ein schmaler weißer Umschlag ohne Absender. Vorne drauf steht mein Name, in Blockbuchstaben korrekt geschrieben, ebenso meine Adresse. Auf der Briefmarke prangt eine ausgerollte amerikanische Flagge.

Genau wie bei dem anonymen Brief heute im Büro. Ich schlucke schwer. Mit einem Finger streiche ich prüfend über die Adresse. Mit dem Laserdrucker gedruckt, nicht getippt.

Ich reiße den Umschlag auf. Innen steckt ein kleines weißes Blatt:

ICH HABE DIE RICHTIGE ANTWORT
AUF ALLE IHRE IMMOBILIEN-
UND GRUNDSTÜCKSFRAGEN!
Und hier ist das richtige Rezept:
Artischockendip
1 250-g-Dose Artischockenherzen
1 Tasse Mayonnaise
1 Tasse Parmesan
Knoblauchpulver nach Geschmack
Artischocken zerdrücken, sämtliche Zutaten
miteinander vermengen.
Bei 180 Grad 30 Minuten backen.
Mit Pita-Brot servieren!
Rufen Sie SHERRY SIMMONS bei
JEFMAR IMMOBILIEN an!

Lieber Himmel. Artischockendip.

Ich zerknülle das Papier und stapfe die mit Teppich ausgelegte Treppe hinauf. Langsam werde ich paranoid, ich drehe durch. Was ist bloß los mit mir? Mike ist noch nicht einmal ein Jahr tot, und ich lasse mich von einem anderen Mann küssen. Was ist mit Ned los? Versucht er ausgerechnet zu dem Zeitpunkt eine Romanze anzufangen, wo einer von uns kurz vor der Kündigung und der andere kurz vor der Heiligsprechung steht? Seufzend schließe ich meine Tür auf und knipse den Lichtschalter an. Ich werfe die Aktentasche auf die Couch, lasse mich direkt daneben plumpsen und öffne die erste Rechnung.

Die Elektrizitätswerke. Man braucht einen Doktortitel, um den Gebührencode zu knacken. Ich versuche gerade, die winzigen Zahlen zu enträtseln, als das Telefon auf dem Beistelltisch klingelt. Ohne nachzudenken, hebe ich ab.

Keine Antwort. Keine atmosphärischen Störungen.

Ich bin nicht paranoid. Die Bedrohung existiert wirklich. »Laß mich in Ruhe, du verdammtes Arschloch!«

Die einzige Antwort besteht in einem Klick.

»Verdammt noch mal!«

Ich knalle den Hörer auf die Gabel, ein unangenehmes Engegefühl schnürt meine Brust zusammen. Dann nehme ich ihn sofort wieder ab. Nur das hohe Wimmern des Freizeichens ertönt. Es schützt mich vor weiteren Angriffen, wie ein flinker, stämmiger Verteidiger beim Fußball seinen Kumpel von den gegnerischen Spielern abschirmt. Sieh zu, wie du an dem vorbeikommst, du Blödmann. Alice, die wie eine Sphinx auf der Polstercouch döst, blinzelt nur träge und schläft weiter.

Nimm dich zusammen, Mädchen. Ich halte mich an dem Hörer fest. Das Freizeichen weicht der Stimme einer Frau, die geduldig und lieb zu mir spricht wie eine junge Mutter zu ihrem Baby. »Wenn Sie telefonieren möchten«, säuselt sie, »hängen Sie bitte auf und versuchen Sie es noch einmal. Wenn Sie Hilfe brauchen, hängen Sie bitte auf und rufen Sie Ihren Telefonservice an.«

Ich lehne mich zurück, atme ruhiger und lausche der Stimme der jungen Mutter. Noch einmal singt sie ihr Wiegenlied für mich. Ich lasse mich von ihm einlullen und beruhigen.

Ein schrilles *Brrrrrrrrrr* verdrängt die Ruhe brutal.

Mit einem Schlag sitze ich kerzengerade.

»Verdammt noch mal!« Wütend stehe ich auf, hebe wieder den Hörer ab und schiebe ihn zwischen die auf der Couch liegenden Kissen. Alice öffnet abrupt die Augen und legt die Ohren flach an den geschmeidigen Kopf. Mit einem Satz bringt sie sich aus der Gefahrenzone.

»Verdammt! Fahr zur Hölle!«

Ich begrabe das Telefon unter einem weiteren Kissen und dann noch einem, die Couch macht bald einen recht demolierten Eindruck. Aber immer noch höre ich das Klingeln.

Es geht mir nicht aus dem Kopf.

– 8 –

Ich kann nicht schlafen. Ich fummle am Licht, den Bettdecken und der Klimaanlage herum. Ich ziehe mein T-Shirt aus und wieder an. Ich binde meine Haare oben auf dem Kopf zu einem Pferdeschwanz zusammen und lasse sie gleich darauf wieder offen hängen. Ich versuche es mit allen Tricks. Nichts hilft.

In meinem Kopf überschlagen sich die Bilder, Gesichter schwimmen aus dem Dunkeln auf mich zu. Starankovic' verletzte maskenhafte Miene. Ein milchgesichtiger Hank, dem Tränen über die Wangen laufen. Ned mit seinen Katzenaugen, der wie ein Inkubus neben mir liegt. Schließlich erscheint Mikes starkes Gesicht, dominiert von der derben Arbeiterklassennase. Eingerahmt von unzähmbaren braunen Locken, beseelt von Augen voller Liebe. *Aber genau darum liebst du mich,* hat er gesagt. Ich vergrabe den Kopf unter dem Kissen, was genausoviel hilft wie die Kissen über dem Telefon.

Ich fühle mich erbärmlich, während ich beobachte, wie die Nacht in die Morgendämmerung übergeht. Zornig. Müde. Schuldig. Ich habe das Bedürfnis, für meine Verabredung mit Ned Buße zu tun, und stehe auf, um das Badezimmer zu putzen. Falls Sie das nicht wissen sollten, die Vorstellung von Buße entspringt dem Gedanken, man könne die Seele wie ein Camel-Hemd in die Schnellreinigung geben. Meiner Ansicht nach eine der absonderlichsten Überzeugungen, von der ich je gehört habe, gleich nach der Erbsünde. Daß die Seele eines Kindes im Augenblick seiner Geburt schwarz wird, das konnte mir nicht einmal Angie begreiflich machen. Trotzdem schrubbe ich hinter der Toilette. Entgegen all meinen Bemühungen bin ich nach all den Jahren immer noch katholisch.

In meinen rosaroten Hausschuhen, die sich gut zum Bodenpolieren eignen, schlurfe ich ins Wohnzimmer und buddle das Telefon aus. Ich lege den Hörer auf und ordne die Kissen auf der Couch. Alice beobachtet mich mit Mißtrauen.

»Wer hat dich gefragt?« sage ich.

Ich schlurfe weiter in die Küche und steche eine Dose Maxwell House an. Die unter Vakuum stehende Kaffeedose öffnet sich mit einem duftenden Zischen, da läutet das Telefon.

»Mist!« Ich lasse den Dosenöffner über die Küchentheke wirbeln. Ist das wieder der bewußte Anrufer? Um diese Zeit? Entschlossen stapfe ich ins Wohnzimmer, mein Adrenalinspiegel steigt, ich reiße den Hörer von der Gabel. »Wer ist da?«

»Mary? Ich bin's, Ned.«

»Ach du lieber Himmel.«

»Ich weiß, es ist sehr früh am Morgen, aber das ist vielleicht eine Begrüßung.«

»Irgend jemand ruft mich ständig an und legt wieder auf. Das bist nicht zufällig du, oder doch?« Ich meine das nur halb im Scherz.

»Hast du Sternchen neunundsechzig gedrückt?«

»Was ist das denn?«

»Wenn du Sternchen neunundsechzig drückst, nachdem dich jemand angerufen hat, ruft das Telefon diese Nummer automatisch zurück.«

»Woher weißt du das?«

»Ich bin cool, schon vergessen?«

»Oh. Ja.« Ich gebe mich geschlagen.

»Okay. Gut. Ich sag' dir lieber gleich, warum ich anrufe, bevor ich völlig den Mut verliere. Ich wollte dir sagen, es tut mir leid, was nach dem Essen passiert ist. Daß ich die Dinge so forciert habe. Ich konnte nicht schlafen, ich kam mir vor wie ein Vollidiot. Ich habe dich immer gemocht, Mary. Ich fühlte mich immer zu dir hingezogen. Aber trotzdem, das hätte ich nicht tun dürfen. Es tut mir leid.«

»Ach… schon gut.«

»Es tut mir wirklich leid.«

»Ich weiß.«

»Ich würde dich gerne wiedersehen. Das heißt, falls du mich wiedersehen möchtest. Ich verspreche, ich falle nicht über dich her. Bestimmt nicht.«

Ich zögere. Ich weiß nicht, wie ich das, was ich ihm sagen muß, in Worte kleiden soll. Daß ich mich zehn Jahre lang nicht ein einziges Mal mit einem Mann verabredet habe? Daß der letzte Mann, mit dem ich vor Mike eine Verabredung hatte, Ned gewesen ist? Daß ich noch nicht soweit bin? Daß ich vielleicht nie soweit sein werde?

»Okay, gut«, sagt Ned unvermittelt. »Wie du willst. Vielleicht änderst du deine Meinung, wenn der Juni erst vorbei ist. Hört sich das für dich akzeptabel an?«

»Okay. Ich denke schon.«

»Bis dahin könnten wir Freunde sein. Wäre das auch akzeptabel für dich?«

»Schön.«

»Herrgott, ich hasse dieses Gerede über Gefühle. Das ist so verdammt ermüdend.«

»Dann schalt sie ab. Nimm dir ein Beispiel an mir.«

Er lacht leise. »Ich seh' dich dann später im Büro.«

»Klar.« Ich lege auf und fühle mich irgendwie leer. Ich mag ihn, aber ich bin noch nicht bereit für das, was er sich wünscht. Außerdem ist er mir nach wie vor ein Rätsel. Warum hat er mir nichts von dem Gespräch mit Berkowitz erzählt?

Miiiaaau! Das ist Alice, die ihr Futter reklamiert. Mit hocherhobenem Schwanz tapst sie in die Küche.

»Du sprichst auch nur mit mir, wenn du was willst«, sage ich und folge ihr. Ich fülle etwas von dem angeblichen Feinschmeckeressen für Katzen in ihre Schüssel. »Du rufst mich nie an, schreiben tust du mir auch nie.«

Alice ignoriert mich; sie hat das alles schon oft gehört. Ich hocke mich auf den Boden und beobachte sie. Sie frißt mit geschlossenen Augen, schafft es aber dennoch, jedes kleinste Fischstückchen herauszuangeln. Das ist ihr bestes Kunststück, entscheide ich und streichle ihren seidigen Rücken. Sie duldet mich, bis sie den Fisch gefressen hat; anschließend kehrt sie sofort wieder auf ihre Fensterbank zurück. Erst bei der nächsten Fütterung wird sie wieder anerkennen, daß ich es bin, die hier die Miete zahlt. Ich würde sie sofort bei einem Versuchslabor abliefern, wenn es Mike nicht gegeben hätte. Er fand sie in einer Mülltonne und brachte sie, in seine Jeansjacke eingewickelt, im strömenden Regen mit nach Hause. Den ganzen Weg lang rührte sie sich nicht, und Mike dachte, sie wäre tot.

»Wenn sie tot ist, warum bringst du sie dann nach Hause?« fragte ich, immer ganz die Pragmatische.

»Ich konnte sie doch nicht dort liegen lassen, als wär' sie Müll«, antwortete er. »Ich begrabe sie morgen, bevor die Schule anfängt.«

Er legte sie in eine Schuhschachtel und stellte die Schachtel unter das Waschbecken im Badezimmer. Am nächsten Morgen entdeckte Mike die Katze in der Badewanne, wo sie verwundert den tropfenden Wasserhahn bestaunte. Er nannte sie Alice im Wunderland; ihrem Katzenhirn prägte er sich als Mommy ein. Die beiden waren verrückt nacheinander.

Nach Mikes Tod kam mir der Gedanke, er wolle vielleicht Alice noch einmal sehen, wenigstens, um ihr

Adieu zu sagen. Ich weiß, es klingt verrückt, aber ich fuhr mit dem Tier zum Friedhof und bahnte mir mit dem sperrigen Transportkäfig den Weg zwischen den Gräbern hindurch, bis ich an dem schlichten grauen Grabstein mit der Aufschrift LASSITER anlangte. Es steht nicht MEIN GELIEBTER EHEMANN darauf, ich könnte es nicht ertragen, diese Worte mit solcher Endgültigkeit auf seinem Grabstein eingemeißelt zu sehen.

Ich stellte Alices Transportkäfig an das Fußende von Mikes Grab und öffnete mit zitternden Händen die Klappe. Heraus trat Alice und schnupperte in die Sommerluft. Ich beobachtete sie mit Tränen in den Augen. Ich wußte nicht, was ich erwartete, aber ich hoffte, etwas Magisches und Großes würde passieren. Nichts von beidem. Was passierte, war, daß Alice sich davonmachte und zwischen den Grabsteinen herumtollte wie ein Eselhase. Ich rief nach ihr und jagte hinter ihr her. In meinen Espadrilles sprang ich über Grabhügel, auf deren Grabsteinen die Namen ANTONELLI und MACARRICCI standen, vorbei an dem fliegenden Adler mit TOOHEY und dem weinenden Cherub namens FERGUSON. Alice flitzte weiter, ich hinter ihr her, denn das letzte, was ich wollte, war, Mikes Katze auf diesem verdammten Friedhof zu verlieren. Am CONLEY-Mausoleum hatte ich sie. Sie kratzte mich auf dem ganzen Rückweg zu LASSITER.

Brrrnnng! Das schrille Läuten des Telefons reißt mich aus meinem Tagtraum. Ich stehe auf und wappne mich. Ich bin bereit für dich, du Arschloch. Sternchen neunundsechzig. Ich laufe zum Telefon und nehme den Hörer ab.

»Hallo?«

Keine Antwort, dann *Klick* und das Rufzeichen. Keine atmosphärischen Störungen. Mein Herz beginnt zu hämmern. Keine atmosphärischen Störungen heißt, er telefoniert nicht aus dem Auto. Er liegt zu Hause im Bett, wo immer das sein mag. Er denkt an mich. Ich drücke Sternchen neunundsechzig.

Es läutet einmal, dann noch einmal. Was sage ich bloß zu diesem Typen? Ein weiteres Rufzeichen, ein viertes und ein fünftes. Er geht nicht ran.

Ich lege den Hörer auf. Das muß ein Ende haben. Ich blicke mich in der leeren Wohnung um, und plötzlich wird mir bewußt, wie allein ich bin. Ich verstaue den Kaffee im Gefrierfach und schlüpfe im Badezimmer aus meinem T-Shirt, in gehöriger Entfernung von sämtlichen Fenstern. Bevor ich dusche, schließe ich die Badezimmertür ab. Ich bin kein Dummkopf; ich habe *Psycho* gesehen.

Rasch ziehe ich mich an und mache mich auf den Weg ins Büro. Im Taxi halte ich Ausschau nach der fraglichen Limousine, aber sie ist anscheinend nicht im Einsatz. Kaum im Büro angekommen, bitte ich Brent, meine Privatnummer ändern zu lassen.

»Halleluja«, sagt er.

»Ändern wir auch die Büronummer.«

»Das ist ein Wort.«

»Ist Schlimmeres als gewöhnlich in der bösen Post?«

»Nein. Und keine Anrufe von Verrückten. Abgesehen von denen, die hier arbeiten.« Er reicht mir einen Packen gelber Telefonnotizen.

»Was ist bloß los mit diesen Leuten? Schlafen die nie?« Ich überfliege die Notizen. Martin, Jameson, ein paar Mandanten, jemand namens Stephanie Fraser. Ich halte den Zettel hoch. »Kenne ich eine Stephanie Fraser? Arbeitet sie bei Campbell?«

»Nein. Das ist Stephanie Furst. Die da hat gesagt, sie hätte dich nach deiner Beweisführung bei Bitterman kennengelernt. Sie will, daß du sie zurückrufst.«

»O ja, ich erinnere mich an sie. Sie glaubt, der Bärbeißige haßt Frauen. Absurd. Er haßt alle Menschen.« Ich gebe Brent den Zettel zurück.

»Hast du gestern abend wieder den Wagen gesehen?«

»Nein.«

»Die Sache macht sich«, sagt er erleichtert. Er sieht gut aus in seinem weichen Viskosehemd.

»Neues Hemd?«

Voller Stolz schaut er an sich herunter wie ein kleines Kind. »Vic hat's mir geschenkt. Gefällt es dir?«

»Es ist schön. Irgendwas an dem Hemd kommt mir allerdings bekannt vor. Laß mich nachdenken. Ich hab's! Es ist schwarz.«

»Da sieht man mal wieder, daß du keine Ahnung hast. Es ist mitternachtsfarben. Das von gestern war mehr kohlefarben.«

»Stimmt.«

»Geh mir aus den Augen. Ich muß Ablage machen. Los, verschwinde.«

»Auch gut. Ich geh' runter zu Judy.«

»Aber du hast nachher einen Termin für eine eidliche Vernehmung, hast du das vergessen? Tiziani kommt in einer Stunde.«

»O Mist! Mist. Mist. Mist.« Nach allem, was passiert ist, habe ich den Termin total vergessen.

»Du hast ihn doch letzte Woche darauf vorbereitet, oder nicht?«

»Sicher. Aber ich muß jetzt weg. Ich bin rechtzeitig zurück.« Ich drücke ihm die restlichen Telefonnotizen in die Hand.

»Hast du noch mal über die Polizei nachgedacht?« fragt er, aber ich bin schon weg und eile die Innentreppe von Stalling hinunter in Judys Stockwerk.

Judys Büro ist das reinste Vogelnest. Der Schreibtisch ist mit Papierstapeln überhäuft, die Regale sind mit unordentlich einsortierten Büchern und Akten vollgestopft. Überall sind Fotos. An der Wand hängen Kurt, zwei schwarze Labradors und Judys riesige Familie. Die Carriers sind Kaliforniens Antwort auf die Trapp-Familie. Sie feixen von vielen schroffen Felsgipfeln, an den Gurten um ihre Hüften hängen schwere Seile, Karabiner und Haken. Als ich diese Bilder zum erstenmal sah, dachte ich, die ganze Familie würde für die Telefongesellschaft arbeiten.

»Jemand zu Hause?«

»Hinter dem Schreibtisch«, ruft Judy. Sie sitzt auf dem Boden vor einer stattlichen Reihe von Prozeßakten inklusive Beweismaterial. Sie blickt auf und lächelt gequält. »Ich kann mich an dich erinnern. Ich kannte dich zu einer Zeit, als mich der Preis von Computerchips in Osaka noch nicht aufgefressen hat.«

»Was machst du denn da?«

»Die Mitsuko-Berufung. Du weißt doch, der Prozeß, den Martin vorigen Monat verloren hat. Der Antitrust-Fall.«

»Der Abermillionen-Dollar-Antitrust-Fall.«

Sie kichert schadenfroh. »Ich habe gehört, an dem Morgen, nachdem er den Prozeß verloren hat, legten ihm die Partner einen Haufen schmutziger Socken mitten auf den Schreibtisch.«

»Verstehe ich nicht.«

»Der Geruch der Niederlage! Der Geruch der Niederlage!« Sie lacht, hört aber abrupt auf. »Was ist los, findest du das nicht lustig?«

»Doch, es ist lustig.«

»Du hast aber nicht gelacht.«

Ich erzähle ihr von meinem Essen mit Ned (das ich immer noch nicht Verabredung nennen will) und daß er kein Wort über sein Gespräch mit Berkowitz verloren hat. Wir unterhalten uns noch einmal über die Telefonanrufe und den anonymen Brief. Sie erklärt, sie habe Ned im Verdacht, weil er so ehrgeizig sei, vielleicht auch Martin, weil er den Mitsuko-Fall verloren hat und ich an seiner Stelle den Fall Harbison zugeteilt bekam. Als sie soweit ist, erinnere ich sie daran, wie wütend Delia auf mich war. Ratlos fährt sich Judy mit ihrer großen Hand durch die so künstlerisch abgehackten Haare.

»Es könnten alle und jeder sein«, meint sie.

»Das tröstet mich.«

»Hör mal. Kurt schläft heute nacht in seinem Studio. Warum kommst du nicht mit zu mir und bleibst über Nacht?«

»Warum?«

»Da wärst du sicher, du Schlauberger.«

»Ich muß doch wohl in meiner eigenen Wohnung leben können, oder nicht? Was soll ich sonst machen, etwa den Rest meines Lebens in deinem Haus verbringen?«

»Das wäre nicht das schlechteste. Du kannst kochen.«

»Ja sicher, wir wären eine tolle Wohngemeinschaft. Ich gebe uns höchstens eine Woche, dann bringen wir uns gegenseitig um.«

Sie sieht mich verletzt an. »Immer sagst du so was, ich versteh' das nicht. Bleib doch eine Weile bei mir. Nur so lange, bis deine Telefonnummer geändert ist.«

»Nein, es geht schon.«

Sie schüttelt den Kopf. »So was Stures.«

»Aber ich weiß deine Einladung sehr zu schätzen. Ehrlich.«

»Dann geh wenigstens ans Telefon. Ich möchte dich erreichen können.«

»Das geht nicht. Brent läßt die alte Nummer löschen, und die neue habe ich noch nicht.«

»Das werden die heute abend kaum noch machen. Ich glaube, das dauert einen Tag. Machen wir doch ein Zeichen aus für heute abend. Ich lass' es zweimal läuten, dann rufe ich postwendend noch mal an.«

Ich bin einverstanden und verspreche ihr, das nächste Mal, wenn wir Mittagessen gehen, zwei große Kekse zu spendieren.

»Wow!« sagt sie hingerissen.

– 9 –

»Tiziani ist sehr zeitig gekommen«, sagt Brent, als ich wieder oben bin. »Ich habe ihn mit Kaffee und Sandwiches in das Besprechungszimmer F gesetzt.«

»Du bist der perfekte Gastgeber.«

Brent zwinkert. »Er ist geil.«

»Ich dachte, du wärst monogam.«

Er schubst mich spielerisch, und ich mache mich davon.

Nick Tiziani ist Personalchef bei der Firma Blake, einem landesweit vertretenen Nahrungsmittelkonzern. Er hat seine Assistentin entlassen, weil sie sich seltsam anzieht. Das entspricht der Wahrheit, und obwohl das ein mieser Kündigungsgrund ist, ist er durchaus legal. Aber er hat auch zu ihr gesagt, sie solle sich nicht anziehen wie ein Mann und ihr ein Abonnement für die *Vogue* geschenkt. Er behauptet, er habe damit nur versucht, ihr zu helfen; sie behauptet, das sei Diskriminierung aufgrund ihres Geschlechts. Es hängt eine Menge davon ab, wie er seine Version bei der eidlichen Vernehmung vorbringt.

»Mary! *Come sta?*« begrüßt mich Tiziani.

»*Bene. Grazie,* Nick.«

Er schüttelt mir eifrig die Hand. Nick ist ein höflicher Mensch und duftet stets besser als ich. Er kleidet sich von Kopf bis Fuß in Gucci, und das ist mit ein Grund, warum er bis auf seine seidenen Boxershorts zur Rechenschaft gezogen werden wird. Kleidung bedeutet Nick sehr viel; er ist ein großer Verfechter der

Maxime »Form vor Inhalt«. Der Tag, als seine Assistentin in tarnfarbenen Militärhosen zur Arbeit erschien, war der letzte Tropfen, der das Faß zum Überlaufen brachte, besonders, weil gerade an diesem Tag der Chef von der Konzernzentrale der Niederlassung einen Besuch abstattete. Nick feuerte seine Assistentin auf der Stelle. Sie kann von Glück sagen, daß er sie nicht umgebracht hat.

Ich gehe das Ganze noch einmal mit ihm durch und bleue ihm das Mantra des Beklagten ein: Kein Wort unaufgefordert sagen, der Frage zuhören, mir Zeit zum Einspruch lassen. Kein Wort unaufgefordert sagen, der Frage zuhören, mir Zeit zum Einspruch lassen. Nick nickt freundlich, während ich rede, was beweist, daß er überhaupt nicht zuhört.

»Nick, Sie haben mich verstanden, ja?«

»Klar, Mary. Das ist ein Kinderspiel.«

»So leicht ist das nicht. Sie waren noch nie bei einer solchen Vernehmung.«

»Wie schlimm kann das werden?«

»Schlimmer, als Sie denken. Alles, was Sie sagen, wird zu Protokoll genommen und kann vor Gericht gegen Sie verwendet werden. Man wird Ihre Aussage benutzen, um Sie ans Kreuz zu nageln, man wird versuchen, Ihre eigenen Worte gegen Sie zu richten.«

»Sie machen alles so kompliziert. Es ist ein Geschäft, weiter nichts. Der andere Rechtsanwalt ist Geschäftsmann. Ich bin Geschäftsmann.« Mit einem manikürten Finger tupft er sich auf sein Maßhemd. »Ich erkläre ihm alles, wir werden in der Sache völlig übereinstimmen. Und wir werden uns einigen.«

»Nick. Glauben Sie mir, dieser Kerl ist der Feind. Er wird die Sache absolut nicht so sehen wie Sie. Sein Job besteht darin, die Sache aus sämtlichen Blickwinkeln zu betrachten, nur *nicht* von Ihrem Standpunkt aus. Sagen Sie so wenig wie möglich. Vergessen Sie nie:

Kein Wort unaufgefordert sagen, der Frage zuhören, mir Zeit zum Einspruch lassen.«

»Ja, ja, ja.« Er zappelt auf seinem Stuhl herum. »He, kennen Sie den schon? Was ist der Unterschied zwischen einem Katzenwels und einem Rechtsanwalt?«

»Der eine ist ein gründelnder Schlammfresser, der andere ein Fisch.«

»Sie haben keinen Funken Humor«, schmollt er.

Die eidliche Aussage findet bei Masterson, Moss & Dunbar statt – ein Auswärtsspiel. Masterson, Moss & Dunbar sind ein weiterer Grund, der diesen Fall gefährlich macht. Eine solche Starkanzlei wie diese würde nie eine kleine Angestellte als Klägerin vertreten, aber diese Klägerin ist die Tochter eines ihrer ausgebufftesten Aktionäre. Und so hat sie auch einen besonderen Favoriten des Chefs bekommen, Bob Maher. Maher gehört jedem Ausschuß der jungen Republikaner im Bereich der Staaten Pennsylvania, New Jersey und New York an und ist ein weit größerer Sexist, als Nick es je sein wird. Aber es ist nicht Mahers Schwanz, der in der Mausefalle steckt. Zumindest nicht dieses Mal.

Nick und ich sitzen im Empfangsbereich von Masterson, der ältesten und mit fast dreihundertfünfzig Rechtsanwälten größten Anwaltskanzlei Philadelphias. Für mich verkörpert sie in der Heiligen Dreifaltigkeit die Rolle des Vaters, weil sie soviel auf Tradition gibt. Einer muß die Fahne des konservativen Philadelphia hochhalten, und diesen Part hat Masterson übernommen. Die Einrichtung ist früher Herrenclub, voll bronzener Wandleuchter und schwerer Clubsessel. Stadtpläne aus der Kolonialzeit schmücken die getäfelten Wände, hauchdünne Perserteppiche bedecken den Hartholzfußboden. Hier sieht es aus wie im Ralph-Lauren-Himmelreich. Nick saugt das Ambiente förmlich in sich auf.

»Erstklassig«, sagt er.

»Prähistorisch«, antworte ich.

Schon bald kommt Maher persönlich, um uns zu holen. Maher, ein strammer Yale-Absolvent, wirft Nick ein eliteuniversitätsgeschultes Grinsen zu und geleitet uns in ein großes Konferenzzimmer mit einer Glaswand, die auf einen Flur hinausgeht. Er gießt Nick eine Tasse frischen heißen Kaffee ein und stellt ihn der sinnlich-üppigen Gerichtsschreiberin Ginny, ohne Familiennamen, vor. Ginny sagt zu Nick, wie gut ihr sein Schlips gefällt. Nick sagt zu Ginny, wie gut ihm ihr Halstuch gefällt. Beide lachen. Alles ist so nett und vertraulich, ich komme mir vor wie die neue Nachbarin bei einer Partnertauschparty. Ich gelange zu dem Schluß, daß Maher die Methode, den gegnerischen Mandanten bei einer eidlichen Vernehmung bis zur Besinnungslosigkeit einzuseifen, perfekt beherrscht. Leider ist Nick zu animiert, um das mitzukriegen.

Maher beginnt mit harmlosen Fragen zu Nicks Werdegang in der Personalabteilung. Nick schildert mit der italienischen Männern angeborenen Prahlerei eine Beförderung nach der anderen. Ich lasse ihn schwadronieren und beobachte die Rechtsanwälte, die draußen auf dem Flur in beiden Richtungen vorbeiflanieren. Blind gegen dieses beeindruckende Defilee ist ein hochgewachsener, würdevoller Rechtsanwalt mit gewellten silbrigen Haaren. Mit übereinandergeschlagenen Beinen sitzt er in einem Windsor-Stuhl und liest *The Wall Street Journal*. Ich erkenne darin das typische Dominanzverhalten eines Alphawolfes einer großen Kanzlei. Berkowitz macht das auch, wenn auch nicht so elegant.

»Mr. Tiziani... darf ich Sie Nick nennen?« fragt Maher.

»Wenn das Ihr einziges Bedürfnis ist.«

Maher lacht schallend über diesen Witz, ha-ha-ha, als hätte er noch nie einen besseren gehört. Ich werfe einen raschen Blick auf den Silberwolf. Er blickt über den Rand seiner großformatigen Zeitung in das Konferenzzimmer. Eigenartig. Warum beobachtet er eine Vernehmung, wenn er kein spezielles Interesse daran hat? Dann klingelt es bei mir. Das muß der Vater der Klägerin sein.

»Sagen Sie, Nick, welche Position haben Sie gegenwärtig bei Blake?«

»Ich bin Vizepräsident der Personalabteilung. Letztes Jahr bin ich befördert worden. Im September vor einem Jahr. Als Vizepräsident unterstehe ich direkt Chicago. Das heißt, es ist eine gepunktete Linie zur Unternehmensleitung, im Unterschied zu einer durchgehenden Linie. Ich weiß nicht, ob Sie mit Organisationsdiagrammen vertraut sind, Bob, ich erkläre Ihnen gerne näher, wie ...«

Ich berühre leicht Nicks Ärmel. »Nick, warum lassen wir nicht einfach Bob seine Fragen stellen? Das spart uns Zeit.« Kein Wort unaufgefordert sagen, der Frage zuhören, mir Zeit zum Einspruch lassen. Kein Wort unaufgefordert sagen, der Frage zuhören, mir Zeit zum Einspruch lassen.

»Na klar, Mary. Kein Problem«, antwortet er hilfsbereit. Der Mann hat keinen Schimmer.

Der Vater der Klägerin blättert eine Seite des *Journal* um, beobachtet uns aber weiterhin unablässig über den Rand der Zeitung hinweg.

»Vielen Dank, Nick«, sagt Maher. »Ich werde Sie später danach fragen. Nun, als Vizepräsident der Personalabteilung sind Sie doch sicher vertraut mit den Bundesgesetzen, die sich auf Diskriminierung am Arbeitsplatz aufgrund des Geschlechts beziehen?«

Ich wende meinen Blick vom Vater der Klägerin ab und beuge mich vor. Die Dinge spitzen sich zu, ich will während der weiteren Befragung in Nicks Blickfeld sein. Vielleicht fällt ihm dann wieder ein, daß es sich hier um eine protokollierte eidliche Aussage handelt und nicht um Gruppensex.

»Nehmen Sie zu Protokoll, daß die Verteidigerin mir die Sicht auf den Zeugen nimmt«, sagt Maher scharf.

Ginnys Finger bewegen sich gleichmäßig über die schwarzen Tasten ihrer Stenographiermaschine. Jedes Wort wird protokolliert. Wenn Sie sich die Worte schwarz auf weiß als Manuskript vorstellen, können Sie sich zusammenreimen, was nun vorgeht:

»Entschuldigung. Was sagten Sie, Bob?«

»Ich sagte, Sie versperren mir die Sicht auf den Zeugen.«

»Ich verstehe nicht, was Sie meinen, Bob.«

»Ich kann ihn nicht sehen, wenn Sie das tun.«

»Tut mir leid.«

»Sie sitzen irgendwie seltsam.«

»Bitte? Ich verstehe nicht.«

»Rücken Sie vom Zeugen ab.«

»Ist es so besser, Bob?« Ich rühre mich nicht von der Stelle.

»Kaum besser. Mehr nach rechts.«

»Das ist doch albern, Bob. Nehmen Sie zu Protokoll, daß ich mit dem Anwalt der Klägerin übereingekommen bin, daß der Zeuge heute nur für drei Stunden zur Verfügung steht. Wenn wir weiter soviel Zeit mit Diskussionen über meine Sitzhaltung vertrödeln, sind wir nicht vor sieben Uhr fertig.«

Mit einem finsteren Blick gibt Maher auf.

Nick fällt wieder ein, daß er *der Zeuge* ist und nicht Nennen-Sie-mich-Nick.

Ich lehne mich zurück. Mein Blick begegnet dem des draußen vor der Glaswand sitzenden Anwalts, der mich jetzt ungeniert über das *Journal* anstarrt. Die Augen eines empörten Vaters. Selbst aus der Entfernung scheinen sie mich zu durchbohren.

»Nick, haben Sie irgendwann die Klägerin, Donna Reilly, kennengelernt?«

»Ja.«

»Haben Sie sich damals einen Eindruck von ihr gemacht?«

»Einspruch«, sage ich.

»Warum?« will Maher wissen.

»Wieso ist es erheblich, welchen Eindruck er von ihr hatte? Außerdem ist die Frage mehrdeutig. Sein Eindruck wovon?«

»Sie wissen genau, bei einer eidlichen Vernehmung berechtigt die Erheblichkeit oder Unerheblichkeit einer Frage nicht zu einem Einspruch. Außerdem kann der Zeuge sagen, wenn er eine Frage nicht versteht.«

»Ich erhalte meinen Einspruch aufrecht. Und Sie haben recht, Bob. Wenn der Zeuge die Frage nicht versteht, kann er das sagen.« Ich trete Nick in die Seite seiner Gucci-Slipper.

»Ich verstehe die Frage nicht«, sagt Nick folgsam.

Plötzlich herrscht draußen vor dem Konferenzzimmer heftige Bewegung. Der Vater der Klägerin ist aufgesprungen und hat die Zeitung auf den Kirman-Teppich geworfen. Ach du Scheiße. Er muß den Fußtritt gesehen haben, so empört, wie er aussieht. Wie ein Fußballtrainer, wenn der Schiedsrichter keinen Elfmeter gibt.

»In Ordnung, Nick, ich formuliere die Frage neu«, sagt Maher, der nichts mitbekommt von der sich hinter seinem Rücken abspielenden Szene.

Der Anwalt läuft auf die Tür zum Konferenzzimmer zu. Mein Mund wird trocken. Was hat er vor? Wird er mich beim Disziplinarausschuß melden? Unter uns Rechtsanwälten gibt es nicht einen, der so etwas noch nicht getan hätte – nicht einen.

»Wer ist das?« fragt Nick und deutet durch die Scheibe auf den heranstürmenden Rechtsanwalt.

Maher dreht sich in dem Moment um, in dem die

Tür aufgerissen wird. »Hallo, Sir!« Er springt ruckartig auf, vergißt aber zu grinsen.

Der Rechtsanwalt beachtet ihn nicht. Er ist noch größer, als ich dachte, und seine aristokratischen Züge sind von winzigen Falten durchzogen. Zornesröte verfärbt sein Gesicht. So wütend, wie er aussieht, wird er mich nicht beim Disziplinarausschuß melden; so wütend, wie er aussieht, wird er mir eine runterhauen. Er kämpft merklich um die Aufrechterhaltung eines Rests von Höflichkeit. »Ich unterbreche dieses Protokoll nur sehr ungern, aber ich dachte, es sei jetzt höchste Zeit, die gegnerische Partei kennenzulernen. Hallo, Miß DiNunzio.« Er streckt mir eine große Hand über den Konferenztisch entgegen.

Ich bin mir nicht sicher, ob er mich über den Tisch ziehen oder mir die Hand schütteln will. Es stellt sich als eine Art Zwischending heraus; er quetscht meine Hand wie eine fast leere Zahnpastatube.

»Das nenne ich einen Griff.« Ich entziehe ihm meine Hand.

Er nickt knapp. »Court Tennis.«

»Aha.« Was immer das sein mag.

»Sie scheinen Probleme mit Ihrem Stuhl zu haben, Miß DiNunzio. Wenn Sie unbequem sitzen, kann ich Ihnen einen anderen bringen lassen.« Er lächelt, aber das Lächeln sieht aus, als blieben seine Mundwinkel nur mit Hilfe des Drahtes eines Leichenbestatters leicht nach oben gezogen.

»Ich habe keine Probleme, vielen Dank.«

»Falls Ihnen der Stuhl doch wieder unbequem werden sollte, seien Sie so gut und machen Sie Bob darauf aufmerksam. Ich bin sicher, er wird alles in seiner Macht Stehende tun, damit Sie sich wohl fühlen. Das stimmt doch, Bob.« Das ist ein Befehl, keine Frage. Der Anwalt nickt zu dem sichtlich verwirrten Maher hinüber.

»Schließlich«, fährt er fort, »stand die Kanzlei Masterson immer auf gutem Fuße mit der Kanzlei Stalling, und ich habe bisher nur das beste über Sie gehört, Miß DiNunzio. Ich bin sicher, Sie sind eine sehr gute Prozeßanwältin.«

»Vielen Dank.«

»Sie haben bei Stalling momentan die gleiche Position wie mein Sohn, stimmt's?«

»Ihr *Sohn*?«

»Ja. Mein Sohn. Ned Waters.«

– 10 –

»Ich bin Nathaniel Waters. Wie Sie sicher wissen, leite ich diese Firma.«

»Oh. Ja.« Nicht der Vater der Klägerin, *Neds* Vater!

»Ich habe miterlebt, wie wir von hundert Rechtsanwälten auf hundertfünfzig und schließlich bis zur heutigen vollen Belegschaft angewachsen sind. Ich habe die Eröffnung unseres Büros in London beaufsichtigt. Und jetzt werden wir die erste Firma aus Philadelphia in Moskau sein. Masterson steht für eine herausragende Qualität, Miß DiNunzio, und für ein untadeliges Berufsethos. Ich bin sicher, bei Stalling ist das nicht anders.« Seine Augen schauen mich direkt an, eine drohende Ausgabe von Neds grünen Augen.

»Natürlich.« Egal, was er sagt, ich weiß, er hat die Nicks dieser Welt unter den Tisch getreten. Ohne sehr spitze Schuhe kommt man nicht dahin, wo er heute ist. Mögen die Schuhe auch in England angefertigt worden sein.

»Dann sind wir ja einer Meinung. Ich möchte Sie nicht länger aufhalten. Es war schön, Sie kennenzulernen. Grüßen Sie bitte Ned von mir. Machen Sie weiter.« Er dreht sich auf dem Absatz um und schreitet steif aus der Tür.

Maher entspannt sich sichtlich, unsere Blicke treffen sich kurz. Für einen winzigen Augenblick sind wir Junge im selben Rudel. Wir werden wieder zu Feinden, als Maher Platz nimmt und mit der Befragung fortfährt. »Nick, ich möchte die Frage so deutlich formulieren, daß selbst Ihre Rechtsanwältin sie versteht. Als Sie Ms. Reilly zum erstenmal sahen, machten Sie sich da einen Eindruck von der Art, wie sie sich kleidet?«

»Ja.«

»Welchen Eindruck hatten Sie?«

»Ich dachte, sie zieht sich schlampig an.«

Gut gemacht, Nick. Fast hätte ich gejubelt. Für den Rest der Aussage, die sich bis zum Abend ausdehnt, kanalisiere ich die Angst, die Neds Vater in mir geweckt hat, in ständige Einsprüche. Nick kommt aufs Stichwort, wir arbeiten wie ein gut eingespieltes Team. Er schildert seine Sicht der Dinge drastisch und glaubwürdig. Am Ende seiner Zeugenaussage hält Maher Nick vermutlich für einen Pedanten in Sachen Kleidung, aber der Beweis, daß er Frauen diskriminiert, wird ihm schwerfallen. Als wir das Gebäude verlassen, gratuliere ich Nick. Daraufhin sagt er zu mir, ich hätte »den Job so gut erledigt wie ein Mann«.

Abrupt bleibe ich stehen. »Nick, möchten Sie einen kostenlosen Rat von Ihrer Rechtsanwältin?«

»Natürlich, gern.«

»Reden Sie nicht solches Zeug. Diesmal kommen Sie damit davon, das nächstemal möglicherweise nicht. Verstehen Sie, was ich meine, Nick? Wie man in den Wald hineinruft, so schallt es heraus.«

Ein düsterer Schatten huscht über sein nettes Gesicht. Er ist tief verletzt. »Ich habe es nicht so gemeint, wie es rausgekommen ist, Mary.«

»Gut.«

Peinlich berührt, verabschieden wir uns voneinander. Ich schlängle mich durch die Menge auf der überfüllten Straße und frage mich ein wenig verwirrt, warum ich gerade einen wichtigen Mandanten beleidigt habe.

Die Zeit naht, sagt die Stimme, dann verstummt sie.

Menschenmassen strömen aus den Bürohäusern –

Frauen mit zerfließendem Make-up, Männer mit nicht angezündeten Zigaretten. Sie nehmen mich in die Zange, und ich passe mich dem Fußgängerstrom auf den schmalen Gehwegen an, der wie Blutkörperchen in einer verkalkten Arterie um die Straßenverkäufer herumfließt. Es ist Feierabend in dieser erschöpften Stadt. Ich sollte mich besser von der Menschenmenge im Hauptverkehr nach Hause fluten lassen, bevor es dunkel wird und der Wagen auftaucht.

Aus Sicherheitsgründen mische ich mich mitten ins Gewühl, blicke aber häufig über die Schulter zurück. Vor dem Schaufenster eines Computergeschäfts bleibe ich stehen und betrachte nachdenklich einen Anrufbeantworter. Mike haßte Anrufbeantworter, deshalb haben wir nie einen gekauft. Aber irgendein widerlicher Kerl ruft mich an, und Mike ist tot. Ich gehe in den Laden und schiebe der Verkäuferin hinter dem Ladentisch eine Kreditkarte hin.

Als ich mit dem schmalen Gerät, das in einer Plastiktüte steckt, das Geschäft verlasse, hoffe ich, mich besser zu fühlen, weil ich schließlich mein Möglichstes zu meinem Schutz unternehme. Aber genau das Gegenteil ist der Fall. Der Kauf des Gerätes macht die Bedrohung allzu real. Ich habe Angst.

Eilig überquere ich den Platz und schaue mir die müde nach Hause gehenden Büroangestellten genau an. Um diese Zeit ist es noch zu früh für die Spitzenkräfte, jetzt sind die Anwaltsgehilfinnen unterwegs, nicht die Rechtsanwälte. Die Sekretärinnen, nicht die Chefs. Fast nur Frauen, das riesige Heer der unterprivilegierten Klasse der kleinen Angestellten, das dafür sorgt, daß in den Vereinigten Staaten die Textverarbeitung läuft, die Büroarbeit erledigt wird und die Dienstleistungen funktionieren. Ich fasse Tritt mit einer älteren Frau. Sie hat ein glattes, rundliches Gesicht und trägt einen handgestrickten Pullover. Eine Verkäuferin, denke ich, oder eine Bibliotheksangestellte. Nebeneinander bleiben wir am Bordstein der Straße vor dem Dorchester stehen und warten, bis uns der Verkehr eine ausreichende Lücke läßt, um hinüberzuhasten.

»Hier gehört eine Ampel hin«, sagt sie in leicht verärgertem Ton. »Oder zumindest ein Stoppschild.«

Mein Blick fliegt über die vorbeisausenden Autos. »Da kann ich Ihnen nur beipflichten.«

»Sie würden einen umbringen, wenn sie dadurch fünf Minuten schneller zu Hause wären.«

Ein Cadillacfahrer winkt uns über die Straße. In der Twentieth Street, nach den Hochhäusern, die wie eine Grenze vor der Wohngegend im Westen der Stadt aufragen, verliere ich die Verkäuferin aus den Augen. Ich schaue mich um. Die Leute auf dem Bürgersteig sehen harmlos aus. Einen halben Block später werfe ich noch einmal einen prüfenden Blick nach hinten; nur noch zwei Menschen gehen hinter mir auf dem Gehweg. Ein Teenager mit einem über die Schulter gehängten Rucksack und eine aufgedonnerte Frau mit einer Menge bunt leuchtender Einkaufstüten.

An der Ecke Spruce und Twenty-first Street erregt etwas meine Aufmerksamkeit. Kein Mensch, sondern ein Auto. Zwei weiße Wagen halten an einer Ampel, dahinter ein brauner. Ein brauner Cadillac, älteres Modell, ein wenig ramponiert. Ein Eldorado oder Toronado, einer von denen.

Ich schiele zu dem Wagen hinüber. Ist es derselbe Cadillac, der mich vor dem Dorchester über die Straße ließ?

Ich weiß es beim besten Willen nicht und will keine voreiligen Schlüsse ziehen. Es gibt eine Million Cadillacs auf der Welt, sage ich beruhigend zu mir selbst und überquere rasch die Straße.

Ich biege in die Delancey Street ein und schaue wie unter Zwang über die Schulter. Der Cadillac nähert sich in langsamer Fahrt der Delancey Street. Es könnte sich durchaus um denselben Wagen handeln.

Fröstel, fröstel, wie Judy sagen würde. Aber hat es überhaupt etwas zu bedeuten, wenn es derselbe Wagen ist? Vielleicht sucht nur jemand einen Parkplatz. Ich war ständig auf Parkplatzsuche, ich bin ständig vergeblich um den gleichen Block gekurvt. Jetzt bezahle ich ein Vermögen für einen Garagenplatz in der Nähe meiner Wohnung. Er ist jeden einzelnen Penny wert.

Ich gehe die Delancey Street hinunter. Mir fallen Artikel über Verbrechen ein, die ich in Zeitschriften gelesen habe. Verhalte dich nicht wie ein Opfer, sonst wirst du eines. Wirke selbstsicher, gehe schnell. Ich nehme die Plastiktüte auf den Arm und starte durch. Im gleichen Moment höre ich hinter mir auf der Straße den sonoren Klang eines sich beschleunigenden starken Motors. Ich lege Tempo zu für den halben Block, den ich noch vor mir habe, und werfe an der Ecke erneut einen prüfenden Blick über die Schulter.

Mein Magen verkrampft sich.

Da ist der Cadillac. Er wird von einem Kombi aufgehalten, der versucht, sich in eine enge Parklücke zu quetschen. Ich halte den Atem an. Der Drang, Hals über Kopf über die Straße zu stürmen, ist fast übermächtig, aber der Verkehr ist zu dicht. Eine Limousine fährt an mir vorbei, dann eine alte Schrottmühle, Hondas in endloser Prozession. Nicht mehr weit bis nach Hause.

Ich blicke zurück. Der Cadillac ist an dem anderen Wagen vorbei. Er fährt geradeaus weiter und beschleunigt mühelos bis zur Ecke.

Panik steigt in mir hoch. »Komm schon, komm schon«, dränge ich den vorbeifließenden Verkehr. Endlich erspähe ich eine kleine Lücke vor einem leeren Schulbus und laufe los, meine Aktentasche schlägt wie wild gegen meinen Schenkel. Der Busfahrer protestiert mit einem erschreckend lauten *Häääännk*. Fast hätte ich vor Schreck meine Aktentasche fallen lassen, aber ich schaffe es mit heiler Haut auf die andere Straßenseite. Ich bin außer Atem.

Lauf, sagt die Mike-Stimme leise. *Lauf.*

An der Abzweigung zu meiner Straße werfe ich noch einmal einen Blick zurück. Der Verkehrsstrom verbirgt den größten Teil der Delancey vor meinem Blick, aber zwischen den Autos blitzt der lädierte verchromte Kühlergrill grüßend zu mir herüber. Der Cadillac ist immer noch da. Mein Herz beginnt zu rasen. Ich kann den Fahrer nicht erkennen. In der Windschutzscheibe spiegelt sich der wolkenverhangene Himmel.

Lauf. Lauf. Lauf um dein Leben.

Ich gehorche und renne, ohne mich einmal umzuschauen. Vergeblich. Ich höre, wie der Motor des Cadillac auf Touren kommt, kaum daß er in meine Straße eingebogen ist. Ich gebe Gas. Der Cadillac gibt Gas. Er ist mir auf den Fersen, während ich wie eine Verrückte die Straße entlangjage.

Lauf, lauf.

Der Cadillac ist direkt hinter mir.

Ich höre jemanden schreien, der Jemand bin ich. »Nein! Nein! Hilfe!« Ich renne bis vor meine Haustür.

Großer Gott! Meine Schlüssel! Der Anrufbeantworter kracht auf den Bürgersteig, während ich wie wahnsinnig in meiner Tasche wühle. Wo sind bloß diese verdammten Schlüssel?

Der Cadillac hält mit kreischenden Bremsen hinter mir, genau vor meiner Haustür.

»Nein!« Ich drehe mich um und schreie den Wagen an. Mein Rücken klebt an der Tür, meine Brust hebt und senkt sich schwer. »Du verdammtes Arschloch, laß mich in Ruhe!«

Trotz meiner Angst und Panik kann ich endlich den Fahrer erkennen.

Eine dunkelhaarige Frau, Hispanierin. Der Cadillac ist vollgepackt mit Kindern. Das älteste, ein Junge auf dem Rücksitz, bekommt bei meinem Anblick einen Lachkrampf.

Ich fasse es nicht. Ich blinzle ungläubig.

Eine Mutter mit Kindern. Sie macht einen reichlich entnervten Eindruck, obwohl ich mir nicht vorstellen kann, warum, schließlich bin ich es, die fast einen Herzinfarkt bekommen hätte. Mein Herz griff mich an, wie mein Großvater zu sagen pflegte.

Die Mutter beugt sich über ein in einem Plastikkindersitz sitzendes Kleinkind. »Oh, ich Sie angst machen«, sagt sie mit einem starken Akzent. »Tut mir leid. Ich Sie angst machen, arme Frau. Ich das nicht wollen.«

Ich weine fast vor Erleichterung. Meine Aktentasche fällt mit einem ledernen Klatschen zu Boden.

Die Mutter wendet sich an den immer noch lachenden Jungen auf dem Rücksitz und sagt etwas zu ihm, aber ich kann nicht verstehen, was. Gleich darauf lehnt er sich mit einem dämlichen Grinsen aus dem offenen Wagenfenster. Der Anflug eines Schnurrbarts ziert seine markante Oberlippe.

»Meine Mutter sagt, es tut ihr leid, daß sie Ihnen angst gemacht hat. Wir haben uns verfahren. Wir sind zu früh von der Schnellstraße runter. Sie hätte draufbleiben sollen. Ich hab' ihr gesagt, sie soll draufbleiben, aber sie kann ja nicht hören.« Wieder lacht er. »Ich hab' ihr auch gesagt, sie soll nicht hinter Ihnen herfahren, aber sie wollte Ihnen unbedingt sagen, daß Sie keine Angst zu haben brauchen. Sie hört nie auf jemand.« Er tippt sich mit einem Finger an die Stirn, und seine Mutter gibt ihm einen leichten Schlag auf die Schulter. »He, laß das!« schreit er sie an, *muy macho*.

Sie wollten sich nur nach dem Weg erkundigen. Lieber Himmel. Ich versuche, mich zu fassen, während die beiden erneut miteinander konferieren.

Wieder lehnt sich der Junge aus dem Wagen. »Sie will wissen, ob mit Ihnen alles in Ordnung ist, Sie sollen ins Krankenhaus. Ich hab' ihr gesagt, wegen dem gehen Sie nicht ins Krankenhaus, aber sie hört ja nicht.«

»Sag ihr, ich danke ihr, ja? Mir geht es prima. Sag ihr, alles ist in Ordnung. Es ist nicht ihre Schuld.«

Wieder unterhalten sie sich, doch die Mutter sieht nicht sehr überzeugt aus.

»Es ist nicht Ihre Schuld!« brülle ich in den Wagen hinein, aber die beiden kleinen Mädchen hinten im Auto, die sich um eine Puppe streiten, lenken sie ab. Sie entreißt ihnen die Puppe, und beide Mädchen beginnen exakt gleichzeitig zu jammern. Sieht so aus, als seien sie gleichaltrig. »Sind das Zwillinge?«

Die Mutter legt eine Hand hinters Ohr.

»Zwillinge? Ich bin auch ein Zwilling. Ich habe auch eine Zwillingsschwester.«

Die Mutter schwatzt aufgeregt auf ihren Sohn ein und schiebt ihn energisch näher ans Fenster. Er befreit seinen Arm aus ihrem Griff und steckt mit gequälter Miene den Kopf aus dem Auto. »Meine Mutter sagt, Zwillinge sind eine besondere Gnade Gottes. Also sind Sie ein besonderer Mensch.« Dabei verdreht er die Augen.

Ich fühle meine Augen feucht werden und komme mir vor wie eine Idiotin. Am liebsten hätte ich seine Mutter umarmt. »Sag ihr, ich danke ihr. Sie ist auch ein besonderer Mensch.«

Angelegentlich blickt er auf seine schmutzigen Fingernägel. »Toll, wir sind alle was furchtbar Besonderes. Sagen Sie, wissen Sie, wie man von hier zur Ausfahrt South Street kommt?«

»Zuerst sagst du deiner Mutter, daß sie etwas ganz Besonderes ist.«

Er sieht zu mir auf, eine Mischung aus Ungläubigkeit und Unverschämtheit. »Ist das Ihr Ernst?«

Ich streiche meinen Blazer glatt und hebe meine Aktentasche auf. »Mein voller Ernst.«

Er wendet sich von mir ab und schreit seine immer noch jammernden Zwillingsschwestern an. Dann sagt er ein paar Worte zu seiner Mutter, und sie strahlt mich selig an. Wieder beugt er sich aus dem Fenster. »Gut so?«

»Ja. Danke. Da vorne an der Straße geht's rechts, dann links in die Spruce. Dann wieder rechts und geradeaus bis zur Lombard. Die führt genau auf die South Street.«

»Kapiert, Kleine.« Er lehnt sich im Sitz zurück und sagt etwas zu seiner Mutter. Die Mutter winkt zum Abschied. Als der Cadillac anfährt, zeigt mir der Junge den Stinkefinger.

Ich lache und befinde mich plötzlich in Hochstimmung. Ich hebe den Anrufbeantworter vom Boden auf und frage mich, ob er durch den unsanften Fall kaputtgegangen ist, aber er sieht unbeschädigt aus. Das Gerät unter den Arm geklemmt, krame ich seelenruhig tief unten in meiner Handtasche nach den Schlüsseln. Ich bin fast übermütig, und in dieser Stimmung fällt mir der alte Scherz meines Vaters ein. Warum sind eure Schlüssel eigentlich immer genau da, wo ihr zuletzt nachguckt? Worauf Angie und ich unisono stöhnten: Weil man nicht mehr weiter nach ihnen sucht, sobald man sie gefunden hat.

Ich finde auch diesmal meine Schlüssel, sperre auf und bücke mich nach der Post. Mir wird noch leichter ums Herz, als ich beim Durchsehen feststelle, daß kein anonymer Brief dabei ist. Während ich die Treppe zu meiner Wohnung hinaufgehe, habe ich das Gefühl, als hätte ich eine Gnadenfrist bekommen.

Auf halbem Weg zwischen erstem und zweitem Stock, als ich, ohne hinzusehen, den Schlüsselbund nach meinem Wohnungsschlüssel abgreife, habe ich den Eindruck, als sähe das Treppenhaus heute anders aus als sonst.

Dann sehe ich es.

Am oberen Ende der dunkler werdenden Treppe öffnet sich ein Loch. Meine Wohnungstür steht offen.

Sperrangelweit offen.

– 11 –

Mich fröstelt. Bin ich heute morgen weggegangen, ohne die Tür abzuschließen? Kann das möglich sein?

Ich spüre, wie sich alle meine Sinne schärfen. Angestrengt lausche ich, ob irgendein Geräusch aus der Wohnung zu hören ist, aber kein Laut dringt heraus. Die Luft riecht schwach nach Zigarettenrauch, aber das ist normal, meine Vermieter rauchen beide. Die Tür steht sperrangelweit offen, drinnen scheint es dunkel zu sein. Von Alice keine Spur. Ich kann es nicht fassen. Jemand kann da drin sein, eben jetzt in diesem Moment. *Er* könnte da drin sein.

Ich muß schleunigst hier raus und verschwinden. Ich muß die Bullen rufen. Ich zwinge mich, mich zu bewegen. Langsam gehe ich rückwärts die Treppe hinunter. Ich schiebe mich mit dem Rücken an der Wand entlang, lasse die Tür nicht aus den Augen. Wenn er rauskommt, wenn irgend jemand da rauskommt, schreie ich wie am Spieß. Ganz langsam, Zentimeter um Zentimeter schleiche ich nach unten und versuche, nicht das kleinste Geräusch zu machen. Die Plastiktüte knistert leise bei jeder Bewegung, und ich fluche innerlich, weil ich den Anrufbeantworter gekauft habe.

Meine Wohnungstür oben an der Treppe wird kleiner und kleiner, endlich erreiche ich den Treppenabsatz. Nur noch ein Stockwerk. Einen flüchtigen Moment lang mache ich mir Sorgen um Alice. Ob er ihr etwas antut? Ob er sie *tötet*? Zu meiner Überraschung versetzt mir dieser Gedanke einen schmerzhaften Stich; ich wußte gar nicht, daß ich die Katze überhaupt mag. Trotzdem, ich habe zuviel Angst, um wieder hinaufzugehen. Ich bin fast in der Eingangshalle, da höre ich:

Lauf.

Und ich gehorche. Ich stürme aus der Tür, den Bürgersteig entlang, bis zu dem Münzfernsprecher zwei Blocks weiter. Meine Hände zittern, als ich 911 tippe. Die Frau am Telefon sagt, in fünf Minuten sei ein Wagen da.

Ich gehe zurück und drücke mich an der Ecke genau gegenüber von der Abzweigung zu meiner Straße herum, samt Aktentasche, Handtasche, Anrufbeantworter und meiner Post.

Fünf Minuten später ist weit und breit keine Polizei in Sicht, und ich komme mir vor wie ein Packesel.

Eine halbe Stunde später ist die Lage immer noch unverändert, nur leiste ich inzwischen Marv Gesellschaft, dem Mann, der an dieser Straßenecke meterhohe Zimmerbäume verkauft. Ich habe seinen wackligen Klappstuhl mit Beschlag belegt und beobachte von hier aus die Eingangstür meines Hauses. Meine Angst hat sich gelegt, die eiskalte Panik ist verschwunden. An ihre Stelle ist eine gewisse Spannung getreten. Wer immer auch in meiner Wohnung war, hat sich inzwischen bestimmt verzogen. Ich wüßte gern, was er hat mitgehen lassen und wie es oben aussieht. Und ob Alice in Sicherheit ist. Ich schiele zu meinen Wohnungsfenstern hinauf. Da oben ist alles dunkel. Die Katze sitzt nicht auf dem Fensterbrett.

Der Preis für den Stuhl besteht darin, daß ich mir Marvs Lebensgeschichte anhören muß. Dreißig Jahre lang hat er alles verkauft, was nicht niet- und nagelfest ist – Lexika, bronzefarbene Babyschuhe, Reinigungsmittel und jetzt Zimmerbäume. Er erzählte mir bereits, daß er mit einem Kleintransporter zu einer Baumschule nach Florida fährt, wo er die Pflanzen billig einkauft, dann bringt er sie hier herauf und verkauft sie billig und macht trotzdem Profit wie ein Straßenräuber. Den Laster hat er vor seiner Wohnung geparkt. Jede Pflanze ist an eine eigene Parkuhr angekettet. Diese Ecke gehört Marv. Er sagt: Wenn nicht mir, wem dann?

»Die kommen nicht, Mary«, sagt er. »Sie hätten denen sagen sollen, daß er 'ne Kanone hat. Wenn die Kanone hören, kommen sie. Hören die nichts von Kanone, kommen sie nie.«

»Ich habe keinen Revolver gesehen. Ich habe nicht einmal eine Person gesehen.« Ich lasse die Tür auf der anderen Straßenseite nicht aus den Augen, aber es rührt sich nichts. Die wenigen Passanten schauen nicht hin, was nur heißen kann, daß dort nichts Ungewöhnliches zu sehen ist.

»Trotzdem, man muß es sagen.« Er reibt seine pokkennarbige Wange und blickt besorgt zum inzwischen fast dunklen Himmel hinauf. »Heute ist's mies, das sag' ich Ihnen. Krieg' diese Pflanzen heute nicht mal für *umsonst* los.«

Ich halte Ausschau nach der Polizei. »Vielleicht sollte ich noch mal anrufen.«

»Hat keinen Sinn. Hören die nichts von Kanone, kommen sie nicht.«

»Nicht einmal bei einem Einbruch?«

»Haben Sie was von Einbruch gesagt?«

»Nein, nicht direkt. Ich weiß ja nicht, ob eingebrochen wurde. Ich weiß nur, daß die Tür offenstand und ich die Wohnung so nicht verlassen habe.«

Er schiebt den Rand seines schmutzigen Tropenhelmes nach oben, ein Teil seines Dschungelambientes. »*Das* haben Sie denen gesagt?«

Ich nicke.

»Warum haben Sie denen denn das gesagt?«

»Weil es die Wahrheit ist.«

Er bricht in schallendes Gelächter aus. »Hör sich einer dieses Kindchen an! Weil es die Wahrheit ist, sagt sie! Sie sind Rechtsanwältin, was haben Sie denn mit der Wahrheit am Hut?« Er kriegt sich nicht mehr ein vor Lachen. »Mary, kennen Sie den von dem Elefanten und dem Tiger?«

Ich bin nicht in der Stimmung für weitere Rechtsanwaltswitze. Mürrisch stütze ich das Kinn auf die Hand und blicke in meine Straße.

»Mary?«

»Nein.«

Voller Vorfreude leckt er sich die Lippen. »Also, dieser Elefant marschiert durch den Urwald, und hinter ihm marschiert ein Tiger. Alle paar Meter läßt der Elefant einen Scheißhaufen fallen. Und der Tiger, der hinter dem Elefanten hertrampelt, frißt die auf.«

»Lieber Himmel, Marv.« Ich schüttle mich.

»Nein, nein, warten Sie, das ist ein guter Witz. Also, der Elefant ist richtig angeekelt. Er dreht sich zu dem Tiger um und sagt: ›He, du da! Warum frißt du alle meine Scheißhaufen?‹ Und der Tiger antwortet: ›Weil ich gerade einen Rechtsanwalt gefressen habe und den schlechten Geschmack aus dem Mund haben möchte.‹« Marv bricht in wahre Lachstürme aus.

Ich schüttle den Kopf. »Das ist ja widerlich.«

»Hat er Ihnen gefallen?« fragt er hocherfreut. »Warten Sie, warten Sie. Ich kenn' noch einen. Was ist der Unterschied zwischen einem Urwald und einem Porsche voller Rechtsanwälte?«

Plötzlich biegt ein weißes Polizeiauto in meine Straße ein. Die Rettung naht. »Na endlich. Da sind sie.« Ich sammle meine Siebensachen zusammen und rapple mich auf.

»Sie sind doch noch gekommen.«

Der Streifenwagen hält vor meinem Haus, und jeder der Vordertüren entsteigt ein Bulle. Einer ist schwarz, einer weiß, beide haben ein kantiges Kinn; sie könnten die Hauptrollen in einem Krimi spielen. Es sieht so aus, als werde vor meiner Wohnung ein politisch korrekter Film gedreht. Aber das ist kein Film, es ist mein Leben. Meine Wohnung. Meine Katze. »Ich muß gehen.«

»Warten Sie, interessiert Sie der Schluß nicht?«

»Ich muß gehen, Marv.«

»Im Porsche sitzen die Affen *drinnen.*«

Ich bin zu angespannt, um höflich zu lachen, und eile über die Straße.

»Wenn Sie was brauchen, kommen Sie ruhig wieder vorbei!« ruft er mir nach.

»Danke«, rufe ich zurück. Ich hetze hinüber zu den Bullen, die nebeneinander stehen wie die Zwillingstürme des World Trade Center. Ich stelle fest, daß ich Respekt vor ihnen habe, vor ihrer Autorität. Das sind die guten Jungs. Ich überlege, ob ich ihnen die ganze Geschichte erzählen soll. Alles über die anonymen Briefe und den Wagen.

»Wohnen Sie hier?« fragt der schwarze Polizist würdevoll. Auf dem Namensschild an seiner Brust steht TARRANT.

»Ja. Ich habe angerufen. Ich bin nach Hause gekommen und habe gesehen, daß meine Wohnungstür offenstand. Ich hatte zu große Angst, um hineinzugehen.«

»Haben Sie irgendwelche Anzeichen für ein gewaltsames Eindringen bemerkt?«

»Nein. Aber die Tür war offen. Ich weiß genau, ich lasse sie nie offen. Ich weiß nicht, ob noch jemand drin ist. Seit ich Sie angerufen habe, ist jedenfalls niemand rausgekommen. Ich habe die Eingangstür im Auge behalten.«

»Gibt es eine Hintertür?«

»Nicht zu meiner Wohnung. Ich wohne im zweiten Stock.«

»Keine Feuertreppe?«

»Nein.«

»Sehen wir mal nach. Haben Sie eine Alarmanlage?« Während wir uns unterhalten, schielt der weiße Polizist namens LEWIS schräg am Gebäude hoch. Als er den Kopf richtig hebt und hinaufblickt, fällt mir auf, daß er eine Zahnklammer trägt.

»Nein.«

»Sind Sie die Hausbesitzerin?«

»Nein. Meine Vermieter sind verreist.«

»Leben Sie allein?«

»Ich habe eine Katze.«

Tarrant räuspert sich. »Würden Sie mir bitte Ihren Schlüssel für die Eingangstür geben?«

Wieder wühle ich in meiner Tasche, aber die Heiterkeit über den Scherz meines Vaters scheint ewig her. Nach angestrengter Sucherei fördere ich die Schlüssel endlich zutage. »Dieser hier ist für die Haustür. Und der da für die Wohnungstür.«

Er faßt den Schlüsselbund am Haustürschlüssel und nimmt ihn mir ab. »Wir überprüfen alles. Bleiben Sie bitte zurück und machen Sie den Eingang frei.« Mit einem muskulösen Arm versperrt er mir den Weg und schiebt mich vom Eingang weg. Mir wird ganz flau. In ein paar Minuten weiß ich, was verdammt noch mal da oben vorgeht.

Sie lassen mich stehen und gehen ins Haus. Einer meiner Nachbarn von der anderen Straßenseite, der mit dem Bianchi-Rad, schaut neugierig von seinem Fenster aus zu. Von den anderen Nachbarn ist keiner am Fenster zu sehen. In der Wohnung, die meiner genau gegenüberliegt, sind wieder die Jalousien heruntergelassen. Wer immer da wohnt, er ist nie zu Hause. Ein Rechtsanwalt.

Aus dem Augenwinkel sehe ich, wie Marv die Straße überquert und auf mich zumarschiert. Ich trete ein wenig vom Haus zurück, blicke an der Fassade hoch und versuche zu erkennen, was in meiner Wohnung vorgeht. Plötzlich blitzt zwischen den Lamellen der Jalousien Licht auf. Die Bullen müssen im Wohnzimmer sein. Ich kaue auf meiner Unterlippe.

»Haben die was gefunden?« Marv späht neben mir am Haus hinauf.

»Sie sind immer noch oben.«

»Keine Sorge. Alles, was gestohlen ist, läßt sich ersetzen. Es ist nur Geld.«

»Außer meiner Katze.«

»Glauben Sie, die haben Ihre Katze geklaut?«

»Nein. Ich mache mir nur Sorgen um sie.«

»Also, was mich angeht, ich hasse Katzen.«

»Ich auch.«

Plötzlich werden die Jalousien hochgezogen, und Officer Lewis' Silhouette erscheint in Alices Fenster. Er fuhrwerkt am Fliegengitter herum und steckt kurz den Kopf heraus, danach bringt er das Gitter wieder an. Ich verrenke mir den Hals, um in meine Wohnung spähen zu können, sehe aber an dem Mann nicht vorbei. Am anderen Fenster vollzieht er die gleiche Prozedur.

»Möchte mal wissen, was er da treibt«, sage ich.

»Nachsehen, wie der Kerl reingekommen ist. Ich hab' gehört, in der Lombard ist letzte Woche ein Kerl in eine Wohnung eingebrochen, der ist vorn an der Hausfassade senkrecht hochgeklettert bis in den zweiten Stock. Wie ein Bergsteiger. Wie Spiderman.«

Wieder schaue ich zur Wohnung hinauf. Die beiden Fenster zur Straße sind hell erleuchtet und strahlen an der dunklen Vorderfront des Hauses wie Irrlichter. Ich frage mich, wie lange die Bullen wohl noch oben bleiben. Ich frage mich, was sie entdecken. Plötzlich springt Alice auf ihre Fensterbank und streckt sich ausgiebig.

»Das ist Alice! Das ist meine Katze!« Noch nie hat mich ihr Anblick so glücklich gemacht.

»Niedlich«, sagt Marv ohne jede Begeisterung. Mit finsterem Blick mustert er das Fenster. »Also hören Sie, ein Mädchen wie Sie, das braucht keine Katze. Das braucht einen Hund, zum Schutz. Katzen sind für gar nichts gut.«

Hinter Alice erscheint Officer Lewis am Fenster. Er hebt die Katze hoch und winkt mit einer ihrer Pfoten zu mir herunter, bis sie ihm vom Arm springt.

»Sehen Sie sich das an, Marv!«

»Sehr niedlich.«

Ein paar Minuten später kommen die Bullen aus der Haustür. Lewis niest ununterbrochen. Hustend und niesend läuft er an mir vorbei und springt in den Streifenwagen. Mit breitem Grinsen gesellt sich Officer Tarrant zu uns. Weiß der Teufel, was da vor sich geht.

»Hübsche Katze«, meint er zu mir.

»Was ist denn passiert?«

»Mein Partner hat soeben festgestellt, daß er eine Katzenallergie hat.«

Ich blicke zu ihm hinüber. Ein neuerlicher Niesanfall schüttelt den weißen Officer. »Ist er okay?«

»Kann sein, daß wir ihm den Gnadenschuß geben müssen.« Tarrant lacht, und Marv stimmt in das Gelächter ein.

»Was haben Sie oben vorgefunden?«

»Alles bestens, Ma'am. Alles ist völlig in Ordnung. Sieht alles unberührt aus.«

»Wirklich?«

»Wirklich.«

»Nichts und niemand ist da?«

»Nein.«

»Es ist absolut sicher oben?«

»Sofern Sie nicht gegen Katzen allergisch sind.« Er beugt sich vor und blickt in den Streifenwagen auf Lewis, der immer noch stoßweise hustet.

Ich begreife das nicht. »Aber die Tür war offen.«

»Kommen Sie mit mir rein. Wir gehen rasch zusammen durch die Wohnung, und Sie sagen mir, ob etwas fehlt.« Tarrant hält mir die Haustür auf.

»Macht es Ihnen etwas aus, vorzugehen?«

»Alter vor Schönheit, was?« sagt er und geht vor mir hinein. Mir kommt das alles sehr merkwürdig vor; noch nie habe ich vergessen, die Tür abzuschließen. Oben angekommen, öffnet er weit die Wohnungstür, und wir treten ein.

Alles sieht aus wie immer. Ein kleines Wohnzimmer mit einem Paisleysofa und einem Couchtisch aus Kiefernholz. Der Fernsehapparat steht ordnungsgemäß an seinem Platz, der Videorecorder darunter. Die Stereoanlage steht auf dem Regal. Wie üblich sieht Alice mich nicht einmal an. Ich greife nach ihr, aber sie springt geschmeidig aus meinen Armen.

»Ist alles so, wie Sie es verlassen haben?« fragt Tarrant.

»Sieht so aus.«

»Gehen wir ins Schlafzimmer.« Er geht vor mir her und knipst das Schlafzimmerlicht an. Das Bett ist ungemacht, ein Kleiderberg türmt sich auf dem Computer, Taschenbücher liegen stapelweise neben dem Bett auf dem Boden. Nicht gerade ordentlich. Aber so sieht es immer aus.

»Überprüfen Sie mal Ihr Schmuckkästchen«, sagt er.

Gehorsam gehe ich zur Kommode und schaue in das offene Schmuckkästchen. Ich besitze nicht viel Schmuck, aber doch ein paar Goldketten, eine Perlengarnitur und meine goldenen Prestigeohrringe für Termine mit schwierigen Mandanten. »Alles da.«

»Sie haben Glück. Sie haben eine Menge teurer Sachen herumstehen. Den Fernseher, den Videorecorder, den Computer. Sie sollten sich überlegen, ob Sie Ihren Schmuck nicht in einem kleinen Safe für Wertsachen aufbewahren.«

»Haben Sie die ganze Wohnung durchsucht? Ich meine, es ist wirklich keiner da?«

Tarrant nickt. »Wir haben sogar unter dem Bett nachgesehen.«

Wahrscheinlich hält er das für einen guten Witz, aber mir läuft dabei eine Gänsehaut über den Rücken.

»Wie gesagt, Sie haben Glück, Ma'am. Ich habe schon andere Wohnungen gesehen. Verwüstet. Leergeräumt. Das nächstemal versichern Sie sich, daß Sie die Tür abgeschlossen haben.«

»Sie sind ganz sicher, daß Sie überall nachgeschaut haben? Ich meine, ich will Ihnen nichts unterstellen, es ist nur so, daß mir in letzter Zeit einige merkwürdige Dinge passiert sind.«

»Was zum Beispiel?«

Seine Augen sind von einem tiefen, freundlichen Braun, sein Verhalten ist professionell. Ich habe das Gefühl, ihm trauen zu können. Ich hole tief Luft, und die Worte sprudeln nur so aus mir heraus.

– 12 –

»Warten Sie mal«, sagt Tarrant. »Haben Sie im Zusammenhang mit irgendeinem dieser Vorfälle Anzeige erstattet?«

»Nein. Sonst hätten Sie ja ermittelt.«

»Darum geht's doch, oder?«

»Schon, aber wie gehen Sie bei einer Ermittlung vor?«

»Wir fangen mit Ihrer Aussage an. Anschließend befragen wir sämtliche Personen, die Sie verdächtigen, und sämtliche Zeugen der Vorfälle mit dem Wagen.«

»Da gibt es keine Zeugen.«

Er schürzt die Lippen. »Haben Sie jemanden in Verdacht?«

»Ich glaube, es ist jemand aus der Firma.«

»Verstehe. Wie war der Wortlaut des anonymen Briefes?«

»Er lautete ›Glückwunsch zur Partnerschaft‹.«

Er lacht. Ich merke, wie meine Glaubwürdigkeit zum Teufel geht. »Sonst nichts? Und das nennen Sie einen Haßbrief?«

»Es war sarkastisch, weil ich ...«

»Keine Drohungen oder so was?«

»Nein.«

»Einen solchen Brief könnte ein Freund oder eine Freundin geschickt haben, vielleicht will Ihnen jemand einen Streich spielen.«

»Aber da paßt der Wagen nicht hinein, oder wie sehen Sie das?«

Tarrant schüttelt den Kopf. »Nein, der paßt nicht hinein. Deshalb kommen Sie zu uns, und wir nehmen eine Anzeige auf. Bringen Sie den anonymen Brief mit. Wir schicken ihn ins Labor. Dort wird das Papier geprüft, und die Schriftsachverständigen beschäftigen sich damit.«

»Aber ich kann keine Anzeige erstatten.«

»Warum nicht?«

»Es geht nicht. Gerade jetzt kann ich nicht zulassen, daß gegen die Leute, mit denen ich zusammenarbeite, ermittelt wird. Wie würde das denn aussehen? Entsetzlich. Ich würde meinen Job verlieren.«

»Uns sind die Hände gebunden, wenn Sie nichts unternehmen.«

»Kommt gar nicht in Frage.«

Er zuckt die Achseln. »Dann kann ich Ihnen nur den Rat geben, seien Sie vorsichtig. Gehen Sie nirgendwo allein hin. Wenn der Wagen wieder auftaucht, rufen Sie sofort 911 an.«

»Okay.«

»Und werden Sie nicht gleich bei den kleinsten Zwischenfällen mißtrauisch, so wie heute. Ich glaube, Sie waren zerstreut und haben einfach vergessen, die Tür abzuschließen.«

»Ich weiß nicht. Das sieht mir gar nicht ähnlich.«

Er nickt, ein endgültiges Nicken, das mir unmißverständlich sagt, unsere Unterhaltung ist vorüber. »Hören Sie auf Onkel Dave. In neun von zehn Fällen ist so was nichts weiter als ein Gag. Oder ein alter Verehrer hat die Hand im Spiel. Irgendein Typ, den Sie haben sitzenlassen oder für den Sie mal keine Zeit hatten. Die kommen darüber hinweg.« Er klatscht in die Hände. »So, jetzt muß ich mal nachsehen, ob mein Partner noch lebt.«

»Vielleicht sollte ich ihm etwas zu trinken bringen. Wasser oder eine Limo.«

»Normalerweise behandle ich ihn nicht so nett, aber wenn Sie wollen, halte ich es für keine schlechte Idee.«

»Gut.« Ich gehe in die Küche, in der das Licht bereits brennt. Ich schaue mich kurz um, bevor ich eine Dose Cola hole. Nichts hat sich verändert. Automatisch gleiten meine Augen hinüber zu dem magnetischen Messerhalter. Vier Steakmesser, alle da. Und auch das mörderisch aussehende Hackmesser, Mikes Lieblingswerkzeug, wenn er Samurai gespielt hat. Sieht alles unberührt aus. Vielleicht habe ich die Tür tatsächlich offengelassen. Vielleicht war ich einfach geistesabwesend. Ich nehme die Cola und gehe mit Tarrant die Treppe hinunter.

Draußen registriere ich überrascht, daß Marv immer noch hier herumhängt. Er lehnt am Streifenwagen und unterhält sich mit Officer Lewis. Lewis' Gesicht ist von einem Nesselausschlag entstellt, seine Augen sind fast zugeschwollen.

Beim Anblick seines Partners bricht Tarrant in Gelächter aus und taumelt übertrieben komisch rückwärts. »O Mann. Du siehst echt geil aus, Jimmy. Was machst du am Freitag abend, hast du schon was vor?«

»Komm, beeil dich, Dave. Ich muß in einen Drugstore, bevor ich abkratze.«

Tarrant lacht so herzhaft, daß er zu keiner Antwort fähig ist. Ich reiche Lewis die Cola. »Tut mir wirklich sehr leid. Vielleicht hilft das.«

Mit kläglicher Miene nimmt er die Dose entgegen. »Ich seh' nicht mal, was es ist, aber ich bin sicher, es tut gut.«

»Nur ruhig Blut, Jim. Das ist kein Bier, Jim. Das ist Diätcola.«

»Ich weiß«, sagt er spitz. »Danke, Ma'am.«

»Ich danke Ihnen für Ihre Hilfe.«

Tarrant steigt in den Streifenwagen und fährt an.

Ich bleibe mit Marv zurück. Obwohl ich müde bin, habe ich es nicht eilig, nach oben zu gehen.

»Sie ham die Tür offengelassen, bestimmt«, sagt Marv. Er hat seinen Tropenhelm abgenommen, und die Haare kleben kreisförmig an seinem Kopf.

»Vermutlich. Danke, daß ich Ihren Stuhl benutzen durfte.«

»Hören Sie, ich bin bloß noch hier, weil ich Ihnen was sagen muß.« Er beugt sich vertraulich zu mir vor. »Sie sollten sich was überlegen, so zu Ihrem Schutz.«

»Ich kann mir keinen Hund anschaffen, Marv. Ich bin nie zu Hause.«

Verstohlen blickt er sich um. »Ich red' nicht von einem Hund. Ich red' von dem da.« Er sieht nach unten, mein Blick folgt dem seinen. Mitten auf seiner schwieligen Handfläche liegt ein kleines schwarzes Schießeisen. Auf dem Griff ist ein schwarzer Dreizack eingeprägt. Das Ding sieht aus wie ein glänzendes neues Spielzeug.

»Ist die echt?«

»Das ist eine Beretta.«

»Marv, was machen Sie mit dem Ding? Sind Sie verrückt?« Ich blicke mich hektisch um. Der Typ mit dem Bianchi-Rad steht nicht mehr am Fenster. Auch das Rad ist verschwunden.

»Schsch. Ich will Ihnen nur was klarmachen.«

»Sie können das Ding nicht einfach in der Hosentasche spazierentragen, um Himmels willen. Ist es geladen?«

»Sonst könnt's ja keine Löcher bohren.«

Ich weiche zurück. »Lieber Himmel, Marv, sind Sie wahnsinnig? Das ist ein Verstoß gegen das Waffengesetz!«

»Das ist ganz legal. Ich habe eine Erlaubnis.«

»Das heißt doch nicht, daß Sie sie überall mit sich herumtragen dürfen! Hatten Sie die Pistole denn bei sich, als Sie mit dem Bullen gesprochen haben?«

Er lächelt verschlagen. »Direkt unter seiner Nase war sie, und er hatte keine Ahnung. Ich sag' Ihnen was, Mary, so eine brauchen Sie auch. Sie leben allein. Sie haben nichts zu Ihrem Schutz als diese magere Katze. Seien Sie gescheit.« Er schiebt mir die Waffe in die Hand.

Schon sie zu spüren jagt mir Angst und Schrecken ein. Leicht und tödlich fühlt sie sich an. »Nehmen Sie sie zurück. Tun Sie sie weg von mir.« Ich gebe sie ihm, aber er drängt sie mir wieder auf. Ich gerate fast in Panik. »Marv, nehmen Sie das Ding weg! Es könnte losgehen!«

Mit einem leisen glucksenden Lachen nimmt er sie an sich. »Die kann nicht losgehen. Die ist gesichert.« Er läßt sie in seine Tasche gleiten, als wäre es Wechselgeld.

»Marv, warum haben Sie so ein Ding?«

»Glauben Sie im Ernst, Sie können in dieser Stadt ohne 'ne Kanone Geschäfte machen, wo's um Bares geht? Außerdem ist es mein gutes Recht. Das steht in der Verfassung der Vereinigten Staaten. Ich habe das Recht zum Tragen von Waffen.«

»Sagen Sie mir nicht, was in der Verfassung steht. Die Verfassung spricht von der Notwendigkeit einer Armee. Gemeint ist, daß die Armee bewaffnet sein muß, Marv, keine Typen, die Pflanzen verkaufen. Sie könnten sich ja mit dem Ding selbst verletzen.«

»Ich muß doch sehr bitten.«

»Aber natürlich. Ich habe von solchen Vorfällen gelesen. Bei einem Überfall nimmt man sie Ihnen ab und richtet sie auf Sie.«

»Sind Sie sicher, daß Sie sich die Waffe nicht wenigstens für eine Nacht ausborgen wollen? Wenn Sie schießen müssen, müssen Sie sie bloß entsichern und mit beiden Händen festhalten, wie die in *Drei Engel für Charlie.* Genau so.« Er tut so, als hielte er eine Pistole in den Händen und macht die entsprechenden Fingerbewegungen.

»Nein, vielen Dank.«

»Bestimmt nicht?«

»Ich könnte sowieso keinen Gebrauch davon machen. Ich könnte nie jemanden erschießen. Und jetzt muß ich ins Bett.«

»Doch, klar könnten Sie das. Wenn Sie müssen. Wenn jemand versucht, Sie zu töten, dann könnten Sie das, das ist so sicher wie das Amen in der Kirche.«

»Wiedersehen, Marv.«

Mit dünner Stimme ruft er mir nach: »Machen Sie sich nichts vor, Mary. Sie könnten sie benutzen. Jeder kann das. Machen Sie sich bloß nichts vor.«

Ich lasse ihn in dem gelben Lichtschimmer stehen, der aus meinen Fenstern auf die Straße fällt. Ein Gauner mit einer spielzeuggroßen Kanone in der Tasche seiner Arbeitshose.

– 13 –

Ich gehe durch meine Wohnung, überprüfe sie sorgfältig auf Spuren und Beschädigungen und kontrolliere, ob irgend etwas fehlt. Ich suche nach irgendeinem Anzeichen dafür, daß jemand hiergewesen ist. Nichts zu finden.

Ich gebe mir Mühe, mich in der Wohnung zu Hause zu fühlen, gehe herum und berühre in einer Art Wiedertaufe all meine Sachen. Ich räume das Schlafzimmer auf. Ich öffne eine Dose Suppe. Trotz all meiner Bemühungen werde ich das Gefühl nicht los, daß irgend etwas in der Wohnung anders ist. Ich setze mich im Wohnzimmer auf den Fußboden und beschäftige mich mit den Anschlüssen für den Anrufbeantworter, aber ich kann mich nicht konzentrieren.

Alice kommt neugierig dazu und schnuppert an der offenen Schachtel des Geräts. Sie hat alles mit angesehen. »Habe ich die Tür offengelassen, Alice?«

Sie ignoriert mich und geht weg.

»Du bist austauschbar, merk dir das!« rufe ich ihr nach.

Da sitze ich nun, mitten auf dem Fußboden mit einer Tasse Linsensuppe, und schaue mich in meiner menschenleeren Wohnung um. Ich bin nervös und beschließe, Judy anzurufen. Auch ihr ist das Ganze nicht geheuer, aber es gelingt ihr, mich zu überzeugen, daß ich schlicht vergessen habe, die Tür abzuschließen. Jeder macht mal einen Fehler, sagt sie, sogar du. Über Marvs Pistole regt sie sich furchtbar auf; es kostet mich zehn Minuten, bis sie mir endlich glaubt, daß ich nicht die geringste Absicht habe, mir eine Waffe zuzulegen. Nach diesem Telefonat schließe ich den Anrufbeantworter an und lasse ihn alle folgenden Anrufe aufzeichnen. Als ich Neds Stimme höre, nehme ich ab.

»He, Mary. Ich wußte gar nicht, daß du einen Anrufbeantworter hast.«

»Er ist auch ganz neu.«

»Benutzt du jetzt ihn anstelle von Sternchen neunundsechzig?«

»Jedenfalls so lange, bis ich eine andere Nummer habe.«

»Mir gefällt's, es ist richtig niedlich. Du klingst wie ein Teenie.«

»Na toll. Ich habe mich angestrengt, damit meine Stimme so klingt wie die eines Killers. Einer Killerin, besser gesagt.«

Er lacht. »Das schaffst du nie im Leben. Wie geht es dir? Bei dir lief ja die Telefonleitung heiß.«

»Frag mich nicht.«

»Irgendwas los?«

»Ja, aber ich bin zu müde, um darüber zu sprechen.«

»Sag es mir in einer Kurzfassung.«

»Ich dachte, ein Auto verfolgt mich, aber es hat mich nicht verfolgt. Dann dachte ich, jemand sei in meine Wohnung eingebrochen, aber da war niemand. Kein guter Tag also.«

»Merkwürdig.«

»Ja. Und jetzt bin ich müde. Ich wollte gerade zu Bett gehen.«

»Dann lasse ich dich am besten in Ruhe.«

»Oh, das hätte ich fast vergessen. Das muß ich dir noch sagen. Dein Vater läßt dich grüßen.«

»Mein Vater läßt *was*?«

»Ich war bei Masterson. Er hat sich mir vorgestellt.«

»Dir? Warum?« Neds Stimme klingt besorgt, fast ängstlich.

»Keine Ahnung. Er sagte, er wollte mich kennenlernen. Ich vermute, du hast ihm gesagt, daß wir …«

»Ich habe seit fünfzehn Jahren kein Wort mehr mit meinem Vater gesprochen, Mary.«

»Nein? Warum nicht?«

»Das ist eine lange Geschichte. Darüber möchte ich lieber nicht am Telefon reden. Kann ich morgen in deinem Büro vorbeikommen?«

Zögernd erkläre ich mich einverstanden, und wir legen auf. Nichts ergibt einen Sinn. Warum sollte ein erwachsener Mann schlagartig ängstlich werden, wenn man von seinem Vater spricht? Warum haben sie seit anderthalb Jahrzehnten nicht miteinander geredet? Woher weiß sein Vater überhaupt irgend etwas von mir? In letzter Zeit türmen sich viele Fragen auf, aber Antworten gibt es keine. Mir gefällt dieses Gefühl, daß alles außer Kontrolle gerät, ganz und gar nicht. Nach Mikes Tod behielt ich den Überblick, und das war bestimmt nicht leicht. Jetzt gerät plötzlich alles ins Wanken. Das ganze Fundament ist bedroht.

Ich lasse die Wohnzimmerjalousien herunter und überprüfe die Verriegelung. Ich beschließe, daß ein heißes Schaumbad jetzt genau das richtige zur Beruhigung ist, drücke den ANTWORT-Knopf am Anrufbeantworter und lasse Wasser in die Badewanne laufen. Ich ziehe mich rasch aus, die Kleider werfe ich in einem Haufen auf den Badezimmerboden. Erleichtert lasse ich mich tief in das warme, duftende Wasser sinken, das, laut Werbung von der Karibik inspiriert, in einem künstlichen Blau erstrahlt. Der Text auf der Verpackung verspricht, die saphirblauen Fluten würden alle meine Sorgen wegspülen. *Don't worry, be happy.* Bewegungslos liege ich in der Badewanne und lausche auf jedes Geräusch in der Wohnung. Der einzig vernehmbare Laut ist das Knistern der an meinen Ohrläppchen zerplatzenden Schaumblasen. Ich versuche, die tiefblaue Flut zu genießen, aber kaum gelingt mir das halbwegs, läutet das Telefon. Ich erstarre und warte auf das Einschalten des Anrufbeantworters.

Das Läuten endet, ein mechanisches Geräusch folgt, der Apparat schaltet sich ein. »Mary, hier spricht Timothy Jameson. Kommen Sie morgen früh gleich als erstes zu mir. Sie wissen, ab wann ich da bin.«

Klick.

Wenigstens war *er* es nicht.

Ich entspanne mich im warmen, seidenweichen Wasser. Es fühlt sich gut an, richtig therapeutisch. Ich gleite tiefer, bis die Wellen an mein Kinn schlagen, und schließe die Augen. Kein Problem, du Idiot.

Als das Telefon das nächstemal läutet, ist das Wasser kühl. Fast unbewußt höre ich, wie der Apparat den Anruf entgegennimmt. Die zu laute Stimme einer Frau spricht: »Hier ist Stephanie Fraser. Wir sind nach Ihrer Verhandlung in Richter Bittermans Gerichtssaal zusammengetroffen. Ich rief in Ihrem Büro an, aber Sie haben nicht zurückgerufen. Wir können das nicht einfach unter den Teppich kehren, Mary. Wir müssen etwas unternehmen. Rufen Sie mich bitte zurück. Ich weiß, Sie haben bestimmt sehr viel zu tun, aber es ist wichtig. Danke.«

Klick.

»Laß mich in Ruhe, Steph. Ich hab' schon gespendet.«

Aber nun ist das Wasser kalt, und ich bin hellwach. Wie unangenehm. Und ich muß meine Beine rasieren. Früher kam ich mir dabei immer sehr erwachsen vor, aber inzwischen finde ich es bloß verdammt nervig. Schlechtgelaunt fische ich unter dem Wasser nach der Seife und seife die Stoppeln auf meinen Beinen ein. Ich benutze einen neuen Plastikrasierer für extragründliche

Rasur. Damit kann ich die Prozedur drei Tage länger hinausziehen. Konzentriert nehme ich die Kurve meines Knöchels, da schrillt das Telefon erneut.

Das Läuten hört auf, der Apparat tritt in Aktion.

Schweigen. Keine Nachricht. Keine atmosphärischen Störungen. Das ist *er.*

Klick.

Ich verspüre einen stechenden Schmerz an meinem Knöchel. Blut quillt aus dem Schnitt. Die Wunde brennt wegen der Seife.

»Scheiße!«

Ich schleudere den Rasierer gegen die Wandfliesen, und er fällt klirrend zu Boden.

In diesem Augenblick sehe ich es: Mikes Foto, das kleine Porträt in dem herzförmigen Porzellanrahmen. Das einzige Bild von ihm, das ich nicht weggepackt habe. Es steht auf meinem Make-up-Regal im Badezimmer. Ein sehr privater Platz, an dem nur ich es sehen kann, jeden Morgen.

Aber heute abend steht es nicht auf dem Make-up-Regal. Es liegt auf dem Boden. Zerbrochen.

»Nein!« Ich klettere aus der Badewanne und hebe den Rahmen auf. Er liegt in Trümmern in meiner Hand, während ich tropfnaß auf dem gefliesten Boden stehe. Das Porzellan ist in Scherben zersprungen, das Glas über Mikes Gesicht besteht nur noch aus einem Spinnennetz winziger Splitter.

Wie konnte das passieren? Ich will nicht denken, was ich denke.

Hektisch überprüfe ich das Make-up-Regal. Eine Tube Grundierung von Lancôme. Ein Glas mit Kajalstiften, Augenbrauenstiften und Wimperntusche. Ein paar Lippenstifte und ein Fläschchen mit Lösung für die Kontaktlinsen. Alle Make-up-Sachen sind heil. Falls Alice den Bilderrahmen heruntergestoßen hat, war sie hübsch wählerisch.

Ich blicke auf meine Hand. Mike ist nicht mehr zu erkennen. Es sieht aus, als sei eine Sturmwolke über sein Gesicht hinweggezogen.

Falls jemand versucht, mir weh zu tun, weiß er genau, wie er das bewerkstelligen kann.

– 14 –

Zu der unchristlichen Stunde, zu der Jameson morgens anfängt, leiste ich mir ein Taxi ins Büro. Meine Nerven sind angespannt, mir ist flau im Magen.

Auf Jamesons Stockwerk, Wollust, steige ich aus dem Aufzug. Seine Sekretärin Stella sagt, er sei gerade im Waschraum. Ich gebe Stella, meiner italienischen Blutsschwester, zu verstehen, daß Jameson, würde er nicht so früh im Büro erscheinen, seinen Morgenschiß zu Hause verrichten könnte wie alle anderen auch. Stella lacht und erzählt mir einen Witz, der zu unanständig ist, um ihn wiederzugeben. Ihrer Witze wegen nennt Judy sie die Kesse Stella.

Ich gehe in Jamesons Büro und setze mich. Die Inneneinrichtung des Büros ist von der Seefahrt inspiriert, so daß Jameson wenigstens so tun kann, als wäre er Kapitän von irgendwas. Denn Jameson ist klein und hat haufenweise Komplexe. Plötzlich stürmt er herein wie ein von der Leine gelassener Mops und knallt die Tür hinter sich zu. »Nun, Mary, ich gehe davon aus, es stimmt, was ich gehört habe.«

»Wovon sprechen Sie?«

Jameson bleibt stehen und steckt die Finger in die Taschen seines marineblauen Blazers. »Was ich Ihnen zu sagen habe, ist zu Ihrem eigenen Vorteil, Mary. Ich sage es nur, weil ich weiß, daß Sie großes Interesse an der Partnerschaft bei Stalling haben.«

»Worum geht es denn?« Sein Gerede steigert nur noch meine Paranoia.

»Mir ist zu Ohren gekommen, Sie seien jetzt Berkowitz' Mädchen, soll heißen, Ihr Bestes geben Sie nur noch für ihn.«

»Aber ich ...«

Jameson hebt eine winzige Pfote, als wäre er der Papst aller Hündchen. »Anfangs hielt ich das nicht für wahr. Es klang so gar nicht nach der Mary DiNunzio, die ich kenne. Aber gestern bekam ich die Unterlagen zum Fall Noone, und ich muß sagen, ich war außerordentlich enttäuscht.«

»Ich ...«

Wieder hebt sich scheinbar segnend das Pfötchen. »Ich weiß, Sie können es besser, Mary, denn bisher haben Sie wahrhaftig bessere Arbeit für mich geleistet. Falls Sie glauben, Sie könnten in dieser Firma Partner werden, wenn Sie nur Sam Berkowitz glücklich machen, dann befinden Sie sich im Irrtum. Ich sollte Sie nicht daran erinnern müssen, daß Sie eine Verpflichtung gegenüber dem Mandanten in dieser Sache haben. *Meinem* Mandanten, Noone Pharmaceuticals. Noone ist fast so groß wie SmithKline und wächst sprunghaft. Noone ist kein Mandant, den ich gerne verlieren möchte. Das verstehen Sie doch, oder?«

Ich nicke, mein Mund ist trocken.

»Schön. Ich habe nichts anderes erwartet.« Er schnappt sich die Akte von seinem Schreibtisch und reicht sie mir. »Bearbeiten Sie das noch mal gemäß meinen Anmerkungen, ich habe sie in Rot gemacht. Gehen Sie in die Bibliothek. Suchen Sie Belege für Ihren Standpunkt. Wenn Sie keine Präzedenzfälle finden, möchte ich von Ihnen die Garantie, daß es keine gibt.« Er macht eine Notiz in sein Tagesjournal, um dem Mandanten die zwei Minuten zu berechnen, die es ihn kostete, mich zusammenzustauchen. »Ich brauche die fertigen Unterlagen heute abend.«

»Das schaffe ich nicht, Timothy. Ich habe ...«

»Sie haben es für Sam Berkowitz bis zum Abend geschafft, also werden Sie es auch für Timothy Jameson bis zum Abend schaffen. Ende der Diskussion.«

»Okay ... Ich werde einige Dinge aufschieben.«

»Schön.«

Mit hochrotem Kopf und einem in voller Blüte stehenden Rosengarten auf der Brust verlasse ich sein Büro. Als ich an Stellas Schreibtisch vorbeigehe, reicht sie mir auf einem Tablett einen Styroporbecher mit Kaffee. »Nehmen Sie es nicht zu tragisch, Mare«, flüstert sie. »Er hat sonst niemanden zum Anpinkeln, wenn Sie verstehen, was ich meine.«

Ich flüchte in mein Büro und sinke auf meinen Stuhl. Am liebsten hätte ich geweint, und das nicht nur wegen des Noone-Falles. Mein Leben gerät aus den Fugen. Der Mittelpunkt löst sich auf. Mit der Arbeit geht es bergab; ich vergesse Termine für eidliche Aussagen, beleidige Mandanten. Die Partner zerreißen sich das Maul über mich. Jemand belästigt mich und ist vielleicht sogar in meine Wohnung eingebrochen. Wie man in den Wald hineinruft, so schallt es heraus.

Und dir schallt es laut entgegen, sagt die Stimme.

»Mary, bist du da?« fragt jemand an der Tür.

Bevor ich antworten kann, öffnet sich die Tür einen Spaltbreit, und eine weiße Papiertüte schiebt sich durch die Öffnung, gefolgt von Neds hübschem Gesicht. Bei meinem Anblick verfinstert es sich sofort. Er schließt die Tür hinter sich. »Mary?«

Es hat keinen Zweck, ich kann es nicht verheimlichen. Ich fühle mich erbärmlich. Klar, daß man mir das ansieht.

»Was ist los?«

Ned macht ein so besorgtes Gesicht, und seine Stimme klingt so fürsorglich, daß ich mich nicht mehr länger zusammenreißen kann. Ich beginne zu weinen und liege zu meiner Überraschung plötzlich in seinen

Armen, woraufhin ich nur noch heftiger weine. Ich weine um Mike, der nie wieder kommt, und um Jamesons Prozeßunterlagen, die ich unmöglich an einem Tag neu abfassen kann, und um Angie, die lieber zu Gott spricht als mit ihrer Zwillingsschwester. Ich weine um meine Wohnung, mein *Zuhause,* in dem ich mich nie wieder sicher fühlen werde. Ich weine wie ein Baby, hemmungslos und schamlos, und Ned hält mich fest.

Im nächsten Augenblick küßt er mich auf die Stirn und auf beide Wangen. Es ist so tröstlich. Ich umarme ihn, er hebt mich auf meinen Schreibtisch und vergräbt sein Gesicht an meinem Hals. Ich rieche den frischen Duft seines Rasierwassers und denke nicht eine Sekunde darüber nach, was sich da zwischen uns abspielt, bis ich höre, wie mein Rolodex vom Schreibtisch fällt, gefolgt von einem Schwall aus einer Kaffeetasse und dem Knarren meiner Bürotür.

»Mary! Der Teppich!« schreit der verblüffte Brent und knallt heftig die Tür zu.

Der Bann ist gebrochen. Ich schiebe Ned von mir weg und wische mir die Tränen aus den Augen. »Gott. O Gott, Ned. Ich muß den Verstand verloren haben.«

»Mary, da ist nichts falsch an …«

»Doch, ist es. Ich darf nicht. Ich kann nicht.«

»Ich möchte dir nahe sein, Mary. Du brauchst Nähe, ich merk' das doch. Ich war genauso wie du, ich habe alles …«

»Bitte, Ned.«

»Sag mir, was passiert ist. Ich will dir helfen.«

»Du willst mir helfen? Dann hör auf, mir anonyme Briefe zu schicken. Und hör auf, mich zu verfolgen.« Das ist ein Test. Ich will sehen, wie er reagiert.

»Wovon sprichst du?«

»Bist du in meine Wohnung eingebrochen?«

»Was?« Er wirkt bestürzt.

»Hast du den anonymen Brief geschrieben?«

»Welchen Brief?«

»Na, den Brief. ›Glückwunsch zur Partnerschaft.‹ Du mußt es gewesen sein. Alles andere ergibt keinen Sinn.«

Er hebt beide Hände. Sein Mund wird trocken, ich kann es sehen. »Warte mal. Warte eine Sekunde. Wovon redest du? Welchen Grund hätte ich, dir das anzutun?«

»Sag die Wahrheit, Ned. Hast du mir einen anonymen Brief geschrieben, bist du mir in einem Wagen gefolgt? Zum Haus meiner Eltern zum Beispiel?«

Er berührt meine Schulter. »Warum sollte ich, Mary?«

»Beantworte meine Frage.«

»Nein. Nein, natürlich nicht.«

Ich schaue ihm direkt in seine grünen Augen, um zu sehen, ob er lügt, aber das echte Gefühl, das ich darin sehe, macht mich ganz wirr. Die Tür öffnet sich ein kleines Stück, und Brent schlüpft herein. Er trägt einen Stapel Papierhandtücher und eine Plastikflasche mit Geschirrspülmittel. Er würdigt weder mich noch Ned eines Blickes, sondern macht sich wortlos daran, den verschütteten Kaffee aufzuwischen.

»Ich glaube, es ist besser, wenn ich jetzt gehe, Mary«, sagt Ned.

»Der Meinung bin ich allerdings auch!« schnappt Brent.

Ned ist kaum aus der Tür, da geht Brent an die Decke. »Mary, hast du vollkommen den Verstand verloren? Bist du total gaga?« Er scheuert den Teppich so heftig, daß das Spülmittel aufschäumt wie Rasierschaum.

»Brent …«

»Bumst da auf dem Schreibtisch!« Wütend funkelt er mich von unten herauf an. Die Adern an seinem dünnen Hals treten deutlich hervor.

»Brent, beruhige dich! Wir haben nicht …«

»Weißt du, was sie mit dir machen, wenn sie dich erwischen? Wenn du hier niest, ohne ein Taschentuch zu benutzen, schneiden sie dir die Eier mit der Nagelschere ab! Was glaubst du, was sie machen, wenn sie dich *beim Bumsen auf dem Schreibtisch* erwischen? Ha?«

»Ich würde nie …«

»Ich bin sicher, du hast nicht eine Sekunde an Safer Sex gedacht!«

»Brent, wir haben nicht …«

»Selbstmord! Mary, das ist reiner Selbstmord! Jedes Wochenende gehe ich zu einer Beerdigung! Alle, die ich kenne, sind krank, alle, bis auf mich. Jetzt auch Vic.« Er wirft die Papiertücher hin.

Mir läuft es eiskalt über den Rücken. »Vic?«

Er blickt mit Tränen in den Augen zu mir auf.

Großer Gott. Brent wird Vic verlieren. Auch meine Augen brennen jetzt. »Mein Gott, es tut mir so leid.« Ich knie nieder und reibe seinen Rücken durch den dünnen schwarzen Pullover. Mechanisch widmet er sich wieder der Beseitigung des Kaffeeflecks.

»Ich weiß es schon eine ganze Weile, Mary. Es kommt nicht so plötzlich wie bei dir und Mike. Und meinetwegen brauchst du dir keine Sorgen zu machen. Ich bin HIV-negativ. Wir haben immer Safer Sex praktiziert, schon von Anfang an.«

»Mein Gott.« Ich hatte nie im Traum daran gedacht, ich könnte Brent verlieren. Ich darf ihn nicht auch noch verlieren. Seit acht Jahren sind wir jetzt zusammen. Ich weiß nicht, was dann mit mir passieren würde.

»Das ist kein Scherz, Mary. Es ist Realität. Jeder kann es kriegen, sogar Magic Johnson, sogar du. Du spielst mit dem Feuer.«

»Wir haben es nicht getan, Brent.«

»Du warst kurz davor.«

»Nein, war ich nicht.« So weit wäre ich nicht gegangen, aber ich habe etwas für Ned empfunden, als er mich geküßt hat. Und ich habe noch etwas empfunden, ein aufflackerndes körperliches Bedürfnis, von dem ich geglaubt hatte, es sei mit Mike begraben worden. Es erregte mich; es ängstigte mich. Ich blicke hinunter auf den fleckigen Teppich, Brent ebenfalls.

»Die ganze Mühe«, sagt er, »und alles bloß, damit der Teppich palmolivegrün statt kaffeebraun ist.« Er reicht mir ein Papierhandtuch und nimmt sich auch eines.

Ich schneuze mich. »Der Fleck sieht genauso aus wie Hawaii.«

»Nein. Wie Placido Domingo.« Er trocknet sich die Augen und legt einen Arm um meine Schultern. »Sag mir eines, Mare. Warum sind es immer die katholischen Mädchen, die es auf dem Schreibtisch treiben?«

»Brent!« Ich gebe ihm einen Stoß in die Seite.

»Noch dazu mit Waters, der dir Briefe mit vergifteter Feder schreibt. Der dich überallhin verfolgt!«

»Er ist es nicht.«

»Er scheißt dir ins Hirn, meine Liebe. Dieser Mann ist ein Manipulationsgenie.« Er steht auf und zieht mich auf die Beine.

»Ich weiß, was ich tue, Brent.«

»Sag das noch mal!« Er bricht in Gelächter aus.

Unwillkürlich falle ich in sein Lachen ein. »Schon gut, vielleicht auch nicht. Aber ich glaube nicht, daß es Ned ist. Ich glaube es einfach nicht.«

»Ach, wirklich? Es wäre besser, du wärst dir in dieser Hinsicht sicher. Heute morgen ist wieder ein Brief in der Post.«

»Nein, ehrlich?«

»Deshalb bin ich reingekommen, um dir das zu sagen.«

Er zieht ein weißes Papier aus seiner hinteren Hosentasche. Die Botschaft ist in Großbuchstaben mit dem Laserdrucker geschrieben und lautet:

PASS AUF, WO DU HINGEHST, MARY

Der Umschlag, die Briefmarke, alles wie gehabt.

Mir sinkt das Herz in die Hose. »Wer macht so was, Brent? Das ist wirklich gräßlich.«

»Du mußt die Bullen rufen, Mare.«

»Ich habe gestern abend mit ihnen gesprochen.«

»Halleluja! Hast du sie angerufen?«

»Nachdem jemand in meine Wohnung eingebrochen ist. Aber eigentlich ist niemand eingebrochen. Das hoffe ich jedenfalls schwer.«

Brent wirkt leicht irritiert. »Mary, was zum Teufel geht da vor?«

»Ich weiß es nicht. Ich weiß nur, daß die Tür offenstand, als ich nach Hause kam. Es hat nichts gefehlt. Die Wohnung sah unberührt aus. Bis auf Mikes Bild, das entweder von allein vom Regal gefallen ist oder ...«

»Das fass' ich nicht. Das ist doch krank! Was haben die Bullen gesagt?«

»Sie sind der Ansicht, ich hätte die Tür nicht richtig zugemacht. Es gab keinerlei Anzeichen für ein gewaltsames Eindringen.«

»Und was glaubst du?«

»Als ich gestern abend das zerbrochene Bild sah, war ich überzeugt, daß jemand dagewesen ist. Heute bin ich mir da nicht mehr so sicher.«

»Hast du Anzeige erstattet?«

»Brent, wenn ich Anzeige erstatte, fangen sie sofort an zu ermitteln. Das hat mir der Bulle gesagt. Das bedeutet, sie befragen die Leute im Büro, alle, die ich verdächtige. Und das sind im Moment alle, bis auf dich und Judy. Kannst du dir das vorstellen? Und selbst wenn sie nur ein paar Leute befragen, glaubst du nicht auch, das würde meiner Karriere den Todesstoß versetzen?«

»Sie könnten die Sache schließlich vertraulich behandeln.«

»Natürlich, so vertraulich wie die Zahl der künftigen Partner. So vertraulich wie die Beurteilungen der Mitarbeiter. Du weißt es doch ganz genau – die Leute stehen Schlange, wenn es darum geht, einen in den Dreck zu ziehen. Sobald die Klatschmäuler in Fahrt kommen, stehe ich in jedem Fall schlecht da. Entweder ich beschuldige sie einer kriminellen Handlung, oder ich bin ein hysterisches Weib.«

In diesem Augenblick läutet das Telefon. Brent nimmt ab und reicht mir den Hörer. Lautlos formen seine Lippen: Martin.

»Hallo, Martin.« Ich blicke auf den Brief in meiner Hand.

»Sind Sie zu beschäftigt, um mich zurückzurufen?«

»Tut mir leid, Martin. Ich war bis zum Abend wegen einer Vernehmung bei Masterson.« Ich lese den Text noch mal. PASS AUF, WO DU HINGEHST, MARY.

»Bernie Starankovic hat angerufen. Glauben Sie, Sie finden Zeit, ihn zurückzurufen?«

»Bestimmt, Martin.«

»Fabelhaft. Dann tun Sie's bitte.«

Langsam lege ich den Hörer auf und reiche Brent den anonymen Brief. »Hebst du den irgendwo auf, wo er sicher ist, zusammen mit dem anderen?«

»So, so, jetzt sammle ich also das Beweismaterial. Das sollten die Bullen haben, nicht ich.«

Aber ich reagiere nicht darauf, ich bin in Gedanken versunken. »Sag mal, was ist mit Martin los? Er klang verdammt sauer, und bei *ihm* kann ich mir vorstellen, daß er solche anonymen Briefe schreibt. Er hat ein Motiv, schließlich habe ich an seiner Stelle den Fall Hart bekommen. Wenn Berkowitz mich aufbaut, damit ich mehr und mehr von Martins Arbeit übernehme...«

»Das sind lediglich Vermutungen, Mary. Detektivarbeit sollte ausschließlich von Detektiven erledigt werden. Laß dir von den Bullen helfen, verdammt noch mal! Wenn du sie nicht holst, tu' ich es.« Brent greift nach dem Telefon, aber ich drücke seine Hand auf den Hörer. Unsere Hände schlagen abwechselnd aufeinander, als spielten wir eine todernste Version des beliebten Kinderspiels.

»Nein, Brent. Warte. Es ist meine Karriere, mit der du spielst. Wenn die Bullen ermitteln, verliere ich meinen Job. Das kann ich dir jetzt schon sagen. Das ist so gewiß, wie du und ich hier stehen.«

Unsere Blicke treffen sich über dem Telefon. Meine Eindringlichkeit scheint ihn zu überraschen. Mich übrigens auch.

»Ich brauche diesen Job, Brent. Er ist alles, was ich im Augenblick habe. Ich habe vor acht Jahren angefangen, und ich möchte, daß es weitergeht. Es ist eine Konstante gewesen. Trotz aller Nachteile in dieser Firma, ich weiß, wenn ich am Montagmorgen hereinkomme, sehe ich dich und Judy und die Kesse Stella, und ich weiß, wo's hier langgeht.«

»Ich weiß, Mare, wir sind hier vom ersten Tag an zusammen gewesen. Ich liebe dich. Du bist meine Freundin.«

»Also, dann hör zu. Ich treffe eine Abmachung mit dir. Wenn es nach der Entscheidung über die Partnerschaft immer noch weitergeht, erstatte ich Anzeige. Dann schlage ich einen Mordskrach, das ist mein Ernst. Aber auf keinen Fall vor der Partnerwahl.«

»Mit solchen Dingen spielt man nicht, Mare.«

»Mit meinem Job?«

»Mit deinem Leben.«

Ich drücke rasch seine Hand. »Sei doch nicht so dramatisch, Brent. Das hier ist nicht *Camille*, dritter Akt. Niemand stirbt.«

»Noch nicht«, sagt er, und der Blick seiner glänzenden Augen bohrt sich in meine. »Bis jetzt noch nicht.«

– 15 –

Aufgrund meiner Diskussion mit Brent, die wir übereinstimmend in Nichtübereinstimmung beenden, komme ich zehn Minuten zu spät zur obligatorischen Freitagmorgensitzung. Außer Judy, die mich neugierig ansieht, scheint das niemandem aufzufallen. Ich setze mich auf einen Stuhl an der Wand und lege die mit Jamesons Markierungen versehene Noone-Akte mit der Vorderseite nach unten auf meinen Schoß. Die Sitzungen finden im Konferenzraum A statt, dem einzigen Besprechungszimmer, das groß genug ist, um allen Beteiligten der Stalling-Niederlassung ausreichend Platz zu bieten. Der Konferenzraum A befindet sich im fünften Stock, Habsucht, aber aus diesem Grund hat er nicht das A, den ersten Buchstaben des Alphabets, bekommen. Zumindest nicht offiziell.

Diese Sitzungen voller Kriegsgeschichten über laufende Gerichtsverfahren und Geschworene liebte ich immer. Ich liebte sie sogar dann noch, als mir klar wurde, daß sie lediglich der Selbstdarstellung dienten und nicht der Darstellung der einzelnen Fälle. Ich liebte die Sitzungen, weil diese Gruppe von Prozeßanwälten – oder Alligatoren, wie Judy uns in Ableitung der alten Bezeichnung »Litiganten« nennt – die meine war. Ich hatte das Gefühl, mit ihnen zusammen in ihrem Sumpf zu leben. Ich glaubte vertrauensvoll, daß sie mich nicht fressen würden; ich war eines ihrer Jungen. Das glaube ich nicht mehr. Ich habe meinen Glauben verloren.

Ich beobachte die Alligatoren, die gierig Fischhäppchen, Blätterteiggebäck und Bagels spachteln. Man könnte glauben, sie hätten seit Jahren nichts zu essen bekommen. Ich schaue mich im Raum um und sehe sie, als sähe ich sie zum erstenmal. Forschend betrachte ich jedes frischrasierte oder sorgfältig zurechtgemachte Gesicht. Welcher Alligator schickt mir diese schrecklichen Briefe? Welcher brach in meine Wohnung ein – oder heuerte jemanden dafür an?

Vielleicht Berkowitz? Er eröffnet die Sitzung, raucht großzügig und erzählt allen von dem Sieg bei Bitterman, der ein Jahrzehnt zurückzuliegen scheint. Er erwähnt meinen Namen recht vertraulich und kommt einem Lob für mich gefährlich nahe. Sämtliche Köpfe drehen sich in meine Richtung. Ich höre, wie die Kiefer insgeheim zuschnappen.

Ist es Jameson? Habe ich seine Kiefer gehört?

Ist es Martin? Ist er der Typ-der-Eulen-liebt-aber-mich-haßt?

Ist es Lovell, ein Partner, der sich schon halb aus dem Geschäft zurückgezogen hat, aber »Italiener« immer noch mit süffisanter Betonung ausspricht?

Ist es Ackerman, eine ehrgeizige Partnerin, die andere Frauen haßt und wie eine seltsame neue Geschlechtsgattung aussieht mit ihrem ständigen männlichen Habitus?

Da ist Ned, der mich nachdenklich ansieht. Er nicht, denke ich.

Und Judy, deren klare Augen kein Make-up benötigen. Natürlich nicht Judy.

Wer dann? Ich sehe jeden der Partner und jede der Partnerinnen an, dreißig insgesamt, die in dieser Niederlassung arbeiten, und zermartere mir das Hirn. Wer von ihnen hat Grund, gegen mich zu sein? Ich sehe jeden der jungen Kollegen und jede der jungen Kolleginnen an, ein ganzes Nest voller Jungen, zweiundsechzig an der Zahl. Sie sind unbelastet von der Erbsünde. Zumindest sehen sie so aus.

Nach dem Ende der Sitzung eile ich stehenden Fußes in die Bibliothek und sichere mir eines der Arbeitszimmer, in denen man ungestört arbeiten kann. Jeder der kleinen Räume ist schalldicht, nur ein Schreibtisch und ein Computer stehen darin. Und die Türen lassen sich abschließen, ein Aspekt, den ich bisher noch nie als Vorteil gewürdigt habe. Ich schließe die Tür ab und überfliege die Akte mit Jamesons fettroten Anmerkungen.

Er findet meine Ausführungen FURCHTBAR und das Hauptargument INKONSEQUENT. Überall hat er hingeschmiert FALL ZITIEREN! Auf die Gefahr hin, arrogant zu erscheinen, muß ich doch sagen, daß es an diesen Prozeßunterlagen nichts zu bemängeln gibt. Jameson läßt sie mich nur noch einmal schreiben, weil das in seiner Macht liegt, auch wenn das die Firma Noone mehr kostet als ein Kompaktwagen. Und ich schreibe sie neu, weil ich seine Stimme brauche.

Ich schalte den Computer an, emsig beginnt er zu brummen. Ich logge mich in Lexis ein, einem Programm für juristische Recherchen, und tippe einen Suchaufruf für die Art von Fällen ein, die ich brauche. Er findet nichts. Ich formuliere die Frage neu, immer noch keine Fälle. Ich ändere sie wieder und wieder, und endlich beginnt er, Fälle eines Bezirksgerichts in Arizona auszuspucken. So recherchiert man in Sachen Recht – man gräbt und gräbt, bis man auf eine Reihe von Fällen stößt wie auf eine sich windende, verzweigte Ader wertvoller Bodenschätze. Dann legt man sie frei, als wäre es die Hauptader. Das ungewohnte Glück hebt meine Stimmung, als jemand an das Glasfenster in der Tür klopft.

Es ist Brent mit einem zugedeckten Salat und einer kalorienarmen Cola. Ich schließe die Tür auf und lasse ihn rein.

»Hast du dich vakuumdicht abgeschottet, Mare?« Er stellt mir mein Mittagessen hin.

»Kannst du mir das übelnehmen?«

»Nein, ich bin froh darüber. Hör zu, ich habe sie soweit gekriegt, daß dein Büroanschluß geändert wird. Ich habe ihnen erzählt, wir hätten immer wieder Anrufe für Jacoby und Meyers bekommen – das hat gereicht. Noch heute nachmittag hast du eine neue Nummer. Ich habe bereits einen Brief an die Mandanten aufgesetzt.«

»Alle Achtung. Was ist mit meiner Privatnummer? Ich bekomme immer noch Anrufe.«

»Mist. Sie wollten eine Ermächtigung von dir, bevor sie die Nummer ändern, deshalb habe ich einen Brief in deinem Namen geschrieben und gleich gefaxt, okay?«

»Großartig.«

»Das einzige Problem ist, daß es drei Tage dauert, bis die Änderung vorgenommen wird, und die Wochenenden zählen nicht mit. Vor Mittwoch nächster Woche ist folglich nichts drin.«

»Das ist nicht gut.«

»Sagte ich, ich hätte es dir ja gesagt? Bestimmt. Ich bin so ein Typ.«

»Schon gut, ich weiß.«

»Es ist nicht deine Schuld, sondern ihre. Die Telefongesellschaft arbeitet seit der Umorganisation wirklich viel effizienter als vorher.« Brent verdreht die Augen. »Was für eine Schande. Beim Monopoly war sie mein Favorit, gleich nach Baltic and Mediterranean.«

»Mit Baltic and Mediterranean machst du keine Kohle.«

»Ich weiß, aber mir gefällt die Farbe. Aubergine«, sagt er, übertrieben affektiert den Tonfall eines Schwulen imitierend. Brent macht das ab und zu, um die Partner zum Lachen zu bringen. Er sagt: Dabei sind sie die Dummen, denn ich *bin* so, wie ein Schwuler klingt.

»Die gute Nachricht lautet, ich habe eine Vorzugstelefonnummer für dich ergattert.«

»Was meinst du damit?«

»Das kennst du doch: Man verwendet sein ganz privates unanständiges Wort mit den vier Buchstaben für die Nummer«, sagt er grinsend.

»Brent, das hast du nicht gemacht.«

»Das nicht, meine Liebe. Ein bißchen was kannst du mir schon zutrauen.« Er zieht einen Zettel aus der Tasche und reicht ihn mir.

Ich lache. »546-ARIA?«

»Gefällt's dir?«

»Richtig süß.«

»Wenn die Leute diese Nummer sehen, denken sie, du hättest Kultur.«

»Richtig.« Ich gebe ihm den Zettel zurück. »Danke. Auch für das Mittagessen. Ich bin dir was schuldig.«

»Vergiß es. Irgend jemand muß ja auf dich aufpassen, oder?«

»Ich habe eine bessere Idee. Ich lade dich heute abend zum Essen ein.«

»Abgemacht. Aber werde hinterher bloß nicht frech.« Liebevoll zaust er mir die Haare und ist gleich darauf verschwunden.

Ich schließe die Tür ab. Den ganzen Nachmittag arbeite ich an der Neufassung der Prozeßunterlagen. Ich schreibe sie völlig um und nehme die neuen Fälle mit auf. Aufseufzend gebe ich endlich die Diskette Brent, damit er meine Tippfehler korrigiert. Die Papiere sind somit zum zweitenmal perfekt aufgesetzt. Als ich mich an meinen Schreibtisch setze, fällt mir ein, daß ich Starankovic anrufen soll. 16 Uhr 45. Seine Stimme klingt, als lecke er noch immer die Wunden, die ihm der Bärbeißige zugefügt hat, und als kämpfe er wie Matlock für den einzigen Kläger, der ihm noch verblieben ist.

»Ich mache nächste Woche die schriftliche Zeugenaussage mit den beiden Leuten von der Aufsicht, Mr. Grayboyes und Mrs. Breslin«, sagt er. »Anschließend befrage ich sämtliche Angestellten dieses Ladens.«

»Bernie ...«

»Wenn Sie in die Befragungen nicht einwilligen, stelle ich einen neuen Antrag.«

»Warten Sie eine Sekunde, Bernie.« Starankovic weiß, er muß eine Vorladung schicken, wenn er eine eidliche Vernehmung anberaumt. Er versucht, mich reinzulegen, also trickse ich ihn aus. »Keine Vorladung, keine Aussage.«

»Ich habe die Vorladungen geschickt!«

»Wann? Ich habe nichts bekommen.«

»Ich habe sie an Martin geschickt. Ich habe sie sogar von einer Botenfirma überbringen lassen und extra dafür bezahlt.«

Mir verschlägt es die Sprache. Martin. »Ich hatte keine Ahnung, Bernie. Ich habe keinen Termin für die Vernehmung anberaumt. Ich habe die Zeugen nicht einmal angerufen.«

»Das ist nicht mein Problem.«

»Herrgott noch mal! Seien Sie doch ein bißchen kooperativ, ja?«

»Warum sollte ich?«

»Weil ich Harbison empfehlen werde, Sie die Befragungen machen zu lassen. Dann brauchen Sie keinen Antrag einzureichen.«

»Und?«

»Damit sparen Sie Geld.«

»Damit sparen *Sie* Geld«, erwidert er.

»Wollen Sie Bitterman so gern wiedersehen? Wirklich, Bernie? Brauchen Sie diesen Kick, ja?«

Eine kurze Pause folgt. »Okay, Mary. Sprechen Sie mit Ihrem Mandanten. Setzen Sie den Termin für die Vernehmung fest. Aber es muß bald sein. Ich will diese Befragungen machen.«

Ich lege mit dem Gefühl auf, im letzten Moment einer Kugel ausgewichen zu sein. Aber ich weiß nicht, wann die nächste kommt oder wer sie abfeuert. Warum hat mir Martin nichts von diesen Vorladungen gesagt? Was, wenn Martin der Briefeschreiber ist?

Brent bringt mir die fertige Abschrift der Noone-Unterlagen. Ich überfliege sie rasch und gehe gleich damit zu Jameson. Jameson ist gerade mal wieder nicht in seinem Büro. Die Kesse Stella sagt: »Dieser Irre verbringt den halben Tag bei Kleine Jungs.«

»Er steckt halt voller Scheiße«, flüstere ich.

Sie grinst und winkt mich mit einem korallenrot lackierten Fingernagel näher zu sich heran. »Wissen Sie, was er da drin tut?«

»Was denn?«

»Sich einen runterholen.«

»Stella! Jesses!« Ich blicke mich um, ob sich noch jemand in Hörweite befindet. Aber es ist nach fünf, die Sekretärinnen sind nach Hause gegangen.

»Mary, Sie halten die andern immer für Engel. Ich sag' Ihnen, er hat in seinem Schreibtisch 'ne ganze Schublade voll schmutziger Magazine. Er hat sie abgeschlossen, aber einmal hab' ich sie gesehn. Da sind auch Sexspielzeuge drin. Echt *abartige* Spielzeuge.«

»Sexspielzeuge?«

»*Abartige* Spielzeuge«, wiederholt sie mit einem Schaudern. Plötzlich ist sie ganz Aufmerksamkeit. »Mr. Jameson! Miß DiNunzio brachte gerade diese Unterlagen zu Sie rein.«

»*Ihnen,* Stella, zu *Ihnen.*« Du beschränkte Spaghettifresserin, sagt er zwar nicht, aber er denkt es.

Ich versuche, Jameson gleichmütig anzusehen, aber der Gedanke an die Sexspielzeuge würgt mich fast. Ich muß etwas sagen, also sage ich: »Es ist mir gelungen, doch noch ein paar Fälle zu finden. Über Lexis.«

»Wußte ich es doch. Ich gehe die Akte später durch.«

Er hüpft hinter mir her in sein Büro und erzählt mir, eigentlich habe er die Unterlagen heute abend gar nicht gebraucht, er habe nur gewollt, daß ich ein bißchen in die Trickkiste greife. Abartige Tricks, denke ich und schüttle mich fast.

Später beim Abendessen brüllt Brent vor Lachen, als ich es ihm erzähle. Wir essen im Il Gallo Nero, einem Restaurant, das Brent liebt, weil hier Riccardo Muti zu essen pflegte. Brent hat sehr für Muti geschwärmt. An dem Tag, als der Maestro nach Mailand ging, trug Brent ein schwarzes Band um den Ärmel seines schwarzen Hemdes.

»Ich wußte es! Ich wußte es!« ruft Brent lachend. »Jameson ist ein verkappter Schwuler, Mare! Er ist eine Toiletten-Queen!«

»Das hat sie nicht gesagt, Brent.« Ich habe zuviel Chianti intus und er auch. Es ist mir egal, ich amüsiere mich. Und Brent hat vergessen, wegen der Bullen auf mir herumzuhacken, darüber bin ich froh, denn ich weiß, im Juni wird es mir vergolten.

»Doch, hat sie! Sie sagte ›abartige Spielzeuge‹. Was glaubst du, was genau sie damit meint?«

»Keine Ahnung. Ich bin ein anständiges Mädchen.«

»Dildos! Zangen für die Brustwarzen! Würgeketten! Er tut so, als sei er ein Hund! Er bumst Nashörner! O nein!« Wir lachen beide, bis uns Tränen über die Wangen laufen.

Draußen auf der Straße legt Brent einen Arm um meine Schultern. Wir spazieren die Walnut Street hinauf. Der Asphalt wird erneuert, um die Schlaglöcher zu beseitigen, die sich wie Minenfelder über die Straßen der Stadt ziehen. Philadelphia ist wirklich ein gutfunktionierender Apparat! Niemand arbeitet auf der Straße, obwohl große Teile davon für den Verkehr gesperrt sind und die Autos den Baustellenabsperrungen schlingernd ausweichen müssen. Heute abend allerdings ist nicht viel los. Man kann nicht direkt sagen, daß der neue Bürgermeister großen Erfolg mit seinem Versuch hatte, die Vorstädter an den Wochenenden und den Abenden in die City zu locken. Ich kann mir nicht vorstellen, warum. Philadelphia ist eine grandiose Theaterstadt, falls man *Anatevka* noch nicht gesehen hat, und dann immer dieses freundliche Abtasten, bevor man in ein anständiges Kino eingelassen wird.

»Sieh dir diese Straße an. Was für ein Chaos«, sagt Brent. »Komm, ich gehe auf der Straßenseite.« Er wechselt die Seite und geht nun nah am Bordstein. Wieder legt er seinen Arm um meine Schultern.

»Warum machst du das?«

»Das ist Tradition. Der Mann geht auf der Straßenseite und schützt die Frau vor den Autos. Könnte doch sein, sie wird sonst mit Dreck vollgespritzt.«

»Das ist sexistisch, Brent. Und außerdem bist du schwul.« Ich hüpfe um ihn herum und tausche den Platz mit ihm. Jetzt gehe ich an der Bordsteinkante entlang.

Tuut-tuut! Direkt hinter mir plärrt die Hupe eines Lastwagens.

Unwillkürlich mache ich einen Satz, die Lautstärke überrascht mich. Die Scheinwerfer des Lastwagens huschen verschwommen an mir vorbei. Die Autofahrer, verwirrt über die Straßenabsperrungen, fahren kreuz und quer auf der Straße herum. Plötzlich überfällt mich Angst. Ich habe vergessen, nach dem dunklen Wagen Ausschau zu halten. Ich will es Brent gerade sagen, da schlängelt er sich lachend an mir vorbei und geht wieder an der Bordsteinkante.

»Dann bin ich eben schwul, was soll's?« sagt er. »Ich zähle trotzdem!«

In diesem Augenblick, gerade als Brent zur Straße hin tanzt, fährt hinter ihm ein Wagen über die Bordsteinkante. Er macht einen Sprung auf den Gehweg und rast direkt auf ihn zu. Mit einem ekelhaften Aufschlag donnert er von hinten in Brent hinein.

Ich kann nicht glauben, was ich sehe.

Es ist der Wagen. Der, der mich verfolgt hat.

»Nein! Brent!« schreie ich, aber es ist zu spät.

Brents Gesicht erstarrt in Schmerz und Schock, als der Wagen ihn auf den Kühler nimmt wie ein angreifender Stier einen Matador auf die Hörner. Sein Körper kracht gegen den Wagen, und sein Mund öffnet sich zu einem lautlosen Schrei.

»Halt! Nein!« Voller Entsetzen beobachte ich, wie der Wagen Brents geschmeidige Gestalt hoch über den Gehweg schleudert. Brent stößt einen gellenden Schrei aus, als sein Körper buchstäblich durch die Luft fliegt und in das Spiegelglasfenster einer Bank kracht. Das Glas zersplittert mit einem gräßlich klirrenden Geräusch und prasselt auf Brent herab. Das einzige Geräusch, das noch zu hören ist, ist das Heulen der Alarmanlage der Bank.

Und das Kreischen des Mörderautos, das sich den Weg durch die von Baustellen in ein Labyrinth verwandelte Walnut Street bahnt und mit einem splitternden Geräusch eine Absperrung durchbricht.

Ich wirble herum und versuche verzweifelt, das Nummernschild zu erkennen.

Da ist kein Nummernschild.

Der Wagen schlingert wie verrückt die Straße hinunter und verschwindet.

– 16 –

Der derbe hölzerne Zahnstocher im Mund von Detective Lombardo bebt vor Entrüstung. »Verflixt und zugenäht! Warum müssen Sie so reden? Ich arbeite mit Cops zusammen, die sich allesamt einer fünfzigmal feineren Ausdrucksweise befleißigen als Sie.« Wir sitzen im Flur des Krankenhauses und warten darauf, daß Brents Operation vorüber ist.

»Was ist daran auszusetzen?«

»Das ist nicht schön, nicht bei einer Dame.«

»Wissen Sie, wenn Sie sich ebenso aufgeregt damit beschäftigen würden, wer Brent überfahren hat, wie mit meiner Ausdrucksweise, dann würden wir prima miteinander auskommen.«

»Ich muß mich nicht aufgeregt damit beschäftigen, meine Arbeit zu tun. Ich kenne meinen Job. Schließlich mache ich ihn.« Er deutet mit seinem von einer Spiralfeder zusammengehaltenen Notizblock auf mich.

»Schön.«

»Gut.«

»Gut.« So streiten wir hier bereits seit Stunden. Lombardo erschien nach dem Krankenwagen auf der Bildfläche, denn ich hatte den Unfall als vorsätzlich gemeldet. Er stellte mir eine Menge Fragen und schrieb die Antworten bedächtig mit einem Bleistiftstummel nieder, was er anscheinend für die Quintessenz seines Jobs hält. Lombardo spielte einst Football für die Penn State, aber langsam frage ich mich, ob sie ihm auch einen Schutzhelm gegeben haben.

Plötzlich leuchten seine braunen Augen unter den schweren Lidern auf. Es sieht aus, als käme Fred Feuerstein gerade eine Idee. »He, Mary, wie wär's mit Schwulen-Klatschen?« He, Barney, wie wär's mit 'ner Runde Bowling?

»Kein Mensch hat gemerkt, daß Brent schwul ist.«

»Man merkt es immer.«

»Was soll das nun wieder heißen?«

»Das, was ich gesagt habe.«

Tränen steigen mir in die Augen; ich wußte gar nicht, daß ich noch Tränen hatte. »Das will ich nicht hören, Lombardo. Behalten Sie das für sich, Sie wissen ja gar nicht, wovon Sie reden. Brent ist ein großartiger Mensch, und seine Freunde sind es auch. Alles andere ist reine Intoleranz.«

»Verstehen Sie mich nicht falsch, ich sagte nicht, daß ich Schwule nicht leiden kann.« Er blickt den Flur rauf und runter. »Ich habe einen Bruder, wissen Sie, der schwingt die Hüften ein bißchen.«

»Großer Gott.«

Lombardo beugt sich näher zu mir, und mir steigt ein Hauch Brut in die Nase. »Ich behaupte nur, man merkt es. Ich wußte es bei meinem Bruder. Ich wußte es von Anfang an.«

»Sie wußten es.«

»Ich wußte es. Wegen seiner Augenbrauen. Es war irgendwas mit seinen Augenbrauen.« Angestrengt zieht er eine Augenbraue hoch. »Sehen Sie?«

Ich wende den Blick ab und bin froh, daß Vic bei dieser Unterhaltung nicht dabei ist. Ich habe ihn gleich angerufen, und er kam in Tränen aufgelöst. Er schüttete haufenweise Münzen in den Fernsprecher und rief alle seine Freunde an. Sie kamen im Nu und waren so liebevoll und hilfsbereit, wie ich es selten erlebt habe. Ich versuchte, ihm die Sache mit dem Auto zu erklären, aber er war zu durcheinander, um zuzuhören. Es spielt keine Rolle, wie Brent hierhergekommen ist, sagte Vic, nur, daß er wieder rauskommt. Er und seine Freunde sind für eine Weile hinausgegangen, um eine Zigarette zu rauchen und abzuwarten, ob man ihnen mitteilt, daß sie an diesem Wochenende zu einem weiteren Begräbnis gehen müssen.

»Tom, ich sage Ihnen, der Wagen hat mich gemeint. Es ist derselbe Wagen. Ich bin mir absolut sicher.«

Stirnrunzelnd blickt er auf die Notizen in seinem Block. »Sie wissen die Farbe nicht.«

»Ich sagte, er war dunkel. Marineblau, schwarz. So was in der Art.«

»Wir haben die Marke nicht.«

»Es war eine Limousine. Eine alte. Sehr groß, vermutlich ein amerikanisches Fabrikat.«

»Wir wissen nicht, ob es sich um einen Fahrer oder eine Fahrerin handelt. Sie sagten, er hatte kein Nummernschild.«

»Was ist mit den anonymen Briefen? Und den Anrufen?«

»Ich sagte Ihnen bereits, ich hole die Briefe bei Ihnen ab, und Ihre Aussage über die Anrufe habe ich aufgenommen.« Lombardo läßt den Notizblock zuschnalzen und schiebt ihn in seine hintere Hosentasche. »Sehen Sie, Mary, wir gehen zum Tatort, wir ermitteln. Herrgott noch mal, die Streifenpolizei ist bereits dort und befragt die Zeugen.«

»Da waren keine Zeugen. Da waren kaum Autos. Und nicht eines hat angehalten.«

»Vielleicht war ein Taxifahrer in der Nähe, der jetzt noch arbeitet. Kann sein, in ein oder zwei Tagen hören wir etwas von einem der Fahrer, die vorbeigefahren sind. In der Zwischenzeit kratzen die Streifenleute etwas Farbe von der Absperrung – das könnte uns weiterbringen. Sehen Sie mich nicht so an, Mary. Die AID ist ganz gut.«

»Die AID?« Irgendwie kommt mir das bekannt vor, aber ich kann es nicht unterbringen.

»Die Accident Investigation Division, das ist die Abteilung, die für die Untersuchung von Unfällen zuständig ist. Sie erledigen alles Notwendige am Unfallort.«

Ich lehne meinen Kopf an die Wand und kämpfe gegen eine Welle von Übelkeit. Die AID. Natürlich. Diese Dienststelle untersuchte auch Mikes Unfall. Befragte Zeugen. Untersuchte die Unfallstelle. Prüfte seine Radlerhose auf Autolack. Schickte sogar ein Flugblatt an die Karosseriewerkstätten in der Gegend. Schließlich kam der letzte Anruf des zuständigen Sergeants von der Aufklärung für Unfälle mit Todesfolge. Tut mir leid, Mrs. Lassiter, mehr können wir nicht tun, sagte er. Ah ja? dachte ich bei mir. Wie wär's, wenn du deinen Titel änderst?

»Wo sind die Briefe überhaupt?« erkundigt sich Lombardo.

»Brent hatte sie. Ich weiß nicht genau, wo sie sind, wahrscheinlich in seinem Schreibtisch.«

»Bringen Sie mich hin?«

»Nein. Ich bleibe hier und warte, was mit Brent passiert.«

Lombardo saugt an seinem Zahnstocher. »Es ist nicht Ihre Schuld, wissen Sie.«

Ich gebe keine Antwort. Ich habe einen sauren, zornigen Geschmack im Mund. Natürlich ist es meine Schuld; der Fahrer hat versucht, mich umzubringen. Und ich habe nicht auf Brent gehört und keine Anzeige erstattet, weil meine größte Sorge meiner phantastischen Karriere gegolten hat. Ich fühle mich krank und schuldig, aber am schlimmsten ist die schier übermächtige Angst in der tiefsten Tiefe meiner Magengrube. Ich will Brent nicht verlieren, wie ich Mike verloren habe.

Ich schließe die Augen vor dem Bild, das mir ständig durch den Kopf geht. Der Wagen, wie er in Brents Körper kracht. Es ist wie ein Alptraum, ein Alptraum im Wachzustand. Es ist der Alptraum, den ich in unzähligen schlaflosen Nächten nach Mikes Tod hatte, als ich vor mir sah, wie das Auto in ihn und sein Fahrrad hineinraste. Ich schließe meine Augen vor den entsetzlichen Bildern und versuche, sie zu verdrängen. Aber die Bilder machen mir schlagartig etwas bewußt, was ich vorher noch nicht erfaßt habe. Ruckartig setze ich mich auf dem Plastikstuhl auf.

»Müssen Sie zu Damen?« fragt Lombardo.

Ich bin selbst überrascht von meinem Geistesblitz. Ich sehe Lombardo an, bringe aber kein Wort über die Lippen. Was, wenn? Was, wenn ein Zusammenhang besteht zwischen dem, was Mike passiert ist, und dem, was Brent passiert ist?

»Mein Mann kam letztes Jahr bei einem Unfall mit Fahrerflucht ums Leben.«

»Jesus, Mary, das tut mir leid. Jesus, Mary, wenn ich das gewußt hätte. Jesus.« Sein fleischiges Gesicht läuft vor Verlegenheit rot an.

»Ich will damit sagen, es gibt vielleicht einen Zusammenhang mit dem, was Brent heute passiert ist. Auch bei Brent war es Unfall mit Fahrerflucht.«

Lombardo nimmt den Zahnstocher aus dem Mund.

Ich bemühe mich angestrengt um eine gute Beweisführung, darum, die richtigen Worte zu finden. Aber mein Verstand ist müde, so müde, ich kann nicht schnell genug denken. »Tom, könnte es nicht derselbe Fahrer gewesen sein? Nehmen wir an, jemand ist sehr wütend auf mich, haßt mich aus irgendeinem Grund. Haßt mich so sehr, daß er sogar meinen Mann umbringt, ihn mit einem Auto totfährt. Er schreibt mir bösartige Briefe, ruft mich an, verfolgt mich. Er bricht in meine Wohnung ein, zerschlägt das Bild meines Mannes ...«

»Na, na, warten Sie mal eine Sekunde ...«

»Lassen Sie mich ausreden. Dann, fast ein Jahr später, fast zur gleichen Zeit, zu der damals mein Mann umgebracht wurde, versucht er, mich zu töten. Auf dieselbe Weise. Aber er hat Brent erwischt. Kurz bevor es passiert ist, sind wir an der Bordsteinkante umeinander herumgehüpft.«

»Wie wurde beim Tod Ihres Mannes entschieden?«

»Auf Unfall. Er fuhr mit seinem Rad am Fluß entlang. Es war ein Unfall, das dachten damals alle.«

»Warum glauben Sie, es sei kein Unfall gewesen?«

»Aufgrund dessen, was Brent heute zugestoßen ist, Tom! Dasselbe!«

Lombardo blinzelt begriffsstutzig. »Er ist doch nicht radgefahren, oder?« Er schiebt den Zahnstocher wieder in den Mund und greift nach seinem Notizblock.

Ich packe seine Hand. »Nein, Brent fuhr nicht mit dem Rad. Er ging zu Fuß.«

»Eben sagten Sie, ihm sei dasselbe passiert wie Ihrem Mann. Das ist nicht dasselbe.«

»Doch. Beide wurden von einem Auto überfahren. Beide Male beging der Fahrer Fahrerflucht.«

»Das ist nicht dasselbe. Der eine fuhr mit dem Rad, der andere ging zu Fuß.«

»Gut, gut, es ist nicht genau dasselbe.«

»Es macht keinen Unterschied, ob Sie sagen, genau dasselbe oder dasselbe. Es ist eben nicht dasselbe, nicht einmal das gleiche.« Aufgeregt streicht Lombardo seine Nylonwindjacke glatt.

Ich habe das Gefühl, ich müßte gleich schreien. »Aber beide wurden ...«

»Es bestehen noch weitere Unterschiede.«

»Welche?«

»Eine andere Tageszeit. Ein anderer Unfallort. Bestimmt waren die Bauarbeiten in der Walnut Street Ursache des Unfalls.«

»Aber die Verbindung ist plausibel!«

Lombardo betrachtet mich mit ernstem Blick, ganz so, als sei ich aufgrund meiner noch nicht allzu lange zurückliegenden Witwenschaft unzurechnungsfähig. »Mary, Sie sind durcheinander. Überlassen Sie das alles mir …«

»Um Himmels willen, fangen Sie verdammt noch mal endlich an zu *denken*!«

»Da haben wir's! Reden Sie nicht so!« Er sticht mit dem Zahnstocher in die Luft zwischen sich und mir. Eine Krankenschwester, die gerade vorbeigeht, dreht sich beunruhigt um.

Plötzlich schwingen die Doppeltüren des Operationssaals auf, und der Chirurg, ein älterer Mann, kommt heraus. Ich erhebe mich, und Lombardo überrascht mich, denn er nimmt meinen Arm. Ich suche in den Augen des Arztes nach einem Hinweis auf Brents Befinden, aber sie sind ausdruckslos. Er zerrt seine grüne Halbmaske herunter und kommt, einen Seufzer ausstoßend, auf uns zu.

Den Seufzer erkenne ich. Diesen Seufzer kenne ich. Genauso war es das letztemal. O nein.

»Es tut mir leid. Wir haben alles versucht. Die Verletzungen waren zu schwer. Er hatte schwere Brüche, Verletzungen in der Brust und am Schädel. Die Halsschlagader war durchtrennt. Der Blutverlust war zu groß.«

O nein. Das gleiche haben sie bei Mike gesagt. Verletzungen im Brustkorb. Schädelfraktur. Hirnverletzungen. Das medizinische Kauderwelsch, das die Hintergrundmusik zu den schlimmsten Nachrichten meines Lebens spielt.

»Wir haben schwer gekämpft. Und Ihr Mann auch«, sagt er.

Mein Mann. Nicht mein Mann. O nein.

»Er war nicht ihr Mann«, stellt Lombardo richtig.

»Er war ihr Sekretär. Sie hatte einen Mann als Sekretärin.«

»Tut mir leid«, sagt der Arzt verlegen. »Nun, Ihr Sekretär hat schwer gekämpft. Es tut mir sehr leid.«

Ich nicke und spüre Lombardos festen Griff an meinem Arm. Er führt mich zum Aufzug, gemeinsam verlassen wir das Krankenhaus. Vic und seine Freunde stehen nervös rauchend am Eingang. Sie brauchen uns nur anzusehen und wissen, Brent ist tot. Ich gehe hinüber zu Vic, aber er bricht zusammen, und seine Freunde scharen sich dicht um ihn. Sie schluchzen ohne Scheu, diese blassen, zu dünnen schwulen Männer. Die beiden Sicherheitsleute wechseln Blicke, aber es liegt kein Mitleid darin.

Lombardo führt mich zu seinem Streifenwagen und fährt mich nach Hause. Während der Fahrt spricht keiner von uns ein Wort. Ich lasse Brent im Krankenhaus zurück, wie ich Mike im Krankenhaus zurückgelassen habe. Mein Mann, nicht mein Mann. Ich höre die innere Stimme schwach und von weit her: *Ich habe versucht, dich zu warnen, aber du wolltest nicht hören. Ich habe es versucht,* sagt sie, dann verstummt sie.

»Mary?«

Das ist Lombardos Stimme. Er hält mir die Wagentür auf, hilft mir aus dem Auto und geht mit mir hinauf bis vor meine Wohnung. »Sie erholen sich bestimmt bald, Sie werden sehen. Sie brauchen nur ein bißchen Ruhe.«

»Würden Sie bitte in meine Wohnung schauen? Einfach, um sicherzugehen?«

»Natürlich. Natürlich.« Ich reiche Lombardo den Schlüssel, und er geht hinein. Er findet den Lichtschalter, der Fußboden ächzt, einen solch schweren Schritt ist er nicht gewohnt. Eine Minute später erscheint Lombardo bereits wieder an der Tür. »Alles in Ordnung. Niemand da.«

»Danke.«

»Ich gehe ein paar Dingen im Zusammenhang mit dem Tod Ihres Mannes nach. Wenn die AID ermittelt, gibt es einen Bericht. Die Jungs sind wirklich gründlich.«

Ich nicke. Lombardo drückt kurz meine Schulter, dann geht er die Treppe hinunter. Vorsichtig betrete ich die Wohnung. Alice sitzt auf der Fensterbank, ihr verdeckter Körper buchtet die verhedderte Jalousie aus. Ich gehe zum Fenster und spähe zwischen den Lamellen hindurch.

Das Auto, das Brent umgebracht hat, ist nicht auf meiner Straße. Ich beobachte, wie Lombardos Streifenwagen von der Bordsteinkante aus auf die Straße einschert. Als ich mich umdrehe, sehe ich das rote Lämpchen des Anrufbeantworters blinken. Mit geballter Faust drücke ich den Rücklaufknopf.

Als erste Nachricht nur Schweigen, dann *klick.*

Scheißkerl! Scheißkerl! schreie ich im Geist.

Die zweite Nachricht ist von Ned. »Treibst du dich draußen rum und amüsierst dich? Ruf mich an. Ich bin Cooool.« Sein Lachen ist von der Maschine verzerrt, dann *klick.*

Er muß es sein. Er muß es einfach sein.

Er scheißt dir ins Hirn, sagt Brent.

Er ist zu cool, sagt Judy.

Neun- von zehnmal ist es ein alter Freund, sagt Officer Tarrant.

Ich blicke auf die Uhr. Es ist vier Uhr früh.

Ich werde verrückt.

Ich muß zu Ned.

Paß auf, wo du hingehst, Mary.

– 17 –

Ohne einmal stehenzubleiben, getrieben von einem Zwang und einer Kraft, die ich nicht kontrollieren kann, laufe ich zu Neds Haus. In Windeseile stehe ich vor seiner Tür und hämmere mit der Faust dagegen. *Bum-bum-bum,* direkt neben die Hausnummer aus Messing, 2355. Der gezackte Rand schlitzt mir die Handkante auf. *Bum!* Blut läuft mir über die Hand, aber ich spüre es nicht.

Mach die verdammte Tür auf, Cool.

Bum-bum-bum! Mein Blut befleckt die Hausnummer.

Die Tür öffnet sich. Da steht er in Jogginghosen und einem T-Shirt mit der Aufschrift ANDOVER. Er reibt sich die Augen und lächelt verschlafen. »Mary, das ist aber eine nette Überraschung.«

O wie cool.

Ich schiebe ihn ins Haus und schlage ihm mit voller Wucht mitten in sein großes fettes ANDOVER. Mein Blut färbt die Schrift rot. »Wo warst du heute abend, Cool, verdammt noch mal?«

Er sieht mich erstaunt aus großen Augen an. »Mary?«

Ich knirsche mit den Zähnen und versetze ihm erneut einen heftigen Stoß. »Wo warst du heute abend?« Ich rücke gegen ihn vor, er weicht zurück. »Beantworte die Frage, Cool! Warum beantwortest du nie eine gottverdammte Frage?«

»Mary, was ist …«

»Sag es mir!« Ich schlage ihm ins Gesicht. Mein Blut hinterläßt ein rotes Brandmal auf seinem perfekt geformten Backenknochen. Seine Hand fliegt hinauf zu seinem Gesicht, er schiebt sich zurück in Richtung Treppe.

»Ich ... war hier!«

»Was hast du gemacht?« Noch einmal schlage ich zu, diesmal so fest, daß das Blut von meiner Hand in einem Tropfenfächer über sein T-Shirt spritzt.

»Mary, hör auf!«

»Du hast Brent umgebracht! Und Mike!« Wieder schlage ich auf ihn ein, aber als ich aushole, bekommt er mein Handgelenk zu fassen.

»Mary, nein!« Er packt mich bei den Armen, dreht sie nach vorn und hält sie fest.

»Du warst es! Du!« kreische ich und trete und kratze wild um mich. Ich fasse nicht, was hier vor sich geht, daß ich mich in seinen Armen winde, daß ich tobe. Er ringt mich zu Boden und nagelt mich mit seinen Armen fest. Mit aller Kraft drückt er meine Handgelenke auf den Teppich.

»Hör auf jetzt!« schreit er.

»Du! Du!« höre ich mich wieder und wieder schreien, dann höre ich nur noch mein eigenes schweres Keuchen. Als käme ich nie mehr zu Atem. Ich bin fix und fertig.

»Hör auf, Mary!« brüllt er.

»Du!«

»Nein!«

»Cool!«

»Ned – ich heiße Ned! Ich bin nicht Cool, ich habe keine Ahnung, wer Cool ist. Ich weiß nicht, wovon du redest. Ich würde dir nie weh tun, das weißt du!«

»Laß meine Hände los!«

»Erst, wenn du dich beruhigt hast.«

Ich blicke zu ihm auf, er ist über mir und blickt auf

mich herab. Im Halbdunkel ist sein Gesicht kaum zu erkennen. Blutflecke vermischen sich mit Sommersprossen; es ist kaum zu unterscheiden, was ein Blutfleck und was eine Sommersprosse ist. Ich sehe seine Augen, diese grünen, seltsam leuchtenden katzengleichen Augen. Seine Augen sind voller Schmerz. Er ist nicht der Killer, er kann es nicht sein. Er leidet meinetwegen, ich sehe es in seinen Katzenaugen. »Brent ist tot«, flüstere ich.

»Dein Sekretär?«

»Ein Auto hat ihn überfahren. Aber es war kein Unfall.«

»Mein Gott. Und du glaubst, ich hätte das getan?« Fassungslos schüttelt er den Kopf. »Niemals, Mary. Niemals.« Noch immer liege ich unter ihm am Boden, aber endlich läßt er meine Handgelenke los.

Ich rühre mich nicht. Ich kann nicht. Ich bin völlig erschöpft, erschüttert bis ins Mark. Ich möchte mich der Gewalt ausliefern, die dort draußen auf mich wartet, die mir weh tun möchte, die mich bestrafen möchte, für etwas, das ich getan habe. Mich hätte es treffen sollen. Nicht Brent und nicht Mike. »Alles meinetwegen.«

»Nein, Mary.« Er beugt sich vor, stützt sich auf seinen Armen ab und küßt mich sanft.

Ohne nachzudenken, nur reagierend wie ein Kind auf die Brust, erwidere ich seinen Kuß. Er küßt mich wieder, ganz behutsam, versucht, zu mir durchzudringen. Er streichelt meine Haare, und wir küssen uns. Mein Körper spürt, wie Neds Anspannung nachläßt. Ich möchte mich in ihm verlieren, um mit seiner Hilfe die große klaffende Wunde zu schließen, die sich durch den Tod von Mike und Brent in mein Herz gebrannt hat. Ich möchte, daß er mich liebt, mein Innerstes ausfüllt. Ich möchte nicht mehr länger allein sein. Ich möchte, daß der Schmerz endet.

Alles, was ich fühle, sind seine Küsse, ehrlich und süß. Und seine Hände, die meine Haare streicheln, mich sanft wiegen. Seine Berührungen sind wundervoll, meine Haut hungert danach. So lange hat mich niemand so berührt. Dieses Gefühl ist so schön, daß ich mich ihm hingebe. Mein Körper drängt gegen seinen, und er hebt mich hoch und trägt mich mühelos zur Couch, wo er mir Strumpfhose und Slip auszieht. Er schiebt meinen Rock hoch, ich spüre das kühle Leder der Couch unter mir und das Gewicht seiner Hüften, das meine Beine spreizt. Er küßt mich unaufhörlich, und ich fühle, wie er mich langsam, aber entschlossen mit seinen Fingern erkundet.

Das ist es, was ich möchte und was ich gleichzeitig fürchte.

Behutsam dringt er in mich ein, und ich keuche, nehme ihn ganz in mich auf. Ich kann nicht sprechen, aber ich höre seine geflüsterten Worte in meinem Ohr, während er sich in mir bewegt. Ich kann kaum atmen, klammere mich nur stumm an seinen Rücken und halte mich an ihm fest. Ja, ich halte mich an ihm fest. Und schwebe irgendwo zwischen Himmel und Hölle.

– 18 –

Als ich aufwache, liegt meine Wange auf Neds Brust, und seine Arme halten mich locker umschlungen. Seine sommersprossige Haut fühlt sich kühl an, seine spärlich behaarte Brust ist glatt und perfekt. Ich bewege mich vorsichtig, weil ich ihn nicht wecken will. Meine Blicke wandern über die vier Wände seines Schlafzimmers, die mir jetzt fast schon so vertraut sind wie meine eigenen. An den Wänden hängt eine scheinbar endlose Reihe von Segelfotos, alle an Orten aufgenommen, von denen ich schon gehört habe, wo ich aber nie gewesen bin. Wellfleet. Bar Harbor. Newport.

Vorsichtig drehe ich mich um und bette meinen Kopf auf Neds kräftigen Unterarm. Der Schreibtisch eines sehr hart arbeitenden Rechtsanwaltes befindet sich jetzt in meiner Augenhöhe. Ordentlich aufeinandergestapelt liegen da Aktendeckel und Fotokopien von Unterlagen, einige Stellen sind mit rosafarbenem und gelbem Markierstift hervorgehoben. Eine Menge gespitzter Bleistifte stehen in einer zum Bleistifthalter umfunktionierten Kaffeedose. Ferner steht da ein Karteikasten mit Karteikarten und selbstgefertigten und beschrifteten Trennwänden, beginnend mit ANFECHTUNG und endend mit ZENITH-FALL (BEWEISMATERIAL). Neben dem Karteikasten steht ein Foto des Bootes, mit dem Ned an den Wochenenden auf dem Schuylkill River segelt.

Ich ziehe das Bettlaken hoch bis zu den Schultern und drücke es an die Brust. Nach der Helligkeit der

Sonne im Fenster zu schließen, muß es schon spät sein. Heute muß Sonntag sein. Ich weiß, daß heute nicht Samstag ist, denn ich habe fast den ganzen Samstag über geweint, während ich Ned alles über Brent erzählt habe. Er hörte geduldig und liebevoll zu. Außerdem versorgte er mich mit Aspirin und Wasser und ging sogar in meine Wohnung, um ein paar frische Kleider zu holen. Am Samstag habe ich auch Vic angerufen, aber es ging ihm zu elend, er wollte nicht reden. Er reichte den Hörer einem Freund, der mir sagte, am Sonntag abend finde eine Trauerfeier für Brent statt.

Am Samstag abend aßen Ned und ich Getreideflokken mit Rosinen und gingen anschließend wieder zu Bett. Eng aneinandergeschmiegt schliefen wir ein. Mitten in der Nacht wachte ich auf, weil er sich bewegte. Er hat vorsichtig hinter mir herumgefummelt. Ich griff nach ihm, er fühlte sich kalt und glitschig an.

»Das ist ein Kondom«, flüsterte er. »Ich bin zwar verrückt nach dir, aber nicht verrückt.«

Noch halb im Schlaf drehte ich mich zu ihm um. Wir liebten uns noch einmal, langsam und friedlich in der lautlosen Dunkelheit, und ich fühlte mich so weit weg von allem wie noch nie. Es war für uns beide eine Ruhepause, glaube ich. Nur wir beide, wie wir uns gemeinsam bewegten. Ineinander bewegten.

Wir schliefen bis zum Morgen, dann verschwand Ned nach unten in die Küche, um Frühstück zu machen. Er kam mit dem *Hammond*-Weltatlas zurück, auf den er Cheddarkäse, Weißbrot und eine Plastikflasche Selters gestellt hatte. Beim Essen unterhielten wir uns. Nach dem Frühstück rief ich meine Mutter an und erzählte ihr, was mit Brent passiert ist. Sie bestand darauf, zur Trauerfeier zu gehen, um Brents Familie ihr Beileid auszusprechen. Ich sagte ihr nicht, daß sich Brent seiner Familie entfremdet hatte, seit er ihnen gesagt hatte, daß er schwul ist. Ich sagte ihr auch nicht, daß ich direkt neben Brent stand, als er umgebracht wurde.

Mein Blick fällt auf Neds Anrufbeantworter. Er zeigt keinen Anruf an, und das bedeutet, Judy hat sich auch nicht gemeldet, während wir schliefen. Ich habe sie vom Krankenhaus aus angerufen, gleich nachdem Brent eingeliefert worden war, aber sie war nicht zu Hause. Ich fand das merkwürdig, denn mir hatte sie gesagt, Kurt sei über das Wochenende in New York, und sie sei allein. Ich versuchte sogar, sie von Ned aus zu erreichen, aber ebenfalls ohne Erfolg. Ich hinterließ etliche Mitteilungen auf ihrem Gerät zu Hause und auch auf dem Anrufbeantworter im Büro. Ich bat sie, mich bei Ned anzurufen, sagte aber nicht, warum.

Es scheint mir nicht recht, daß Judy noch nichts weiß. Ich steige aus dem Bett, weil ich sie vom Telefon im Erdgeschoß anrufen möchte, denn ich will Ned nicht wecken. Ich schaue ihn an; er schläft tief. Barfuß trete ich von der baumwollenen Dhurriebrücke auf den nackten Boden und gehe auf Zehenspitzen durch das Zimmer. Im Badezimmer mache ich erst einmal halt. Der Raum ist makellos; entweder ist der Mann zwanghaft ordentlich, oder er hat jede Menge Buße zu tun. Das Waschbecken blitzt und blinkt, kein Zahnpastarest verunziert den Rand des Beckens wie bei mir zu Hause. Es steht oder liegt auch rein gar nichts auf dem Rand des Waschbeckens – kein Rasierapparat, kein Aftershave und keine Zahnpastatube. Wo bewahrt er das bloß alles auf? Mein Blick fällt auf den Spiegelschrank. Im Spiegel sehe ich eine sehr neugierige Frau.

Nein. Das geht mich nichts an.

Ich wasche mein Gesicht mit warmem Wasser, aber nirgendwo ist eine Seife in Sicht. Ich untersuche die Duschkabine, aber da ist auch keine. Wo steckt die verdammte Seife? Ich beschließe, nicht erst auf eine Änderung des Grundgesetzes zu warten und öffne den Spiegelschrank.

Und was ich darin entdecke, überrascht mich.

Pillen. Jede Menge Pillen. In braunen Plastikfläschchen, in durchsichtigen Fläschchen. Nicht einer der Namen ist mir bekannt. Imipramin. Nortriptylin. Nardil. Ich nehme ein Fläschchen so leise wie möglich heraus und lese rasch das Etikett.

NED WATERS – EINE TABLETTE VOR DEM SCHLAFENGEHEN – HALCION.

Halcion. Kommt mir bekannt vor. Wenn ich mich recht erinnere, hat George Bush dieses Mittel gegen den ständigen Jet-lag genommen. Ich stelle das Fläschchen zurück und nehme ein anderes heraus.

NED WATERS – JEDEN MORGEN EINE KAPSEL – PROZAC.

Prozac, davon habe ich gehört. Ein Antidepressivum. Ein umstrittenes Antidepressivum. Ist Prozac nicht das Mittel, unter dessen Einfluß sich die Leute merkwürdig verhalten? Als ich das Fläschchen zurückstelle, klappern die Kapseln leise. Was soll das ganze Zeug? Warum nimmt Ned Prozac?

»Mary? Wo bist du?« ruft Ned aus dem Schlafzimmer.

Hastig mache ich den Spiegelschrank zu und schnappe mir ein am Türknauf hängendes Baumwollhemd. Ich schlüpfe hinein und trotte ins Schlafzimmer.

»Da bist du ja«, sagt er mit einem trägen Grinsen. Er dreht sich um und streckt eine Hand nach mir aus. Ich gehe zu ihm, er zieht mich aufs Bett hinunter, so daß ich auf dem Bettrand sitze. Prüfend sehe ich ihm ins Gesicht. Seine Augen sind noch ein wenig verquollen vom Schlaf, aber er sieht aus wie immer. Ist er jetzt auf Prozac? Ist es Zeit für die nächste Dosis?

»Sehe ich so mies aus?« Er setzt sich auf und glättet seine zerzausten Haare mit der flachen Hand.

»Nein. Du siehst gut aus.«

Mit ausgebreiteten Armen läßt er sich in die weißen Laken zurückfallen wie die Kinder, wenn sie Schnee-Engel spielen. »Gut. Mir geht's auch gut. Mir geht's besser als gut. Ich bin glücklich!« Er ergreift meine Hand und küßt die Innenfläche. »Und alles nur deinetwegen.«

Gestern hätte mich diese Gefühlsäußerung noch gerührt, aber jetzt bin ich mißtrauisch. Woher dieser plötzliche Überschwang? Ist das eine Nebenwirkung des Prozac, oder der Grund dafür, daß er das Medikament einnehmen muß? Was bewirken diese anderen Pillen alle, die er schluckt?

»He, an dieser Stelle erwartet man von dir, daß du ebenfalls etwas Nettes sagst.« Er schmollt auf eine mir recht übertrieben erscheinende Weise.

»Wie kommt es, daß gutaussehende Männer auch dann noch gut aussehen, wenn sie Grimassen schneiden?«

»Keine Ahnung, das mußt du gutaussehende Männer fragen. Aber nicht in diesem Aufzug. Gib mir sofort mein Hemd zurück.« Er zieht mich an sich und wirbelt mich mit Leichtigkeit herum. Blitzartig überschlage ich mich und liege auf der zerwühlten Steppdecke, er über mir.

»He! Wie hast du das gemacht?«

»Ich war Ringer in der Schule.« Er küßt mich mit viel Gefühl. Ich spüre, wie mein Körper reagiert, wenn auch mit weniger Leidenschaft als zuvor. Mir geht der Bestand seiner Hausapotheke nicht aus dem Kopf. Vielleicht kenne ich ihn doch nicht so gut, wie ich dachte. Ich entziehe mich ihm.

»Ich muß Judy anrufen.«

»Hat sie nicht zurückgerufen?« fragt er stirnrunzelnd.

»Nein.«

Er geht in die Hocke und zieht mich mit Leichtigkeit an der Hand hoch. »Wenn du sie nicht erreichst, können wir bei ihr vorbeifahren und nachsehen. Wohnt sie nicht in der Stadt?«

»Ja. Olde City.«

»Das ist doch gar kein Problem. Mein Auto steht unten.«

»Du parkst auf der Straße?«

»Nein, das Haus hat eine Tiefgarage.«

»Ich probier' es noch mal.«

Ned reibt sich die Augen und streckt sich. »Jetzt bin ich richtig wach. Bist du hungrig, Schatz? Willst du was essen?«

»Vielleicht. Wenn ich sie angerufen habe.«

Sanft berührt er meine Wange. »Wie geht es dir?«

»Heute geht es mir besser. Eher wieder normal.«

»Das ist schön. Es wird schlimm sein, wenn du es Judy sagst, nicht? Ihr drei standet euch recht nahe.«

Ich nicke.

»Ich dusche und lasse dich ungestört, okay?«

»Danke.«

»Willst du nicht mitkommen? Überleg mal, wieviel Wasser wir dabei sparen.« Er beugt sich zu mir und küßt mich. Ich spüre das Drängen dahinter, sein Bedürfnis nach mehr, aber ich muß ständig an die Batterie der Fläschchen denken und verkrampfe mich. Ned entgeht meine Reaktion nicht. »Stimmt etwas nicht?«

Ich weiß nicht, was ich sagen soll. Ich möchte aufrichtig zu ihm sein, aber ich hätte nicht in seinen Spiegelschrank gucken dürfen. Das alles geht mich nicht das geringste an, nicht einmal, ob er Medikamente verschrieben bekommt oder nicht. »Nein, nein, es ist nichts.«

»Sieht aber nicht so aus. Ich habe ganz und gar nicht das Gefühl, als wäre nichts.« Er läßt mich los und sieht mir in die Augen. »Bedauerst du es?«

»Nein.«

»Was dann?«

»Es geht mich nichts an.«

»Du schläfst mit mir. Falls es was mit mir zu tun hat, geht es dich sehr wohl etwas an.« Ein wenig herausfordernd hebt er den Kopf.

»Also gut.« Ich räuspere mich.

»So schlimm, ha?«

Es fällt mir schwer, ihn anzusehen. Seine Augen strahlen und lächeln, wenn er lächelt, und leichte Krähenfüße fälteln sich. Ich liebe Krähenfüße. Bei anderen Leuten. »Okay, ich gestehe. Ich wollte mir das Gesicht waschen, konnte aber keine Seife finden. Deshalb ging ich an deinen Spiegelschrank. Tut mir leid, ich kann es nicht ändern, da mußte ich es zwangsläufig sehen.«

Sein Gesichtsausdruck verändert sich nicht. »Was denn?«

Ich sehe ihn an; er scheint so aufrichtig. Ich möchte ihn nicht verletzen. Er war nichts als lieb zu mir.

»Mein Clearasil?«

»Nein. Die Fläschchen. Die Tabletten.«

»Ohhhh«, sagt er mit einem leisen Seufzer. Schlagartig wirkt er ernüchtert.

»Es macht mir nichts aus. Ich werfe dir das keinesfalls vor oder irgendwas dergleichen. Es ist nur so, daß ...«

Seine grünen Augen flackern verletzt. »Nur so, daß was?«

»Ich war einfach überrascht. Auf mich machst du einen völlig gesunden Eindruck, Ned, wirklich. Und dann öffne ich den Spiegelschrank, und da steht eine ganze Apotheke. Wozu brauchst du die vielen Pillen? Du bist doch gesund. Oder nicht?«

»Was, wenn nicht? Würdest du mich dann verlassen?«

Eine berechtigte Frage. Ich bin mir über die Antwort nicht ganz im klaren.

»Vergiß es, Mary. Du möchtest es sicher verstehen, stimmt's?«

»Stimmt.«

»Also, es gab einmal eine Zeit, da brauchte ich diese Medikamente. Alle. Aber inzwischen brauche ich sie nicht mehr. Es geht mir sehr viel besser. Ich bin darüber hinweg. Wenn du dir die Fläschchen anschaust, siehst du, daß das Datum darauf Jahre zurückliegt.«

»Okay.« Ich bin erleichtert. Ich habe also seine wahren Gefühle erlebt, keine künstliche Hochstimmung unter Einfluß von Medikamenten.

Er zurrt die Steppdecke fest um seine Taille. »Willst du die ganze Geschichte hören?«

»Ja.«

»Ich weiß nicht, wo ich anfangen soll. Warte einen Augenblick.« Nachdenklich runzelt er die Stirn. »Es war einmal vor langer Zeit, da war ich sehr depressiv. Anfangs wußte ich gar nicht, daß ich Depressionen hatte. Ich war schon so lange depressiv, daß ich dachte, das sei der Normalzustand. Ich war nie wirklich imstande, einem anderen Menschen nahezukommen, besonders nicht einer Frau. Darum war ich auch bei unserer ersten Verabredung so zurückhaltend. Ich war zu sehr damit beschäftigt, darüber nachzudenken, wie ich mich verhalten soll.«

»Du *warst* irgendwie ruhig.«

»Nett ausgedrückt«, sagt er mit einem leichten Lächeln. »Den größten Teil meines Lebens als erwachsener Mann verbrachte ich irgendwie ruhig. Es hat mir nichts weiter eingebracht als Alleinsein – und daß man über mich geklatscht hat. Vor ein paar Jahren erreichte ich schließlich den Tiefpunkt. Nichts interessierte mich mehr. Ich brachte keinerlei Energie mehr auf, nicht einmal zum Segeln. Morgens kam ich kaum aus dem Bett, um mich dem Tag zu stellen. Ich vernachlässigte meine Arbeit. Ich weiß nicht, ob dir das aufgefallen ist.« Er schaut mich an.

»Nicht direkt.«

»Außer meiner Sekretärin ist es anscheinend niemandem aufgefallen. Sie dachte, ich treibe mich mit Frauen herum.« Sein Lachen klingt spöttisch. »Ich befand mich in einem schlimmen Zustand. Ich kam einfach nicht mehr zurecht. Völlig orientierungslos. Ein Nervenzusammenbruch, so nannte es meine Mutter, aber das ist ein dämlicher Allgemeinplatz. Der Fachausdruck lautet schwere depressive Phase, jedenfalls nach dem DSH. Das trifft es besser.«

»Was ist das DSH?«

»Ein Diagnose-irgendwas-Handbuch. Willst du alles über mich nachlesen? Ich wußte mal auswendig, auf welcher Seite die Symptome beschrieben werden, aber inzwischen habe ich es vergessen.« Er steht auf und macht Anstalten, das Zimmer zu verlassen, aber ich halte ihn an der Hand fest.

»Vergiß das Buch. Erzähl weiter.«

Er setzt sich wieder. »Wo war ich stehengeblieben? Ah ja. Großer Gott, ich komme mir vor wie bei Sally Jessy.«

»Wer ist Sally Jessy?«

»Sie macht eine Sendung mit depressiven Leuten im Frühstücksfernsehen. Ein Riesenerfolg.« Er lächelt. »Wie dem auch sei, der langen Rede kurzer Sinn, meine Mutter hat mir geholfen. Sie kam in die Stadt, zerrte mich aus dem Bett und verfrachtete mich in ihren Wagen. Sie hat ihre Sache gut gemacht. Sie brachte mich zu einer Psychoanalytikerin, Dr. Kate. Die kleine Dr. Kate. Sie würde dir gefallen.« Er lacht leise und scheint langsam in Schwung zu kommen.

»Glaubst du?«

»Sie ist großartig. Hübsch. Nicht kleinzukriegen.

Wie du.« In seinen Augen zeigt sich plötzlich starke Anspannung. »Wenn sie nicht gewesen wäre, hätte ich mich umgebracht, das weiß ich. Ich habe oft genug daran gedacht. Ehrlich gesagt, andauernd.« Er schaut mich an. Anscheinend will er sehen, wie ich darauf reagiere.

Ich hoffe, der Schock, den mir sein Eingeständnis versetzt, zeigt sich nicht auf meinem Gesicht.

»Bei der ersten Sitzung saß ich auf ihrer Ikea-Couch, und das erste, was sie sagte, war: ›Kein Wunder, daß Sie depressiv sind, Sie stinken ja fürchterlich.‹« Er lacht.

»Das ist nicht gerade sehr nett.«

»Ich brauchte keine Nettigkeiten. Ich brauchte einen Tritt in den Hintern. Ich mußte lernen, mich und meine Familie zu verstehen. Ich begann mit der Therapie. Jeden Tag ging ich zu ihr. Manchmal zweimal täglich, in der Mittagspause und nach Büroschluß. Sie setzte mich auf Medikamente, welche, weiß ich nicht mehr, aber sie halfen nicht. Wir probierten es mit ein paar anderen, bis wir auf Prozac kamen – damals war das neu. Es half gut – und Halcion, damit konnte ich schlafen. Ich konnte sonst nie schlafen. Herrgott noch mal, war ich fertig.« Eine Strähne seiner seidigen Haare fällt ihm ins Gesicht, er streicht sie rasch zurück.

»Hört sich schlimm an.«

»Es war schlimm. Aber es ist eine ganze Weile her, ich habe es überstanden. Ich habe daran gedacht, die Medikamente wegzuwerfen, aber sie erinnern mich an das, was war. Wie weit ich gekommen bin. Kate sagt, ich solle stolz darauf sein. Und mir das jeden Morgen sagen.« Er verdreht die Augen. »Kannst du dir das vorstellen? Ich, vor dem Spiegel, wie ich zu mir sage: ›Ich bin stolz auf dich, Ned. Ich bin stolz auf dich, Ned.‹« Er bricht in Gelächter aus. »Wohl kaum.«

»Ich bin stolz auf dich, Ned.«

Er lacht. »Ich bin stolz auf dich, Mary.«

»Nein, ich meine es ehrlich. Ich *bin* stolz auf dich.«

»Ja?«

»Ja.«

»Dann packst du deine Sachen also nicht?«

Ich schüttle den Kopf. Es fällt mir schwer zu sprechen. Ich empfinde so viel für ihn.

Seine grünen Augen werden schmal wie die einer Katze in der Sonne. »Obwohl ich nicht so cool bin, wie du gedacht hast?«

»Du bist cooler, als ich dachte.«

»Oh, eine Therapie ist cool, ha?«

»Jawohl. Wir leben in den neunziger Jahren. Im Jahrzehnt der Demokraten.«

»Stimmt.« Er lacht. »Dann macht es dir bestimmt nichts aus, daß ich immer noch zu Kate gehe.«

»Tust du das denn?«

»Dreimal in der Woche, in der Mittagspause. Ich fühle mich jetzt fast wie zu Hause in ihrer Praxis, nur besser. Ich habe mein Zuhause immer gehaßt. Das Haus meines Vaters, sollte ich wohl sagen.«

»Was ist das für eine Geschichte mit deinem Vater? Du wolltest mir erzählen, was es mit eurem Zerwürfnis auf sich hat.«

»Er ist ein Tyrann. Er hält sich für den lieben Gott. Er führt das Regiment zu Hause, wie er Masterson leitet. Entweder du bringst was, oder du fliegst raus!« Neds Stimme ist mit einem Schlag zornig. Aber hinter dem Zorn spüre ich den Schmerz.

»Sprichst du deshalb schon so lange nicht mit ihm?«

»Ich habe seit dem Tag nicht mehr mit ihm gesprochen, als ich ihn daran gehindert habe, meine Mutter zu erwürgen. Weil sie die Anordnung der Sessel geändert hat, ohne ihn vorher zu fragen.«

»Großer Gott.«

»Reizender Mensch, ha?«

»Ist das oft vorgekommen? Daß er gewalttätig wurde, meine ich.«

»Ich war im Internat, ich habe es nicht so mitbekommen. Aber ich wußte, daß es vorkam.« Er lehnt sich zurück und stützt sich mit den Händen ab. »Dieses Verleugnen ist eine komische Sache. Du lebst an einem Ort, den du kennst, aber in Wahrheit kennst du ihn nicht. Du hast Geheimnisse vor dir selbst. Ich glaube, dafür war mein Treuhandvermögen gut. Er machte mich fix und fertig, aber zumindest gab er mir die finanziellen Mittel, die notwendig sind, um dahinterzukommen, wie er das angestellt hat.« Er lacht, aber dieses Lachen klingt hohl.

»Was glaubst du? Warum wollte dein Vater mich kennenlernen?«

»Ich wette, er weiß, daß wir am Abend zuvor zusammen aus waren. Ich glaube, er beobachtet mich.«

Langsam richte ich mich kerzengerade auf. Nur zu deutlich erinnere ich mich an den Blick seines Vaters, als er in das Besprechungszimmer mit der Glaswand stürmte, an seine kaum in Schach gehaltene Wut. Ich kann mir gut vorstellen, daß er gegen seine Frau gewalttätig ist. Sogar daß er jemanden umbringt. »Du meinst, er verfolgt dich? Oder hat dich verfolgt?«

Ned stutzt, auch er stellt die Verbindung her. »Was sagst du da? Glaubst du, er hat Brent umgebracht? Glaubst du, er versucht, *dich* umzubringen?«

»Glaubst du es?«

»Warum sollte er?«

»Damit du Partner bei Stalling wirst. Um deine Position abzusichern.«

»Nein. Nein, das kann ich mir nicht vorstellen. Das ist unvorstellbar. Ah-ah.« Er schüttelt den Kopf.

»Aber du hast gesagt, er beobachtet dich.«

»Doch nicht so. Ich glaube, er hört sich um, hält sich auf dem laufenden über den Klatsch und Tratsch.

Ich glaube wirklich nicht, daß er mich beschattet. Auf keinen Fall.«

»Bist du sicher, Ned? Wenn nicht, sollten wir es der Polizei sagen.«

»Mary, er ist mein Vater, um Gottes willen. Laß mich zuerst mit ihm reden.«

»Willst du das im Ernst? Nach fünfzehn Jahren?«

»Ja. Laß mir ein paar Tage Zeit, und ich spreche mit ihm. Falls ich dann auch nur den leisesten Verdacht gegen ihn habe, reden wir mit den Bullen. Wenn es um deine Sicherheit geht, gehe ich kein Risiko ein, das weißt du.«

Das Telefon läutet. Ned greift über mich hinweg zum Telefon auf dem Nachttisch und nimmt ab. »Hallo? Natürlich, Judy. Sie ist da.« Er bedeckt die Sprechmuschel mit der Hand. »Ich dusche jetzt.«

Ich nicke, und er reicht mir den Hörer. Beim Aufstehen fällt ihm die Steppdecke von den Hüften. Er geht zum Schrank, ohne einen Gedanken an seine Nacktheit zu verschwenden. Typisch Mann.

Judy redet, bevor ich den Hörer richtig am Ohr habe. »Mary, was ist los? Was treibst du da bei Ned?«

»Seit Freitag abend habe ich versucht, dich zu erreichen. Wo warst du denn?«

Ned nimmt einen Bademantel von dem Haken an der Schranktür und verläßt das Schlafzimmer.

»Das ist eine lange Geschichte«, sagt sie. »Mein Bruder wollte nach Princeton, und ich mußte... ach, vergiß es. Was ist bei dir los? Was machst du ausgerechnet bei Ned? Ich habe eben den Anrufbeantworter abgehört und weiß nur, was du auf Band gesprochen hast.«

»Ich habe schlechte Nachrichten, Judy. Sehr schlechte.« Ich schlucke schwer.

»Was ist?«

»Ist Kurt da? Bist du allein?« Aus dem Badezimmer

höre ich das metallische Schaben der Duschvorhangringe auf der Stange und das Geräusch fließenden Wassers.

»Er ist in New York, aber er müßte jeden Augenblick zurückkommen. Warum bist du bei Ned – am *Morgen*?«

»Das erkläre ich dir später. Judy, hör zu.«

Ich hole tief Luft. Ich muß ihr von Brent erzählen. Natürlich erinnert es mich an den Tag, als ich ihr von Mike erzählen mußte. Meine Eltern hatten sie damals vom Krankenhaus aus angerufen, aber sie war nicht zu Hause. Ich erreichte sie später und sagte es ihr selbst. Es war schrecklich. Ich konnte kaum sprechen; sie konnte kaum sprechen. Sie kam sofort zu mir und wohnte praktisch eine Zeitlang in meiner Wohnung. Mehr als alle anderen hat Judy mir über die Beerdigung hinweggeholfen.

»Mary? Was ist los?«

Ich erzähle ihr die ganze Geschichte, auch, daß ich glaube, es handelt sich um den Wagen, der mir gefolgt ist. Sie sagt nur immer wieder: »O mein Gott. O mein Gott.« Ihre Stimme am anderen Ende der Leitung klingt schwach und blechern.

»Glaubst du, er mußte leiden?« fragt sie schließlich.

Ich sehe Brents gequälten Gesichtsausdruck vor mir, als der Wagen in ihn hineinraste. Aber es besteht kein Grund, Judy das zu sagen. »Ich weiß es nicht.«

»Armer Brent. Der arme, arme Brent. O mein Gott.«

Das Wasser in der Dusche wird abgestellt. Ich höre Ned im Badezimmer herumhantieren.

»Und was machst du bei Ned?«

»Ich bin zu ihm gegangen. Ich dachte, er sei es gewesen.«

»Und warum bist du dann immer noch dort? Brent wurde umgebracht, und du bist bei Ned?«

»Ned ist es nicht, Judy.«

»Das glaub' ich nicht. Was machst du da?«

Ich höre, daß Ned sich die Zähne putzt und dabei falsch vor sich hin summt.

»Er war ganz wunderbar zu mir, Judy. Er ...«

»Hast du mit Ned Waters gebumst? Mary, hast du das etwa getan?« Sie klingt ärgerlich.

»Es ist nicht so ...«

»Du bist in Gefahr, Mary! Wir wissen gar nichts über ihn. Er hat allen Grund, dir zu schaden und weh zu tun.«

Ned dreht den Wasserhahn im Badezimmer ab. Ich höre, wie er sich dem Schlafzimmer nähert. Seine falsche Summerei ist in einen falsch gesungenen Marsch übergegangen. *H.M.S. Pinafore,* wie von einem Kojoten geträllert.

»Das würde er nie tun, Judy.«

»Aber Mary!«

Eingehüllt in ein dickes Frottierbadetuch, erscheint Ned in der Schlafzimmertür. Seine feuchten Haare stehen ungekämmt zu Berge; Bartstoppeln zieren sein Gesicht. Er knüllt ein feuchtes Handtuch zusammen und wirft es quer durch das Zimmer in einen Wäschekorb. Er trifft nur mit knapper Not und grinst mich an.

»Mach dir keine Sorgen, Judy. Mir geht's gut.«

»Ist er gerade im Zimmer? Anscheinend kannst du nicht offen reden.«

»Nicht direkt.«

»Meiner Meinung nach solltest du machen, daß du da wegkommst.«

»Mir geht's gut, Jude. Du kannst hier anrufen, wenn du möchtest. Wann immer du willst.«

Ned setzt sich hinter mich aufs Bett. Ich spüre seine Hände auf meinem Rücken, sie sind noch warm von der Dusche.

»Und wenn er es doch ist?« sagt Judy.

»Mir geht es gut. Wirklich.«

Ned massiert meine Schultern, drückt von hinten gegen die Muskeln, fest und unnachgiebig. Die Verspannung beginnt nachzulassen.

»Du machst einen großen Fehler, Mary.«

»Glaub mir doch, es ist alles okay.«

Er verstärkt den Druck. Seine Finger kneten meine Schultern. Ich bewege den Hals von einer Seite zur anderen, und die Muskeln lockern sich merklich.

»Wir sprechen uns heute abend. Vor der Trauerfeier.«

»Gut. Paß auf dich auf.« Ich lege auf. Ich wünschte, es würde sie nicht beunruhigen, daß ich bei Ned bin. Meine Schultern sind warm und prickeln unter seinen Händen.

»Wie fühlt sich das an?« fragt Ned mit sanfter Stimme.

»Phantastisch.«

»Judy macht sich also Sorgen um dich.«

»Ah-ha.«

»Sie hält mich für den Bösewicht.«

»Ehrlich gesagt, ja.«

»Das dachte ich mir.«

»Ich werde mit ihr reden.«

»Therapieweisheit 101. Du hast keine Kontrolle über die Gedanken anderer Leute.«

»Rechtsanwaltsweisheit 101. Doch, das hast du.«

Er lacht. »Mach die Augen zu, mein Schatz.«

Ich schließe die Augen und konzentriere mich auf das sanfte Kneten seiner Finger auf meinen Schultern.

»Entspanne deinen Nacken. Laß den Kopf nach vorn fallen.«

Ich gehorche und lasse den Kopf baumeln wie eine Stoffpuppe. Seine Hände bearbeiten meinen Nacken. Er geht langsam vor, Zentimeter für Zentimeter. Es erinnert mich daran, wie er mich in der Dunkelheit geliebt hat. Er überstürzte nichts. Er fühlte mit dem Herzen, darum.

»Alles wird gut, Mary«, sagt er ruhig.

Fast glaube ich ihm.

– 19 –

Am Abend sitze ich zwischen meinen Eltern und Ned bei Brents Trauerfeier. Sie findet in der Philadelphia Art Alliance statt, einem eleganten alten Gebäude am Rittenhouse Square, keine sechs Blocks von der Stelle entfernt, an der Brent umgebracht wurde. Ein paar von Brents Freunden legten heute Blumen auf den Gehsteig vor der Bank, und sämtliche Nachrichtensendungen brachten eine Meldung über seinen Tod. Sie bezeichneten den Mord als »Unfall mit Fahrerflucht«, was für mich wie Hohn klingt. Aber was das Fernsehen sagt, spielt keine Rolle. Das einzige, was zählt, ist, was die Polizei sagt. Ich frage mich, ob Lombardo heute abend wohl kommt.

Ich blicke mich in der von Minute zu Minute größer werdenden Menge um, kann aber Lombardo nirgends entdecken. An der Trauerfeier nehmen Leute aus Brents verschiedenen Freundeskreisen teil, die keinerlei Kontakt miteinander hatten. Die bei weitem größte Gruppe besteht aus seinen schwulen Freunden, aber es sind auch Bekannte aus der Gesangsstunde und eine Abordnung von Stalling gekommen. Judy ist da mit Kurt, und die meisten der Sekretärinnen aus dem Büro, die in einem tränenreichen Grüppchen zusammensitzen, darunter Delia, Annie Zirilli und Stella. Sogar die Personalchefin von Stalling ist gekommen, die Brent wegen des Tabletts das Leben schwergemacht hat. Sie mustert die schwulen Männer voller Geringschätzung. Ihre Miene besagt: Hab' ich's doch gewußt.

Während ich sie beobachte, fällt mir ein, was Brent erst letzte Woche gesagt hat. Wenn ich sterbe, möchte ich, daß meine Asche auf den Teppich von Stalling & Webb gestreut und hineingerieben wird. Es war nicht als Scherz gemeint.

Ich blicke auf das in meinem Schoß liegende Programm, auf dem vorne ein Porträt von ihm abgedruckt ist. Ein lächelndes Gesicht über einem schwarzen Hemd, umgeben von einem schmalen schwarzen Rahmen. Das dürfte nicht sein. Er hätte nicht sterben dürfen; er ist zu jung, um in einem schmalen schwarzen Rahmen abgebildet zu werden. Er hätte gesagt: Was stimmt bloß nicht mit dem Bild?

Meine Mutter berührt meine Hand, flüchtig drücke ich die ihre. Ich möchte heute abend gar nichts fühlen. Ich möchte empfindungslos sein.

Die Nachrufe beginnen. Den Anfang macht Brents Gesangslehrerin, eine vollbusige Brünette mittleren Alters mit einem wahrhaft dramatisch roten Lippenstift. Brent sagte einmal zu mir, sie sei eine Robuste; um genau zu sein, er sagte, sie sei eine Robüste. Aber heute wirkt sie absolut nicht robust, im Gegenteil: Sie wirkt gebrochen. Ihre Sprechstimme hat ein bemerkenswertes Timbre, aber es schwingt so viel Trauer darin mit, daß ich es nicht ertragen kann zuzuhören. Ich sehe mich im Raum um und erspähe Lombardo, der allein auf einem der Klappstühle an der Wand sitzt. Seine Haare hat er mit Wasser an den Kopf geklatscht, und er trägt einen schlechtsitzenden schwarzen Regenmantel. Er sieht aus wie ein zu alt gewordener Ministrant, keinesfalls wie jemand, der klug genug ist, Brents Mörder zu fassen. Der vielleicht auch der Mörder von Mike ist.

»Sie müssen wissen, er hatte eine schöne Stimme«, sagt die Gesangslehrerin. Sie trägt den Kopf hoch und steht fast in der Pose einer Ballettänzerin auf dem Podium. »Aber Brent war nie ehrgeizig, was die Musik anbetraf. Nie nahm er an einem der Wettbewerbe teil, auf die ich ihn aufmerksam machte, nicht einmal, wenn ich ihm die notwendigen Formulare dafür gab. Er weigerte sich. ›Ich habe keine Lust, mich an *Star Search* zu beteiligen, Margaret‹, sagte er zu mir. ›Bei *Dance Fever,* das vielleicht. Aber bei *Star Search* nie.‹«

An dieser Stelle erklingt Gelächter, und verhaltenes Schniefen ist zu hören.

»Brent nahm Unterricht, weil er die Musik von ganzem Herzen liebte. Er sang, weil er einfach Freude am Singen hatte. Ihm ging es nur um das Singen an sich. Früher versuchte ich, allen meinen Schülern diese Einstellung nahezubringen, aber nachdem ich Brent kennengelernt hatte, gab ich es auf. Diese Lektion habe ich von Brent gelernt: Freude kann man nicht lehren.« Würdevoll bleibt sie noch einen Augenblick vor den Zuhörern stehen und sieht sie ernst an, dann erst verläßt sie das Podium.

Es herrscht absolute Stille.

Ich versuche, nicht über das eben Gehörte nachzudenken.

Nach ihr betreten zwei junge Männer das Podium. Einer ist regelrecht ausgezehrt, offensichtlich sehr krank, der andere muß ihn stützen. Beide tragen rote Schleifen, und bei ihnen hat das weit mehr Bedeutung als die roten Schleifen aller Shannen Dohertys zusammen.

Ich weiß, ich ertrage es nicht, mir das, was jetzt kommt, anzuhören.

Ich blende alles aus.

Ich entferne mich im Geist.

Ich denke daran, was Judy vor der Trauerfeier zu mir gesagt hat. Sie hat sich entschuldigt, weil sie am Telefon so grob zu mir gewesen ist. Aber sie sagte auch, daß sie Ned einfach nicht traut. Was ich auch für Argumente dagegen vorbrachte, nichts konnte ihre Meinung über ihn ändern. So kurz vor einem Streit standen wir noch nie, doch schließlich kniff sie. Sie sei völlig mit den Nerven fertig, erklärte sie. Ich schaue zu ihr hinüber. Sie weint still an Kurts Seite. Auch sie liebte Brent. Das erklärt ihr sonderbares Verhalten.

Die Feier geht dem Ende zu, jemand kündigt den letzten Redner an.

Mr. Samuel Berkowitz.

Überrascht blicke ich auf.

Kein Zweifel, die Gestalt da oben in dem dunklen Anzug, das *ist* Berkowitz, und er läßt das üppig mit Blumen geschmückte Podium klein aussehen. Er stellt das nur unvollkommen von Lilien verdeckte Mikrophon auf seine Größe ein und räuspert sich. »Ich kannte Brent Polk nicht besonders gut, doch als ich heute Ihnen allen zuhörte, wünschte ich mir, ihn besser gekannt zu haben. Aber ich weiß, daß der Brent, den ich kannte, ein intelligenter junger Mann war, ein guter Sekretär und vielen Menschen ein guter und treuer Freund. Und ich weiß, daß er jede Regel, die meiner muffigen, altmodischen Kanzlei lieb und teuer ist, gebrochen hat.«

An dieser Stelle gibt es erneut Gelächter und neuerliches Schniefen. Auch ich lächle und bin stolz auf Berkowitz, weil er zur Trauerfeier gekommen ist. Er besitzt mehr Format als alle anderen zusammen. Ich drücke Neds Hand, aber er lächelt nicht. Auch meine Eltern nicht; sie sehen bedrückt und verstört aus. Bestimmt denken sie an Mike. Brent kannten sie kaum.

»Ferner möchte ich eine Spende in Brents Namen ankündigen, zu der ich von meinen Partnern von Stalling und Webb autorisiert wurde. Morgen überreichen wir der Initiative gegen Trunkenheit am Steuer zehntausend Dollar in Brent Polks Namen. Damit ist unsere aufrichtige Hoffnung verbunden, dazu beitragen zu können, daß in Zukunft nicht noch weiteren hoffnungsvollen jungen Männern und Frauen das gleiche Schicksal widerfährt wie Brent. Vielen Dank.« Unter Applaus verläßt Berkowitz das Podium und verschwindet in der Menge.

»Wovon redet er?« flüstere ich Ned durch den Lärm zu.

»Keine Ahnung.« Er schaut grimmig drein.

»Trunkenheit am Steuer, so ein Scheiß!«

Meine Mutter stupst mich an. Man spricht nicht in der Kirche, heißt dieser Stupser.

Ich drehe mich um und schaue zu Lombardo hinüber. Seine schwerlidrigen Augen mahnen mich, ruhig zu bleiben. Trunkenheit am Steuer? forme ich lautlos mit den Lippen in seine Richtung.

Er legt einen Finger an den Mund.

Herrgott noch mal! Es fällt mir schwer, mich zu beherrschen. Ein kaltblütiger Mörder hat Brent auf dem Gewissen, und die tun so, als handle es sich um einen besoffenen Autofahrer? Am liebsten wäre ich gleich nach der Trauerfeier auf Lombardo losgegangen, aber ich muß mich zuerst um meine Eltern kümmern. Ned und ich helfen ihnen die Stufen der Art Alliance hinunter und warten mit ihnen auf ein Taxi. In den Augen meiner Mutter hinter den Brillengläsern schimmern Tränen; mein Vater wirkt sehr niedergeschlagen.

»Ich mag diesen Mann aus deinem Büro nicht, Maria«, sagt meine Mutter. »Den großen. Weißt du, welchen ich meine? Den großen?«

»Ja, Ma.«

»Nein. Diesen Mann mag ich absolut nicht.« Sie schüttelt den Kopf, und ihre schwere Brille verrutscht ein wenig.

»Warum nicht, Mrs. DiNunzio?« fragt Ned mit dem Anflug eines Lächelns.

Geheimnisvoll hebt sie einen Finger. »Dünne Lippen. Die Lippen von dem Mann sind nicht zu sehen. Wie Bleistiftstriche sind sie, jawohl.«

»Ma. Er hat keine dünnen Lippen. Das liegt an deinen Augen.«

»Werd nicht frech, ich habe seinen Mund gesehen. Er hat dünne Lippen. Denk an meine Worte.«

Ned scheint sich darüber zu amüsieren. »Er ist unser Chef, Mrs. DiNunzio.«

Sie bohrt ihren Zeigefinger in das handgenähte Revers von Neds Mantel. »Es ist mir egal, wer er ist. Ich mag ihn nicht.«

»Mach doch den Kindern nicht noch zusätzliche Sorgen, Vita«, mischt sich mein Vater ein. »Sie haben im Moment genug Probleme. Jede Menge Probleme sogar.«

»Ich schaffe keine Probleme, Matty. Ich passe nur auf Maria auf!« Die Leute, die nach der Trauerfeier aus dem Gebäude kommen, blicken verwundert über die Lautstärke ihrer Stimme in unsere Richtung. »Dafür sind Mütter da! Das ist die Aufgabe einer Mutter, Matty.«

Ein Taxi hält an der Ampel, ich winke es heran.

»Sieh dir Maria an, Veet«, sagt mein Vater und scheint einen Moment lang ein wenig aufgeheitert. »Sie ist ein richtiges Stadtmädel.« Meine Mutter betrachtet mich voller Stolz. Ich habe ein Taxi herangewinkt, ja ist denn das zu fassen.

»Bitte, liebe Leutchen. Bringt mich nicht vor Ned in Verlegenheit, ja? Ich versuche, einen guten Eindruck zu machen.«

Mein Vater lächelt, meine Mutter gibt mir einen Schubs. »Ach du. Immer mit deinen Späßen.«

Das Taxi fährt vor, und Ned öffnet ihnen die Wagentür. Ich beuge mich vor und gebe beiden einen raschen Kuß. Ned hilft meinem Vater in das dunkle Taxi, aber meine Mutter ist raffiniert, sie läßt nicht so leicht locker. Sie faßt mich am Mantel und flüstert: »Ruf mich an. Ich möchte mit dir über diesen jungen Mann reden.«

»Okay, ich rufe dich an.«

Laut wispert sie mir ins Ohr: »Es ist schön, dich wieder mit einem Mann zusammen zu sehen. Du bist zu jung, um allein zu bleiben.«

»Ma ...«

Sie sieht Ned streng an. »Passen Sie gut auf meine Tochter auf. Sonst bekommen Sie es mit mir zu tun!«

»Ganz bestimmt«, sagt er überrascht.

»Es wird Zeit, Ma.« Ich kämpfe gegen den Drang, sie unter Anwendung von Gewalt ins Taxi zu schieben.

»Wir lieben dich, mein Mädel«, sagt mein Vater, als meine Mutter endlich einsteigt.

»Ich liebe euch auch«, sage ich und schlage erleichtert die schwere Wagentür zu. Ähnlich muß es einer Mutter gehen, der es endlich gelungen ist, ihre Kinder ins Bett zu stecken. Ich winke, und das Taxi fährt an.

Ned umarmt mich. »Sie sind wunderbar«, sagt er zum Glück.

»Die Flying DiNunzios. Das ist schon eine Truppe, was?«

»Du hast Glück, das weißt du.«

»Ich weiß, aber laß uns jetzt nicht weiter darüber reden. Hilf mir lieber, Lombardo aufzutreiben.« Ich mustere die sich aus den engen Eingangstüren des Gebäudes schiebende Menge.

»Ich weiß doch gar nicht, wie er aussieht.«

»Wie Fred Feuerstein.«

Judy kommt in Begleitung von Kurt heraus, der es geschafft hat, für diesen Anlaß ein Sakko zu organisieren. Sie winkt mir über die vielen Menschen hinweg zu. Ich winke zurück.

Ned deutet auf den Rand der Menge. »Ist er das?«

»Ja!« Kein Zweifel, das ist Lombardo. Ich fuchtle

mit beiden Händen, bis er endlich auf mich aufmerksam wird. Selbst aus der Entfernung kann ich seiner Miene deutlich entnehmen, daß er sich wünscht, mich nicht gesehen zu haben.

»Reg dich jetzt bloß nicht auf, Mary.«

»Schon passiert. Am liebsten würde ich ihm den Schädel einschlagen.« Ich tauche in die Menschenmenge, Ned bleibt neben mir. Lombardo bahnt sich den Weg zu uns, und in der Mitte treffen wir aufeinander.

»Trunkenheit am Steuer, Lombardo?« blaffe ich ihn an. »Sie nehmen mich wohl auf den Arm!«

Nervös blickt sich Lombardo um. »Mary, beruhigen Sie sich.«

»Das ist fast so absurd wie Schwulen-Klatschen!«

Lombardo führt mich beiseite, Ned folgt uns auf dem Fuß. »Sehen Sie, Mary, das ist nur ein vorläufiges Ergebnis, wir haben die Ermittlungen noch nicht abgeschlossen. Sie sagten, der Wagen sei Schlangenlinien gefahren, als er vom Gehweg runter war. Er ist in eine Absperrung gekracht. Er muß Schlangenlinien gefahren sein, um auf den ...«

»Sie reden einen Scheißdreck!«

»Mary, spielen Sie nicht den Cop. Der Cop bin ich.«

Einer der schwulen Männer in der Menge wird auf uns aufmerksam. An seiner kurzen Lederjacke trägt er einen rosa Button der Aidshilfe mit der Aufschrift ACT UP; letztes Jahr geriet diese Gruppe bei einer Demonstration mit der Polizei aneinander. Zwischen den beiden Parteien herrscht nicht unbedingt ein herzliches Verhältnis. Lombardo sagt: »Gehen wir weg von hier.«

Neben dem Eingang des Barclay Hotel, das neben der Art Alliance liegt, versammeln wir drei uns erneut. Die Segeltuchmarkise knattert in dem über den Rittenhouse Square wirbelnden Wind. »Wollen Sie mich nicht mit Ihrem Freund bekannt machen?« erkundigt sich Lombardo.

»Ich bin Ned Waters, Detective Lombardo.« Ned streckt ihm die Hand hin, Lombardo ergreift sie nur zögernd. Bestimmt erinnert er sich, daß ich im Krankenhaus auch Ned als einen möglichen Verdächtigen erwähnt habe.

»Er ist in Ordnung, Tom«, sage ich deshalb rasch.

Lombardo blickt von mir zu Ned. Was immer er denken mag, er gelangt zu dem Schluß, es für sich zu behalten. »Mary, ich bin dem nachgegangen, was Sie mir über Ihren Mann gesagt haben. Ich habe die AID-Akte über seinen Unfall eingesehen. Ich habe sogar mit einem der Männer gesprochen, der damals bei den Ermittlungen dabei war. Ihr Mann wurde auf dem West River Drive stadtauswärts gleich in der ersten Kurve überfahren.«

»Ich weiß.«

»Diese Kurve ist vollkommen unübersichtlich, Mary. Ich bin persönlich hinausgefahren und habe mir die Situation angesehen. Ich habe ferner festgestellt, daß Ihr Mann nicht der einzige Radfahrer ist, der an dieser Stelle ums Leben gekommen ist. Drei Monate zuvor hat es einen Architekten erwischt.«

»Ich habe davon gelesen. Er war erst sechsundzwanzig.«

»Ihr Mann und dieser Architekt wurden ungefähr um die gleiche Zeit überfahren – jeweils an einem Sonntag vormittag, bei schönem Wetter und sehr früh am Morgen. Vermutlich von jemandem, der die ganze Nacht auf einer Party gewesen ist und im Morgengrauen nach Hause in einen der Vororte fuhr.«

»Aber ...«

»Warten Sie bitte.« Lombardo zieht sein Notizbuch aus der Tasche und blättert es in dem aus dem Hotel fallenden Licht durch. »Warten Sie. Hier haben wir es.

Auch ein Arzt wurde dort getötet. Ein Internist aus Mount Airy. Der Mann war achtundfünfzig. Das passierte zwei Jahre zuvor, in derselben Kurve. Brent wurde zu einer völlig anderen Tageszeit und an einem völlig anderen Ort überfahren. Deshalb habe ich ...«

»Ist diese Unterscheidung nicht sehr spitzfindig?« unterbricht ihn Ned.

Lombardo hebt den Blick von seinem Büchlein. »Was?«

»Macht es wirklich einen Unterschied, daß es einmal am Morgen und einmal am Abend passiert ist? Nur weil die beiden Todesfälle zu einer anderen Tageszeit und an einem anderen Ort passiert sind, heißt das doch noch lange nicht, daß es nicht der gleiche Fahrer gewesen sein kann.«

»Hören Sie, Mr. Waters, ich bin schon ein kleines bißchen länger Detective als Sie.«

»Das ist mir klar.«

»Ich hab's im Urin, das ist nicht der gleiche Kerl.« Er wendet sich an mich. »Ich bin Ihren Hinweisen nachgegangen, Mary. Ich habe sie alle ernsthaft verfolgt, denn ich gebe zu, die Ähnlichkeit der beiden Vorfälle ist schon merkwürdig. Aber ich muß mit der Möglichkeit weitermachen, die mir am wahrscheinlichsten erscheint, und das ist weder Mord noch Totschlag. Für mich sind das zwei Unfälle, beide vermutlich im Zusammenhang mit Suff. Es ist furchtbar, daß einmal Ihr Mann betroffen war und das andere Mal Ihr Sekretär, aber das ist einer dieser berühmten Zufälle. Zumindest bin ich momentan davon überzeugt.«

»Aber, Tom, das Nummernschild.«

»Die Hälfte der Autos in dieser Stadt hat kein Nummernschild. Die Crack-Süchtigen montieren sie ab und verkaufen sie, die Autodiebe klauen sie wegen der Zulassungsplakette. Für mich stellt sich die Sache folgendermaßen dar: Der Kerl, der Brent überfahren hat, ist der Baustelle ausgewichen und dabei auf den Bürgersteig geraten. Von der AID habe ich erfahren, daß in der Walnut Street am gleichen Tag zwei Unfälle mit Blechschaden gemeldet wurden, Ursache war in beiden Fällen die Baustelle.«

»Warum ist er dann einfach weitergefahren?«

»Das kommt häufig vor, Mary. Häufiger, als Sie glauben. Da trinkt einer ein bißchen zuviel, gerade an einem Freitag abend, und bevor er merkt, was los ist – *rums* –, ist er über den Randstein gefahren und auf dem Bürgersteig. Der Fahrer ist blau, gerät in Panik. Normalerweise haben wir solche Fahrer innerhalb von ein paar Monaten. Manche stellen sich sogar selbst, weil sie ein schlechtes Gewissen haben, und gestehen. Bei dem Architekten damals war das zum Beispiel so.« Er verstummt und steckt sein Notizbuch wieder in die Hosentasche. »Die AID hat nicht viele unaufgeklärte Unfälle mit Todesfolge. Den Arzt, ein Kind auf einem Fußgängerüberweg im Nordosten und Ihren Mann. Er ist einer von dreien.«

Ich erstarre. Mike ist ein Unfall mit Todesfolge. Ein unaufgeklärter Unfall mit Todesfolge.

»Was ist mit den Anrufen?« fragt Ned hartnäckig.

»Haben Sie am Wochenende wieder solche Anrufe bekommen, Mary?«

»Ich weiß nicht. Ich war bis jetzt noch nicht zu Hause.«

»Und was ist mit den Briefen?« verlangt Ned zu wissen.

Lombardo funkelt ihn an. »Ich komm' vorbei und hole sie bei Mary ab. Ich sehe sie durch und gebe sie weiter ans Labor, aber ich glaube nicht, daß sie irgendwas mit Brent zu tun haben. Das ist nicht die Sorte Briefe, die ein Mörder schreibt.«

»Was meinen Sie damit?«

»In den Briefen steht nichts von ›Ich bringe dich

um‹, ›Ich kriege dich‹, ›Du wirst den morgigen Tag nicht erleben‹ oder so was. Solche Briefe schickt ein Irrer, der mordet. Ein Irrer mit *cipolline*. Wissen Sie, was das heißt, Kumpel?«

»Sie werden es mir sicher gleich sagen, Detective Lombardo.«

Ich weiß, was es heißt, kleine Zwiebeln. Aber es hat auch die Bedeutung von …

»Eier!«

»Tom, Ned, bitte.«

Lombardo zieht die Schultern hoch, um seinen Regenmantel zurechtzurücken. »Ich möchte mir die Briefe ansehen, Mary, aber ich sage Ihnen jetzt schon, meiner Meinung nach stammen sie von einem Idioten, der eine Schwäche für Sie hat. Könnte jemand sein, den Sie früher mal gekannt haben, könnte jemand sein, mit dem Sie zur Zeit zu tun haben. Könnte sogar jemand sein, den Sie überhaupt nicht kennen, zum Beispiel ein Typ aus der Postabteilung Ihrer Firma. Irgendein Idiot, der sich in Sie verknallt hat. Das ist jedenfalls das übliche Muster, besonders bei Frauen wie Ihnen, Karrierefrauen. Ihre Namen stehen in der Zeitung, sie sind in diesem und jenem Ausschuß. Sind Sie auch in irgendwelchen Ausschüssen?«

»In einigen.«

»Der Typ ist nicht gewalttätig, er ist verliebt. Er sitzt zu Hause und gerät beim Anblick Ihres Fotos in Verzückung, er versucht, den Mut aufzubringen, mit Ihnen in Kontakt zu treten. Machen Sie sich weiter keine Gedanken. Rufen Sie mich morgen an, dann vereinbaren wir einen Termin.« Plötzlich wird Lombardos Aufmerksamkeit von etwas abgelenkt. Delia taucht aus der Dunkelheit auf, gefolgt von Berkowitz.

»Thomas!« sagt Berkowitz herzlich, ergreift Lombardos Hand und schüttelt sie kräftig. »Dank für alles, was Sie getan haben.«

»Keine Ursache, Sam.« Lombardo kann die Augen nicht von Delia wenden.

»Mary«, sagt Berkowitz, »mein Beileid zum Tode Ihres Sekretärs.«

»Danke.«

»Warum nehmen Sie nicht ein paar Tage frei? Ich vertrete Sie solange.«

Delia schürzt die glänzend rosa geschminkten Lippen.

Das Angebot überrascht mich. Vertretung ist sonst alleinige Sache der Mitarbeiter. »Ah, vielen Dank. Mal sehen.«

»Lassen Sie mich wissen, wenn Sie mich brauchen, Mary. Sagen Sie es mir.«

»Bestimmt.«

Berkowitz wendet sich zum Gehen. »Thomas, nochmals vielen Dank.«

»Keine Ursache.«

Mit langen Schritten marschiert Berkowitz davon, der schwere Trenchcoat flattert um seine Beine. Er bleibt kurz stehen, um hinter der hohlen Hand eine Zigarette anzuzünden. Die Flamme des Feuerzeugs beleuchtet die Konturen seines Gesichts und erhellt auch das Gesicht von Delia.

Lombardo deutet mit dem Kopf in Berkowitz' Richtung. »Er ist ganz in Ordnung, für ein so großes Tier. Er ist übrigens auch der Ansicht, daß es mit den Briefen nichts weiter auf sich hat, Mary.«

»Sie haben ihm von den Briefen erzählt?«

»Sicher, wir haben über das Wochenende mehrmals miteinander gesprochen. Er war sehr interessiert an den Ermittlungen.«

»Mary, komm, wir gehen.« Ned drückt meinen Arm.

Plötzlich fühle ich mich unendlich müde. Mit Lombardo komme ich nicht weiter, das ist mir klar. Ich weiß, ich habe recht; ich fühle es. Es hat alles Hand und Fuß, aber heute abend kann ich nichts mehr unternehmen. Erschöpft gebe ich nach. »Okay.«

»Rufen Sie mich an, Mary«, sagt Lombardo.

Ich nicke, und Ned begleitet mich nach Hause. Auf dem kurzen Weg zu meiner Wohnung spricht keiner von uns ein Wort. Ich weiß nicht, was in seinem Kopf vorgeht, aber ich kann kaum einen klaren Gedanken fassen, Müdigkeit und Kummer lähmen mich. Je weiter wir uns dem Haus nähern, um so größere Distanz verspüre ich zwischen Ned und mir. Ich möchte allein sein mit meinen Erinnerungen an Brent und an Mike. Ich bin wieder in Trauer, und alles ist ein einziges Déjà-vu-Erlebnis. Wir stehen vor meiner Haustür, fast an der gleichen Stelle, an der Ned mich zum erstenmal geküßt hat. Seit diesem ersten Kuß ist eine Menge passiert. Damals hat Brent noch gelebt.

»Möchtest du ein paar Kleider holen, Mary?«

»Ehrlich gesagt, ich brauche heute nacht ein wenig Schlaf.«

»Soll das heißen, du willst heute hierbleiben? Allein?« Er runzelt die Stirn, und seine Sommersprossen verschmelzen auf dem Nasenrücken miteinander.

Ich nicke.

»Ich mache mir Sorgen um dich, Liebling. Ich weiß nicht, was vor sich geht, und ich habe kein Zutrauen zu diesem Detective. Ich glaube nicht, daß du sicher bist.«

»Vielleicht kann ich Judy anrufen oder so was.«

»Du willst nicht, daß ich bleibe?« Er scheint verwirrt.

»Ned, nicht, daß es nicht wunderschön war ...«

Seine grünen Augen werden hart. »Oh, so ist das? War es wunderschön für dich? Dann war es auch für mich wunderschön.«

»So habe ich es nicht gemeint.«

»Ich bin dir an diesem Wochenende nahegekommen, Mary. Das weiß ich. Zieh dich bitte nicht wieder von mir zurück, nicht jetzt.«

»Das tue ich nicht, aber an diesem Wochenende sind auch noch andere Dinge geschehen, nicht nur das zwischen uns. Ich muß immerzu an Brent denken.«

»Okay«, sagt er rasch. »Okay. Tut mir leid.«

»Ich möchte einfach eine Weile allein sein.«

»Aber ruf mich an, ja? Ruf mich an, wenn du irgendwas brauchst, egal, wie spät es ist. Ruf an.«

»Okay.«

»Schließ die Tür ab.«

»Okay.«

»Iß dein Gemüse auf. Und leg deinen dicken Schal um.«

»Danke.« Ich gebe ihm einen flüchtigen Kuß, sperre die Eingangstür auf und gehe ins Haus. Ich winke ihm durch das Bleiglas der Haustür zu und bilde mir ein, er winkt zurück, aber ich kann ihn nicht deutlich erkennen. Das unebene Glas verzerrt seine Silhouette zu einem schwankenden Schatten.

Müde sammle ich die Post auf und betrachte prüfend jeden Brief, während ich die Treppe hinaufgehe. Nie hätte ich gedacht, daß ich einmal froh sein würde über einen Haufen Schrottbriefe, unter anderem adressiert an Dee Nunzone, aber so ist es. Oben angekommen, bedauere ich, daß ich Ned nicht gebeten habe, meine Wohnung zu überprüfen. Ich stehe vor der Tür, an der noch immer das Türschild LASSITER-DI NUNZIO hängt, und spähe durch den Spion. Vergeblich, nichts zu sehen. Ich hole tief Luft und mache langsam die Tür auf. Ich öffne sie erst nur einen Spaltbreit, dann vorsichtig weiter. In der Wohnung ist es dunkel. Mit einem Finger knipse ich den Lichtschalter an, dann stecke ich wagemutig den Kopf durch die Tür. Alles sieht so aus, wie ich es verlassen habe. Es ist vollkommen ruhig. Kein Telefonklingeln. Kein anderes Geräusch.

Langsam trete ich ein, mache die Tür hinter mir zu und schließe sie ab.

»Alice?« Die Jalousie raschelt leise. Sie sitzt auf dem Fensterbrett. Nervös gehe ich in die Küche, fülle Alices Napf und ziehe Mikes Samuraimesser aus dem Messerständer. Ich stürme ins Schlafzimmer und schwinge drohend das Messer. Ich sehe mich förmlich vor mir, ein furchterregender Anblick; ich fürchte mich vor mir selbst. Das Schlafzimmer sieht aus wie immer. Ich atme tief durch und riskiere einen Blick unter das Bett. Staubknäuel in der Größe eines Beifußstrauches, rosa Kleenex-Berge und eine Schildpatthaarspange, die ich schon vergeblich gesucht hatte. Ich greife nach der Haarspange und lege sie auf mein Bett.

Anschließend inspiziere ich das Bad. Das Make-up-Regal, das ich inzwischen stets in der gleichen, nur mir bekannten Anordnung sortiere – Feuchtigkeitscreme, Grundierung, Kajal, Augenbrauenstift, Lippenstift –, ist unverändert. Und der Geruch aus dem fleißig frequentierten Katzenklo bestätigt, daß zumindest noch eine weitere Sache unbehelligt geblieben ist.

Ich entspanne mich ein wenig und gehe ins Wohnzimmer zurück.

»Alice?«

Lediglich die Jalousie bewegt sich ein bißchen, Alice bleibt eisern auf ihrem Posten.

»Er kommt nicht wieder, Alice«, sage ich. Ich weiß selbst nicht genau, wen ich meine, Mike oder Brent, aber Alice fragt nicht nach.

Mit meinem Killermesser in der Hand sinke ich in einen Sessel und schließe die Augen.

– 20 –

Das nächste Geräusch, das ich höre, ist das ohrenbetäubende Schrillen der Türglocke. Ich werfe einen raschen Blick auf meine Uhr. Zehn Uhr. Ich muß eingeschlafen sein. Etwas benommen stehe ich auf und drücke auf den Knopf der Sprechanlage. Immer noch halte ich das Küchenchefmesser in der Hand. »Wer ist da?«

»Kleines Schweinchen, kleines Schweinchen, laß mich rein«, ruft eine kräftige Stimme. Judy.

»Warte.« Ich betätige den Türöffner, und sie, wie immer zwei Stufen auf einmal nehmend, ist in Sekundenschnelle oben. Bepackt mit einem Rucksack mit Rohrgestell und einen zusammengerollten Schlafsack unter dem Arm, stürmt sie in die Wohnung. Erschrokken schnappt sie nach Luft, als sie mich und das Messer sieht. »Wofür zum Teufel ist das?« fragt sie.

»Gegen böse Buben. Hast du Angst?«

»Vor dir?«

»Ja, vor mir. Vor mir und meinem Wahnsinnskillermesser.« Ich fuchtle damit herum, und sie weicht zurück.

»Paß auf mit dem Ding.«

»Willst du sehen, was dieses Messer aus einem Stück Sellerie macht, ha? Es ist kein schöner Anblick.«

»Sind wir schon soweit gekommen? Daß du mit einer Machete herumrennst?« Sie tritt die Tür mit dem Hacken ihres Schuhs zu und wirft den Schlafsack auf den Boden. Er rollt weiter, bis er an die Couch stößt. Alice macht einen Buckel.

»Wer bist du, Nanuk, der Eskimo?«

»Bist du okay?«

»Ja.«

Ihre Augen werden schmal. »Ehrlich?«

»So okay, wie ich sein kann.«

»Dacht' ich mir's.« Judy runzelt die Stirn wie ein Arzt, der gerade bei einem Kind eine Mandelentzündung diagnostiziert. »Ich habe uns was mitgebracht, das wird unsere Stimmung heben.« Sie schwingt den Rucksack von den Schultern und macht sich auf den Weg in die Küche. Im Gehen öffnet sie den Reißverschluß des Rucksacks. Ich folge ihr und sehe zu, wie sie eine Tüte Zucker, zwei Stangen Butter und eine Zellophanpackung Schokoladensplitter zutage fördert.

»Du hast Kurt allein gelassen, um zu mir zu kommen und irgendwelches Zeug zu backen?« Ich stecke das Messer zurück in den Ständer.

»Ganz so stimmt das nicht. Dein neuer Freund hat mich angerufen und gesagt, du bräuchtest Schutz. Du brauchst doch Schutz, oder nicht?«

Mit einemmal fühle ich mich schrecklich. Das alles erinnert mich fatal an Brent. Blitzartig sehe ich ihn wieder vor mir, wie er die Kaffeeflecken in meinem Büro aufwischt. Er hat sich solche Sorgen um mich gemacht.

»Was ist?« fragt Judy alarmiert.

»Brent, Judy. Brent.« Meine Knie werden weich, und Judy fängt mich mit ihren starken Armen auf. Ich vergrabe mein Gesicht in ihrem flauschigen Patagonia-Pullover mit dem frischen Geruch nach Waschmittel und beginne zu weinen.

»Ich weiß, Mare«, sagt sie, ihre Stimme klingt ungewohnt dünn. »Er war ein anständiger Mann. Er hat dich geliebt.« Sie zieht mich enger an sich, und ich gebe mir Mühe, nichts Komisches daran zu finden, daß sich zwei junge Frauen Brust an Brust umarmen. In Wahrheit drückt mich Judy so fest an sich, daß ich rückwärts taumle, und ein lautes *Miiauu* ertönt.

Entsetzt fahren wir auseinander. Ich bin Alice auf den Schwanz getreten. Grimmig faucht sie mich an.

Judy wischt sich lachend die Augen. »Scheiß auf die Kekse. Schieben wir Alice in den Ofen.«

Auch ich lache, ein herzhaftes Lachen, und das ist ein gutes Gefühl, eine Erleichterung. Abwechselnd reißen wir Papiertücher von einer Rolle, deren Rand winzige Gänseblümchen zieren, und trocknen uns die Augen. Nach unserem Lachanfall fühlen wir uns zittrig und ernüchtert. Wir sehen einander an. Judys Lippen beben. »So mußt du dich nach Mike gefühlt haben, ja?« sagt sie und lehnt sich an die Küchentheke.

Mike. Inzwischen ist seine Stimme verstummt, und sie war das einzige, was mir von ihm geblieben war. Ich nicke.

»Du bist damals so schnell wieder ins Büro gekommen. Ich habe nie verstanden, wie du das geschafft hast.«

»Ich mußte. Wenn so etwas passiert, mußt du dich auf das Nächstliegende konzentrieren.«

»Das Nächstliegende?«

»Richtig. Was immer das ist. Du gehst und tust es einfach. Und anschließend machst du wieder das Nächstliegende. Prozeßunterlagen zusammenstellen. Kekse backen.«

Judy lächelt leicht.

Ich deute auf den Unterschrank. »Das Kochbuch ist da drin. Möchtest du Kaffee?«

»Ja, gern.« Judy zieht ihren Pullover mit einem Ruck über den Kopf und enthüllt eines von Kurts Unterhemden mit V-Ausschnitt. Sie setzt sich auf die Kiefernholzdielen der Küche, zerrt meine *Freude am Kochen* aus dem Fach und schlägt das dicke Buch auf. Müßig dreht sie die roten, am Buchrücken angeleimten, aber schon etwas lose gewordenen Fäden ineinander. »Was ist das denn? Die Ausgabe aus dem Krieg? Das Ding solltest du wegwerfen.«

»Das kann ich nicht.« Ich häufe etwas Kaffeepulver in die Kaffeemaschine. »Es erinnert mich an ein Meßbuch.«

»An was?«

»Vergiß es.« Judy ist nicht religiös erzogen worden, deshalb hat sie so einen unerschütterlichen Glauben.

»Also, was ist? Bist du verliebt?«

Ich sehe zu, wie der Kaffee in die Glaskanne tröpfelt. Es dauert eine Ewigkeit.

»Mary? Bist du verliebt?« Erwartungsvoll sieht sie mich an. Wie sie da so auf dem Boden sitzt mit ihren Zottelhaaren, erinnert sie mich an einen Schäferhund, der auf eine Extrabelohnung wartet.

»Ich bin durcheinander.«

»Sag mir, was Sache ist, oder ich backe die deutschen Honigstangen.«

Ich nehme zwei große Tassen aus dem Schrank und gieße Kaffee ein. Ich trinke meinen mit einem Schuß Extrasahne und einem Löffel Extrazucker; sie trinkt ihren schwarz. »Ich weiß nicht, wo ich anfangen soll.«

»Fang mit seiner Honigstange an.« Einladend klopft sie neben sich auf den Boden.

»Willst du auf dem Boden sitzenbleiben?« Ich reiche ihr den Kaffee.

»Ihr hattet Sex auf dem Fußboden, stimmt's?«

Seufzend setze ich mich. Die Küche ist so schmal, daß sich unsere Schuhe in der Mitte berühren – Ferragamo trifft auf New Balance. Ich lege meine Hände um die warme Tasse.

»Euer Ehren«, sagt sie, »bitte erklären Sie der Zeugin, daß sie diese Frage beantworten muß.« Sie sieht wieder richtig glücklich aus. Es belebt sie, mich so lange zu nerven, bis ich endlich das Unaussprechliche ausspreche.

»Welche Frage?«

»Habt ihr es auf dem Fußboden getrieben?«

Ich zucke zusammen.

»Es ist nichts dabei, über Sex zu reden, Mary. Du bist jetzt erwachsen, und im Umkreis von fünf Meilen existieren keine Gebote. Also. Auf der Couch?«

»Judith.«

»Das ist ein Ja für auf der Couch.«

»Du bist unbarmherzig.«

»Na gut. Vergiß es. Du bist durcheinander. Bist du in Gefahr?« Schlagartig erlischt ihr Lächeln.

»Du meinst, durch Ned? Nein.«

»Bist du sicher?«

Ich erzähle Judy alles über Ned, von seiner Therapie und seinem Vater. Sie hört aufmerksam zu und trinkt dabei schlückchenweise ihren Kaffee. Als ich fertig bin, stellt sie ihre Tasse auf den Boden und beugt sich bedeutungsvoll vor. Die chinesische Papierlampe an der Decke wirft unregelmäßige Schatten auf ihre Augen.

»Soll ich dir sagen, was ich denke?«

Ich beiße mir auf die Unterlippe. Judy besitzt eine urkundliche Bescheinigung über ihre Klugheit; sie war die Nummer eins an der Boalt. Was sie sagt, hat Gewicht.

»Ich glaube, Brent wurde ermordet, und ich glaube, es *gibt* einen Zusammenhang zwischen dem Tod von Brent und dem Tod von Mike. Das wäre ein zu großer Zufall.«

»Ich bin also nicht verrückt.«

»Nein. Aber hör zu. Ich glaube, du ziehst die falschen Schlüsse. Vergiß mal für eine Minute deine Überzeugung, der Wagen hätte es auf dich abgesehen gehabt, das ist reine Vermutung. Wir können lediglich von zwei erwiesenen Tatsachen ausgehen, nämlich, daß Mike getötet wurde und daß Brent getötet wurde. Das sind unumstößliche Tatsachen. Jetzt denk mal ganz logisch.

Nimm an, der Mörder hat genau das getan, was er von Anfang an beabsichtigt hat – nämlich die beiden Männer umzubringen, die dir am nächsten standen. Er war nicht hinter dir her, sondern hinter ihnen.«

»Glaubst du?«

Sie fährt sich mit der Hand durch das inzwischen zitronengelbe Haar. »Wir haben die anonymen Briefe als Drohungen gegen dich aufgefaßt, aber wie sieht die Sache aus, wenn jemand auf diese Weise versucht, dir nahezukommen? Mit dir auf die ihm einzig mögliche Weise zu kommunizieren? Dann handelt es sich nicht um jemanden, der dich haßt, sondern um jemanden, der dich liebt. Jemand, der dich ganz für sich allein haben will.«

Mein Magen verkrampft sich bei diesen Worten. Damit liegt sie ziemlich auf einer Linie mit dem, was Lombardo nach der Trauerfeier gesagt hat, und ich habe ihr gegenüber kein Wort von seinen Mutmaßungen erwähnt. Ich hatte es schlicht vergessen. Trotzdem, es paßt nicht, zumindest nicht ganz. »Ein anonymer Brief mit dem Text ›Paß auf, wo du hingehst‹ klingt für mich schon nach einer Drohung.«

»Oder einer Warnung. Besonders wenn man bedenkt, daß am Abend danach der Mann, mit dem du zusammen bist, von einem Auto überfahren wird.«

»Aber das würde bedeuten, der Mörder wußte, daß ich mit Brent essen gehe, und das ist unmöglich. Wir hatten es gar nicht vor. Ich habe ihn spontan eingeladen, nachdem ich endlich die Prozeßunterlagen für Jameson fertig hatte.«

»Jameson? Pfui Teufel.«

Sofort fallen mir die abartigen Spielzeuge in Jamesons Schreibtisch ein, und wie Brent darüber lachte und lachte. Ich berichte ihr, was Stella mir erzählt hat. Im Licht der neuen Geschehnisse scheint das gar nicht mehr komisch.

»Ich glaube nicht, daß es Jameson ist«, meint Judy kopfschüttelnd. »Er ist doch ein Schlappschwanz. Ich glaube auch nicht, daß es Neds Vater ist, auch wenn du an jenem Tag mit ihm zu tun hattest. Vielleicht hast du ihn nur interessiert, weil er herausgefunden hat, daß du zusammen mit Ned studiert hast.«

»Aber laut Ned beobachtet er ihn.«

»Das heißt nicht, daß er ihn – oder dich – verfolgt hat. Vielleicht hat er herumgefragt. Dich kennen viele Leute. Immerhin praktizierst du in dieser Stadt seit acht Jahren als Rechtsanwältin. Du hast hier deine Referendariatszeit gemacht, hast sogar hier studiert.«

»Möglich.«

»Du weißt, du sträubst dich gegen die naheliegendste Schlußfolgerung, Mary, und gegen die einzig logische. Es ist Ned.«

»Das ist unmöglich.« Ich schüttle den Kopf.

»Verschließ bitte nicht die Augen vor den Tatsachen – es gibt ein durchgängiges Muster. Du hast dich mit Ned während des Studiums verabredet, anschließend hast du dich mit Mike befreundet. Du hast Mike geheiratet und ein Fahrerflüchtiger überfährt ihn. Du verabredest dich wieder mit Ned, und bald darauf wird Brent von einem Fahrerflüchtigen überfahren. Findest du das nicht merkwürdig?«

»Es ist merkwürdig, aber es hat nichts zu bedeuten.«

»Wie kommst du darauf? Ned schickt dir sogar noch eine Warnung, nachdem du mit ihm essen warst – paß auf, wo du hingehst. Versteh es als Drohung und Aufforderung, dich von anderen Männern fernzuhalten, auch von Brent. Sieh mal, Ned wußte nicht, daß Brent schwul war. Du erinnerst dich doch an die Gerüchte über dich und Brent, daß ihr eine Affäre habt?«

»Das war doch lächerlich.«

»Ich wußte das, aber Ned wußte es nicht. Außerdem gibt er zu, daß er bereits seit dem Studium eine Schwäche für dich hat. Das ist doch verrückt.«

»Nicht unbedingt. Er sagte, er habe Depressionen gehabt. Er hatte eine Menge Probleme.«

»Das kann man auch andersrum sehen: Er ist nicht gerade ein Paradebeispiel für psychische Stabilität.«

»Du überraschst mich. Ich hätte nicht gedacht, daß du das gegen ihn verwendest. Er war depressiv. Er hat Hilfe in Anspruch genommen. Ich rechne ihm das hoch an, du etwa nicht?«

»Darum geht es nicht. In der Vergangenheit dieses Mannes hat eine schwere psychische Krankheit eine große Rolle gespielt. Ich freue mich für ihn, daß er die Probleme überwunden hat, aber es ist und bleibt nun einmal eine Tatsache. Ich meine, depressiv oder nicht, er hat sich seit dem Studium mit keiner anderen Frau abgegeben. Hat er sich vor Gram nach dir verzehrt? Kommt dir das nicht vor wie wahnhafte Besessenheit? Eigentlich krankhaft?«

»Er hat nie irgendwas dergleichen gesagt, Judy. Wir haben nicht über andere Frauen gesprochen. Weißt du, wenn du ihn kennen würdest, würdest du nicht so reden. Er ist wunderbar, wirklich.«

Aber sie scheint gar nicht zuzuhören. »Sieh mal, ich mache dir keinen Vorwurf, weil du dich dagegen sperrst, mir zu glauben, aber denk doch mal wie eine Rechtsanwältin. Stell dir vor, du wärst die Mandantin. Welchen Rat würdest du dir in diesem Fall geben?« In ihren blauen Augen steht felsenfeste Überzeugung, und das ärgert mich.

»Du magst ihn nicht, Judy. Du konntest ihn nie leiden. Er kümmert sich um mich, er macht mich glücklich. Eigentlich hätte ich gedacht, du würdest dich für mich freuen, Herrgott noch mal.« Meine Stimme klingt bitter; meine Brust ist wie zugeschnürt. Ich kann mich nicht erinnern, je so mit ihr gestritten zu haben. »Was geschieht bloß mit uns, Jude?«

»Ich weiß es nicht.« Gekränkt und verletzt lehnt sie sich an die Wand. Sie ist meine beste Freundin; sie versucht nur, mir zu helfen.

»Es tut mir leid«, sage ich. »Aber es ist hart.«

Unbeeindruckt wirft sie die Haare aus dem Gesicht. »Ich weiß. Mir tut's auch leid.«

Eine Minute herrscht Schweigen.

»Weißt du, Mary, du hast mich mal gefragt, ob ich mir je Sorgen mache. Allerdings, ich mache mir Sorgen. Deinetwegen. Nach Mikes Tod habe ich mir Sorgen um deine emotionale Gesundheit gemacht, aber jetzt sind wir an einem Punkt angelangt, wo ich mir Sorgen um dein Leben mache. Ich habe Angst, daß dir etwas passiert. Das macht mich sehr ... gemein. Rechthaberisch. Das tut mir leid.«

»Jude ...«

»Aber das heißt nicht, daß ich dich aus den Klauen lasse. Ich kann nicht tatenlos zusehen, wie du geradewegs in die Höhle des Löwen spazierst. Deshalb bitte ich dich, um meinetwillen. Mir zuliebe. Hör auf deinen Verstand und nicht auf dein Herz. Sei lieber übervorsichtig. Laß ihn sausen.«

Meine Brust schmerzt. »Er sagte, er hätte es nicht getan.«

»Red keinen Scheiß, Sherlock.«

Ich werfe ihr einen Blick zu, der töten könnte.

»Tut mir leid, das war nicht nett.« Sie überlegt kurz. »Ich mache dir einen Vorschlag. Halte dich eine Woche lang von ihm fern. In einer Woche wissen wir bereits viel mehr. Vielleicht findet Lombardo irgendwas heraus; vielleicht bekommst du einen weiteren anonymen Brief. Sieben Tage, weiter nichts.«

Sie hat leicht reden. Ich habe das Gefühl, ihn gerade jetzt besonders zu brauchen. Ich denke an unser gemeinsames Wochenende, wie liebevoll er war und wie offen mir gegenüber. Er liebte mich, er hielt mich fest. Er sagte Dinge zu mir, die mich entzückten. Dinge, an die zu erinnern mich in diesem Augenblick schmerzt. Tränen steigen mir in die Augen; ich blinzle sie weg. »Du bist ganz schön stur, Jude.«

»Es steht viel auf dem Spiel, Mary. Ich will gewinnen.«

Und ich verliere in jedem Fall. Denn der Schmerz in meinem Innern sagt mir etwas, und er ist so heftig, es kann nur eines bedeuten.

Ich bin verliebt.

– 21 –

Als ich am nächsten Morgen aus dem Aufzug steige und mich auf den Weg zu meinem Schreibtisch begebe, spüre ich aller Blicke auf mir. Die Sekretärinnen, die auf meinem Stockwerk arbeiten, starren mich mit kitschig verklärten Augen an, für sie bin ich die Zweifache Junge Witwe. Einer der Partner streift mich mit einem flüchtigen Blick, wahrscheinlich fragt er sich, ob sich die Anzahl meiner den Mandanten in Rechnung gestellten Stunden verringert. Ein Bote, der ein Postwägelchen schiebt, hastet vorbei und wirft mir einen Seitenblick zu, der besagt: Dieses Weib bringt nur Unglück.

Warum beschäftigen sie sich in Gedanken mit mir? Warum nicht mit Brent?

Ich fühle mich schwach, orientierungslos. Nichts im Büro scheint mir vertraut, am wenigsten Brents Schreibtisch. Plötzlich liegt da eine Kladde mit einem geblümten Rand anstelle des liebenswerten Durcheinanders aus Aufziehfiguren und einer kleinen Schleuder. Brents Tasse – SEHE ICH ETWA AUS WIE EIN INFORMATIONSSTAND? – ist verschwunden. Ein Kalender mit flaumigen Kätzchen hat das Porträt von Luciano Pavarotti ersetzt. Die Luft riecht nach absolut gar nichts; es ist kaum zu glauben, aber ich vermisse den Geruch von Obsession. Ich vermisse Brent. Er hätte ein langes und glückliches Leben verdient. Er hätte es verdient, sich irgendwo die Seele aus dem Leib zu singen, einfach aus schierer Freude daran.

Irgendeine Großmutter sitzt auf Brents Stuhl. Sie

stellt sich als Miß Pershing vor und weigert sich, mich anders als mit Miß DiNunzio anzureden. Das glanzlose graue Haar hat sie hinten am Kopf zu einem Knoten zusammengefaßt, und sie trägt einen rosaroten Fair-Isle-Pullover, dessen Ausschnitt oben von einer vergoldeten Kette zusammengerafft wird. Sie war dreißig Jahre Sekretärin in der Vermögens- und Nachlaßabteilung. Sie bringt mir den Kaffee auf einem Tablett.

Am liebsten würde ich heulen.

Ich schließe die Tür hinter mir und starre den Haufen Post auf meinem Schreibtisch an. Ohne Brent ist die Post nicht in gut und böse sortiert, und der Berg neigt sich gefährlich nach links. Zwischen den dicken Broschüren mit den Kurzfassungen der Fälle und den Austricksbriefen stecken stapelweise Umschläge in düsteren gedeckten Farben. Diese Sorte Umschläge kenne ich von früher. Beileidskarten, die kursiv gedruckte Beileidsfloskeln in jeder nur vorstellbaren austauschbaren Variante wiederholen: *Meine Gedanken weilen bei Ihnen/ ich fühle mit Ihnen/Ihrer Familie in dieser schweren Zeit/in dieser Zeit des Schmerzes. Ihre Familie wird Ihnen Trost spenden/Ihnen helfen/vertrauen Sie auf Gott in dieser schweren Zeit.*

Ich kann mich nicht dazu überwinden, die Post zu lesen, schon gar nicht die Beileidskarten. Diese Karten sind nur den Menschen ein Trost, die niemanden kennen, der gestorben ist.

Ich stupse eine oben auf dem Postberg liegende rosa Karte an, und der Turm kippt um. Fächerartig breitet er sich über den Schreibtisch aus und präsentiert meinen Blicken unvermutet einen sperrigen braunen Umschlag, auf dem mit Kugelschreiber hingekritzelt mein Name steht.

Komisch.

Miß Pershing hat den Umschlag oben aufgeschnitten, so ordentlich, daß kaum ein Schnitt zu erkennen ist. Ich öffne das Kuvert. Ein Blatt blaues Briefpapier kommt zum Vorschein. Oben quer über der Seite steht VOM BÜRO VON VICKIE O und darunter folgender Text:

Mary,
ich habe Brents Schreibtisch ausgeräumt. Vielen Dank für alles und besonders dafür, daß Sie so nett zu Brent waren. Vielleicht möchten Sie das haben.
Alles Liebe, Vic

Im Umschlag steckt Brents kleine Schleuder. Ich lächle und schlucke, um nicht zu weinen. Plötzlich fallen mir die anonymen Briefe ein.

Die Briefe! Brent hat sie für mich aufbewahrt. Wo sind die Briefe?

Ich durchwühle meinen Schreibtisch, aber da sind sie nicht. Ich stürze hinaus und falle über Miß Pershings Schreibtisch her. Entgeistert sieht sie mir zu, wie ich die Schubladen durchstöbere. Alle sind leer, bis auf Schreibmaschinenpapier und Stalling-Briefbogen.

Wo sind die Briefe? Bestimmt hat Brent sie an einem sicheren Ort aufbewahrt. Er hat sich Sorgen um mich gemacht.

Ich haste zurück in mein Büro und rufe Vic an, aber er ist nicht zu Hause. Ich hinterlasse eine Nachricht mit der Bitte um Rückruf. Panischer Schrecken ergreift mich. Es erscheint mir kaum vorstellbar, daß Vic sie genommen haben sollte, aber vielleicht weiß er, wo sie sind. Meine Hand liegt noch auf dem Telefonhörer, da läutet der Apparat. Schrill ertönt die Klingel unter meiner Hand.

»DiNunzio?« bellt Starankovic. Seine Stimme vermittelt den Montagmorgen-ich-bin-ausgeruht-Schwung. »Haben Sie Ihre Nummer geändert? Ich mußte Sie über die Telefonzentrale anrufen.«

»Tut mir leid …«

»Wann finden die Befragungen statt?«

Ich krümme mich zusammen. Das hatte ich total vergessen. »Mein Sekretär …«

»Schieben Sie es nicht auf ihn, DiNunzio. Vereinbaren Sie heute noch einen Termin, oder ich stelle den Antrag.«

»Bernie …«

Klick.

Neben dem Berg unsortierter Post lege ich den Hörer auf. Ich sollte die Briefe wieder ordentlich übereinanderstapeln. Das ist das Nächstliegende, und das sollte ich jetzt tun. Diktieren, Rückrufe erledigen, austricksen. Ich nehme einen Umschlag in die Hand, einen weißen, mit Boten zugestellten Brief von Thomas, Main & Chandler, der dritten zur Heiligen Dreifaltigkeit gehörenden Firma. Das muß die Antwort auf einen Antrag sein, den ich letzte Woche eingereicht habe. Letzte Woche sagte Brent zu mir, ich solle die Bullen verständigen.

Was sagte die Mike-Stimme? *Ich habe versucht, dich zu warnen. Ich habe es versucht.*

Ich lege den Briefumschlag wieder auf den Schreibtisch. Ich fühle mich leer. Wie ausgehöhlt. Nur Schmerz. Genauso habe ich mich nach Mikes Tod gefühlt, und kaum habe ich begonnen, ein wenig darüber hinwegzukommen, wird Brent umgebracht. Ich lasse das bleierne Gefühl in meine Knochen einsickern, in meine Seele. Ein kleiner weißer Kissenbezug von einer Seele, im Augenblick meiner Geburt schwarz geworden und noch schwärzer, seit ich schuld bin am Tod der Männer, die ich liebe. Sie wurden meinetwegen umgebracht.

Plötzlich räuspert sich jemand über mir. Ich blicke auf und direkt in das höflich-gelangweilte Gesicht von Martin H. Chatham IV.

»Wie ertragen Sie das nur?« sagt er mit soviel Gefühl, wie ich es ihm nie zugetraut hätte.

»Wie ich was aushalte?«

»Diese verfluchte Uhr!« Martin setzt sich auf einen der Stalling eigenen Stühle vor meinem Schreibtisch und schlägt die Beine übereinander.

Ich blicke über meine Schulter. 9 Uhr 15. »Man gewöhnt sich daran. Irgendwie.«

»Mir unbegreiflich. Aber Ende Juni werden Sie dieses Büro ja ohnehin räumen, *n'est-ce pas*? Wenn wir unsere neuen Partner küren.« Sein Tonfall ist ach so kontrolliert, aber ich bin nicht in der Stimmung für irgendwelche Spielchen.

»Das hoffe ich.«

»Ach, kommen Sie schon, Mary. Wir beide wissen, daß Sie dabei sind.«

»Bin ich das? Ich schätze, in letzter Zeit habe ich nicht darüber nachgedacht.«

Martins Gesichtsausdruck ändert sich, es scheint, als habe er sich plötzlich an seine guten Manieren erinnert. »Ja. Natürlich. Mein Beileid wegen Ihres Sekretärs.«

»Danke.«

»Diese verdammten betrunkenen Autofahrer. Eine schreckliche Art, sterben zu müssen.«

Das Bild des Wagens blitzt vor mir auf. Ich sehe, wie er in Brent hineinrast. Und in Mike. Ich bin wie gelähmt.

Martin wirft ein paar Papiere auf meinen Schreibtisch. »Hier sind ein paar Vorladungen für Zeugenaussagen im Fall Harbison. Für die beiden Aufsichtspersonen, Breslin und Grayboyes.«

Ich sollte ihn deswegen zur Rede stellen, aber ich fühle mich schwach, vollkommen aus dem Gleichgewicht. Ich lasse die Sache auf sich beruhen und sage das Nächstliegende. »Ich habe mit Starankovic gesprochen. Es ist soweit erledigt.«

Er lächelt milde überrascht. »Haben Sie den Termin hinausgeschoben?«

»Ja. Starankovic möchte noch einige Angestellte befragen. Ich sagte ihm, ich würde darüber nachdenken.«

»Ich kenne Sie. Das werden Sie nicht zulassen.«

»Nein?«

»Sie? Freiwillig Ihre Leute den Befragungen des Feindes ausliefern, ohne jeden Rechtsbeistand? Damit sie alles ausplaudern? Das widerspricht doch Ihren sämtlichen reinrassigen Instinkten, selbst wenn es dafür einen Präzedenzfall gibt.«

»Er will einen Antrag einreichen, wenn wir uns nicht damit einverstanden erklären.«

»Bah! Ist der Mann ein Masochist?« Martin kann stets auf die Unser-Team-verteilt-Arschtritte-Mentalität umschwenken, die bei Stalling gang und gäbe ist.

»Er könnte damit durchkommen. Und selbst wenn nicht, kostet es Harbison mehr, gerichtlich gegen den Antrag vorzugehen, als die Befragungen zu gestatten.«

»Geld ist kein Thema, Mary, jedenfalls nicht, wenn es das des Mandanten ist.«

Ich mache mir nicht die Mühe, mich zu einem Lächeln zu zwingen.

»Übrigens, ich habe gehört, Sie haben den neuen Fall von Altersdiskrimierung für Harbison übernommen. Einen Kläger namens Hart, stimmt das?« Er steht auf und zieht heftig an seinen mit fliegenden Eulen bestickten Hosenträgern.

»Stimmt.«

»Sam war sich nicht sicher, ob Sie schon soweit sind, aber ich sagte ihm, es sei an der Zeit, Ihnen einen eigenen Fall anzuvertrauen. Wenn Sie Hilfe brauchen, lassen Sie es mich wissen. Ich sage es nicht weiter«, erklärt er und zwinkert mir mit einem Auge zu.

Er ist gerade im Gehen, da steckt Ned den Kopf durch die Tür. Er trägt kein Jackett und hat eine Hand hinter seinem Rücken versteckt. »Mary?« sagt er im Bruchteil der Sekunde, bevor er Martin erspäht.

»Der junge Waters!« dröhnt Martin. »Was verschlägt Sie in diese Gegend?«

»Ich dachte, ich schaue mal kurz bei Mary vorbei.« Ned strahlt mich von der Tür her an. Sein Lächeln sagt: Wir sind inzwischen ein Liebespaar.

Unwillkürlich erwidere ich sein Lächeln. Es spricht mir aus der Seele. Auch ich habe das Gefühl, unsichtbar an ihn gebunden zu sein, weil er mir so nahe gewesen ist. Das sind nicht viele.

Wie ein ungeduldiges Kind zerrt Martin an Neds Hemdsärmel. »Habe Sie in der letzten Zeit kaum mal im Club gesehen.«

»Das glaube ich gern. Ich war nicht da.«

»Zuviel Arbeit oder zuviel Vergnügen?«

»Ich hatte in diesem Frühjahr einfach kaum eine Möglichkeit, segeln zu gehen.«

»Zu schade. Ich bin am Sonntag rausgefahren. Hatte einen wunderschönen Tag, einen wunderschönen Tag. Sie sind stets willkommen. Alida wäre begeistert über eine weitere Stunde«, sagt er mit hörbarer Wärme. »Für eine Sechzehnjährige ist sie erstaunlich gut, finden Sie nicht?«

»Sie ist gut«, bestätigt Ned.

Martin wendet sich an mich. »Waters hat Alida an einem Nachmittag mehr beigebracht als diese Schule in Annapolis den ganzen letzten Sommer.« Er schlägt Ned auf den Rücken. »Wie wär's kommenden Sonntag, mein Lieber? Was machen Sie am Wochenende? Warum kommen Sie nicht zum Brunch vorbei? Wir verbringen den ganzen Nachmittag auf dem Wasser. Was sagen Sie dazu?«

»Ah, ich bin beschäftigt.« Ned bedenkt mich mit einem raschen Lächeln. Seine Augen strahlen, sein Blick ist unverhüllt. »Ich habe große Pläne.«

Martin blickt von Ned zu mir. Langsam erlischt sein Lächeln. »Trügen mich meine Augen?«

»Das kommt darauf an, was sie sehen«, antwortet Ned mit einem Lachen.

»Ned ...« Ich weiß nicht, wie ich den Satz beenden soll. Ich will nicht, daß Ned Martin von uns erzählt. Nicht gerade in dem Moment, in dem ich kurz davor bin, die Beziehung abzubrechen, zumindest vorläufig.

»Was hast du?« fragt Ned lächelnd. »Willst du nicht, daß es die ganze Welt erfährt? Ich schon.«

Martin blickt von einem zum anderen. »Das darf nicht wahr sein«, meint er.

Ich habe so meine Zweifel, ob mir Martins Ton gefällt. Ned ergeht es nicht anders, er stellt die Stacheln auf. »Was nicht in Ordnung, Martin?«

»Mit Ihnen und DiNunzio?« fragt Martin. »Natürlich nicht. Ich bin lediglich überrascht, das ist alles.«

»Das bin ich auch«, antwortet Ned leichthin. »Sie ist das Beste, was mir je passiert ist.«

Ich werfe Ned einen warnenden Blick zu.

Martin klopft Ned auf die Schulter. »Nehmen Sie's mir nicht übel, Waters.«

»Schon gut«, sagt Ned schroff und schiebt sich an Martin vorbei zu mir. »Wenn Sie uns jetzt bitte entschuldigen wollen.« Sein von einem grauen Wollsakko verhüllter Arm schnellt hinter seinem Rücken hervor. Unter der Jacke verbirgt sich etwas Großes, fast so lang wie sein Arm.

Martin räuspert sich. »Tja. Sieht so aus, als sei ich hier überflüssig.«

»Ich komm' ganz gut allein zurecht«, ruft Ned ihm nach, und Martin macht die Tür von außen zu. Ned strahlt mich an. »Rate mal, was ich hier für dich habe.«

»Das wäre doch nicht nötig gewesen.«

»Das weiß ich. Jetzt rate endlich. Es ist eingepackt.« Er bewegt die Jacke leicht hin und her, es knistert darunter.

»Ein absolutes Riesenmuffin?«

»Nicht ganz.« Mit der übertrieben schwungvollen Gebärde eines Zauberers reißt er das Sakko weg. Ein herrlicher Strauß dunkelroter Rosen, eingehüllt in Zellophan, kommt zum Vorschein. »Ta-da!«

»Lieber Himmel, Ned!«

Er überreicht mir den Strauß und küßt mich auf die Wange. »Die sind für dich, Liebling.«

Ich nehme den knisternden Strauß und spüre, wie mir die Röte ins Gesicht steigt. Die Blumen sind wunderschön. Der Mann hat Charme. Ich bin verliebt. Wie kann man von mir erwarten, daß ich ihn sausen lasse? Wie kann man von mir erwarten, daß ich ihm weh tue?

»Gefallen sie dir?« fragt er beunruhigt.

»Sie sind herrlich.« Ich weiche seinem Blick aus.

Plötzlich umfaßt er mit beiden Händen mein Gesicht und gibt mir einen langen, leidenschaftlichen Kuß. Ich erwidere ihn über den süßen Duft der Blumen hinweg und fühle mich gleichzeitig tief berührt und verwirrt.

»Du hast mir letzte Nacht gefehlt. Ehrlich.« Er küßt mich erneut, aber diesmal entziehe ich mich ihm.

»Du hast Judy zu mir geschickt.«

»Damit sie auf dich aufpaßt. Aber sie ist kein Ersatz für mich, stimmt's?«

Ich nicke. Die Rosen sind scharlachrot, jedes einzelne Blütenblatt ist an der Unterseite fest und samtig. Es sind zwölf Rosen. Sie müssen ein Vermögen gekostet haben.

»Ein Muffin habe ich dir übrigens auch mitgebracht.« Er kämpft schwer mit der Tasche seiner Anzugjacke und zieht endlich eine zerknitterte weiße Tüte von der Größe eines Baseballs hervor. »Heidelbeer.« Er schüttelt sie neben seinem Ohr wie eine Glühbirne. »Im Moment besteht es leider aus dreihundertundsiebenundfünfzig Einzelteilen. Verzeihung.« Er legt die Tüte auf meinen Schreibtisch.

»Vielen Dank.«

»Trotzdem, man kann nicht gerade sagen, daß du glücklich aussiehst. Hat Martin dir so zugesetzt?«

»Äh, ja. Zuerst hielt er die beiden Vorladungen für die Vernehmungen zurück, von denen ich dir erzählt habe. Dann behauptete er, er habe zu Berkowitz gesagt, er solle mir den Fall Hart geben, nicht andersherum. Ich glaube, er versucht, sein Gesicht zu wahren.«

»Woher weißt du das?«

»Woher weiß ich was?«

»Daß es nicht Martin war, der dich Berkowitz vorgeschlagen hat?«

»Das deckt sich nicht mit dem, was Berkowitz gesagt hat. Oder mir zumindest stillschweigend zu verstehen gegeben hat.«

Ned sieht mich skeptisch an. »Vielleicht war Berkowitz nicht ehrlich. Vielleicht hat doch Martin angeregt, daß du den Fall bekommst.«

»Das ergibt keinen Sinn. Warum sollte Martin sich für mich stark machen, Ned? Du hast ihn ja gerade selbst erlebt.«

»Das lag daran, weil er mich mit seiner Tochter zusammenbringen will. Es war nicht gegen dich gerichtet.«

»Nein?«

»Nein. Mir ist Martin in jeder Hinsicht lieber als Berkowitz.«

»Mir ist Berkowitz in jeder Hinsicht lieber als Martin.«

Wir blicken uns über die Blumen hinweg an. Es hat den Anschein, als stünden wir bei einem Klassenkampf in den gegnerischen Lagern. Die Stimmung ist dahin – ein Geschenk des Himmels angesichts dessen, was noch vor mir liegt.

»Ist das unser erster Streit?« fragt er mit einem traurigen Lächeln.

»Ned …«

»Dann laß mich etwas sagen.« Er schnappt sich die Blumen und legt sie auf den Schreibtisch. Dann kommt er zu mir und nimmt mich in die Arme. »Tut mir leid.«

Ich rieche den mir inzwischen vertrauten Duft seines Aftershave und spüre den kräftigen Baumwollstoff seines Hemdes. »Ned …«

»Du brauchst heute morgen nicht auch noch Ärger mit mir, oder?« Er zieht mich fester an sich, wiegt mich ein bißchen, und ich entspanne mich in seiner tröstlichen Umarmung. Meine Hände gleiten wie von selbst auf sein Kreuz. Er trägt kein Unterhemd, was ich liebe, und sein Hemd ist ein kleines bißchen feucht vom Fußmarsch ins Büro.

»Die Briefe sind verschwunden, Ned.«

Er küßt mich aufs Haar. »Nein, sind sie nicht. Ich habe sie.«

Ich entziehe mich ihm. »Du hast die Briefe, Ned? *Du*?«

»Nicht dabei. Ich habe sie zu Hause in den Safe hinter dem Bild von dem alten Leuchtturm in Wellfleet gelegt.«

»Woher hast du sie?«

»Die Briefe? Nach der Trauerfeier bin ich noch ins Büro gegangen.«

»Warum?«

»Ich hatte noch Arbeit zu erledigen, Schatz. Eigentlich wollte ich am Wochenende arbeiten, aber das haben wir im Bett verbracht, erinnerst du dich? Ich schaute in deinem Büro vorbei, und da lagen sie oben auf deinem Schreibtisch mit einer Notiz.«

»Aber warum warst du überhaupt auf diesem Stockwerk? Dein Büro befindet sich im …«

»Ich weiß nicht. Ich war halt da.«

»Warum bist du in mein Büro gegangen?«

»Aus irgendeinem Impuls heraus, vermute ich. Ich

wollte einfach irgendwo sein, wo deine Gegenwart zu spüren ist. Mir deine Handschrift ansehen oder so was, verstehst du. Es war doof.« Er lacht nervös. »Was sollen all diese Fragen?«

Angst steigt mir in die Kehle. Er hat keinen Grund, sich auf meinem Stockwerk aufzuhalten, kein Recht, in mein Büro zu gehen. Ich stelle mir vor, wie er im leuchtenden Schein der Uhr in meinem Schreibtisch herumwühlt. Ich hoffe sehr, Judy irrt sich, aber ich darf kein Risiko mehr eingehen. Ich wappne mich. »Ned, ich kann dich eine Zeitlang nicht sehen.«

»Was?« Er wirkt geschockt.

»Ich möchte, daß du die Briefe so schnell wie möglich ins Büro bringst. Vielleicht gehst du in der Mittagspause kurz nach Hause und holst sie.«

»Was sagst du da? Was ist mit uns?«

»Ich bin … noch nicht bereit dafür, für uns. Noch nicht. Nicht jetzt.«

»Warte mal eine Sekunde, was ist passiert?« Seine Stimme bricht. »Mary, ich liebe dich!«

Das hat er noch nie gesagt, nicht einmal an dem bewußten Wochenende. Ich habe mich schon gefragt, wie tief seine Gefühle wohl gehen. Jetzt weiß ich es. Sofern er die Wahrheit sagt. *Ich liebe dich.* Diese Worte treffen mich mitten ins Herz. Ich wünsche mir so sehr, daß er es nicht ist, aber ich habe Angst, Judy könnte recht haben. Und plötzlich habe ich Angst vor ihm. »Ich brauche Zeit.«

»Zeit? Zeit wofür?«

»Um nachzudenken. Ich möchte die Briefe zurück.«

Er packt mich an den Armen. »Mary, ich liebe dich. Ich bringe dir die Briefe. Ich habe nur versucht, dir zu helfen. Ich dachte, sie sollten hier nicht so offen und für jeden zugänglich herumliegen.«

Ich wage nicht, ihn anzusehen. »Ned, bitte.«

Unvermittelt läßt er mich los. »Ich habe verstanden. Du glaubst, ich bin es, stimmt's? Du verdächtigst mich.« Seine Stimme klingt bitter.

»Ich weiß nicht, was ich glaube.«

»Doch, du glaubst, ich bin es. Du glaubst, ich versuche, dich umzubringen. Das ist unfaßbar.« Entrüstet hebt er die Hände. »Wir haben das ganze Wochenende miteinander verbracht, Mary. Ich habe dir Dinge anvertraut, über die ich sonst mit keinem Menschen auf der ganzen Welt je gesprochen habe!«

Schlagartig verstummt er. Ich sehe ihn an, sein Gesicht ist voller Zorn.

»Darum also, was?« sagt er mit ruhiger Stimme. »Wegen der Dinge, die ich dir erzählt habe. Ich war depressiv, deshalb hältst du mich jetzt für einen psychopathischen Killer. Oh, das ist schön. Das ist ja wirklich schön. Sag mir noch mal, wie stolz du auf mich bist, Mary.«

»Das ist es nicht. Ich brauche einfach Zeit, Ned.«

»Schön. Die hast du gerade bekommen.« Er marschiert zur Tür, bleibt aber mit dem Rücken zu mir davor stehen. »Wer immer es ist, er ist noch hinter dir her. Und ich werde nicht in deiner Nähe sein, um dich zu schützen.«

Mir ist richtig schlecht. Er leidet so sehr, und es tut mir so weh, ihn gehen zu sehen.

»Willst du das wirklich?« fragt er, ohne sich umzudrehen.

Ich schließe die Augen. »Ja.«

»Dein Wunsch ist mir Befehl.« Das nächste Geräusch ist das scharfe *Rr-rums* der zufallenden Tür.

Als ich die Augen wieder öffne, bin ich allein. Ich verschränke die Arme und versuche, meine Fassung wiederzuerlangen, indem ich mich im Büro umblicke, die Bücher, die Akten und Diplome betrachte. Die Dinge sind so kalt, so austauschbar. Sie könnten jedem gehören, und das tun sie im Grunde auch. Jeder Anwalt hat die gleichen rostfarbenen Aktendeckel, die gleichen gerahmten Diplome von den paar gleichen Universitäten. Mein Blick fällt auf die Rosen, die in diesem kalten kleinen Büro mit der hereinstarrenden Uhr so fehl am Platz sind.

10 Uhr 36.

Ich habe das Gefühl, ich müsse meine Gedanken neu ordnen, alles, was geschehen ist, neu überdenken. Ich muß an einem sicheren Ort noch einmal über alles nachdenken, aber ich kann mich nicht erinnern, wann ich mich das letztemal sicher gefühlt habe. In Mikes Armen. In einem anderen Leben.

In der Kirche, als Kind.

In der Kirche, was für ein Gedanke. Seit einer Ewigkeit war ich nicht mehr in der Kirche, und auch als ich noch in die Kirche ging, war ich bereits vom rechten Weg abgekommen. Aber als kleines Mädchen habe ich mich in der Kirche stets sicher gefühlt. Beschützt, behütet. Wie ich so in meinem Büro stehe, wie erstarrt, mit Blick auf die Uhr, nimmt dieser Gedanke immer mehr Gestalt an.

Ich denke an die Kirche meiner Kinderzeit, Unsere Liebe Frau des immerwährenden Beistands. Damals war ich gläubig. Ich glaubte an einen Gott, der über uns alle wacht, über die Radfahrer und über die schwulen Sekretäre. Ich glaubte an das Gute im Menschen, sogar in Partnern und Liebhabern. Ich glaubte an die Brüderlichkeit zwischen Menschen und Tieren, sogar Katzen, die sich unter keinen Umständen an meinem Bein reiben.

Ich schnappe mir meinen Blazer vom Haken hinter der Tür und bleibe vor Miß Pershings Schreibtisch stehen. »Miß Pershing, ich bin für ein paar Stunden nicht im Büro.«

»Oh?« Sie nimmt ihre Brille ab und läßt sie vorsichtig auf ihre flache Brust sinken, wo sie an einer Kette baumelt. »Was soll ich sagen, wo Sie sind, Miß DiNunzio?«

»Sie sollen es nicht sagen, aber die Antwort lautet, in der Kirche.«

Zum erstenmal bedenkt mich Miß Pershing mit einem Lächeln.

Vor dem Bürogebäude winke ich ein Taxi heran. Der Taxifahrer, ein alter Mann mit fettigen weißen Haaren, drückt seine Zigarette aus und schnippt die Taxiuhr an. »Wohin?«

»Unsere Liebe Frau des immerwährenden Beistands. Ecke Ninth und Wolf Street.«

»Was? Rechtsanwälte gehen in die Kirche?« Eine letzte Rauchwolke dampft aus seinem Mund.

»Nur wenn sie müssen.«

Er gluckst heiser in sich hinein, der Anflug von Heiterkeit endet in einem Hustenanfall. Schweigend fahren wir los, nur das Funkgerät knistert. Das Taxi biegt in die Broad Street ein, die die Stadt vor dem Rathaus in zwei Teile zerschneidet und direkt in den Süden Philadelphias führt. Die Broad Street ist wie üblich verstopft. Wir halten im kühlen Schatten eines Wolkenkratzers und ruckeln bald darauf ins grelle Sonnenlicht. Ich kurble das Fenster herunter und beobachte, wie wir vom Licht ins Dunkel und wieder ins Licht schleichen, höre den alten Fahrer über den Verkehr fluchen und versuche mich zu erinnern, wann ich das letztemal in der Kirche gewesen bin.

Segne mich, Vater, denn ich habe gesündigt. Seit meiner letzten Beichte müssen 3 492 972 Wochen vergangen sein. Es muß in der Steinzeit gewesen sein. Als ich noch alles tat, was die Nonnen sagten, damit man mir nicht auf die Finger klopfte, und folgsam den Katechismus auswendig lernte. Mit sieben ging ich zur ersten heiligen Kommunion, und der Priester legte mir eine Oblate auf die Zunge. Er behauptete, dies sei der Leib Christi. Ich schluckte sie erst, kurz bevor mein Kommunionsfoto gemacht wurde. Auf dem Foto strahlt mein Kindergesicht glückselig. Ich hatte meine Scheibe von unserem Erlöser abbekommen und geschluckt und war überglücklich, daß nach diesem kannibalistischen Akt keine Blitze auf mein Haupt herniederzuckten.

»Scheiße!« Der Taxifahrer hämmert auf das Lenkrad, weil er eine Ampel nicht geschafft hat. Die Sonne scheint blendend hell in das alte Taxi, ihre Strahlen beleuchten den staubbedeckten Innenraum und heizen die mit Isolierband geflickten Sitzpolster auf. »Man sollte eigentlich annehmen, daß die diese verdammten Ampeln richtig abstimmen können, so eine grüne Welle wie in der Chestnut Street. Aber nein, das ist zuviel verlangt, das wäre ja richtig vernünftig.«

Ich nicke, höre aber nur mit halbem Ohr hin. Sobald die Ampel auf Grün springt, gibt der Fahrer Gas, und wir schaffen die paar Meter bis in den üppigen Schatten des Fidelity Building. Die Dunkelheit bringt Erleichterung und scheint sogar den gereizten Fahrer zu beruhigen.

Als Kind betrachtete ich oft mein Kommunionsfoto, das oben auf unserem Fernsehkasten stand. Ich wollte ein so gutes Mädchen sein wie das kleine Mädchen auf dem Foto mit den betenden Händen und den mit Haarfestiger fixierten Korkenzieherlocken. Aber ich war nicht dieses Mädchen. In meinem Innern wußte ich das. Die Kirche sagte mir das. Sie lehrte mich, Jesus Christus habe für mich am Kreuz gelitten und sei für mich gestorben. Alles nur meinetwegen. Blut tropfte von seiner Dornenkrone und strömte in Bächen aus den Wunden der groben Nägel, die man ihm durch die Handgelenke und den Rist beider Füße gehämmert hatte. Seine Qualen waren allein meine Schuld. Als kleines Mädchen war ich darüber unendlich traurig und schämte mich. Meinetwegen.

»He, du Arschloch!« brüllt der Taxifahrer und hängt sich aus dem Fenster. »Beweg deine Scheißkarre! Ich muß hier mein Geld verdienen!« Das Taxi im Schatten wird ruckartig herumgerissen. Ich greife in dem Moment nach der vergilbten Halteschlaufe, in dem wir aus dem Verkehrsstau ins Licht hinausstürmen.

Und was mein religiöses Leben angeht, darauf wirkten sich die nächsten Ereignisse verheerend aus. Ich wurde erwachsen. Es war Lukas, der gesagt hat, wer nicht das Reich Gottes annimmt wie ein Kind, der wird nicht hineinkommen, und ich hörte auf, ein Kind zu sein. Ich hörte auf, blind zu glauben und begann zu zweifeln. Schließlich begann ich, Fragen zu stellen, und der Himmel in Gestalt der Schulverwaltung stürzte auf mich herab. Als ich die Auferstehung mit biologischen Tatsachen in Verbindung brachte, wurde ich für drei Tage von der Schule ausgeschlossen.

Hell und dunkel, hell und dunkel.

Damals begann er, der Bruch zwischen mir und der Kirche. Und zwischen mir und meiner Zwillingsschwester. Denn während ich mich vom Licht abwandte, nahm Angie das Licht in sich auf. Ich war böse auf die Kirche, weil ich mich wegen ihr als Kind so schrecklich fühlte und weil sie Angie und mich auseinanderbrachte. Mit der Zeit hörte ich auf, zur Messe zu gehen, und meine Eltern bestanden nicht darauf, daß ich sie begleitete. Die drei gingen jeden Sonntag, ich blieb zu Hause und sah mir Footballspiele an. Sie beteten für meine Seele. Ich betete für die Eagles.

»Können Sie sich an Roman Gabriel erinnern?« frage ich den Taxifahrer. Inzwischen sind wir fast am Ziel.

Er blickt mit triefenden Augen in den Rückspiegel. »Klar. War Quarterback bei den Birds. Wir haben ihn von den Rams übernommen.«

»Wissen Sie noch, wann das war?«

Er schielt und überlegt. »Dreiundsiebzig, glaube ich. Ja, das war dreiundsiebzig.«

So lange her. Ich kann im Kopf gar nicht ausrechnen, wie viele Jahre das sind.

»Das war vielleicht 'ne Tunte«, sagt der Cabbie. »Wir hätten Liske behalten sollen.«

Segne mich, Vater, denn ich habe gesündigt. Ich kann mich nicht mehr an die kleinste Kleinigkeit meiner letzten Beichte erinnern.

Und ich kann nicht die kleinste Kleinigkeit meiner Abtreibung vergessen.

– 22 –

Es ist so lange her.

Ich habe nie mit jemandem darüber gesprochen, nicht einmal mit Mike. Ich hatte mir vorgenommen, es ihm zu sagen, meine Meinung aber geändert, nachdem sich herausstellte, daß er keine Kinder haben kann. Ein Geständnis hätte alles nur noch schlimmer gemacht. Ich weiß es, denn ich mußte damit leben.

»Das da?« fragt der Taxifahrer, als er vor der roten Backsteinfestung Ecke Ninth und Wolf Street vorfährt. Er duckt sich hinter dem Lenkrad, um besser sehen zu können. »Sieht gar nicht aus wie 'ne Kirche. Was sagten Sie, soll das sein? Unsere Liebe Frau des immerwährenden ...«

»Anstands.« Ich steige aus dem Taxi und werfe ihm eine Zehndollarnote hin, kein Trinkgeld. »Da. Das ist von einer Tunte, die ich kenne.«

»Dämliche Ziege«, murmelt er. Das Taxi fährt ruckartig an.

Prüfend schaue ich mich um, ob mich jemand verfolgt hat, aber die Straße scheint ruhig. Ich drehe mich um und stehe meiner Kirche gegenüber. Von außen sieht man nicht, welche Funktion das Gebäude erfüllt. Die Fenster haben eine Ziegeleinfassung, die schweren Eichentüren sind oben schlicht rechtwinklig. Wäre da nicht die schwarze Tafel, auf der in winzigen weißen Zahlen die Zeiten der Messen stehen, könnte man Unsere Liebe Frau des immerwährenden Beistands für eine Scheinfirma der Mafia halten. Nur daß sich die Scheinfirma der Mafia direkt gegenüber auf der anderen Straßenseite befindet.

Die Trostlosigkeit der Kirche wird etwas gemildert durch die kleine Parkanlage daneben, eine geschützte Grotte für die Statue der Heiligen Maria, Unserer Lieben Frau persönlich. Ich erinnere mich, daß ich die Grotte für einen Ort der Wunder hielt, eine Babydecke aus makellosem grünem Gras, versteckt liegend und den Blicken von den Gehsteigen der Stadt verborgen. Die schlanke, festlich gekleidete Figur der Jungfrau, aufragend wie ein Kirchturm aus weißem Marmor, schaut voller Güte über den Rasen und die Straßenbahnen hinweg und streckt einladend die Hände aus. Als Kind empfand ich Frieden an diesem Ort.

Heute ergeht es mir nicht anders. Die Statue ist unverändert, auch der Rasen. Das Grün ist üppig und dicht; sieht aus, als sei das Gras frisch gemäht und zusammengerecht. Zu Füßen der Statue senken Tulpen die schweren Köpfe. Kein Mensch weit und breit. Also setze ich mich auf die Bank und schlüpfe vollends in meine Rolle als gute Katholikin. Ich sitze in Augenhöhe mit der Inschrift auf dem Sockel, brauche aber die in Antiquaschrift gemeißelten Buchstaben gar nicht anzusehen, um zu wissen, was da steht. Ich erinnere mich:

JUNGFRAU MARIA
MARIENJAHR 1954
SPENDE VON MR. UND MRS. RAFAELLO
D. SABATINI

Mr. und Mrs. Rafaello D. Sabatini gehörte die Scheinfirma der Mafia auf der anderen Straßenseite, aber wen kümmerte das? Es waren gute Katholiken, sie unterstützten die Kirche und die Schule. Das allein zählte.

Zu Füßen der Statue liegen rote Plastikrosensträuße, Marias Blumen, und den Saum ihres Gewandes zieren die Lippenstiftküsse der Glaubensfanatiker. Rosenkränze baumeln von ihren leblosen Fingern, und sie trägt eine Krone aus Goldflitter und Pappe, die aussieht, als hätte sie ein Kind gemacht. Zweifellos ein kleines Mädchen, denn kleine Mädchen lieben die Jungfrau. War ich auch einmal so ein kleines Mädchen? Ich verspüre einen schmerzhaften Stich. Was denkt Maria über die Maria von heute, die eine Abtreibung hinter sich hat?

Blinzelnd schiele ich in Marias Augen, weit hinauf zum oberen Ende der hohen Statue. Sie antwortet nicht, blickt nur stur geradeaus. Sie ist unschuldig, die Ewige Jungfrau. Im Unterschied zu meiner war ihre Empfängnis unbefleckt. Sie weiß nichts von der Paarung der Geschlechter, mit der sich katholische Mädchen konfrontiert sehen, die mit Bobby Mancuso aus der Jugendgruppe das dritte Rendezvous ihres Lebens haben. Mit Bobby, der trotz seiner Zahnklammer so wahnsinnig süß ist und in der Schulmannschaft Basketball spielt. Der sie zu McDonald's mitnimmt und sie anschließend ungeachtet ihrer Proteste leidenschaftlich in seinem Corvair küßt. Der sie zwar nicht direkt vergewaltigt, aber gejammert hat, er leide unter fürchterlichen Schmerzen, an etwas, das blaue Eier heißt und bedeutet, daß seine Eier entweder blau werden, weil die Blutzufuhr unterbrochen ist oder weil zuviel Blut hineinströmt. Die Physiologie von den blauen Eiern verwirrt sie, aber sie begreift unmißverständlich, daß sie schuld an seinen Schmerzen ist.

Sein Martyrium ist allein ihre Schuld.

Und das tut ihr so leid, so unendlich leid.

Er sagt, wenn er sie nur zwischen ihren Beinen berühren dürfe, wenn sie ihn einfach tun ließe, was er wolle, hörte der Schmerz auf und seine Hoden wären nicht mehr blau. Und bevor sie begreift, was los ist, hat er ihren neuen Schottenrock hochgeschoben und ist in ihr. Es ist so schnell vorbei, und alles ist so schmerzhaft und sonderbar, so unvorstellbar *sonderbar*, daß sie gar nicht sicher ist, tatsächlich keine Jungfrau Maria mehr zu sein. Bis sie nach Hause kommt und die Flecken auf ihrer geblümten Unterhose sieht. Rote Flecken, gezackt wie höllische Sterne, zwischen den zarten rosa Blüten. Dann ist sie schwanger und beschließt, eine Abtreibung machen zu lassen.

Niemand wußte es. Nicht einmal Angie, schon gar nicht Angie. Ich war entsetzt und verängstigt. Ich schämte mich. Ich hatte eine Todsünde begangen und würde auf ewig im Fegefeuer schmoren, wenn ich nicht bereute. Aber der einzige Weg zur Reue bestand darin, Gott und meinen Eltern meine Sünde zu beichten, und meine Eltern würde dieser Schock umbringen. Ich fühlte mich zwischen zwei Geboten gefangen: DU SOLLST NICHT TÖTEN und DU SOLLST DEINEN VATER UND DEINE MUTTER EHREN.

Aber nicht nur das, wir beide, Angie und ich, hatten Stipendien für das Penn bekommen, und das war meine einzige Chance auf einen Collegeabschluß. Würde die Universität das Stipendium verlängern, bis mein Baby – und das von Bobby, der mich von jenem Tag an nicht mehr beachtete – geboren war? Natürlich nicht. Und selbst wenn, wie sollte ich ein Kind durchbringen? Meine Mutter konnte mir nicht helfen; ihre Akkordnäherei reichte kaum für meine Schulkleidung und die Bücher. Mein Vater konnte mir nicht helfen; er war bereits arbeitsunfähig.

Ich hatte keine Wahl.

Auf den Gelben Seiten entdeckte ich die Adresse einer Initiative für Familienplanung. Eines Samstagmorgens nahm ich den Bus ins Stadtzentrum; in meiner Etienne-Aigner-Brieftasche steckte das Firmungsgeld. Die Abtreibung kostete mich jene 150 Dollar, die ich eigentlich für ein weißes Zehn-Gang-Rad zurückgelegt hatte, aber über solche Kindereien setzte ich mich hinweg. Notgedrungen.

In der Klinik füllte ich einige Formulare aus, auf denen ich falsche Angaben über mein Alter machte und meinen Namen änderte. Ich nannte mich Jane Hathaway, nach Nancy Kulp aus der Serie *The Beverly Hillbillies,* weil ich sie für eine Klassefrau hielt. Anschließend brachte man mich zu einer Schwarzen, einer Beraterin namens Adelaide Huckaby, die einen afrikanischen Dashiki trug. Ihr kräftiges Haar war sehr kurz geschnitten und umschloß ihren erstaunlich runden Kopf wie eine Kappe, ihre Augen waren so dunkelbraun wie ihre Haut. Wir sprachen lange miteinander, und sie umarmte mich liebevoll, als ich weinte. »Möchten Sie noch eine Weile darüber nachdenken?« fragte sie. »Sie können Ihre Meinung ändern, auch jetzt noch.«

Ich sagte nein.

Adelaide begleitete mich in den, wie sie sagten, Behandlungsraum, und gemeinsam warteten wir auf den Arzt. Ich lag in einem Krankenhaushemd auf einem schmalen, erbarmungslosen Tisch, die Knie von unten abgestützt. An der Decke befand sich eine kreisrunde Leuchtstofflampe. Ich versuchte, diesen Kreis nicht als allessehendes Auge aufzufassen, das von oben auf mich herabblickt und mit stummem Entsetzen Zeuge des Geschehens wird.

»Oh, Sie bekommen Flecken auf der Brust«, sagte Adelaide sanft. »Meine Schwester auch. Bei ihr sind sie nur nicht so gut zu sehen.«

Ich lächelte.

»Ist schon gut, Kleines. Es wird alles wieder gut.«

Schließlich kam der Arzt. Er trug eine Nickelbrille und begrüßte mich mit einem kurzen »Hallo«, ehe er hinter dem weißen Zelt verschwand, das meine Knie bedeckte. Adelaide nahm meine Hand und hielt sie fest. Sie schien zu wissen, daß ich eine Hand brauchte, an der ich mich festhalten konnte, und ihre war kräftig und hilfreich. Während der Arzt herumfuhrwerkte, schilderte mir Adelaide mit ruhiger, volltönender Stimme, was vor sich ging.

»Jetzt führt er das Spekulum ein, Sie verspüren dabei ein gewisses Kältegefühl. Wissen Sie, was ein Spekulum ist, Kleines?«

Ich schüttelte den Kopf, nein.

»Das benutzt ein Arzt auch zur Untersuchung des Beckens, und mit dem gleichen Instrument spreizt er die Vagina.«

Bei mir war noch nie eine Beckenuntersuchung vorgenommen worden. In Wahrheit war das mein erster Gang zu einem Gynäkologen. Das sagte ich Adelaide lieber nicht. Man ging davon aus, daß ich neunzehn war, und es tat mir bereits leid, daß ich gelogen hatte.

»Jetzt gibt er Ihnen zwei Spritzen in den Gebärmutterhals, zur Entspannung der Muskeln.«

»Mit Nadeln?«

»Keine Angst. In ungefähr zwei Minuten spüren Sie zwei winzig kleine Einstiche, es ist nicht schlimm.«

Adelaide hielt, was sie versprach. Eins. Zwei. Wie kleine Nadelstiche.

»Jetzt kommen wir zu dem Teil der Behandlung, wo der Doktor Sie dehnt. Mit zwei Stäben, einem kleinen und einem großen, öffnet er den Gebärmutterhals. Das wird ein wenig unangenehm für Sie, Liebes, und ich möchte, daß Sie meine Hand schön festhalten. Es fühlt sich an wie Krämpfe, genauso wie die, die Sie während der Periode haben.«

»Ich habe keine Krämpfe.«

»Nicht einmal am ersten Tag?«

Ich schüttelte den Kopf, es war mir peinlich. In diesem Alter fühlte ich mich minderwertig, weil ich keine Menstruationskrämpfe bekam, schließlich schluckten Angie und meine Klassenkameradinnen im Französischkurs kiloweise blaue Midol-Tabletten gegen Regelbeschwerden. Richtige Frauen bekamen Krämpfe.

»Also«, sagte sie, »Sie haben vielleicht ein Glück.«

Unter dem Aspekt hatte ich es noch nie betrachtet. Plötzlich verspürte ich ein heftiges Ziehen im Unterbauch, gleich darauf noch mal. Ich biß mir auf die Unterlippe und schloß die Augen vor dem leuchtenden Zyklopen an der Decke. Der Schmerz kam wieder und wieder und trieb mir Tränen in die Augen. Ich hielt Adelaide fest, und sie mich. Sie sagte: »Nur noch ein paar Minuten. Halten Sie meine Hand ganz fest, Liebes.«

Dann hörte es auf. Keine Schmerzen mehr, keine Krämpfe. Adelaide erklärte mir, was eine Kürette ist, während der Arzt das Baby aus meinem Uterus herauskratzte. Ich spürte nichts.

Nach der Ausschabung war es vorbei. Der Arzt verließ mit einem kurzen »Auf Wiedersehen« den Raum. Adelaide beugte sich über mich und strich mir die Haare aus dem Gesicht, wie es meine Mutter getan hätte. Sie sah so glücklich und erleichtert aus, daß ich das Gefühl hatte, ich hätte gerade irgendein Examen bestanden.

»Adelaide, ich muß Ihnen was sagen. Ich heiße in Wirklichkeit ...«

»Schsch, Kindchen.« Sie lächelte auf mich herab. »Glauben Sie, ich gucke nie fern?«

Sie führte mich in einen Ruheraum. Ich mußte mich von ihr trennen und wurde zu einem Sessel geführt. Acht weitere Patientinnen waren anwesend. Einige aßen Kekse und tranken Saft, andere schliefen. Dort blieb ich eine Weile. Ich lehnte meinen Kopf an die Kissen und empfand eine Mischung aus Erleichterung und Traurigkeit. Nach einiger Zeit kam eine andere Beraterin und weckte mich. Sie sah sehr nach Medizinstudentin aus und erzählte mir in technischen Worten alles über Einlagen, die Blutung und die Nachbehandlung und das Produkt der Schwangerschaft.

Als ich nach Hause kam, murmelte ich was von Grippe und kroch mit meinem Stoff-Snoopy ins Bett. Ich fühlte mich innerlich ganz wund, erfüllt von brennendem Schmerz. Ich ging auch nicht zum Essen hinunter und stellte mich schlafend, als Angie zu Bett ging. Ich lag einfach da und blutete heimlich in eine an einem Bindengürtel befestigte Einlage. Und dachte darüber nach, wie ich mit einem gefüllten Bauch hineingegangen und mit einem leeren Bauch herausgekommen war.

Das Produkt der Schwangerschaft.

Ich wußte, es war ein Baby; ich machte mir nichts vor. Aber für mich war das nicht die letzte Antwort auf die Frage. Wir töten im Krieg, wir töten zur Selbstverteidigung. Manchmal ist Töten Mord, manchmal nicht. Ich war verwirrt. Ich hatte das Gefühl, was ich getan hatte, war richtig, gleichzeitig hatte ich aber das ebenso sichere Gefühl, daß es falsch war. Meine Kirche, die entschieden cleverer ist als ich, kannte eine vergleichbare Ambivalenz nicht. Sie hatte auf alles eine eindeutige Antwort parat, deshalb wußte ich, daß meine Familie vergeblich für mich betete. Ihre Gebete lösten sich auf dem Weg zum Himmel auf wie der kräuselnde Rauch einer Altarkerze.

Ich blicke hoch zu Unserer Lieben Frau des immerwährenden Beistands und suche vergeblich ihren Blick. Wenn irgend jemand verstehen kann, dann Maria. Auch sie hatte ihr Kind geopfert. Auch sie hatte keine andere Wahl.

»Ist Ihnen nicht gut, Miß?« fragt eine Stimme.

Erschrocken blicke ich auf. Ein alter Mann guckt mich an, sein Gesicht ist kaum zwanzig Zentimeter von meiner Nase entfernt. Er betrachtet mich besorgt, und mir wird zu meiner Überraschung bewußt, daß ich geweint habe. Ich wische mir mit der Hand über die Wange.

»Schon besser«, meint er. Er klemmt sich einen Besen unter den Arm und bietet mir ein zusammengefaltetes rotes Taschentuch an, das er aus der Tasche seiner ausgebeulten Hose zieht. »Nehmen Sie das.«

»Nein, danke. Alles in Ordnung.«

»Da.« Bevor ich ihn aufhalten kann, schiebt er mir das Taschentuch auf die Nase. Es riecht nach Weichspüler. »Und jetzt schnauben. Tüchtig schnauben.«

»Ist das Ihr Ernst?«

»Los.«

Eine Minute lang vergesse ich, daß ich älter bin als zehn Jahre, obendrein Rechtsanwältin und eine Sünderin, und lasse mir vom Kirchendiener die Nase putzen.

»Recht so!« Er faltet das Taschentuch zusammen und steckt es wieder in die Tasche. Er ist niedlich mit seinem verhutzelten Gesicht und den spärlichen Büscheln weißer Haare an den Schläfen. Seine Nase ist klein und vorn stumpf wie ein Spaten. Eine Sicherheitsnadel hält seine Zweistärkenbrille zusammen, aber die blauen Augen hinter den Gläsern blicken scharf. »Haben Sie Kummer?«

»Mir geht's gut.«

Er macht es sich auf der Bank gemütlich und stützt sich auf den wackligen Besen. »Aha, deshalb weinen Sie? Weil es Ihnen gutgeht?«

»Ich weiß nicht. Ich weiß nicht einmal, warum ich hergekommen bin.«

»Um Hilfe zu bekommen. Darum kommen die Menschen her, damit ihnen geholfen wird.«

»Sie glauben, die Kirche kann helfen?«

»Natürlich. Mir hat sie mein Leben lang geholfen – Gott hat mir geholfen. Er hat mich geleitet.« Der alte Mann lehnt sich zurück und lächelt. Seine Zähne blitzen zu makellos. Prothesen, wie mein Vater.

»Sie sind gläubig.«

»Natürlich.« Er blickt auf die Statue, sein Rücken formt einen winzigen Buckel. »Wann haben Sie das letztemal gebeichtet?« Aus seinem Mund klingen diese Worte merkwürdig.

»Sind Sie der Kirchendiener?«

»Was sind Sie denn?«

»Ich bin Rechtsanwältin.«

»Ich bin Priester! Ha!« Er gackert selig und klopft begeistert mit seinem Besen auf den Boden. »Reingelegt, was?«

Ich lache. »Das ist nicht fair, Vater.«

»Nein, ganz und gar nicht, ha? Ich bin ein Undercover-Agent, wie die in *Miami Vice.*« Seine Augen lächeln vergnügt.

Ich wende mich von diesen strahlenden Augen ab, seine Listigkeit und seine freundliche Wärme bringen mich durcheinander. Solche Priester gab es nicht, als ich klein war, jedenfalls kann ich mich an keinen erinnern. Damals waren sie abweisend und mißbilligend.

»Ich bin Vater Cassiotti. Ich bin zu alt, um die Messe zu lesen, das macht Vater Napole. Ich assistiere ihm. Ich helfe, wo immer ich kann. Ich nehme die Beichte ab. Ich kümmere mich um die Jungfrau.«

Ich schweige. Was soll ich auch sagen? Stumm blicke ich auf meine marineblauen Pumps auf dem Gras.

»Sehen Sie meine Darwin-Tulpen? Sind sie nicht wunderschön? Die Hyazinthen müßten eigentlich jeden Tag kommen. Sie kommen immer ein bißchen langsam. Sie wollen gebeten werden, aber ich dränge sie nicht. Sie kommen, wenn sie soweit sind. Ich warte halt.«

Ich starre unentwegt auf meine Schuhe.

»Ich bin gut im Warten.«

Fast kann ich das Lächeln in seiner Stimme hören.

Mir fließt das Herz über. Er ist ein guter Mann, ein freundlicher Mann. Er ist das Beste an der Kirche, das, was richtig ist an der Kirche. Ich hole tief Luft. »Wo waren Sie, als ich ein Teenager war?«

Er flüstert mir ins Ohr: »In Waukegan.«

Ich breche in Gelächter aus.

»In der Verbannung«, sagt er ohne Bitterkeit. »Und wo waren Sie, als Sie ein Teenager waren?«

»Hier.«

»Sie sind bei Unserer Lieben Frau zur Schule gegangen? Dann waren Sie also vor langer Zeit einmal eine gute Katholikin. Sagen Sie, bekommen wir Sie wieder?«

»Ich glaube kaum, daß Sie mich zurückhaben wollen, Vater.«

»Aber selbstverständlich! Gott liebt uns alle. Er vergibt uns allen.«

»Mir nicht. Das nicht.« Ich schaue hinauf zur Jungfrau, aber sie sieht mich nicht an.

Er schlägt sich aufs Knie. »Wie wär's mit einer Versöhnung? Jetzt gleich.«

»Eine Beichte? Hier?«

»Warum nicht?«

»Hier ist weit und breit kein Beichtstuhl. Ich sehe Sie.«

»So was Albernes! Warum müssen wir dazu in einer Telefonzelle sitzen! In Waukegan habe ich viele Beichten von Angesicht zu Angesicht abgenommen, obwohl ich zugeben muß, niemals im Freien.« Er kichert. »Sie brauchen keine Kabine für eine Beichte, meine Liebe. Sie brauchen nur Ihr Gewissen zu erforschen, weiter nichts. Wenn Sie sich vornehmen, in Zukunft nicht mehr zu sündigen, beichten und Ihre Buße annehmen, haben Sie sich mit Gott versöhnt.«

Forschend blicke ich in die Augen hinter der Zweistärkenbrille. Aus seinem Mund klingt es so leicht, aber ich weiß, es ist ganz und gar nicht leicht. Ich schleppe ein paar Tote mit mir herum, große und kleine, und trotz der Freundlichkeit in seinen Augen weiß ich, damit muß ich leben, ich allein. Ich kann nicht beichten, nicht unter dem Blick seiner blauen Augen, nicht im hellen Sonnenlicht, nicht vor der weißen Jungfrau im grünen Gras. Die Farben sind zu intensiv, wie Kreidemalstifte eines Kindes, und zu schön. So schön, daß es weh tut. »Gott vergibt mir nicht, Vater.«

»Ich bin sicher, Gott hat Ihnen bereits vergeben, meine Liebe. Aber ich glaube nicht, daß Sie sich vergeben haben.«

Plötzlich werden wir von einer Schar schlaganfallgefährdeter *mammarellas* in geblümten Hauskleidern unterbrochen. »Vater Cassiotti! Vater Cassiotti! Gott sei Dank, daß wir Sie gefunden haben! Die Kirchentür ist abgeschlossen, und in fünfzehn Minuten beginnt die Messe! Wir können nicht hinein!«

Ihre Aufgeregtheit bringt ihn aus der Fassung. Seine Hände zittern, als er in die Hosentasche greift und einen klirrenden Schlüsselbund herauszieht. »Meine Güte, das tut mir leid, meine Damen.« Er sieht mich beunruhigt an. »Ich muß die Kirchentür aufschließen. Würden Sie mich entschuldigen?«

»Ich muß ohnehin gehen.« Unsicher stehe ich auf.

»Nein, bitte nicht. Bleiben Sie. Bitte.«

»Vater, Ihre Blumen sind ja wunderschön!« zwitschert eine der Frauen und packt Vater Cassiotti am Ellbogen. »Sieh sie dir an, Conchetta. Einfach wunderschön!«

»Eine wahre Sünde!« fügt eine zweite hinzu und ergreift seinen anderen Arm.

Sie drängen nach vorn wie eine Rugbymannschaft, Pfund für Pfund gewichtiger als der kleine Priester, und überfluten ihn mit ihrer Begeisterung. Sie eskortieren ihn zur Kirche wie den Trainer einer siegreichen Mannschaft. Alles, was ich noch von ihm sehe, ist seine knochige Hand hoch oben in der Luft, die den Schlüsselbund schwenkt. Ich rufe auf Wiedersehen, und der Schlüsselbund klimpert zur Antwort.

Ich beschließe, zu Fuß ins Büro zurückzugehen. Im Gehen bekomme ich einen klaren Kopf, außerdem ist es in dieser Gegend nahezu ausgeschlossen, ein Taxi zu bekommen. Mir wird klar, daß Vater Cassiotti recht hat. Ich muß mir selbst vergeben. Aber sogar nach so vielen Jahren weiß ich nicht, wie. Ich gehe nach Norden in Richtung Innenstadt und lasse die Blocks zurück, die meine Kindheit enthalten.

Je weiter ich mich aus der Umgebung der Kirche entferne, um so stärker wird meine Unruhe. Die Sonne scheint heiß und grell, gar nicht typisch für diese Jahreszeit, und auf den kahlen Gehwegen fühle ich mich schutzlos preisgegeben. Ich verfalle in Laufschritt, und bevor ich es richtig merke, hetze ich an den Häuserblocks entlang. Immer wieder schaue ich mich nach der dunklen Limousine um, renne und renne, vorbei an Babys in Sportkinderwagen und an Teenagern, die an den Straßenecken herumlungern.

Die brodelnde Menge, die sich zur Mittagspause bei Pat's, dem beliebten Käse-Steak-Imbiß gegenüber vom Palumbo-Sportplatz, versammelt, zwingt mich, mein Tempo zu verlangsamen. Ich bahne mir den Weg durch die Menge; ein paar der in der Schlange anstehenden Männer mustern mich neugierig. Ich schwitze unter den Armen, auf meiner Brust brennen Flecken. Ich will gerade über die Straße gehen, immer weiter Richtung Norden, da fallen mir zwei Gestalten auf.

Ungefähr fünfzehn Meter entfernt, am Rand des Basketballfeldes, streiten sich zwei hochgewachsene Männer. Zahlreiche Basketballspieler und Passanten scharen sich um das Paar. Sogar aus der Entfernung kommt mir irgendwas an den beiden Männern bekannt vor.

Mich überläuft es eiskalt, als ich sie erkenne.

Der eine ist Detective Lombardo. Der andere Berkowitz.

– 23 –

Ich ducke mich hinter einen kleinen, auf der Federal Street parkenden Lieferwagen und beobachte die beiden Männer durch die schmutzigen Autoscheiben. Der Streit eskaliert, Berkowitz gestikuliert wie wild und verliert fast die Kontrolle. Plötzlich rammt er seine Faust in Lombardos Wange. Blut strömt aus der Nase des Detective. Schmerzerfüllt hält er sich die Hand davor und taumelt rückwärts.

Berkowitz mustert die Menge voller Unbehagen, dann verläßt er steifbeinig den Schauplatz. Unter dem Applaus der Zuschauer steigt er in seinen schwarzen Mercedes, den er verbotswidrig halb auf dem Gehsteig geparkt hat, und fährt weg. Lombardo, seine Nase haltend, schlurft in die entgegengesetzte Richtung davon. Die Menge buht lautstark. »Feigling!« brüllen die Leute. »Schlag doch zurück, du blöder Wichser!«

Ich hole tief Luft. Mir scheint, das erstemal seit fünf Minuten. Was zum Teufel geht da vor? Was treiben die beiden, warum streiten sie sich mitten auf der Straße? Mir fällt ein, was Lombardo nach der Trauerfeier gesagt hat – daß Berkowitz großes Interesse an den Ermittlungen hat. Gerieten sie in Streit wegen der Ermittlungen? Warum sonst? Es muß irgendwie mit Brents Tod zusammenhängen. Vielleicht sogar mit Mikes Tod?

Angst packt mich, Vater Cassiotti ist keine Hilfe mehr. Und die Polizei offensichtlich auch nicht. Ich überlege, was besser ist. Soll ich in Lombardos Büro stürzen und eine Erklärung verlangen, oder soll ich in

Berkowitz' Büro stürzen und eine Erklärung verlangen? Aber wieso sollten sie mir irgendwas sagen? Ich bin schließlich kein Revolverheld; mir wächst die Sache über den Kopf. Mein erster Gedanke ist, wegzulaufen, nichts wie weg aus Dodge City, aber wohin? Der einzige Mensch, den ich außerhalb von Philadelphia kenne, ist Angie.

Angie!

Das Kloster bei Baltimore. Der Gedanke gefällt mir sofort. Ich werde an die Klostertüren hämmern, dagegenschlagen, bis sie mich einlassen. Ich werde sagen, es handle sich um einen Notfall in der Familie, was ja auch stimmt, und sie werden die Türen öffnen. Das müssen sie, schließlich ist es ein Kloster. Was könnte sicherer sein als ein Kloster?

Ich sehe mich nach einem Telefon um und entdecke eines neben dem Pat's. Bemüht langsam gehe ich hinüber, weil ich vor all den lärmenden Büroangestellten und Sportsfreunden nicht Hals über Kopf losrennen will. Kaum habe ich den schmierigen Hörer abgenommen, stellt sich hinter mir auch schon ein schlaksiger schwarzer Basketballspieler zum Telefonieren an. Und hinter ihm baut sich ein Postbote auf. Ich erreiche Judy und berichte ihr, was ich gesehen habe. Ich muß in den Hörer brüllen, um den Lärm der Menge zu übertönen.

»Er hat ihn *geschlagen*?« Judy ist fassungslos. »Was machen die da überhaupt? Was machst *du* da überhaupt?«

Der Basketballer verzieht das Gesicht und guckt flehend auf das Telefon. Ich gebe ihm ein Zeichen, nur noch eine Minute.

»Ich verlasse die Stadt, Judy. Jedenfalls über Nacht.«

»Wo gehst du denn hin?«

Ich kann sie kaum verstehen und stecke einen Finger in mein freies Ohr. »Ich habe zu Ned gesagt, er soll mir nach der Mittagspause die Briefe zurückgeben, aber das geht ja jetzt nicht. Rufst du ihn an und läßt sie dir geben?«

»*Ned* hat die Briefe? Ich habe mich schon gefragt, wo sie abgeblieben sind!«

»Heb sie bitte an einem sicheren Ort auf, ja?«

Der Basketballspieler faltet die Hände in stumm flehendem Gebet.

»Judy, ich muß aufhören, da will jemand dringend telefonieren. Er fleht bereits.«

»Und wo übernachtest du heute? Du kannst zu mir kommen, das weißt du.«

Ein alter Mann mit einer Netzkappe mit der Aufschrift ALTER DEPP reiht sich hinter dem Postboten in die Schlange ein.

»Danke, aber ich habe eine bessere Idee. Ich ruf' dich morgen an.« Ich hänge auf.

»Allerherzlichsten Dank«, sagt der Basketballer und klemmt den Ball unter den Arm. »Ich muß meine Freundin anrufen. Wir hatten Streit, wissen Sie, was das heißt?«

»Ich denke schon.«

Ich dränge mich durch die Menge und halte nach einem Taxi Ausschau. Eigentlich müßte bald eines kommen; das Pat's ist ein Magnet. Die Flecken auf meiner Haut brennen immer stärker. Ich habe Angst, in Lombardo, Berkowitz oder wer immer mich verfolgt hineinzulaufen. In meinem Kopf dreht sich alles. Ich entdecke ein Yellow Cab und springe hinein, sacke auf dem Sitz zusammen. Teilweise aus Erschöpfung, teilweise aus Angst.

Der Fahrer ist fast noch ein Kind, wirkt aber ziemlich abgebrüht. Seine Baseballkappe hat er verkehrt herum aufgesetzt. Argwöhnisch beäugt er mich über die Schulter. »Sehn Sie, Lady, ich will kein' Ärger in mei'm Taxi.«

»Sie kriegen keinen Ärger. Bitte, ich muß in eine Garage Ecke Twenty-second und Pine Street. Dort steht mein Wagen. Können wir endlich fahren?«

Er schüttelt den Kopf. »Sie sehn zwar nicht aus wie eine, die vor den Bullen davonläuft, aber vor irgendwas laufen Sie ganz sicher davon.«

»Stimmt. Ich laufe vor meinem... Freund davon. Wir hatten Streit.«

Er grinst vielsagend. »Ärger mit 'nem Macker.«

Ich nicke. »Ich muß weg hier. Und zwar schnell.«

»Sie ham's geschafft, Süße.« Er wirft die Uhr an und gibt Gas. Er fährt über zwei rote Ampeln und jagt die Twenty-second Street hinauf. Gleichzeitig bringt er es fertig, mir unerbetene Ratschläge für mein Liebesleben zu geben, die er im Rap-Rhythmus ausstößt: Laß ihn drum betteln, mach ihn ganz heiß, bring ihm Respekt bei. Als wir an der Garage anlangen, ist er bei »Such dir 'nen andern«.

»Sie haben recht. Sagen Sie, tun Sie mir einen Gefallen? Bloß zwei Minuten hier warten, bis Sie mich rausfahren sehen?«

»Null Chance, hinterherzukommen, Lady. War nicht gerade vorschriftsmäßig unterwegs.«

Ich gebe ihm ein Trinkgeld in Höhe des Fahrpreises.

»Gemacht!« sagt er anerkennend.

»Es ist ein grüner BMW.«

»Ein BMW? Geil! Welcher, der 325er oder der 535er?«

»Der 2002er aus der Zeit, als Sie noch gar nicht geboren waren. Er ist limonengrün, Sie können ihn nicht übersehen.« Ich steige aus dem Taxi.

»Seien Sie in Zukunft bißchen wählerischer, verstanden?«

Zehn Minuten später fahre ich durch den Westen der Stadt zur Schuylkill-Schnellstraße. Fast hätte ich einen Unfall gebaut, weil ich mit einem Auge ständig in den Rückspiegel gucke. Niemand scheint mir zu folgen. Als ich auf die Schnellstraße einbiege, atme ich ein wenig auf. Es herrscht nicht viel Verkehr, und ich wechsle ein paarmal die Spuren, um zu sehen, ob einer hinter mir das gleiche macht. Es dauert nur eine Minute, bis ich merke, daß alle anderen die Spuren ähnlich sinnlos wechseln.

Scheint normal zu sein.

Ich beschleunige den Wagen, von Mike liebevoll Dreckskarre genannt, und rausche über die Stadtgrenze, als hätte ich vor, die Schallmauer zu durchbrechen. Nach einer Weile bin ich endlich überzeugt, daß mir keiner auf den Fersen ist, und ich fühle mich freier, sicherer. Als sei ich der Stadt und meinem Verfolger, wer immer es ist, entwischt. Ich kurble das Fenster herunter und schalte das Radio ein. Den rauhen Baß erkenne ich als George Michael, mitten in *Father Figure*. Ich mag diesen Song und drehe das Radio lauter.

Ich erinnere mich, wie wir einmal Angie besuchten, und ich zur Radiomusik sang. Mike fuhr den Wagen. Meine Eltern fuhren in ihrem Oldsmobile hinter uns her, und das bedeutete, wir mußten alle zehn Minuten rechts ranfahren, damit sie uns wieder einholten. Die Trödelei meines Vaters verdroß Mike nicht. Nichts brachte ihn wirklich aus der Fassung, in dieser Hinsicht glich er Judy. Er liebte das Leben von ganzem Herzen. Er nahm es, wie es kam.

Prince bringt mir ein Ständchen, während ich den flotten BMW auf die Route 1 Richtung Süden steuere. Über diese Strecke ist es näher zum Kloster als über die I-95. Wenn ich mich nicht verfahre, bin ich voraussichtlich gegen Einbruch der Dunkelheit dort.

Angie ging gleich nach unserem Collegeabschluß ins Kloster. Ich hatte als Hauptfach Englisch gewählt, sie Religion. »Was glaubst du eigentlich, was für einen Job du mit einem solchen Hauptfach bekommst?«

fragte ich sie, nachdem sie sich entschieden hatte, aber sie antwortete nur mit einem Achselzucken. Als sie es uns schließlich sagte, reagierten meine Eltern erfreut, ich entsetzt. Ich schrie Angie an und tobte, sie würde ihr Leben wegwerfen. Meine Mutter bat mich, aufzuhören, mein Vater zitterte nur. Ich lief aus dem Haus. Mein letzter Blick zurück galt Angie. Gleichmütig saß sie hinter ihrem Kaffee, vollkommen ruhig inmitten eines familiären Hurrikans.

Der Verkehr ist schnell, flüssig. Ich muß kaum bremsen. Eine Frau, die ich an der Stimme nicht erkenne, singt eine Ballade. Meine Gedanken beschäftigen sich mit dem Kloster.

Angies erstes Jahr als Novizin war mein erstes Jahr als Jurastudentin. Sie durfte keine Besucher empfangen, keine Telefonanrufe, nicht einmal Post. Diese Prüfung hatte den Zweck, herauszufinden, ob sie sich einem religiösen Leben hinreichend verpflichtet fühlte. Wir hörten nichts von ihr. Ich litt unter diesem für mich fast unerträglichen Verlust, als hätten religiöse Fanatiker sie in Geiselhaft genommen, was allerdings ohnehin meiner Ansicht entsprach. Außerhalb des Klosters ging das Leben weiter. Die Augen meiner Mutter wurden schlechter, mein Vater nahm zwanzig Pfund zu. Ich studierte und lernte langsam wieder, Männern zu vertrauen. Mit Mikes Hilfe.

Das traurige Lied endet unvermittelt. Schweigen.

Das war das Schlimmste an Angies Leben im Kloster. Ihr Schweigegelübde. Wie konnten sie nur Angie zum Schweigen bringen, sie, die so redefreudig war, so voller Ideen steckte? Ich dachte an die Nächte, die wir in unserem Zimmer durchgeschwatzt hatten, an die geflüsterten Witze im Klassenzimmer, das lautstarke Geschnatter auf dem Heimweg. So viele Gespräche, so viele Sprachen. Englisch und Italienisch zu Hause, Französisch in der Schule, Lateinisch in der Messe. Alles vorbei.

Der Verkehr nimmt ab, die Lichter werden weniger. Madonna kommt an die Reihe, *bumpa-bumpa-bumpa,* und ich drehe das Radio mit einem für meine Ohren befriedigenden *Klick* aus. Ich hasse Madonna; sie ist, was den Katholizismus anbelangt, noch weit mehr durcheinander als ich. Ich rase durch die ländliche Gegend südlich von Media, vorbei an Milchkühen und alten Scheunen. Der Geruch von Mist schwängert die Luft. Ich trete das Gaspedal durch.

Nach Angies erstem Jahr im Kloster erhielten wir die Erlaubnis, sie zu besuchen. Die Besuche – vier im Jahr – fanden in einem kleinen Zimmer, dem sogenannten Sprechzimmer, statt. Zwischen uns befand sich ein Holzgitter, fast wie ein Gartenspalier. Ich konnte sie nicht anfassen, es gab keine Privatsphäre; der Raum war überfüllt mit den nicht weniger aufgeregten Familien der anderen Nonnen. Für mich waren diese Besuche eine Übung in Frustration. Ich konnte mit Angie über nichts wirklich Wichtiges reden, kam auf keinerlei sinnvolle Weise an sie heran; das Holzspalier hätte ebensogut aus Beton sein können. Mir blieb nichts anderes übrig, als tatenlos zuzusehen, wie wir uns immer weiter voneinander entfernten. Im Laufe der Jahre wurde ihr Gesicht schmaler und ihr Verhalten unterwürfiger. Als sie fünf Jahre später als Schwester in den Orden aufgenommen wurde, hatte ich das Gefühl, sie kaum noch zu kennen. Ich umarmte sie damals, nach der Messe, und weinte fast den ganzen Heimweg über.

Ich brause an einer Farm nach der anderen vorbei, und außer Kühen und Reklametafeln bekomme ich lange Zeit nichts zu Gesicht. WILLKOMMEN IN MARYLAND grüßt mich ein Schild, als ich über die Grenze fahre. Langsam kurve ich durch Harford County mit seinen malerischen Farmen und den weniger malerischen Wohnwagenplätzen. Die Sonne versinkt zu meiner Linken hinter einer Bob's-Big-Boy-Raststätte. Der

Wagen rollt ruhig dahin; mein Kopf ist leer. Die Ausfahrt zum Kloster kommt. Ich biege von der Hauptstraße ab und fahre durch eine Vorstadtsiedlung in der Nähe des Klosters. Den Namen der Stadt habe ich vergessen, aber die Orientierungspunkte erkenne ich wieder. Zuerst eine Wohnanlage, die den englischen Mews nachempfunden ist, danach eine Wohnanlage, die französischen Schlössern nachempfunden ist.

Meine Vorfreude legt sich langsam. Ich betrachte das Unternehmen zunehmend mit gemischten Gefühlen. Was, wenn sie mich wegschicken? Was, wenn Angie böse auf mich ist, weil ich gekommen bin? In meiner Brust bildet sich ein fester Kloß. Er scheint zu versteinern, als ich an einem Lokal vorbeifahre, in dem Mike und ich gegessen haben, nachdem er Angie kennengelernt hatte. Dieses Essen ist mir unvergeßlich.

»Ich verstehe gut, warum sie dir so fehlt«, sagte Mike und fummelte dabei am Verschluß einer roten Plastikketchupflasche herum. »Mir würde es sehr viel bedeuten, wenn sie bei unserer Hochzeit dabeisein könnte.«

»Bei unserer Hochzeit?«

»Unserer Hochzeit.« Grinsend schob er die Ketchupflasche zu mir herüber. An der roten Spritzdüse des Deckels baumelte ein Ring mit einem kleinen Diamanten.

Das war Mikes Heiratsantrag, und ich habe ihn angenommen. Aber Mikes Wunsch ging nicht in Erfüllung. Angie durfte das Kloster nicht verlassen, um an seiner Hochzeit teilzunehmen.

Zu seiner Beerdigung allerdings ließen sie sie raus.

– 24 –

Ich gehe an der hohen Steinmauer des Klosters entlang, bis ich das Eingangstor finde. Es ist ein altes Eisentor, in einer Farbe gestrichen, die in der Dämmerung unmöglich eindeutig zu definieren ist: jägergrün vielleicht, oder schwarz. Man kann nicht hindurchschauen, es ist massiv. Das Tor ist mindestens drei Meter hoch und wird von einem Kruzifix gekrönt. Natürlich.

Bum! Bum! Ich hämmere an das Tor. Ein paar Farbblasen blättern ab. *Bum! Bum! Bum!*

Schweigen.

»Ist da jemand? Kann mich jemand reinlassen?«

Anhaltendes Schweigen.

Bum! »Bitte, das ist ein Notfall! Bitte!«

»Warten Sie einen Augenblick«, sagt eine dünne weibliche Stimme auf der anderen Seite. Ich höre das metallische Schaben eines Riegels, der zurückgezogen wird, und die Tür öffnet sich einen Spaltbreit. Ein blaues Auge hinter einer Hälfte einer randlosen Brille mustert mich. Ich erhasche einen flüchtigen Blick auf einen weißen Schleier – eine Novizin –, das Gesicht darunter leuchtet bei meinem Anblick unvermittelt lebendig auf. »Sie sehen genauso aus wie eine meiner Schwestern!«

»Tatsächlich?«

»Ja! Schwester Angela Charles.«

Ihre Schwester. Daran werde ich mich nie gewöhnen. »Angela ist meine Zwillingsschwester. Ich bin

Mary DiNunzio. Ich muß sie sehen. Es handelt sich … um einen Notfall in der Familie.«

Die Novizin wirkt beunruhigt. »Oje. Gut. Zum Glück war ich hier draußen. Kommen Sie bitte herein.« Ächzend vor Anstrengung zerrt sie an dem Eisentor. Ich drücke von außen dagegen, aber selbst unter Aufbietung unserer vereinten Kräfte läßt sich das Tor gerade so weit öffnen, daß ich seitlich durchschlüpfen kann. »Sie müssen entschuldigen«, sagt sie mit einem unbeschwerten Lachen.

»Schon gut. Ich bin froh, daß Sie mich eingelassen haben.«

»Kein Problem. Folgen Sie mir. Ich werde der Mutter Oberin sagen, daß Sie hier sind.« Sie hüpft vor mir her über einen Plattenweg, der sich durch den Rasen vor dem Kloster schlängelt. Das über hundert Jahre alte Kloster ist aus Brandywine-Granit erbaut und üppig mit Efeu bewachsen. Wenn sie hier nicht meine Zwillingsschwester gefangenhielten, würde ich sagen, es ist wunderschön. Das Dach ist mit Terrakottaziegeln gedeckt wie die Dächer in Florenz, und die Bogenfenster aus Buntglas scheinen in reichen Farben zu glühen und senden Lichtstrahlen hinaus in den dämmrigen Abend.

Als wir vor der Eingangstür anlangen – ohne religiöse Symbole mit Ausnahme des Heiligsten Herzens Jesu am Schlußstein des Torbogens –, höre ich die Nonnen in der Kapelle singen. Ihre Stimmen, vierzig an der Zahl, erheben sich in der Abendstille und schweben über den Rasen. Eine dieser Stimmen gehört Angie. Ein Alt, wie meine.

»Gehen wir rein«, sagt die Novizin und öffnet die Eichentür mit den Schnitzereien.

Es ist der Geruch, der mich zuerst anspringt, dieser Geruch nach Weihwasser. Ein schwacher, süßlicher Geruch, entfernt an Rosenwasser erinnernd. Auch der Atem der Novizin riecht danach, und ich frage mich, wie das wohl kommt, oder ob ich mir das vielleicht nur einbilde. Im Innern des Gebäudes ist der Gesang lauter. Wir gehen an den geschlossenen Türen der Kapelle vorbei. Über den Türen ist eine Schrift aufgemalt:

KAPELLE
DEM HEILIGEN JOSEPH GEWEIHT
SAMMLUNG

Da drin ist Angie.

Die Novizin führt mich zum Sprechzimmer. Über dieser Tür steht:

SPRECHZIMMER
DEM HEILIGEN A. VON GONZAGA GEWEIHT
ZURÜCKHALTUNG, BESCHEIDENHEIT

Die Novizin knipst eine Lampe an, die den Raum jedoch kaum erhellt. »Bitte warten Sie einen Augenblick, ich sage der Mutter Oberin, daß Sie hier sind.«

»Vielen Dank.«

Sie schließt die Tür und läßt mich allein zurück. Jetzt, wo es leer ist, wirkt das Sprechzimmer größer als sonst, trotzdem ruft es sofort wieder Frustration in mir hervor. Ich setze mich auf einen der herumstehenden Holzstühle auf der Besucherseite des Spaliers und frage mich, wie viele Zwillingsschwestern im Verlauf des vergangenen Jahrhunderts schon hier gesessen haben, und ob sich irgendeine von ihnen genauso gefühlt hat wie ich. Der Orden lebte früher in noch größerer Isolation, und Angie sagt, es werde darüber geredet, das Kloster an einen abgeschiedenen Ort in den Adirondacks zu verlegen. Dann ist sie so weit weg, daß ich sie nie wiedersehen werde. Bei dem Gedanken wird mir schlecht.

»Miß DiNunzio.« Die Novizin steht auf der Schwelle. Die Lautstärke des Gesangs nimmt bei geöffneter Tür wieder zu. »Kommen Sie mit. Die Mutter Oberin erwartet Sie in ihrem Kabinett.«

»Im Kabinett?«

»Büro. Kabinett kommt aus dem Französischen, aber wir benutzen diese Bezeichnung noch.«

»Die Macht der Gewohnheit, was?«

Sie lächelt.

»Das kenne ich zur Genüge.«

Ich folge ihr den kahlen, schmalen Flur hinunter. Der Holzboden schimmert sogar im trüben Licht. Die Novizin huscht leise vor mir her; meine Pumps klappern geradezu unanständig laut. Im Gehen betrachte ich die fahlen Wände und lese die oben in schwarzen Buchstaben aufgemalten Schriften. ICH VERTRAUE AUF DEN ERLÖSER. ICH WEISS NICHTS SÜSSERES ALS SELBSTKASTEIUNG UND SELBSTUNTERWERFUNG. GEH MIR VORAN UND SEI VOLLKOMMEN.

Der Flur endet vor einer weißen Tür, der Gesang hört schlagartig auf. Das ist die Tür, die den eigentlichen Klosterbereich abschirmt. Ich lebe auf der Außenseite, Angie drinnen. Über dem Türpfosten steht: EHRE SEI GOTT DEM HERRN UND SEINE GNADE WÄHRET EWIGLICH.

Eigentlich sollte da stehen: VON HIER GIBT ES KEIN ZURÜCK.

Schweigend schreiten wir durch die Tür. Ich sauge im Gehen alle Eindrücke in mich auf und versuche, mir Angies tägliches Leben vorzustellen. Wir betreten einen weiteren Flur, ebenso sauber und karg wie der vorige, und wenden uns einer Tür zur Linken zu, über der steht:

KABINETT DER OBERIN
UNSERER HEILIGEN MUTTERGOTTES GEWEIHT
LANGMÜTIGKEIT

»Was genau ist damit gemeint?« frage ich die Novizin. »Lang ...«

»Stark, was? Langmütigkeit. Das bedeutet soviel wie Nachsicht. Wir sind da. Die Mutter Oberin wird gleich kommen. Sie können sich solange in ihr Büro setzen.«

»Danke.«

»Nichts zu danken.«

Ich setze mich auf den harten Missionsstuhl vor einem Schreibtisch, der so leer ist, als stünde er zum Verkauf. Das Büro ist bis auf ein Bücherregal mit zwei Fächern und ein altes schwarzes Telefon mit Wählscheibe leer und kahl. Die an der Decke montierte blecherne Leuchte wirft einen schwachen Lichtschein auf den Schreibtisch. Meine Brust verkrampft sich um den tief in ihrem Innern zusammengeballten verhärteten Kloß. Ich werde das Gefühl nicht los, wieder in der Schule zu sein und im Büro der Direktorin darauf zu warten, daß ich mich für eine Sünde verantworten muß. Eine Abtreibung zum Beispiel.

Mit einem *Wuusch* des schweren Habits betritt die Oberin das Büro. Sie ist groß, klapperdürr und mindestens fünfundsiebzig. Tiefe Falten haben sich in ihr Gesicht eingegraben und kontrastieren stark mit dem glatten, gestärkten Schleier, der ihren Hals und ihre Schultern bedeckt. Ein schweres silbernes Kruzifix schaukelt an einer an ihrem Habit befestigten Nadel. »Ah ja, Miß DiNunzio«, sagt sie. »Sie sehen Schwester Angela Charles mit jedem Tag ähnlicher.«

Ich erhebe mich und lächle. Blitzartig schießt mir durch den Kopf, daß dies eine Variante von Ruckartigaufspringen-und-Grinsen ist. »Bitte entschuldigen Sie, daß ich so einfach hier hereinschneie, aber ich muß unbedingt mit meiner Schwester sprechen. Es handelt sich um einen Notfall in der Familie.«

»Das hat man mir gesagt. Ich habe nach Schwester

Angela schicken lassen.« Die hochgewachsene Nonne setzt sich sehr aufrecht auf einen Holzstuhl. »Bitte, nehmen Sie Platz.« Sie scheucht mich mit ihrer knochigen Hand zurück auf den Stuhl.

Ein leises Klopfen ertönt an der Tür. »Herein«, sagt die Oberin. Die Tür öffnet sich, und Angie ist da.

»Angie!« platze ich glücklich heraus. Bei ihrem Anblick bricht der harte Kloß in meiner Brust wie Eisschollen unter dem Bug eines Supertankers.

Angie hält sich zurück. »Ja, Mutter Oberin?«

»Schwester Angela, hier liegt ein Notfall vor, soviel ich weiß.«

Mit angstgeweiteten Augen wendet sich Angie an mich. »Pop? Ist was mit Pop?«

»Nein, Angie. Nicht mit Pop. Allen beiden geht's gut.«

Ihre Schultern entspannen sich sichtlich. Sie tritt in den Raum und schließt leise die Tür hinter sich. »Was ist denn los?«

Ich schiele zur Oberin hinüber. »Könnte ich mit meiner Schwester allein sprechen?«

Die Oberin schürzt die Lippen, die so dünn sind, daß sie aussehen wie eine horizontale Falte. Ganz kurz geht mir durch den Kopf, ob meiner Mutter diese schmalen Lippen je aufgefallen sind. »Sie wissen, wir mißbilligen Störungen dieser Art.«

Plötzlich findet Angie ihre Sprache wieder, ernst und nur einen Hauch herausfordernd sagt sie: »Ich bin sicher, es handelt sich um etwas Wichtiges, Mutter Oberin, sonst wäre meine Schwester nicht gekommen.«

»Das stimmt.« Die ganze Geschichte bricht in Kurzform aus mir heraus, sie hört sich seltsam verrückt an. »Ich glaube, mich verfolgt jemand, aber ich weiß nicht, wer. Er hat jedenfalls meinen Sekretär umgebracht.«

»Mary, nein!« ruft Angie.

Die Oberin blinzelt irritiert; ihre Krähenfüße vertiefen sich. »Haben Sie sich an die Polizei gewandt?«

»Ich glaube, die Polizei hängt irgendwie mit drin. Ich muß wirklich unbedingt mit Angie reden – und über Nacht hierbleiben. Nur eine Nacht – bitte?«

Angie blickt unruhig von mir zur Oberin.

»In Anbetracht der Umstände sind Sie willkommen, obwohl ich kaum glaube, daß dies auf lange Sicht etwas an Ihrer mißlichen Lage ändern wird. Ich gehe zurück in die Kapelle und erwarte dich rechtzeitig, Schwester Angela.«

»Danke, Mutter Oberin«, sagt Angie. Sie neigt den Kopf, als die Oberin an ihr vorbei zur Tür hinausgeht.

»Vielen Dank«, sage ich. Kaum hat sich die Tür geschlossen, laufe ich zu Angie. Sie erwidert meine Umarmung, ich klammere mich an ihr fest und will sie nie wieder loslassen. Ich fühle mich wieder als ein Ganzes. »Du hast mir so gefehlt!« sage ich in einen Mundvoll leichten Wollstoff hinein.

»Was geht da vor, Mary?«

Immer wieder stockend, erzähle ich ihr alles. Sie hört mir zu. Sie streichelt mein Gesicht. Sie sorgt sich um mich. Sie liebt mich immer noch. Ich bin glücklich, und ich fühle mich geborgen wie selten. Als ich fertig bin, geht sie zur Tür und sagt, sie käme gleich zurück.

Doch als sich die Tür wieder öffnet, steht die Oberin im Zimmer. »Kommen Sie bitte mit, Miß DiNunzio«, befiehlt sie. Sie holt eine Taschenlampe aus dem Schreibtisch. Die Eichenschublade schließt mit einem unangenehm knarrenden Geräusch.

»Wo ist meine Schwester?«

»Sie betet. Ich bin sicher, sie schließt Sie heute in ihre Gebete ein. Bitte folgen Sie mir leise. Wir haben ein Zimmer für Sie im Exerzitienbereich. Das übrige Kloster schläft fest.« Sie knipst die Taschenlampe an, deutet damit in Richtung Flur und verläßt das Zimmer.

Ich folge ihr hinaus auf den Korridor und fühle mich dabei wie ein Kind, das sich zu später Stunde einen Horrorfilm ansieht. Das Licht scheint eher noch trüber als vorher, aber wahrscheinlich liegt es nur daran, daß es draußen inzwischen dunkel geworden ist. Wir wandern einen kahlen Flur nach dem anderen hinunter, an einer geschlossenen Tür nach der anderen vorbei. Über jeder steht irgendeine Schrift:

ARBEITSRAUM
DEM HEILIGEN JOSEPH GEWEIHT
STILLE

KÜCHE
DEM HEILIGEN MARTIN GEWEIHT
SAMMLUNG

REFEKTORIUM
DEM HEILIGEN BERNHARD GEWEIHT
KASTEIUNG

BÜRO DER STELLVERTRETENDEN OBERIN
UNSERER LIEBEN FRAU GEWEIHT
ZURÜCKGEZOGENHEIT

Die Oberin geht rasch für eine Frau ihres Alters, ihr Habit wischt von einer Seite zur anderen wie ein fegender Besen. Ich muß mich beeilen, um mit ihr Schritt zu halten. Wir steigen eine knarrende Treppe hinauf und eilen an einer Reihe von Türen vorbei, über denen keine Schriften stehen. Die Türen erstrecken sich hinter einer Linksbiegung einen langen Korridor entlang. Neben jeder Tür hängt eine Kleiderbürste an einem Haken. »Was sind das für Räume?« erkundige ich mich.

»Die Zellen der Schwestern«, sagt die Oberin, ohne sich umzuwenden.

Ich wüßte zu gern, welche Angies Zelle ist, beschließe aber, lieber nicht zu fragen. Oben an der Wand steht, DU KANNST KEINE BRAUT CHRISTI SEIN, SOFERN DU NICHT DEINE SINNE, DEINEN GEIST UND DEINEN WILLEN IHM UNTERWIRFST UND DICH WOHLGEFÄLLIG SEINEN LEHREN BEUGST. Beim Lesen dieser langen Inschrift gerate ich ins Stolpern.

»Passen Sie auf, wo Sie hintreten«, sagt die Mutter Oberin.

Unwillkürlich entfährt mir ein Keuchen. *Paß auf, wo du hingehst, Mary.*

Sie wirbelt auf dem Absatz herum. »Alles in Ordnung? Sind Sie gestolpert?«

»Nein. Äh, alles bestens.«

»Hier sind Sie in Sicherheit, meine Liebe. Heute nacht brauchen Sie sich nicht zu fürchten.« Sie eilt an einer Bibliothek und einem Krankenzimmer vorbei, beide Heiligen geweiht, von denen ich noch nie etwas gehört, und Tugenden, von denen ich gehört habe. Endlich bleibt sie vor einer Tür stehen und öffnet sie. Im Halbdunkel erkenne ich ein Bett und einen storchbeinigen Nachttisch. »Es ist nicht gerade das Sheraton, aber das war auch nicht beabsichtigt«, sagt sie mit dem Anflug eines Lächelns.

»Vielen Dank. Ich bin Ihnen wirklich sehr dankbar.«

»Seien Sie nicht zu dankbar, wir stehen um fünf auf. Schlafen Sie gut.« Sie geht und schließt die Tür hinter sich.

Schlagartig senkt sich pechschwarze Finsternis über mich. Es ist so dunkel, daß ich nicht einmal das Bett erkennen kann. Ich warte, bis sich meine Augen an die Dunkelheit gewöhnt haben, aber sie gewöhnen sich keineswegs daran. Also stolpere ich im Finstern herum, bis ich mit den Händen die dünne Decke auf dem Bett ertaste. Ich krieche auf die Matratze, fühle mich geborgen und müde und schlafe in Sekundenschnelle ein.

Das nächste, was ich weiß, ist, daß jemand meine Schultern berührt. Ich öffne die Augen und blinzle in die Finsternis. Ein Schatten ragt über mir auf, eine Hand legt sich auf meinen Mund.

»Ich bin's, du Idiot.« Angie nimmt die Hand weg.

»Lieber Himmel, du hast mir vielleicht einen Schrecken eingejagt.«

»Pst! Nur flüstern. Ich müßte jetzt eigentlich schlafen.« Angie knipst eine Taschenlampe an und stellt sie wie eine Tischleuchte auf den Nachttisch. Sie trägt noch immer ihr Habit, auf ihrem silbernen Kruzifix fängt sich das Licht.

»Schläfst du etwa auch in diesem Aufzug?« flüstere ich heiser.

»Ich hatte Stunden.«

»Was ist das denn?«

»Die Nachtgebete. Ich war von drei bis vier Uhr dran.«

»Soll das heißen, du stehst mitten in der Nacht auf und betest?«

»Wir beten die ganze Nacht, in Schichten.«

»Im Ernst?« Irgendwas in mir rastet aus bei dem Gedanken an diese armen Frauen – darunter meine Zwillingsschwester –, die die ganze Nacht lang beten für eine Welt, die nicht einmal weiß, daß sie existieren. »Wozu soll das gut sein? Das ergibt doch keinen Sinn.«

»Pst!«

»Das ist doch verrückt! Das ist doch komplett verrückt, merkst du das denn nicht?«

»Mary, leise!«

»Warum? Du bist eine erwachsene Frau, und ich bin eine erwachsene Frau, und dies ist ein freies Land.

Warum darf ich nicht mit meiner Zwillingsschwester reden?«

»Mary, bitte, wenn du nicht gleich leise sprichst, gehe ich.« Sie sieht mich streng an und schürzt leicht die Lippen. Dieses Lippenschürzen kenne ich. Von meiner Mutter, wenn sie es absolut ernst meint.

»Schon gut, schon gut, ich flüstere ja. Aber sag mal, was ist das eigentlich für ein Ort? Sie lassen dich nicht reden. Sie lassen dich nicht raus. Sie lassen dich kaum mal deine Familie sehen. Und dann diese Sprüche an den Wänden, das ist doch ein sektiererischer Kult! Sie schneiden dich von der Welt ab und unterziehen dich einer Gehirnwäsche.«

»Mary, bitte. Müssen wir uns streiten?«

»Das ist kein Streit, das ist eine Diskussion. Können wir nicht darüber diskutieren? Ich flüstere ja!«

Sie seufzt. »Das ist kein sektiererischer Kult, Mary. Das ist eine andere Lebensform. Eine kontemplative Lebensform. Ein religiöses Leben. Es hat nicht weniger Berechtigung als deines.«

»Das ist doch eine glatte Lüge. Eine Fiktion. Sie tun so, als seien sie deine Familie, aber sie sind nicht deine Familie. Sie ist nicht deine Mutter, und die anderen sind auch nicht deine Schwestern.«

»Klingt stark nach Eifersucht.«

»Stimmt, ja, ich gebe es zu! Mea culpa, Schwester. Mea culpa – *Schwester.*«

Angie sieht mich verletzt an.

»Entschuldige, aber das macht mich wahnsinnig! Ich bin deine Schwester, dein Zwilling. Ich kenne dich, Angie, so gut wie mich selbst. Und ich gebe dir recht. Diese Art zu leben hat durchaus ihre Berechtigung, aber nicht für dich.« Forschend blicke ich in ihre runden braunen Augen, die gleichen wie meine. Wie in einem Spiegel sitzen wir uns in dieser engen Zelle gegenüber.

»Ich bin aus einem bestimmten Grund hier«, flüstert sie. »Du kannst das nur nicht akzeptieren.«

»Wenn du es mir begreiflich machst, könnte ich es vielleicht akzeptieren.«

»Du würdest es nicht einmal versuchen.«

»Gib mir eine Chance. Ich bin nicht so dumm, wie ich aussehe. Aus welchem Grund?«

»Um Gott zu dienen. Um ein spirituelles Leben zu führen.«

»Ich glaub' dir kein Wort.«

Angie wendet die Augen ab, sagt aber nichts.

»Den anderen glaube ich das, aber dir nicht.«

Sie schweigt noch immer.

»Warum sagst du nichts? Du haßt Schweigen. Du redest gerne.«

Ruckartig hebt sie den Kopf. »Nein, Mary, *du* redest gerne.«

»Du doch auch!«

»Nein.« Sie deutet mit dem Finger auf mich. »Ich bin nicht du. Wir sehen gleich aus. Unsere Stimmen sind gleich. Aber *ich bin nicht du.*« Ihre Lippen beben.

»Das weiß ich, Angie.«

»Ah ja? Bist du da sicher?«

»Natürlich bin ich mir sicher.«

»Was macht dich so sicher? Was? Woher weißt du das?« Sie wartet meine Antwort nicht ab, sondern fährt leise fort: »Als Kinder waren wir gleich angezogen. Wir hatten die gleiche Frisur. Wir hatten das gleiche Lieblingssandwich – Mortadella mit Senf auf Weißbrot. Wir bekamen die Geschenke an unserem Geburtstag und an Weihnachten in doppelter Ausführung. Wir gingen in die gleichen Schulen. Wir saßen in den gleichen Klassenzimmern nebeneinander, unser ganzes Leben lang.«

»Und?«

»Wer bist du, Mary? Und wer bin ich?« Angies

Stimme klingt fast verzweifelt. »Wo hörst du auf, und wo fange ich an?«

Mir bricht fast das Herz nach dieser Offenbarung. »*Das* ist es also?«

»Ich muß nachdenken. Ich muß es herausfinden.«

»Aber das geht jetzt schon so lange, Angie! Das ist die beste Zeit deines Lebens! Kannst du das denn nicht draußen herausfinden?«

»Ich habe es versucht, aber es ging nicht.« Traurig schüttelt sie den Kopf. »Ich konnte es nicht, solange ihr, du und Mom und Pop, um mich herum wart. Ich liebe euch alle. Ich möchte, daß ihr alle glücklich seid.« Ein heiseres Schluchzen läßt sie erschauern.

Ich empfinde eine tiefe schmerzliche Qual. Jetzt, wo ich verstehe, wonach sie sucht, weiß ich erst recht, daß das Kloster keine Lösung ist. Ich weiß es, weil ich mir dieselbe Frage gestellt habe. Ich muß Angie hier herausholen. Ich bereite mich auf das wichtigste Plädoyer meines Lebens vor. Es geht um das Leben meiner Schwester.

»Angie, ich wußte auch nicht, wer ich war, bevor ich nicht *gelebt* habe. Mein Examen gemacht habe. Mike kennengelernt, Mike verloren habe. Man hat mich auf jede erdenkliche Weise herumgestoßen und unter Druck gesetzt. Ich habe Sachen erlebt, von denen ich dir nie erzählt habe. Schlimme Dinge, aber auch schöne. Alles zusammen hat mir geholfen, herauszufinden, wer ich bin. Das hat mich zu dem Menschen gemacht, der ich heute bin. Es ist das Leben, Angie. Du findest es nie heraus, solange du nicht lebst. Du mußt leben, um es herauszufinden.«

Sie weint leise, aber sie hört zu.

»Angie, du mußt dich nicht verstecken, um dich zu finden!«

Plötzlich fliegt die Tür auf. Die Oberin steht auf der Schwelle. Ihr Strichmund verzieht sich grimmig, als sie Angie entdeckt. »Schwester Angela. Die Laudes.«

Angie entzieht sich meiner Umarmung und weicht zurück.

»Angie!« rufe ich, aber meine Arme sind leer.

Angie läuft fort von mir, das Geräusch ihrer Schritte verhallt in der Stille.

– 25 –

Bei Anbruch der Dämmerung ziehe ich mich in der stillen kleinen Zelle an. Das Dämmerlicht ist purpurgrau, aber ich kann mich wenigstens umsehen. Nicht, daß es viel zu sehen gäbe. Es stehen keine Sprüche an der Wand, und die Platte des Nachttischs ist völlig leer. Das Bett erinnert an eine Kinderliege, vielleicht von einer der Familien der Nonnen gespendet, und die weiße Decke, die sich in der Nacht so kratzig angefühlt hat, entpuppt sich als mit struppigen Baumwollquasten besetzt. Hinter dem Tisch erspähe ich ein rechteckiges Fenster. Ich schlüpfe in meine Schuhe und blicke hinaus.

Meiner Meinung nach muß hier der rückwärtige Garten des Klosters liegen, aber ich habe hier keine Orientierung. Diesen Teil des Klosters habe ich nie zu Gesicht bekommen. Gewaltige Eichen wachsen hoch bis zu meinem Fenster, einige sogar noch höher; manche scheinen hundert Jahre alt zu sein. Ihre mächtigen Äste verdecken den Blick auf das, was sich unter ihnen befindet, aber wenn ich den Kopf schräg lege, gelingt es mir, hinunterzuspähen. Und was sehe ich? In Reihen angeordnete weiße Kreuze. Es müssen an die fünfzig sein, alle so weiß wie ausgebleichte Knochen. Es dauert eine Weile, bis mir dämmert, was ich da sehe.

Ein Friedhof.

Daran hatte ich nie gedacht. Ich habe es nicht gewußt. Aber natürlich, es ergibt einen Sinn. Die Nonnen, die hier leben, werden auch hier begraben, unter reihenweise angeordneten Kreuzen wie in Verdun oder Arlington.

Wird Angie auch hier begraben? Es erscheint mir unfaßbar. Soll sie selbst im Tod noch hier bleiben? Ich weiche vom Fenster zurück.

Es klopft leise an die Tür. »Mary, bist du wach?« flüstert eine Stimme. Angies Stimme.

Ich gehe zur Tür und öffne.

Angies Gesicht sieht blaß aus, fast käsig im Kontrast zum rabenschwarzen Habit. Sie hat dunkle Ringe unter den Augen; ich weiß, ich sehe nicht anders aus. »Du hast auch nicht geschlafen, was?« frage ich.

Sie legt einen Finger auf die Lippen. »Die Mutter Oberin erlaubt uns einen kurzen gemeinsamen Spaziergang, bevor du gehst«, flüstert sie. »Komm mit.«

Das lasse ich mir nicht zweimal sagen. Sie führt mich durch einen Flur nach dem anderen, wie die Oberin gestern abend. Ich muß zugeben, bei Tag macht das Kloster einen besseren Eindruck. Die Holzdielen der Flure, die in der Nacht dunkel wirkten, leuchten in einem goldenen Honigton und reflektieren das Morgenlicht. Es muß sich um hochwertiges Kiefernholz handeln. Die Wände erstrahlen in einem absoluten Weiß, nicht eine abgestoßene Stelle ist zu entdecken. Auch die Sprüche erscheinen bei Tageslicht weniger bizarr, sobald man einmal den Schock über Ausdrücke wie KASTEIUNG DES FLEISCHES in fünfundzwanzig Zentimeter großen Buchstaben überwunden hat. Aber ich muß ständig an den Friedhof im hinteren Garten denken. Im verborgenen liegend, wie ein Geheimnis.

Wir steigen eine Wendeltreppe hinab, sie scheint in einer Ecke des Klostergebäudes zu liegen. Ich kann mich nicht erinnern, sie gestern abend hinaufgegangen zu sein. Sie ist schmal und hat kein Geländer. Sicherheitshalber stütze ich mich mit der Hand an der Wand ab, als wir uns wie im Haus einer Nautilusschnecke hinunterschlängeln. Unten angelangt, hält mir Angie eine winzige Tür auf. Ich muß mich bücken, damit ich mir nicht den Kopf anstoße.

Und plötzlich betreten wir das Paradies. Die Tür öffnet sich auf einen üppigen Garten, angelegt in der Form eines Herzens. Die Wegränder säumen bodendeckende Pflanzen mit olivgrünen Blättern, die sogar im Schatten der Eichen gedeihen. Hinter den niedrigen Pflanzen erstreckt sich eine Reihe mit Blumen, deren Blüten rosa, gelbe und weiße Farbtupfer setzen. Und dahinter stehen Rosensträucher, einer neben dem anderen, die gerade zu knospen beginnen. Das Ganze sieht in etwa aus wie eine altmodische Blumenkarte zum Valentinstag.

»Wow!« entfährt es mir unwillkürlich.

Angie drückt geschäftig die Tür zu und geht hinüber zu einem Stapel Tontöpfe. »Vielen Dank.«

»Sag bloß, das ist dein Werk?«

Sie errötet. »Eigentlich sollte ich mir das nicht als alleiniges Verdienst anrechnen.« Sie geht in den Garten hinein und stellt sich an die Spitze des Herzens. »Ich habe ihn angelegt.«

Ich folge ihr. »Wann? Wie? Was wissen wir denn von Gärten? Wir sind echte Stadtgören.«

Sie lächelt, die Anspannung weicht aus ihrem Gesicht. »Welche deiner Fragen soll ich zuerst beantworten?«

»Das überlasse ich dir.«

»Also, ich habe den Garten vor ungefähr fünf Jahren angelegt. Die Mutter Oberin meinte, wir bräuchten einen Garten, einen Ort zur Kontemplation. Die Form, das ist ja offensichtlich, ist dem Allerheiligsten Herzen Jesu nachempfunden.«

»Offensichtlich.«

Angie wirft mir einen Blick über die Schulter zu. »Alles hast du noch nicht vergessen, oder?«

»Gott weiß, ich habe es versucht.«

Sie unterdrückt ein Lächeln. »Machen wir einen Spaziergang. Da oben ist eine Bank, da können wir uns hinsetzen.« Sie geht vor mir den Weg hinauf, beide Hände in die Ärmel ihres Habits gesteckt wie die Nonnen früher in der Schule.

»Sag schon, wie du das geschafft hast. Es ist herrlich.«

»Es war nicht schwer. Wir haben eine Bibliothek. Ich habe alles über die verschiedenen Blumen nachgelesen. Mehrjährige. Einjährige. Was wächst im Schatten, was nicht.« Angie blickt zum Himmel hinauf. »Ich glaube, heute bekommen wir ein bißchen Sonne. Das ist gut.«

»Du kannst ja den Sonnenreflektor herausholen wie früher.«

Kopfschüttelnd bleibt sie mitten auf dem Weg stehen. »Ich kann kaum glauben, daß wir tatsächlich so einen Blödsinn gemacht haben. Einen Sonnenreflektor, ausgerechnet. Und dann nur Babyöl als Sonnenschutz. Was haben wir uns bloß dabei gedacht?«

»Wir haben gedacht, wir möchten gut aussehen. Was sich alle Teenager denken. Diese Pickel wegbrennen.«

»Bleib stehen.« Sie schubst mich mit der Schulter. »Sieh mal. Das da sind meine Lieblingsblumen.« Sie nickt zu einer Gruppe weißer Blumen hin. Die Stengel sind ungefähr sechzig Zentimeter hoch und tragen zarte weiße Glocken. Anmutig nicken sie in der leichten Brise.

»Sie sind wunderschön. Wie heißen die?«

Sie beugt sich vor und umschließt mit den Fingerspitzen eine sanft gewellte Glocke. »Campanula. Glokkenblume. Sind sie nicht herrlich? Sie brauchen ein bißchen Sonne, mögen aber nicht zuviel. Die meisten Arten blühen im Sommer. Die habe ich an der Nordseite des Herzens gepflanzt. Aber dieses kleine Schätzchen, das ist eine frühe Art. Stimmt es nicht, meine Süße?« gurrt sie in komisch überzogener Manier in das nach oben gewandte Antlitz der Blume.

»Das Schweigegelübde gilt wohl nicht für Blumen, ha?«

»Was glaubst du, warum sie so schön wachsen?« erwidert Angie trocken, und wir lachen beide.

»Das ist das erste Mal, daß du an diesem Ort einen Scherz gemacht hast, weißt du das.«

Sie richtet sich auf. »Fang nicht wieder damit an, Mary.«

»Schon gut, schon gut.«

»Komm, gehen wir weiter. Wir haben nicht viel Zeit.« Mit flotten Schritten geht sie zu einer Bank aus verwittertem Holz. Angie wirkt energiegeladener als zu Beginn dieses Morgens.

»Du liebst diesen Garten, ja?«

»Ja.« Sie setzt sich auf die Bank. »Setz dich zu mir«, sagt sie.

Ich gehorche.

»Sieh mal da drüben.« Sie deutet nach rechts, wo kleine Hügel aus wuchernden grünen Ranken einen glänzenden Teppich bilden. »Weißt du, was das ist?«

»Ein kostenloser Parkplatz?«

»Nein, du Oberschlaue. Ich habe sie uns zu Ehren gepflanzt. Das ist die italienische Glockenblume.«

»Sie gefällt mir. Die Blume eines Mafia-Paten.«

Sie betrachtet die Pflanzen. »Sie sind schwer zu ziehen. Sie sind wie du, eigensinnig. Letztes Jahr sind sie nicht gekommen. Aber wenn sie kommen, sind sie schön. Ich habe sie auf einer Abbildung gesehen.« Plötzlich wirkt ihr Blick abwesend.

»Wie sehen sie denn aus?«

»Wie kleine Sterne. Kleine glockenförmige Sterne. Man nennt sie auch Stern von Bethlehem.« Sie blickt sehr weit weg. Ich frage mich, wohin sie schaut, was sie denkt. Ich folge ihrem Blick über den Garten, über die Statue irgendeines Heiligen hinweg. Sonst kann ich nichts Auffälliges entdecken, abgesehen von dem schmiedeeisernen Kruzifix oben auf dem Tor.

»Erinnerst du dich noch, wie wir früher gegenseitig unsere Gedanken gelesen haben?« frage ich.

Sie antwortet nicht.

»Wo schaust du hin, Angie?«

»Auf die andere Seite.«

»Die andere Seite von was?«

»Die andere Seite vom Rosengarten. Auf der anderen Seite steht unser neuer Pavillon. Hast du ihn gesehen?« Sie blinzelt, als strenge sie sich an, durch die Rosen hindurchzuschauen.

»Nein.«

»Er ist schön. Aus ganz leichtem hellem Holz gebaut. Im Innern befinden sich Figuren vom Heiligsten Herzen und vom Unbefleckten Herzen, beide in Italien in Handarbeit gefertigt. Auch von Hand bemalt. Diesen Figuren verdanke ich die Eingebung für diesen Garten.« Sie verstummt kurz. »Die Figuren stehen in der Mitte, oben in der Decke ist ein Oberlicht. Wenn die Sonne hereinscheint, erstrahlt der ganze Raum. Im Innern ist das Licht einzigartig. Es ist erfüllt.« Angie sieht mich an. Ihre Augen leuchten. »Verstehst du, was ich meine, wenn ich sage, ein Licht kann *erfüllt* sein? Kannst du dir das vorstellen?«

Ich schlucke schwer. »Du wirst diesen Ort nie verlassen, stimmt's?«

Angie lächelt. »Du bist keine sehr gute Zuhörerin, weißt du das?«

»Ich bin Rechtsanwältin. Wir werden nicht fürs Zuhören bezahlt. Wir werden fürs Reden bezahlt.«

»Aber im Moment bezahlt dich niemand.«

»Nein, nein, du hast recht. Gerade bezahlt mich niemand.« Nun ist die Reihe an mir, durch die Rosen hindurchzustarren.

»Also. Ich war letzte Nacht auf und habe nachgedacht über das, was du gesagt hast, und auch über andere Dinge.« Sie faltet die Hände ordentlich im Schoß und wirkt wieder angespannt.

»Ich wollte dich nicht aufregen, dich nicht verletzen. Es ist nur so, ich will nicht, daß du hier bist, Angie. Ich sah den Friedhof da hinten. Ich möchte nicht, daß du dann noch hier bist, und ich möchte auch nicht, daß du jetzt hier bist.«

»Ich verstehe dich.«

»Ich glaube wirklich ...«

»Ich weiß, was du denkst. Du möchtest, daß ich das Kloster verlasse.« Sie nickt über den Garten hinweg in Richtung Tor.

»Richtig.«

»Weil du glaubst, draußen sei es besser als hier. Als an diesem herrlichen Fleckchen Erde.« Ihre braunen Augen gleiten über die leuchtenden Blumen des Gartens.

»Nicht, daß es besser ist. Sondern daß es die Wirklichkeit ist. Draußen ist die reale Welt, und damit mußt du umgehen. Du kannst sie nicht einfach ignorieren. Davor weglaufen.«

»Nein? Warum nicht?«

»Was soll das heißen, warum nicht?«

»Warum nicht?«

»Weil du darin leben mußt. Weil du lernst, indem du mit ihr umgehst, es mit ihr aufnimmst. Wir sind stark, Angie. So haben uns Mom und Pop erzogen. Sie haben uns beigebracht, mit allem, was auf uns zukommt, fertig zu werden. Ich weiß, draußen findest du, was du suchst. Ich weiß es einfach.«

»Glaubst du, daß das wichtig für mich ist?«

»Mehr als wichtig. Lebenswichtig.«

Sie zögert. »Ist es für dich wichtig?«

Ich zucke die Achseln. »Sicher.«

»Verstehe. Nun, dann möchte ich dir eine Frage stellen.«

»Schieß los.«

»Warum bist du hier?«

Ich sehe sie an. Sie sieht mich an. Meine Augen werden schmaler, ihre Augen werden schmaler. Absolut identisch.

»Was?« frage ich.

»Warum bist du hier?«

»Ich verstehe nicht, was du meinst.«

»Das ist doch offensichtlich, oder? Wenn das, was du sagst, stimmt, warum bist du dann hier? Warum rennst du in ein Kloster, weg von der großen, ach so wundervollen Außenwelt?«

Darauf habe ich keine Antwort. Es scheint mir keine faire Frage zu sein.

»Du erzählst mir, da draußen seien gefährliche Menschen hinter dir her, sie verfolgen dich. Sie schikken dir anonyme Briefe. Sie dringen in deine Wohnung ein, während du nicht da bist. Vielleicht haben sie sogar deinen Sekretär *umgebracht.* Deinen *Mann.*« Ein Ausdruck des Schmerzes huscht über ihr Gesicht. »So sieht doch die Wahrheit aus.«

»Ja.«

»Lassen wir einmal die Frage beiseite, warum jemand mit gesundem Menschenverstand sich für einen solchen Ort entscheiden sollte, anstatt für einen Ort wie diesen hier. Fragen wir uns lieber, warum dein erster Impuls darin bestand, hierherzukommen? Nicht darin, sich an jemand anderen im Polizeirevier zu wenden, anstatt an diesen Lombardo. Sondern in ein Kloster zu gehen.«

»Ich bin nicht in ein Kloster gegangen, Angie, ich bin zu dir gegangen. Würdest du in Camden wohnen, wäre ich nach Camden gefahren.«

»Aber was kann *ich* tun? Ich bin eine Nonne. Ich habe kein Geld, keine Macht, keine Hilfsmittel. Ich besitze nichts, gar nichts, nicht einmal diesen Garten. Wie könnte ich dir helfen?«

»Einfach, indem du da bist. Indem du mir zuhörst.«

Ich reibe meine Stirn. »Ich begreife es nicht. Warum sagst du so was?«

»Ich war da. Ich habe dir zugehört. Inzwischen ist der nächste Morgen angebrochen, und du mußt fort. Du mußt hinaus, jenseits dieser Mauern, in eine Welt voller wundervoller und schrecklicher Dinge. In *deine* Welt, in der zwei dir nahestehende Menschen umgebracht wurden. Und was wirst du machen? Was wirst du machen?«

Ich sehe sie an und bin plötzlich niedergeschmettert, ohne zu begreifen, warum.

»Verstehst du, Mary, das ist sehr schwer für mich.« Sie faltet wieder die Hände im Schoß. »Daß ich dich da hinausgehen lassen muß, in eine Welt, die du so sehr liebst, in eine Welt, vor der du geflohen bist. Ich muß dich gehen lassen. Aber ich sehe an dir keinerlei Anzeichen, daß du in dich gehst und dir überlegst, wie du diese Situation meistern sollst, und es geht schließlich um die Bedrohung deines nackten Lebens.«

Ich starre sie aus großen Augen an.

»Wie soll ich dich fortlassen, wenn ich nichts weiter tun kann, als zu Gott zu beten, daß er dich beschützt, und sehe, daß du nicht die geringsten Anstalten machst, irgend etwas zu deinem Schutz zu unternehmen?« Ihre Lippen sehen trocken aus, ihre Miene ist kummervoll. »Du hast gesagt, wir werden mit allem fertig, und von dir habe ich das auch immer geglaubt, allerdings nicht von mir. Aber wirst du auch damit fertig?«

»Ich … ich weiß es nicht.«

Sie wendet den Blick ab und schweigt einen Augenblick. »In einem Punkt hast du recht. Weißt du noch, das Licht, von dem ich dir erzählt habe? Von dem ich sagte, es sei erfüllt?«

»Ja.«

»Nun, ich werde es nie verlassen. Ich kann es nicht. Es ist in mir. Hier drin.« Sie legt ihre schmale Hand auf die Brust. »Verstehst du?«

Ich nicke, aber sie achtet nicht auf mich.

»Es besitzt eine Art Substanz, es ist greifbar für mich. Es leitet mich, und ich folge ihm wie einem Fluß. Da hinein tauche ich, wenn ich die Antwort wissen muß. Für mich ist das mein Glaube an Gott.« Angie wendet sich mir zu. »Was befindet sich in deinem Innern, Mary?«

Ich schüttle den Kopf. »Ich weiß es nicht.«

»Denk nach.«

»Seit Mikes ...«

Sie hebt einen Finger. »Nein. Nein. Kein Mann kann dir das geben. Nicht Mike, und auch nicht dieser andere Mann. Niemand kann es dir geben. Es ist in deinem Innern. Es ist bereits da.«

»Glaubst du?«

»Ich weiß es. Hast du mir das nicht letzte Nacht zu verstehen gegeben?«

»Vermutlich.«

»Siehst du? Ich höre zu«, sagt sie mit einem Lächeln.

Mit einem Mal beginnen die Glocken der Kapelle zu läuten, *bong, bong, bong,* irgendeine undefinierbare Hymne. Angie wendet sich dem Glockenklang zu. »Ich muß gehen.« Besorgt sieht sie mich an. »Verstehst du, was ich dir zu sagen versuche?«

»Ja.«

Sie steht auf. »Ich muß dich jetzt fortlassen, aber bevor du gehst, muß ich überzeugt sein, daß dir nichts passiert. Ich habe mir noch nie Sorgen um dich gemacht, Mary, aber jetzt tue ich es. Ich habe die ganze Nacht für dich gebetet, zu Gott gebetet, daß er dich beschützt.« Ihre Augen füllen sich mit Tränen.

Ich erhebe mich und umarme sie fest. »Lies meine Gedanken«, flüstere ich in ihre Tracht.

»Ich weiß, was du denkst. Du liebst mich«, sagt sie mit halberstickter Stimme.

»Richtig. Soll ich deine Gedanken lesen?«

»Nein.« Sie drückt mich noch fester an sich.

»Du liebst mich auch.«

Die Glocken der Kapelle schweigen so plötzlich, wie sie zu läuten begannen.

Sie faßt mich bei den Schultern. Ihre feuchten Augen ruhen forschend auf meinem Gesicht.

»Es wird alles gut, Angie.«

»Schwörst du das?«

»Auf einen ganzen Stapel Bibeln.«

Lachend wischt sie sich mit dem Ärmel über die Wange. »Schwör auf etwas anderes. Auf etwas, woran *du* glaubst.«

Ich ziehe sie schnell an mich. »Hab Vertrauen. Und jetzt mach, daß du wegkommst.«

»Weißt du, wie du hier rauskommst?«

»Weißt du es?«

Angie verdreht die Augen. »Ich muß gehen. Das Tor ist da drüben. Paß auf dich auf.«

»Mach' ich.«

Sie küßt mich auf die Wange, dreht sich um und läuft auf das Klostergebäude zu. Auf halbem Weg den Gartenpfad hinunter hebt sie mit einer Hand den Rock hoch, um schneller laufen zu können.

»Bravo!« rufe ich ihr nach.

Sie blickt mit einem verschmitzten Lächeln zurück. Dann läuft sie davon mit wehendem Schleier, ihre Beine in den schwarzen Wollstrümpfen fliegen.

– 26 –

Dampfwolken hüllen mich ein. Das Wasser erhitzt meine Haut. Mein Blut strömt schneller, meine Gedanken fließen wie Quecksilber. Ich nehme eine dampfendheiße Dusche im Umkleideraum von Stalling im zweiten Stockwerk, Zorn.

Sehr passend.

Ich bin zornig auf mich selbst, weil ich mich wie ein Hündchen verkrochen habe vor irgendeinem Teufel da draußen, der hinter mir her ist. Aber jetzt reicht's.

Angie hatte recht. Ich predigte ihr, sie müsse sich dem Leben stellen, und kaum versetzt man mich in Angst und Schrecken, laufe ich in Panik davon. Aber wie Brent zu sagen pflegte, das war damals, und heute ist heut. Mir kam eine Erleuchtung auf der Rückfahrt in die Stadt, als ich auf der Route 1, auf der kaum Verkehr herrschte, in den wolkenlosen Morgen raste. Ich fand meinen Fluß, aber seine Quelle ist todsicher nicht mein Glaube an Gott. Und in ihm strömt kein Weihwasser, sondern eine gallebittere Flüssigkeit, zumindest im Moment. Was immer mich antreibt, es ist in erster Linie auch der Grund, aus dem ich Rechtsanwältin geworden bin. Tagtäglich trickse ich in meinem Job andere zugunsten von Stallings Mandanten aus, und mein Beruf gefällt mir. Nun habe ich beschlossen, andere zu meinem eigenen Vorteil auszutricksen. Ich renne nicht mehr länger um mein Leben, ab jetzt kämpfe ich.

Ich drehe das Wasser ab und trete tropfnaß aus der Dusche. Rasch trockne ich mich ab und ziehe ein weißes Leinenkleid an, das ich für Notfälle in meinem Schrank hängen habe. Ich trockne meine Haare und achte nicht auf die auf meiner Brust aufflammenden Flecken. Ich schließe die Tür des Umkleideraums auf und eile in mein Büro.

Die große Uhr starrt mich an. 7 Uhr 56. Ich starre zurück. Auf meinem Schreibtisch liegt einsam und verlassen Neds Rosenstrauß. Die Blumen sind verwelkt, duften aber immer noch. Ich hole tief Luft und werfe sie in den Papierkorb. Ich versuche, ihnen nicht wehmütig hinterherzusehen, sondern nehme entschlossen den Telefonhörer ab und tippe die Nummer aus meinem Rolodex ein. Detective Lombardo persönlich nimmt den Hörer ab.

»Wie geht's Ihrer Nase heute morgen, Lombardo?«

»Wer spricht denn da?«

»Mary DiNunzio, erinnern Sie sich? Die verrückte Witwe? Die Sie zu überzeugen versuchten, sie bilde sich alles nur ein? Ich habe gesehen, wie Berkowitz Ihnen die Fresse poliert hat, Lombardo, und ich möchte zu gerne wissen, warum.«

»Mary, Himmel. Es ist nicht… Sie müssen Sam fragen, mehr kann ich dazu nicht sagen.«

»Sie reden einen Scheiß.«

»Die Sache ist vertraulich.«

»Was an diesen Ermittlungen kann denn wohl für mich zu vertraulich sein? Brent war mein Freund. Mike war mein Mann.«

»Lassen Sie mich schnell mal meine Jacke ausziehen, okay? Ich bin gerade erst gekommen. O Gott, Sie sind noch schlimmer als die Amazone, die Sie mir vorbeigeschickt haben.«

»Welche Amazone?«

»Ihre Freundin Carrier. Sie kam gestern abend hier an und las mir die Leviten. Was soll das, sind Sie beide auf dem Kriegspfad?«

Mein Blut gerät in Wallung. »Haben Sie ein Haus, Lombardo? Einen Wagen? Lieben Sie Ihren Beruf? Wollen Sie in den Genuß Ihrer Pension kommen?«

»Was?«

»Warum haben Sie in dieser Sache nicht gleich ermittelt, nachdem ich Anzeige erstattet habe?«

»Wovon reden Sie, Mary? Sie haben nie Anzeige erstattet!«

»Aber todsicher habe ich das, Sie müssen sie verschlampt haben. Ihr Wort steht gegen meines. Was würden Sie glauben – daß die junge Witwe eine drekkige Lügnerin ist oder daß ein Stadtbediensteter ein Formular verschlampt hat? Ich bitte Sie. Das geht nicht einmal knapp aus.«

»Sie würden ...«

»Meine Erinnerung ist kristallklar. Ich ging zu Ihrer Dienststelle. Wir sprachen miteinander. Ich erzählte Ihnen von dem Wagen, der mich und meinen Sekretär verfolgte. Einen Tag später ist er tot, zusammengefahren von ebendiesem Wagen, von dem ich Ihnen erzählt habe. Wurde gegen Sie schon einmal Klage erhoben, Lombardo?«

»Was soll das alles ...«

»Sie waren nachlässig, Kumpel. Sie haben mir meine Grundrechte verweigert. Ich werde Ihnen Ihr beschissenes popliges Haus und Ihren Wagen wegnehmen. Ich lasse jeden Gehaltsscheck pfänden, den Sie noch bekommen.«

»Drohen Sie mir nicht!«

»Ich mache Ihnen das Leben zur Hölle. Ich weiß, wie man so was macht, verstehen Sie? Das ist mein Beruf. Ich bin Rechtsanwältin.«

»Jetzt warten Sie mal eine Sekunde ...«

»Brent war schwul, vielleicht haben Sie deshalb nicht ermittelt. Sie merken das immer, das haben Sie selbst gesagt. Und etwas über Ihren Bruder, der ›die

Hüften schwenkt‹. Ich liebe diese lässige Ausdrucksweise. Sie macht sich so gut in einer Strafanzeige. Das bringt den nötigen Touch Realismus, finden Sie nicht auch?«

»Sie sind ja verrückt!«

»Das wäre doch eine Schlagzeile, könnte ja sein, die Zeitungen greifen sie wortwörtlich auf. Aber warum das dem Zufall überlassen? Ich werde der Presse gleich eine Kopie der Strafanzeige zuschicken – am besten zehn Kopien, damit es ganz sicher klappt.«

»Ich muß mir das nicht anhören.«

»Doch, das müssen Sie. Sie müssen zuhören, Lombardo, und Sie werden zuhören, wenn Sie klug sind. Was ich von Ihnen will, ist Schutz. Keinen auffälligen Bewacher, sondern unauffälligen Schutz vor demjenigen, der mir ans Leder will. Ich verlange, daß Sie Ihren Job erledigen, damit ich meinen erledigen kann. Ich will, daß Sie mich bei Stalling bewachen.«

»Und wie soll das vor sich gehen?« poltert er. »Dort kennt man mich. Ich geh' kaum als Rechtsanwalt durch!«

»Schleusen Sie einen anderen ein. Sie werden das schon schaukeln.«

»Sie sind im Büro sicher. Da sind dauernd Leute um Sie herum.«

»Waters arbeitet auch hier, Lombardo. Wenn er derjenige ist, welcher ...«

»Oh, das ist ja prächtig! Haben Sie Ihre Meinung über Ihren Freund schon wieder geändert?«

»Ich gehe kein Risiko ein. Sie müssen mich im Büro bewachen.«

»Ausgeschlossen. Ich behalte Sie draußen im Auge, aber damit hat sich's! Ich setze einen Kollegen auf Waters an – draußen. Sie rufen mich über Funk an, sobald Sie das Büro verlassen und sobald Sie es betreten. Sie arbeiten nur während der Bürostunden, wenn alle da sind. Bleiben Sie in der Nähe Ihrer Amazonenfreundin. Nach Büroschluß gehen Sie auf direktem Weg nach Hause. Haben Sie verstanden? Drei Tage.«

»Zwei Wochen.«

»Vier Tage.«

»Zehn Tage.«

»Sieben«, sagt Lombardo schließlich. »Und Schluß. Das ist alles, was ich tue. Ich würde ja blöd werden, wenn ich jede überkandidelte Tussi in der Stadt bewachen würde, verdammt noch mal!«

»Haben Sie gerade geflucht? Vor den Ohren einer Dame?«

»Ich muß weg. Ich habe noch richtige Arbeit zu erledigen.«

»Nicht so schnell. Ich brauche noch etwas.«

»Lieber Himmel.«

»Ich brauche Informationen. Diese Akten, von denen Sie mir erzählt haben, die über Mike und Brent. Wo sind die jetzt?«

»Die AID hat sie. Ich habe sie zurückgebracht. Aber an die kommen Sie nicht ran.«

»Warum nicht? Sie müßten doch einsehbar sein.«

»Nicht, wenn die Ermittlungen noch nicht abgeschlossen sind. Die geben Ihnen ganz sicher keine noch nicht abgeschlossene Akte. In der von Brent stehen alle meine Anmerkungen, alle Hinweise aus den Ermittlungen, Spuren, Schlußfolgerungen ...«

»Genau darum will ich sie ja.«

»Das geht nicht.«

»Ich weiß das Vertrauensvotum zu würdigen.«

»Sieben Tage, Mary. Damit hat sich's.«

»Und das alles ist vertraulich, Lombardo. Daß wir miteinander gesprochen haben, daß ich die Akten einsehe. Alles. Ich will nicht, daß Berkowitz oder irgend jemand aus dem Büro davon erfährt. Haben Sie mich verstanden?«

»Ich habe wahrlich Besseres zu tun.«

»Vielen Dank. Und einen schönen Tag noch.«

Lombardo donnert den Hörer auf die Gabel.

Ich hänge ein und atme tief durch. So weit, so gut. Da ich gerade in Fahrt bin, nehme ich gleich wieder den Hörer und tippe vier Nummern.

»Mr. Berkowitz' Büro«, meldet sich Delia.

»Hallo Delia, hier ist Mary. Ist er da?«

Sie zögert kurz. »Kommen Sie rauf.«

Ich springe die Treppen hinauf zu Hochmut. Delia sitzt nicht an ihrem Schreibtisch, also marschiere ich gleich auf Berkowitz' Büro los, die Tür steht ein Stückchen offen. Ich beiße die Zähne zusammen und platze hinein. Und befinde mich Auge in Auge mit dem Ehrenwerten Morton A. Weinstein, dem Ehrenwerten William A. Bitterman und dem Ehrenwerten Jeremy M. van Houten, die Berkowitz gegenübersitzen und mich bei meinem Eintritt reichlich verblüfft ansehen.

»Ach du meine Güte. Oh.«

»Mary! Warum treten Sie nicht näher und lernen einige der schwer arbeitenden Mitglieder des Regelausschusses kennen?« sagt Berkowitz so herzlich, als hätte er mich erwartet. Die drei Richter erheben sich. Tatsächlich, sie springen ruckartig auf und grinsen, für mich.

Der Bärbeißige, der mir am nächsten steht, ergreift meine Hand mit feuchtkalt-klebrigen Fingern. »Ich kenne Miz DiNunzio, Sam. Sie hat für mich die Recherchen für diesen Artikel gemacht, den ich über die Zuständigkeit des Bundesgerichts geschrieben habe. Ich glaube, ich habe Ihnen einen Nachdruck zugeschickt. Er wurde in der *Yale Law Review* veröffentlicht.«

Berkowitz nickt wissend. »Ich erinnere mich, Bill.« Er hat keine Ahnung, wovon der Bärbeißige redet.

»Ich würde sogar wetten, ich kenne Miz DiNunzio besser als Sie«, behauptet der Bärbeißige.

»Ach wirklich?«

»Ja, ich weiß zum Beispiel, daß sie einen Alt hat. Einen ganz hübschen Alt sogar. Habe ich recht, Miz DiNunzio? Einen Alt?« Die dicken Lippen des Bärbeißigen verziehen sich zu einem zynischen Grinsen.

Ich nicke. Du Arschloch.

»Sie meinen beim Singen?« fragt Berkowitz. »Woher wissen Sie das, Bill?«

Auf meiner Brust breiten sich juckende Flecken aus.

»Ich weiß nicht, ob ich das sagen soll, Sam. Soll es unser kleines Geheimnis bleiben, Miz DiNunzio?«

Einstein springt zu meiner Rettung ein, seine Abneigung gegen den Bärbeißigen ist offenkundig. »Lassen Sie sich vom Kollegen Bitterman nicht ins Bockshorn jagen, Ms. DiNunzio. Wir können ihn aufpolieren, aber wir können ihn nicht ändern. Wir hatten erst kürzlich miteinander zu tun, stimmt doch? Im Fall Hart?« Er drückt mir freundlich die Hand.

»Ja, Euer Ehren.«

»Sie haben in einer nicht ganz leichten Sache einen prächtigen Punkt erzielt.«

Berkowitz legt einen schweren Arm um meine Schultern. Sein Nadelstreifensakko stinkt nach Zigarettenqualm. »Das überrascht mich nicht, Morton. Mary ist eine der Besten von unseren jungen Rechtsanwälten.«

Tief errötend versuche ich, von Berkowitz abzurücken. Die Röte bricht an meinem Haaransatz aus und läuft wie Lava bei einem Vulkanausbruch rasch hinunter bis auf meine Brust. Ich bin verlegen und verwirrt. Ich möchte ihn austricksen, aber in dieser Hinsicht ist er mir voraus. Unmäßigkeit wird von Hochmut meist rücksichtslos ausmanövriert.

»Haben Sie Richter van Houten auch bereits kennengelernt, Mary?« fragt Berkowitz und drückt ein weiteres Mal meine Schultern. »Er wurde letztes Jahr zum Richter ernannt, als Nachfolger von Richter Marston.«

»Ich bin der Neue«, witzelt van Houten und schüttelt meine Hand mit selbstsicherem Grinsen. Seine Gesichtszüge sind fein und ebenmäßig, seine Haare so glatt und gelbbraun wie ein Karamelbonbon. Er sieht gut aus, sofern man solche Ken-Typen mag. Judy nennt ihn Goldrute, weil das Gerücht kursiert, daß er die Runde macht. Jetzt verstehe ich, warum. »Wir sprachen gerade über das Thema, ob man den Geschworenen gestatten soll, sich Notizen zu machen«, erläutert er. »Solche Dinge beschäftigen die akademische Welt außerordentlich.«

»Wenigstens etwas«, sagt Berkowitz mit einem lauten Lachen. Er schlägt mir so fest auf den Rücken, daß ich nicht erstaunt wäre, wenn meine Kontaktlinsen quer durch den Raum segelten. Auch Goldrute kriegt sich fast nicht mehr ein vor Vergnügen.

Einstein blickt die beiden über seine kleine Halbbrille nachsichtig an. »Sehen Sie, Mary, wir haben eine Umfrage in Auftrag gegeben, um die Meinung der Anwaltschaft zu der Frage, ob sich Geschworene während der Verhandlung Notizen machen dürfen, zu erfahren. Leider fällt es uns nun sehr schwer, zu einem eindeutigen Schluß zu kommen, weil so unterschiedliche Ergebnisse dabei herausgekommen sind.«

»Welche Überraschung«, sagt der Bärbeißige.

Einstein ignoriert ihn. »Wir haben heute Mittag einen Termin beim Vorsitzenden des Gerichts, bis dahin sollten wir klüger sein.«

»Eines haben wir inzwischen ja bereits gelernt, meine Herren, nicht wahr? Das nächstemal – nicht fragen!« Berkowitz explodiert fast vor Lachen und Goldrute ebenfalls.

Der Bärbeißige rutscht unbehaglich auf seinem Stuhl hin und her. »Miz DiNunzio, warum sagen Sie uns nicht aus Ihrer Sicht der Praxis, was Sie für richtig halten? Sollte es Ihrer Meinung nach den Geschworenen gestattet sein, sich während der Verhandlung Notizen zu machen?«

Die Frage trifft mich unvorbereitet. »Ich ... äh ...«

Einstein spöttelt. »Also, Bill, du willst sie hier doch nicht ins Kreuzverhör nehmen, oder? Das Gericht hat sich vertagt, um Gottes willen.«

Ich blicke perplex vom Bärbeißigen zu Einstein, um einen Anhaltspunkt dafür zu entdecken, wie ich mich verhalten soll. Zwischen den beiden herrscht eine solche Spannung, daß ich keine Partei ergreifen will.

»Ich sage Ihnen, Morton, unterschätzen Sie diese Frau nicht«, mischt sich Berkowitz ein. »Ich bin sicher, sie hat eine eigene Meinung dazu. Stimmt doch, Mary?«

Die drei Richter sehen mich erwartungsvoll an. Ich habe sehr wohl eine eigene Meinung, aber vielleicht ist es nicht die richtige Meinung, denn die richtige Meinung, das ist die von Berkowitz. Vor einer Woche wäre ich dieser Frage noch ausgewichen, aber das war damals, heute habe ich ein neues Ich. Jetzt sage ich, was ich wirklich denke und begehe damit möglicherweise Harakiri an meiner Karriere: »Meiner Ansicht nach sollten sie sich keine Notizen machen. Es lenkt sie ab. Ihre Aufgabe besteht darin, die Beweisaufnahme und die Zeugenaussagen anzuhören, und dann gewissermaßen einer Form elementaren Rechts Genüge zu tun.«

Einstein lächelt.

Goldrute lächelt.

Und das Wichtigste, Berkowitz lächelt.

Ja!

»Die Leute haben doch von Tuten und Blasen keine Ahnung«, brummt der Bärbeißige.

»Das ist mein Mädchen!« sagt Berkowitz. »Wir sagen, nach Ansicht von Mary DiNunzio sollte es den

Geschworenen nicht gestattet werden, sich während der Verhandlung Notizen zu machen. Damit können wir endlich zu wichtigeren Themen übergehen.«

»Golf zum Beispiel«, sagt Goldrute. Allgemeines Gelächter, nur der Bärbeißige lacht nicht.

Ich nutze die Gunst des Augenblicks und verziehe mich in Richtung Tür. »Es war mir eine Ehre, Sie alle hier zu sehen. Aber jetzt gehe ich wohl besser wieder in mein Büro.«

»Zurück unters Joch, eh?« trompetet Goldrute. »Streifen Sie es, ohne zu murren, über und schleppen Sie sich unter Mühsal im Kreis herum.«

Berkowitz lacht. »Seien Sie vorsichtig, Jeremy. Wir wollen keinen Aufruhr. Auf bald, Mary.«

»Klingt verheißungsvoll«, sage ich lässig, als wäre ich dem Mann nicht bedingungslos ausgeliefert. Ich schließe die Tür und lasse die Maske fallen. Ich ekle mich vor mir selbst. Ich habe mich zu leicht kaufen lassen. Und ich weiß immer noch nicht, warum sich Berkowitz mit Lombardo getroffen hat, noch weniger, warum er auf ihn eingeschlagen hat.

Delia sitzt nicht an ihrem Schreibtisch, als ich gehe, und ich zweifle nicht im geringsten daran, daß es sich nicht um einen Zufall handelt. Sie möchte meiner äußerst wichtigen Frage ausweichen, nämlich: Warum haben Sie mich reingelegt? Ich zumindest stelle mir diese Frage auf dem Weg zum Fahrstuhl, während ich gegen den Strom der Rechtsanwälte und Sekretärinnen schwimme, die zu Stalling strömen, um ihr Tagwerk zu beginnen. Bevor ich in mein Büro gehe, fahre ich hinunter auf Judys Stockwerk.

Judy ist mittendrin in ihrem Zen-ähnlichen Schriftsatz-Ritual. Prozeßakten, markiert mit gelben Zetteln, stapeln sich zu ihrer Linken, Kopien von Präzedenzfällen stapeln sich zu ihrer Rechten, und ein einsamer Schreibblock nimmt die Mitte ihres ungewohnt unbefleckten Schreibtisches ein. Bei meinem Anblick knallt Judy ihren dicken Bleistift auf den Tisch. »Mary, ich habe mir Sorgen um dich gemacht! Alle haben sich Sorgen um dich gemacht. Wo bist du bloß gestern nacht gewesen?«

»In Angies Kloster.« Ich lasse mich auf den Stuhl vor ihrem Schreibtisch fallen.

»Du lieber Gott!«

»Genau.«

»Komm, erzähl schon!« Sie beugt sich gespannt vor, aber ich winke ab.

»Hast du die Briefe von Ned bekommen?« Tapfer ignoriere ich den Stich, den mir allein schon das Aussprechen seines Namens versetzt.

»Aber sicher. Ich war auch bei Lombardo.«

»Das habe ich schon gehört.« Wir tauschen unsere Lombardo-Geschichten aus. Sie applaudiert mir, als ich mit meiner fertig bin.

»Du bekommst Polizeischutz! Eine prima Idee!«

»Ich weiß. Du bist so viel klüger als ich, warum bist du nicht draufgekommen?«

Sie lächelt. »Trotzdem solltest du tagsüber in meiner Nähe bleiben, wie Lombardo vorgeschlagen hat.«

»Das dürfte mir nicht allzu schwerfallen. Wir stekken sowieso die ganze Zeit zusammen.«

»Richtig. Wie willst du an die Akten rankommen?«

»Ich kann die Herausgabe nicht verlangen, solange ich keine Klage erhebe, und ich kann noch keine Klage erheben, weil mich Lombardo dann nicht schützt.«

»Klage erheben? Gegen wen denn?«

»Gegen die Polizei. Vielleicht auch gegen die Stadt.«

»Ist das dein Ernst? Weswegen?«

»Das ist mir noch nicht ganz klar. Es spielt auch weiter keine Rolle. Die Klageschrift wird aus einer Seite mit irgendeinem Mist über die staatsbürgerlichen

Grundrechte bestehen. Ich brauche sie nur, um an die Akten heranzukommen. Sobald mir das gelungen ist, ziehe ich die Klage zurück.«

Sie nickt. »Kein schlechter Plan.«

»Und das ist nur Plan B, zur eventuellen Verwendung. Plan A besteht schlicht darin, zur AID zu gehen und die Leute zu überzeugen, daß sie mir die Akten geben müssen. Mir als der Witwe. Auf diese Weise komme ich rascher an die Dokumente, wenn sie denn darauf eingehen.«

»Was glaubst du, was du in den Akten findest?«

»Den Mörder, letztendlich. Aber zunächst geht es mir darum, festzustellen, welche Ähnlichkeiten zwischen Brents und Mikes Fall bestehen. Ich will ferner auch versuchen, die Akten der beiden anderen ungeklärten Todesfälle einzusehen. Wer weiß, was dabei herauskommt? Es ist wie bei jedem anderen Fall auch.«

»Aber du bist die Mandantin.«

»Nein. Brent. Und Mike.«

Sie sieht mich besorgt an. »Schaffst du das? Emotional, meine ich.«

»Falls du mich fragst, ob ich darauf erpicht bin, diese Akten einzusehen, lautet die Antwort nein. Aber mir bleibt nichts anderes übrig.«

»Okay«, sagt Judy seufzend. »Gib mir Bescheid, was die von der AID am Telefon sagen, okay? Ich geh' mit dir hin. Wir können die Akten gemeinsam durchsehen.«

»Danke, aber es sieht so aus, als hättest du genug Arbeit. Sieht wirklich sehr fleißig aus hier, mit dem aufgeräumten Schreibtisch und so. Woran arbeitest du?«

Sie nimmt den Bleistift in die Hand. »An den Mitsuko-Unterlagen. Wenn diese Beweisführung akzeptiert wird, gibt es einen neuen Präzedenzfall.« Judy schildert mir ihre Beweisführung mit einer solchen

Liebe zum Detail, wie sie die meisten Menschen ansonsten für ihre Kinder oder ihre Träume von der vergangenen Nacht aufbringen. Sie liebt das Recht. Ich vermute, es ist ihr ureigenster Fluß.

Als ich später die von Menschen wimmelnde Treppe zu meinem Büro hinaufgehe, dämmert mir langsam, was Judy gemeint hat. Ich kann mir wirklich nicht vorstellen, ruhig an meinem Schreibtisch zu sitzen und die Polizeiakten über Mikes oder Brents Tod zu lesen. Ungeklärte Todesfälle, beide, mein Mann und mein Freund. Ich mache mir etwas vor, wenn ich mir einrede, dies sei ein Fall wie jeder andere. Dieser Fall ist schwieriger als jeder andere, aber auch wichtiger. Ich werde bei der AID anrufen, sobald ich im Büro bin. Vielleicht kann ich sogar heute morgen noch einen Termin bekommen.

Aber als ich auf Unmäßigkeit eintreffe, rennt Miß Pershing in absoluter Panik vor ihrem Schreibtisch auf und ab. »Meine Güte, wo haben Sie denn gesteckt? Sie sind gestern den ganzen Tag nicht zurückgekommen, und angerufen haben Sie auch nicht! Ich habe auf Ihren Anrufbeantworter gesprochen. Ich habe sogar versucht, Sie bei Ihren Eltern zu erreichen, aber die wußten auch nicht, wo Sie sind. Jetzt warten sie oben beim Empfang auf die eidliche Vernehmung.«

»Wer wartet? Welche Vernehmung?«

»Ihre Eltern, sie warten oben.«

»Meine Eltern sind oben?«

»Sie machen sich große Sorgen. Sie wollen Sie unverzüglich sehen, sobald Sie auftauchen. Und Mr. Hart! Er sitzt auch schon oben mit seinem Rechtsanwalt.«

»Hart ist hier für eine Vernehmung? Um Himmels willen.« Ich hatte keine Ahnung, daß für heute eine eidliche Vernehmung im Fall Hart anberaumt war. Ich habe keine beantragt, und da ich in den Akten keinen

Vermerk fand, ging ich davon aus, auch von Masterson habe niemand eine Befragung beantragt. Vielleicht ging die Aktennotiz verloren, als die Akte zu Stalling geschickt wurde. Oder vielleicht hat sie jemand absichtlich herausgenommen.

»Miß DiNunzio, sie warten. Alle warten sie.« Miß Pershings magere Finger flattern an ihrem Kinn entlang.

Ich halte sie beruhigend an ihren Olive-Oyl-Schultern fest. »Ich möchte, daß Sie etwas für mich erledigen, Miß Pershing. Besorgen Sie uns ein Besprechungszimmer und lassen Sie etwas zum Frühstück kommen. Dann rufen Sie im Büro der Gerichtsschreiber an, die Nummer steht auf dem Rolodex. Bitten Sie darum, daß sie Pete herschicken, falls er frei ist. Pete Benesante, haben Sie verstanden?«

»Benesante.« Sie zittert vor Nervosität und wirkt sehr verletzlich. Ihre Arbeit ist alles, was sie hat. In ihr sehe ich mich in dreißig Jahren.

»Sobald Sie das erledigt haben, bringen Sie die Harts in das Besprechungszimmer. Sagen Sie Ihnen, ich käme gleich. Ich muß zuerst mit meinen Eltern sprechen. Okay?«

Sie nickt.

»Haben sie sich vor Angst in die Hosen geschissen?«

Eine zarte Röte überzieht ihr Gesicht.

»Entschuldigen Sie. Meine Eltern. Wie geht es ihnen?«

»Es geht ihnen gut. Sie sind sehr nett. Ganz wunderbare Menschen. Sie haben mich für Samstag zum Kaffee eingeladen. Sie sagten, vielleicht hätten Sie auch Zeit zu kommen.«

»Vielleicht, Miß Pershing. Aber jetzt müssen wir uns beeilen. Willkommen in der Prozeßabteilung. Sowas nennt man hier Feueralarm.«

Sofort sieht sie wieder total verängstigt aus.

»Keine Panik. Es wird alles wieder gut.«

»Es liegt in Gottes Hand.« Unsicher geht sie aus der Tür, unentwegt »Benesante, Benesante, Benesante« vor sich hin murmelnd wie ein lateinisches Gebet.

Ich durchwühle meinen Schreibtisch nach der dünnen Hart-Akte und überfliege sie rasch. Meine Erinnerung hat mich nicht getrogen, sie enthält tatsächlich nur die Klageschrift und einige flüchtige Notizen des Rechtsanwalts von Masterson, der Harbison zuvor vertreten hat. Ich hatte mir diese Notizen schon auf der Fahrt zum Vorverfahren bei Einstein angesehen. Sie sind mit zittriger Hand geschrieben und praktisch nicht zu entziffern. Hie und da gelingt es mir, einen Satz zu entschlüsseln – sinngemäß das, was ich Einstein über Harts unangemessenes Verhalten Angestellten der Firma Harbison gegenüber erzählt habe –, aber das meiste ist unleserlich.

Wer hat diese Anmerkungen verfaßt? Wem haben wir diesen Fall überhaupt weggenommen? Ich blättere rasch die Anmerkungen durch, sie umfassen lediglich drei Seiten. Auf der letzten Seite steht eine Formel: 10/3 BES AUS/FS 1 NSW. Ein Abrechnungscode. Fast identisch mit dem von Stalling. Die Formel bedeutet, daß der Rechtsanwalt von Masterson am zehnten März außerhalb des Büros eine Besprechung mit Franklin Stapleton, dem Geschäftsführer von Harbison, gehabt hat. Die Besprechung dauerte eine Stunde. Das NSW muß das Kürzel des Rechtsanwalts von Masterson sein.

NSW. Nathaniel Waters?

Neds Vater.

– 27 –

»Alles erledigt, Miß DiNunzio«, sagt Miß Pershing, die kurz vor dem Hyperventilieren zu stehen scheint, in der Tür zu meinem Büro. »Sie haben das Besprechungszimmer C. Und Mr. Benesante ist bereits unterwegs.«

»Vielen Dank, Miß Pershing.« Ich schaue unverwandt auf die Formel. Ist NSW tatsächlich Neds Vater? Es scheint plausibel, denn nur ein Megapartner bekäme eine Stunde Audienz bei Stapleton persönlich. Nicht einmal Berkowitz ist bisher je mit Stapleton zusammengetroffen. Er verhandelt mit Harbison über den Leiter der Rechtsabteilung.

»Und dann war da ein Anruf.« Stirnrunzelnd blickt sie auf die Notiz. »Eine Miß Krytiatow ... Miß Krytiatows ...« Sie hebt den Blick und sieht mich resigniert an. »Ihr Vorname lautet Lu Ann.«

»Ich kenne sie nicht, Miß Pershing. Heben Sie die Nummer auf. Ich rufe sie zurück, sobald ich Zeit habe.«

»Gut. Ich bin wieder an meinem Schreibtisch, falls Sie mich brauchen.« Sie wendet sich zum Gehen.

»Miß Pershing, die Harts. Sie vergessen sie nicht?«

Sie schlägt eine zitternde Hand vor den Mund. »Ach du meine Güte. Die habe ich völlig vergessen. Entschuldigen Sie bitte.«

»Kein Problem. Führen Sie sie ins Besprechungszimmer und sagen Sie ihnen, ich käme gleich.«

»Sie meinen, ich soll sie *hinhalten.* Wie Jessica Fletcher.« Sie zwinkert mir zu.

»Jessica wer?«

»Jessica Fletcher, aus *Mord ist ihr Hobby.* Sie ist eine prima Schnüfflerin.« Miß Pershings Augen leuchten.

»Genau das. Wie Jessica Fletcher.«

»Wird erledigt.«

»Und ich muß Sie um noch einen Gefallen bitten. Das müßte erledigt werden, während ich beim Hart-Termin bin. Ein Gefallen von der Art, wie er einer Schnüfflerin zusagen würde.«

»Das ist genau mein Fall«, erklärt sie strahlend.

»Nehmen Sie die Formulare für Vorladungen ans Bezirksgericht. Dann rufen Sie die Accident Investigation Division an – das ist eine Abteilung der Polizei in Philadelphia. Sagen Sie ihnen nicht, wer Sie sind. Lassen Sie sich nur die Information geben, wer dort verantwortlich ist für die Berichte noch nicht abgeschlossener Untersuchungen tödlicher Unfälle. Schreiben Sie diesen Namen auf zwei der Vorladungsformulare. Ich vermute, es ist der Sergeant von der Aufklärung von Unfällen mit Todesfolge, aber ich bin mir nicht sicher. Sagen Sie auch auf keinen Fall, warum Sie das wissen wollen.«

»Verstanden.« Sie zwinkert erneut und humpelt eifrig davon.

Ich wende mich wieder der Akte zu und lese noch einmal die Formel. 10/3 BES AUS/FS 1 NSW. Wenn NSW Neds Vater ist, wäre das eine Erklärung für die fehlende Notiz über den heutigen Termin? Hat er die Akte frisiert, damit ich im direkten Vergleich zu Ned schlecht abschneide? Ist Neds Vater der anonyme Schreiberling? Der Mörder?

Ich schließe die Akte und klemme sie mir unter den Arm. Langsam gehe ich die Treppe hinauf, damit Miß Pershing genügend Zeit bleibt, die Harts aus dem Empfangsbereich herauszulotsen. Meine Eltern müssen fast krank sein vor Sorge. Ich frage mich, ob sie Angie erreicht haben und was sie ihnen eventuell erzählt hat. Es muß die ganze Geschichte gewesen sein, wenn sie daraufhin hergekommen sind. Sie waren erst einmal bei Stalling, und das war, als ich hier angefangen habe. Mein Vater hat sich damals auf dem Weg zum Waschraum verirrt.

Als ich den Empfangsbereich betrete, sind die Harts verschwunden. Ein Mann vom Typ Geschäftsführer, sein Rechtsanwalt und sein Taschenträger sind am einen Ende eines gläsernen Couchtisches in eine vertrauliche Flüsterei vertieft, sie beugen sich dabei über Hochglanzausgaben von *Forbes, Time* und *Town and Country.* Am anderen Ende dieses Tisches sitzt das respekteinflößende Duo Vita und Matthew DiNunzio. Sie sitzen nebeneinander in ihren schweren Mänteln, ein Kammgarngebirge besorgter Elternschaft, und versinken unbequem in dem weichen, weißer als weißen, aus Einzelkissen zusammengesetzten Möbel. Ich weiß genau, was meine Mutter denkt: Dieses Sofa kostet ein Vermögen und hat noch nicht einmal eine Lehne.

»Maria!« ruft mein Vater hocherfreut. Er erhebt sich von dem Möbel und streckt die Arme aus. »Maria! Püppchen!«

Sämtliche Köpfe drehen sich. Der Geschäftsführer und sein Rechtsanwalt unterbrechen ihre sündteure Unterhaltung. Der Taschenträger unterdrückt ein Lachen. Zwei junge Rechtsanwälte, die mit Akten unter dem Arm vorüberhasten, sehen sich neugierig um. Die altgediente Empfangsdame von Stalling, Mrs. Littleton von den lila Haaren, strahlt über das ganze Gesicht. Angesichts dieses Strahlens drängt sich mir die Frage auf, ob sie auch zum Kaffee eingeladen wurde.

Ich durchquere rasch den Raum, um meine Eltern zu begrüßen, ehe mein Vater erneut losbrüllt. »Ma. Pop. Geht's euch gut, euch beiden?«

Sie greifen nach mir und hüllen mich in ihre kratzigen Mäntel ein. Sie riechen nach Zuhause, ein vertrauter Geruch nach Marinara und Mottenkugeln. Es ist verrückt, mein ganzes Leben geht in Trümmer, aber ich freue mich unendlich, sie zu sehen. Ich hoffe, Angie hat ihnen nicht alles erzählt. Ich weiß nicht, wieviel sie noch verkraften, besonders mein Vater.

»Maria, was ist passiert? Wo warst du?« sagt meine Mutter fast stöhnend. Ihre Make-up-Schicht ist extradick aufgetragen, wie immer, wenn sie in die Stadt geht. »Wir haben uns solche Sorgen gemacht!«

»Wir haben Angie angerufen«, übertönt mein Vater sie. »Sie hat gesagt, du seist bei ihr gewesen. Steckst du in Schwierigkeiten, Liebes?«

Der Geschäftsführer beugt sich wieder zu seinem Rechtsanwalt vor und setzt die Unterhaltung fort. Der Taschenträger hat weiter nichts zu tun, als uns zu beobachten, und das betreibt er ausgiebig. Mir gefällt es nicht, wie er meine Eltern anstarrt, mit einer Mischung aus Ungläubigkeit und Belustigung. Ist was? hätte ich am liebsten zu ihm gesagt. Haben Sie noch nie Italiener gesehen?

»Pop, ich stecke nicht in Schwierigkeiten. Alles ist...«

»Was?« Aufgeregt stößt er meine Mutter an. »Was hat sie gesagt, Vita?«

»Sie hat gesagt, sie hat keine Schwierigkeiten, aber ich glaube ihr kein Wort«, schreit meine Mutter. »Sieh dir ihre Augen an, Matty. Sieh dir bloß ihre Augen an.« Sie greift nach meinem Kinn, aber ich weiche ihr geschickt aus, mit dieser Handbewegung habe ich reichlich Erfahrung.

Ich blicke über ihre Schulter zu dem dämlich grinsenden Rechtsanwalt. »Kommt mit. Gehen wir raus hier.« Ich nehme meine Mutter an die eine, meinen Vater an die andere Hand und geleite sie aus dem Empfangsbereich. Wir versammeln uns erneut vor einem der Besprechungszimmer neben den Fahrstühlen. Ich stehe sehr dicht bei meinem Vater, damit ich nicht zu laut schreien muß. »Hört zu. Alles ist in Ordnung. Mir geht es gut.«

»Warum bist du dann zu Angie gefahren?« fragt meine Mutter und blinzelt herausfordernd hinter ihren dicken Brillengläsern.

»Was hat euch Angie denn erzählt?«

»Ha! Glaubst du, ich bin von gestern? Erst sagst du mir, warum du zu ihr gegangen bist, dann sage ich dir, was sie gesagt hat.«

»Was?« fragt mein Vater.

Ich umarme ihn und spreche ihm direkt ins Ohr. »Ich wollte Angie sehen. Ich war über etwas beunruhigt, aber das hat sich inzwischen erledigt. Mir geht es prima. Tut mir leid, wenn ihr euch meinetwegen Sorgen gemacht habt.«

»Angie hat gesagt, du hättest dich einsam gefühlt.«

»Das stimmt, Pop. Ich war einsam. Ich habe mich ihretwegen gequält, sie hat mir so gefehlt. Jetzt ist alles wieder gut. Aber nun muß ich arbeiten. Ich habe einen Termin für eine Zeugenaussage. Ich muß weg.«

»Du schmeißt uns raus?«

»Ich muß, Pop. Ich kann es nicht ändern.«

»Da stimmt was nicht, Matty. Ich sehe es in den Augen dieses Kindes. Schon als sie klein war, konnten ihre Augen nicht lügen.« Meine Mutter bebt vor Aufregung.

Ich berühre ihre Schulter. »Ma. Ich verspreche dir, mir geht es gut. Falls an meinen Augen irgendwas komisch ist, dann nur, weil ich mir Sorgen um meinen Job mache. Wenn ich weiter hier rumstehe, verliere ich ihn nämlich.« Ich drücke den Knopf, um den Aufzug zu holen.

»Nein. Wir rühren uns nicht von der Stelle, bevor das nicht geklärt ist.«

»Was ist, Vita?«

»Wir gehen nicht, bevor meine Tochter mir nicht gesagt hat, was los ist. Das ist mein letztes Wort!«

Mein Vater zuckt zusammen. »Veet, sie muß ihre Arbeit tun.«

Ich nicke. »Genau. Pop hat recht. Ich muß meine Arbeit tun.« Der Aufzug hält. Ich gehe hinein und drücke den HALT-Knopf. »Ma, bitte. Ich muß wirklich arbeiten. Ich muß gehen, sie warten auf mich. Es gibt nichts, worüber du dir Sorgen machen müßtest. Es tut mir leid, daß ich euch in Aufregung versetzt habe, wirklich.«

Mein Vater schlurft in den Aufzug, aber meine Mutter verschränkt die Arme. Es ist leichter, ein Kamel durch ein Nadelöhr zu treiben, als meine Mutter gegen ihren Willen auch nur einen Zentimeter von der Stelle zu bewegen. Besonders, wenn sie auf diese Weise die Arme verschränkt.

Der Aufzug beginnt laut zu brummen. Das Geräusch hallt mächtig im Fahrstuhl. Sogar mein Vater hält sich die Ohren zu.

»Ma, bitte.«

»Vita, bitte.«

Sie droht mir mit dem Finger, der Knöchel ist so knorrig wie der Astknoten einer Eiche. »Mir gefällt das nicht. Mir gefällt das ganz und gar nicht.«

»Ma, mir geht's gut.«

Der Aufzug brummt wie verrückt.

Mit zwei zögernden Schritten betritt sie den Aufzug. Ich drücke wieder den HALT-Knopf, und sofort hört das Brummen auf. »Mach dir keine Sorgen, Ma. Ich liebe euch alle.« Ich springe aus dem Fahrstuhl.

»Wir lieben dich auch«, sagt mein Vater. Die Türen schließen sich vor dem finsteren Blick meiner Mutter.

Ich drehe mich um, und da steht der Taschenträger allein auf weiter Flur. Er trägt einen dreiteiligen Anzug und ein dämliches Grinsen zur Schau, in das ich mit Wonne hineinschlagen würde.

»Sie kommen mir bekannt vor«, sagt er lässig. »Waren Sie in Harvard?«

»Nein. Dazu bin ich zu dumm.« Ich will an ihm vorbei, aber er faßt mich am Arm.

»Sie sehen jemandem ähnlich, einer Frau, die ich dort in der Redaktion der Zeitschrift der juristischen Fakultät kannte, neunzehn-sechsundachtzig. In jenem Jahr war ich Chefredakteur.«

»Chefredakteur, ha?«

»Ja, Chefredakteur.«

Ich beuge mich dicht zu ihm. »Ich möchte Ihnen was sagen. Ich habe gesehen, wie Sie die Tasche getragen haben, und ich muß sagen, noch nie habe ich einen Mann gesehen, der eine Tasche so schön trägt wie Sie. Es braucht tatsächlich einen Chefredakteur, um eine Tasche so schön zu tragen.« Ich klopfe ihm freundlich auf die gepolsterte Schulter. »Leisten Sie weiter so wunderbare Arbeit.«

Ich lasse ihn stehen und gehe weiter in Richtung Treppe.

Austricksen. Es fängt wieder an, Spaß zu machen.

Ich eile die Treppen zum Besprechungszimmer hinauf und schalte unterwegs mental in einen anderen Gang. Ich habe einen Job zu erledigen. Ich muß Hart jede Frage stellen, die mir nur einfällt, und ich habe nur diese eine Chance vor der Verhandlung. Ich muß alles herausfinden, was er zur Untermauerung seiner Klage in petto hat, damit ich meine Verteidigung aufbauen kann. Und ich muß herausfinden, was zum Teufel es mit Neds Vater und den mir zugestellten unvollständigen Akten auf sich hat.

Ich husche in das Besprechungszimmer. Es duftet nach frischem Kaffee und jungfräulichen Schreibblöcken. Pete ist bereits eingetroffen und baut seine Stenographiermaschine auf. Er nickt mir geschäftsmäßig und unverbindlich zu. Wir wissen beide, daß das nur Show ist. Er ist mein Gerichtsschreiber, es wird mein Protokoll sein. Er wird dafür sorgen, daß meine Worte klingen, als hätte Clarence Darrow persönlich sie vor seinem Tod gesprochen, ohne die Ahs, Hmms und Ähs, die ich im wirklichen Leben von mir gebe.

Die Harts stehen nebeneinander vor dem Kaffeetablett. Ich reiche Hank die Hand. »Hallo, Hank.«

»Hallo, Mary«, sagt Hank. »Ich ging einfach davon aus, daß der Termin hier stattfindet, nachdem Sie die Verteidigung von Masterson übernommen haben.« Mit der leicht schiefsitzenden, buntkarierten Fliege sieht er aus wie ein englischer Schuljunge.

»Richtig. Ich hätte Sie anrufen sollen, aber ich war gestern nicht im Büro.«

»Ich weiß, ich habe versucht, den Termin zu bestätigen.«

»Tut mir leid. Übrigens, wann haben Sie denn die Benachrichtigung für diesen Termin bekommen? Anscheinend ist in meinen Akten keine Kopie davon.«

Er überlegt kurz. »Ich glaube, wir haben sie bekommen, als Masterson die Klageerwiderung einreichte. Nein, nein, wir haben sie zusammen mit dem anderen Zeug bekommen.«

»Mit dem anderen Zeug?«

»Sie wissen doch, die Offenlegung der Dokumente. Die gerichtlichen Fragen und Anforderungen nach Beweismaterial. Wir haben das vor zwei Wochen erledigt. Sie haben sie doch eingesehen, oder nicht?«

»Ehrlich gesagt, nein. Vielleicht sind sie verlorengegangen, als die Akten an uns übergeben wurden.« Die Offenlegung, natürlich, die schriftlich fixierten Fragen, die Hart beantworten muß, und die Unterlagen, die er vorlegen muß. Ohne diese Dokumente bin ich heute aktionsunfähig. »Hank, würde es Ihnen etwas ausmachen, wenn Sie mir Ihre Kopien dieser Unterlagen für die heutige Aussage borgen würden?«

»Ganz und gar nicht.« Er stellt seine funkelnagelneue Aktentasche auf den Tisch und öffnet sie. Jeder andere hätte abgestritten, die Unterlagen dabeizuhaben, und hätte meinen Nachteil zu seinem Vorteil ausgenutzt, aber Hank überreicht mir einen dicken Packen Papiere. Seine Naivität ist geradezu kriminell. Ich schäme mich fast, das Geschenk anzunehmen. Allerdings nur fast.

»Vielen Dank, Hank.«

»Die Unterlagen, die wir eingereicht haben, liegen ganz unten«, sagt er hilfsbereit.

»Prima.« Ich nehme die Papiere, aber es sind zu viele, um sie auf die Schnelle durchzulesen. Ich vertage das auf die Mittagspause und beschließe, heute vormittag zu improvisieren. Aber warum fehlen diese Unterlagen in meinen Akten? Wer hat mir das angetan? »Wer hat diesen Fall bei Masterson bearbeitet, Hank? Ich habe es vergessen. War es …«

»Nathaniel Waters«, dröhnt eine tiefe Stimme, die ich zum erstenmal höre. Sie gehört Hart dem Älteren. »Sie haben großes Geschütz aufgefahren.«

NSW *ist* Neds Vater. Großer Gott im Himmel.

»Mary, das ist mein Vater, Henry Hart«, sagt Hank.

»Hallo, Mr. Hart.« Ich strecke ihm die Hand entgegen, aber er ignoriert sie geflissentlich. Rasch ziehe ich sie zurück. Hank sieht mich unbehaglich an. Hart der Ältere würdigt mich keines Blickes und zieht mit einem Ruck einen Stuhl unter dem Tisch hervor. Er ist attraktiv, braungebrannt und sportlich. In seinen Haaren ist kaum eine Spur Grau zu sehen; ich frage mich, ob er sie färbt. Gut möglich, denn sein europäisch geschnittener Anzug und das hellrosa Hemd verraten Eitelkeit. Ich begreife, wie er es bis zum leitenden Angestellten bei Harbison gebracht hat, und kann mir gut vorstellen, daß er der Belegschaft gegenüber mehr als grob aufgetreten ist, denn was mich angeht, spuckt er Feuer.

Zwei Stunden später ist aus dem Feuerspucken ein veritabler Großbrand geworden. Ich habe den Platz der heiligen Johanna auf dem Scheiterhaufen eingenommen. Ich habe mit den harmlosesten Fragen begonnen und mich hauptsächlich nach seinen Anfangsjahren bei Harbison erkundigt, aber Hart kämpfte mit mir um jedes Wort. Sein Sohn erhob keinen Einspruch. Er kam kaum zu Wort.

»Mr. Hart, hat irgend jemand von der Firma Harbison Ihnen gegenüber je eine Bemerkung bezüglich Ihres Alters gemacht?«

»Mrs. DiNunzio, Sie wissen genau, daß das der Fall war.«

»Zweck dieser Befragung ist es, Ihre Version der Tatsachen darzulegen, Mr. Hart. Beantworten Sie jetzt bitte meine Frage.«

»Meine Version? Das ist die Wahrheit.«

»Sehen Sie, Mr. Hart, das hier ist Ihre Chance, die Geschichte aus Ihrer Sicht darzustellen. Warum nutzen Sie sie nicht?«

»Das ist keine Geschichte.«

Ich beiße mir auf die Zunge. »Mr. Benesante, würden Sie bitte die Frage noch einmal vorlesen?«

Pete nimmt das Band und übersetzt seine maschinellen Abkürzungen für Hart. »Mr. Hart, hat irgend jemand von der Firma Harbison Ihnen gegenüber je eine Bemerkung bezüglich Ihres Alters gemacht?«

»Verstehen Sie die Frage, Mr. Hart?« erkundige ich mich.

»Englisch ist meine Muttersprache, Mrs. DiNunzio.«

»Dann beantworten Sie sie bitte.«

»Ja, hat man.«

»Wie viele solcher Bemerkungen sind Ihnen gegenüber gemacht worden?«

»Drei.«

»Erinnern Sie sich, wann die erste dieser Bemerkungen gemacht wurde?«

»Natürlich. Das ist ein Tag, der aufgrund der absoluten Mißachtung der bürgerlichen Ehrenrechte in die Annalen eingehen müßte, wenn ich in dieser Angelegenheit irgendwas zu sagen hätte.«

»Wann wurde diese Bemerkung gemacht?«

»Am siebten Februar neunzehnhundertneunzig.«

»Wer machte die Bemerkung?«

»Frank Stapleton.«

»Handelt es sich dabei um Franklin Stapleton, den Geschäftsführer der Firma Harbison?«

»Genau den.«

»War sonst noch jemand anwesend, als er diese Bemerkung gemacht hat?«

»Glauben Sie, er ist so dumm, daß er das vor Zeugen macht?«

»Ich deute Ihre Antwort als nein, Mr. Hart.«

»Dann deuten Sie sie richtig, Mrs. DiNunzio.«

Ich trinke ein Schlückchen eiskalten Kaffee. »Wo wurde diese Bemerkung gemacht?«

»In Franks Büro.«

»Können Sie sich an diese Bemerkung erinnern, Mr. Hart?«

»Sie ist mir unvergeßlich.«

»Wie war der Wortlaut dieser Bemerkung, Mr. Hart?«

»Mr. Stapleton sagte zu mir: ›Henry, blicken Sie den Tatsachen ins Auge. Sie werden nicht jünger, es ist Zeit für Sie, in den Ruhestand zu gehen. Einem alten Hund kann man keine neuen Tricks beibringen, das wissen Sie.‹«

Wumm! Das ist ein wahrer Feuerball.

Bald darauf lodert der Brand schon unkontrolliert. Hart fährt fort, mit unerschütterlicher Sicherheit über die beiden anderen Bemerkungen auszusagen, jede bezog sich eindeutig auf sein Alter in Verbindung mit seiner beruflichen Tätigkeit. Unwiderlegbar rechtswidrig, und jede dieser Bemerkungen wurde von Stapleton persönlich vom Stapel gelassen, das heißt, ist direkt der Firma Harbison anzulasten. *Wumm! Wumm!*

»Mr. Hart, haben Sie irgendwelche schriftlichen Unterlagen, die sich auf diese angeblichen Äußerungen von Mr. Stapleton beziehen?«

»Aber sicher.«

Wumm!

»Was für Unterlagen könnten das sein?«

»Das könnten Aktennotizen sein.«

»Haben Sie sie heute mitgebracht?«

»Ja. Mein Sohn hat sie Ihnen bereits übergeben.«

»Es sind die ganz unten in dem Stoß, Mary«, erklärt Hank.

»Entschuldigen Sie mich eine Minute.« Ich blättere die Seiten durch, bis ich auf einige Blätter mit dem Briefkopf von Harbison stoße. Sie sind sauber aufgesetzt und in Großbuchstaben mit dem Laserdrucker gedruckt. Ich ziehe sie heraus und halte sie hoch. »Sind es diese, Hank?«

Hank schaut über den Konferenztisch. »Ja. Das sind sie.«

»Haben Sie bitte eine Minute Geduld mit mir, meine Herren.« Ich mache aus meinem Gesicht eine Maske ruhiger Konzentration, während ich die Aktennotizen lese. Über den oberen Teil jeder Seite zieht sich eine fröhliche Reihe ausgelassen und verzückt tanzender Muttern und Schrauben, die in den angehängten Worten HARBISON DIE EISENWARENEXPERTEN ausläuft. Auf jeder Seite stehen wortgetreue Wiedergaben von Harts einschlägigen Gesprächen mit Stapleton, die anscheinend unmittelbar im Anschluß an die Unterredungen niedergeschrieben wurden.

Gott helfe mir.

Diese Aktennotizen werden bei der Verhandlung zugelassen. Sie werden als Beweis dienen, daß jedes Wort, das Hart sagt, der Wahrheit entspricht. Die Jury wird sich erheben wie ein Racheengel. Man wird Millionen von Harbison kassieren; das wird der größte Schuldspruch in einem Fall von Altersdiskriminierung in der Geschichte Pennsylvanias. *Wrrumm!* Der Großbrand explodiert zu einem die ganze Stadt verschlingenden Inferno. Und die Flammen, die in meinen Ohren prasseln, fressen mich bei lebendigem Leibe auf.

Pete knackt laut mit den Knöcheln. »Könnten wir eine Mittagspause einlegen, Mary? Meine Finger bringen mich um.«

»Natürlich.«

»Ist eine Stunde okay?«

»Ja, gut.«

Die Harts gehen mit Pete hinaus, der mir im Vorbeigehen rasch zulächelt. Er hat noch nie um eine Pause gebeten. Ich habe ganze Tage lang mit ihm Protokolle ohne Unterbrechung aufgenommen. Er hat versucht, mich zu retten. Er wußte, ich stand kurz vor dem Absturz in die Hölle.

Er ist auch katholisch.

– 28 –

Im Damenwaschraum tauche ich mein heißes Gesicht in ein goldenes Becken mit kaltem Wasser und rechne fast damit, gleich ein heftiges Zischen zu vernehmen. Anschließend trockne ich mich ab und eile zurück in das Besprechungszimmer, um Harts Aktennotizen zu lesen. Die Unterlagen sind wirklich übel für mich, aber ich beschließe, nicht weiter darüber nachzudenken, wie übel. Ich muß mehr herausfinden, ich muß alles herausfinden, was er noch in der Hinterhand hat. Beim Austricksen noch einen Gang zulegen.

Fast habe ich den ganzen Stoß Papiere durchgeakkert, der zum Glück keine weiteren bösen Überraschungen mehr enthält, da klingelt das Telefon. Es ist Miß Pershing. »Miß DiNunzio, tut mir leid, wenn ich störe, aber ich habe wieder diese Lu Ann am Apparat. Sie will unbedingt mit Ihnen reden. Sie sagt, es betreffe die Aussage von Mr. Hart.«

Wer kann das sein? Ich nehme das Gespräch an. »Mary DiNunzio.«

»Sind Sie die Rechtsanwältin von Harbison, Miß?« sagt die Stimme einer jungen Frau. Sie klingt aufgeregt. »Ich ruf' an, weil ich gehört hab', daß Harbison eine Frau zum Rechtsanwalt hat, und ich hab' auch mitgekriegt, daß Henry heut seine Aussage macht.«

»Stimmt, ich vertrete das Unternehmen, Lu Ann. Arbeiten Sie für Harbison?«

»Ich will nur wissen, ob der Richter da ist.«

»Bei einer eidlichen Vernehmung ist kein Richter anwesend, Lu Ann.«

»Wer ist denn da? Die Geschworenen?« Ihre Stimme wird zittrig. Ich kann ihren breiten Akzent nicht recht unterbringen. Vielleicht Kensington, ein Arbeiterviertel der Stadt.

»Nein. Beruhigen Sie sich. Ich glaube, Sie sind etwas durcheinander. Eine solche Vernehmung findet nur statt zwischen ...«

»Hat er was von mir gesagt? Wenn er was sagt, sagen Sie, ich sag', das ist gelogen! Wenn mein Kevin davon Wind kriegt, wenn einer von den Geschworenen was sagt oder wenn es in die Zeitungen kommt, dann schlägt er mich windelweich. Mich und meine Kinder! Sagen Sie ihm das! Wenn er mich liebt, sagen Sie ihm, soll er seine verdammte Klappe halten!« Die Leitung ist tot.

Konsterniert hänge ich auf. Meine Unterredung mit Lu Ann ist vorüber, jetzt beginnt meine Unterredung mit dem Teufel. Ich hatte keine Ahnung, daß ich an den Teufel glaube, aber es läßt sich nicht leugnen, daß ich in der Stille des Besprechungszimmers C auf dem Stockwerk Wollust sein heiseres Flüstern in meinem Ohr vernehme.

Hart hat mit einem Polenmädchen aus Kensington Versteck-die-Kielbasa-Wurst gespielt. Erzähl das den Geschworenen, Mare, und du gewinnst.

Das kann ich nicht. Das wäre nicht statthaft.

Dann frag Hart gleich nachher nach Lu Ann. Konfrontiere ihn mit dem Telefonanruf, deck seine kleine Schweinerei auf. Dann packt er seine Klage ein und geht nach Hause. Du kannst den Fall heute noch gewinnen, Mary. Es liegt nur an dir, ob du ihm die entscheidende Frage stellst.

Das kann ich nicht. Das ist nicht fair. Die Sache hat nichts mit dem Fall zu tun.

Du kannst und du mußt. Ein schneller Sieg, und deine

Partnerschaft ist endgültig besiegelt, Mare. Keine quälenden Gedanken mehr, keine Stimmenzählerei, keine Kopfschmerzen. Erleichterung auf der ganzen Linie, ist das nicht das, was du willst? Frieden. Du könntest dir ein Haus kaufen. Dein Leben wieder ins Lot bringen.

Ich kann das nicht machen. Sein Sohn ist dabei.

Na und? Du bist Harbisons Rechtsanwältin, du hast die Interessen der Firma zu vertreten, nicht die des kleinen Hank. Man erwartet von dir, daß du jede Waffe aus dem Arsenal holst, um zu gewinnen, selbst die MAC-10s. Gerade die MAC-10s.

Ich bin verdammt, wenn ich es tue, und ich bin verdammt, wenn ich es nicht tue.

Meine Bedenkzeit ist vorüber, die Tür öffnet sich bereits, und herein kommen die Harts. Der ältere Hart verzieht keine Miene, aber Hank scheint bester Laune. Zweifellos hat er seinem Vater geraten, die Aktennotizen von den Unterredungen mit Stapleton zu verfassen und erwartet nach dieser Befragung ein Angebot für einen Vergleich. Er hat diesen Sieg seit seinem Examen geplant und glaubt, der köstliche Moment stünde kurz bevor.

Das glaubt auch bloß er, flüstert der Teufel.

Ich setze mich auf den Stuhl vor die Aktennotizen, gerade als Pete den Raum betritt.

Glückwunsch zur Partnerschaft, Mary. Es liegt nur an dir.

Pete setzt sich hinter die Stenographiermaschine. »Sind Sie bereit?«

Ich nicke wider besseres Wissen. Ich kann mich nicht entscheiden, was ich tun soll. Ich blicke auf die Notizen und stelle ein paar alberne Fragen dazu. Die ganze Zeit über spritzt mir der Teufel Gift ins Ohr, führt mich in Versuchung, verhöhnt mich. Ich sehe Hank an, wie er so stolz neben seinem Vater sitzt. Welchen Ausdruck wird sein engelhaftes Gesicht annehmen, wenn ich nach Lu Ann frage? Was wird an diesem Abend zu Hause passieren, mit seiner Mutter? Und Lu Ann, wird dieser Kevin …

Geschenkt, Mary! Du hast für Schlimmeres geradezustehen. Du hast Schlimmeres auf dem Gewissen. Du und ich, wir wissen das, nicht wahr? Mary und Bobby naschen von einem Baum, und sie küssen sich. Zuerst kommt die Liebe …

»Mr. Hart, verhielten Sie sich je rüde gegenüber Angestellten von Harbison?«

»Ich verstehe die Frage nicht.«

Siehst du, er hat es nicht anders verdient. Gib's ihm. Genau zwischen die Beine.

»Welchen Teil der Frage haben Sie nicht verstanden, Mr. Hart?«

»Die ganze Frage, Mrs. DiNunzio.«

»Dann formuliere ich sie ein wenig anders. Hat Sie einmal jemand der Firma Harbison gerügt, weil Sie sich Angestellten gegenüber rüde verhalten haben?«

»Ich war nie rüde zu Angestellten von Harbison.«

»Das ist nicht meine Frage, Mr. Hart. Meine Frage lautet, hat Sie einmal jemand der Firma Harbison gerügt, weil Sie sich Angestellten gegenüber rüde verhalten haben?«

»Nein.«

»Hat irgend jemand von Harbison einmal zu Ihnen gesagt, er oder sie sei der Meinung, Sie verhielten sich dem Personal der Firma gegenüber rüde?«

»Ja.«

Gott, ich hasse diesen Mann. Ich sollte es tun, ich sollte es wirklich tun.

Natürlich. Aber tust du es auch?

»Und wer hat das gesagt?«

»Frank Stapleton.«

Ein Punkt für mich. Wenn Hart zugibt, daß Stapleton mit ihm über seinen menschenverachtenden Führungsstil gesprochen hat, ist das ein Beweis, daß Harbison ihn aus unternehmerischen Motiven heraus degradiert hat. Dann ist der Fall rechtlich gesehen ein »Mischfall« – immer noch eine schwierige Ausgangsbasis für die Verteidigung und nicht leicht zu gewinnen, aber etwas Besseres habe ich nicht.

Hank macht sich eine Notiz auf seinem Block.

Du brauchst den Namen der kleinen Schlampe nur zu hauchen.

»Wie oft hat Mr. Stapleton mit Ihnen über dieses Thema diskutiert?«

»Ich würde das nicht gerade als Diskussion bezeichnen. Das wäre eine starke Übertreibung, das lasse ich so nicht stehen.«

»Gut. Wie oft hat Mr. Stapleton Ihnen gegenüber eine Bemerkung über Ihr rüdes Verhalten gegenüber dem Personal gemacht?«

»Ein einziges Mal.«

»War außer Ihnen noch jemand anwesend, als er diese Bemerkung gemacht hat?«

»Nein.«

»Wo fand diese Unterredung statt?«

»Auf dem Golfplatz. Am neunten Loch.« Er grinst dämlich.

Hank macht sich eine weitere Notiz.

»Was sagte Mr. Stapleton zu diesem Thema?«

»Es war nur eine Bemerkung zwischen Freunden. Ehemaligen Freunden, sollte ich wohl besser sagen.«

»Was sagte Mr. Stapleton, Mr. Hart?«

»Nur, daß ich manchmal ein bißchen streng zu der Belegschaft sei. Weiter nichts.«

»Sind Sie sicher, daß Sie sich in diesem Zusammenhang an weiter nichts erinnern können?«

»Ja.«

»Was antworteten Sie darauf?«

»Guter Schlag.« Hart schielt zu Pete hinüber, um festzustellen, ob er auch Golfspieler ist und seinen

Scherz zu würdigen weiß. Petes Gesicht bleibt unbewegt.

»Mr. Hart, was gaben Sie Mr. Stapleton zur Antwort?«

»Nichts. Damit war die Sache erledigt.«

»Da sind Sie sich absolut sicher?«

»So sicher, wie Gott die kleinen grünen Äpfel erschaffen hat.«

»Haben Sie sich in irgendeiner Form Notizen über diese Unterhaltung gemacht?«

»Auf dem Golfplatz? Mit diesen stumpfen Bleistiften?« Hart verdreht die Augen.

»Irgendwo, wo auch immer.«

»Warum sollte ich? Dafür war es nicht wichtig genug.«

»Ist das ein Nein, Mr. Hart?«

»Ja, das ist ein Nein, Mrs. DiNunzio.«

Ich brauche mehr, wenn ich das der Jury verkaufen will. »Mr. Hart, bezog sich Mr. Stapleton auf einen bestimmten Vorfall, als er dieses Thema Ihnen gegenüber zur Sprache gebracht hat?«

»Nein.«

»Wissen Sie, was ihn veranlaßte, dieses Thema anzusprechen?«

»Das müssen Sie ihn fragen.«

»Soll ich das als Nein verstehen, Mr. Hart?«

»Darin sind Sie sehr gut, Mrs. DiNunzio.«

Wie lange frißt du noch seinen Mist?

»Mr. Hart, hat sich Mr. Stapleton bei diesem Gespräch auf einen Angestellten im besonderen bezogen?«

»Nur auf die Küchenhilfe.«

»Die Küchenhilfe?«

»Das sind die Leute, die in der Cafeteria der Firma arbeiten. Die Puddingverteiler mit den Haarnetzen auf dem Kopf.«

»Jemand im speziellen?«

»Lu Ann, glaube ich, hieß sie.«

Wow, Baby. Das nennt man eine Überraschung.

Wow, Baby, schon gut, höhnt der Teufel. Er klingt nicht so überrascht.

Hank schreibt den Namen auf seinen Block, dann sieht er mich an und wartet in völliger Unschuld auf die nächste Frage.

Die höhnische Miene seines Vaters verrät nichts, auch er wartet scheinbar gleichmütig auf die nächste Frage.

Pete wartet ebenfalls, seine langen Finger schweben mitten in der Luft über den schwarzen Tasten.

Sag es, sag es, sag es, sag es, sag es! kreischt der Teufel.

Es rutscht mir heraus, bevor ich es verhindern kann.

Es ist die kleine innere Stimme, die aus mir spricht. Die Mike-Stimme meldet sich. Wenigstens hat sie mich noch nicht verlassen. Sie ist mir treu geblieben, und sie sagt: »Keine weiteren Fragen.«

Es ist vorbei. Alle packen ein und schütteln Hände, außer Hart. »Sehe Sie vor Gericht wieder«, sagt er mit einem donnernden Lachen. Der spöttische Laut hallt als Echo in einem entfernteren höllischen Gelächter wider.

Laß ab von mir, Satan!

Ich frage mich, ob ich den Verstand verliere. Ich raffe die Akte zusammen und fliehe förmlich aus dem Besprechungszimmer.

Draußen auf dem Flur tobt geschäftiges Leben und Treiben. Sekretärinnen rennen in die Postabteilung, um den letzten Brief noch aufzugeben. Kollegen betteln um einen dringenden Computerausdruck. Partner eilen in ihre Büros, um ihre Schriftsätze neu zu formulieren und ihre unverwechselbare Marke darauf zu hinterlassen wie ein Pudel an einem Hydranten, bevor sie die Unterlagen bei Gericht einreichen. Alle befolgen gehorsam das Stalling-Gebot DU SOLLST WARTEN BIS

ZUR LETZTEN MINUTE, DANN LEG LOS WIE WAHNSINNIG. Die für Stalling typischen Lebenszeichen holen mich auf die Erde zurück, ich höre den Teufel nicht mehr. Als ich auf Unmäßigkeit anlange, fühle ich mich recht normal, zum erstenmal seit langer Zeit sogar fast gut.

»Miß DiNunzio, hier bin ich!« Miß Pershing winkt und schaut vom Treppenabsatz zu mir herauf. Die Henkel ihres Plastikhandtäschchens hat sie um das Handgelenk geschlungen, außerdem hält sie ein Taschenbuch von Agatha Christie in der Hand. Der Strom der Sekretärinnen teilt sich und flutet links und rechts an ihr vorbei. Sie befolgen das erste einer ganzen Reihe von Gegen-Geboten, das da lautet: DU SOLLST DICH UM FÜNF UHR SCHLEUNIGST AUS DEM STAUB MACHEN. Miß Pershing ist zu sehr auf mich konzentriert, sie achtet nicht auf das Gerenne, sondern bleibt stehen wie ein alter Hühnerhund, der eine Jagdbeute aufgestöbert hat.

»Miß Pershing, kommen Sie hier rüber.« Ich eile zu ihr und nehme sie am Ellenbogen. Sie macht einen trippelnden Schritt aus dem Gewühl. Die Kesse Stella tänzelt geschickt um sie herum und tippt sich an die Stirn, aber ich lache nicht darüber.

Mißtrauisch behält Miß Pershing die vorbeihastenden Sekretärinnen im Auge. »Ich habe die von Ihnen gewünschte Information.« Vertraulich beugt sie sich zu mir; ihr warmer Atem riecht süßlich. »Wissen Sie, von welcher Information ich spreche? *Die* Information.«

»*Die* Information, Miß Pershing?«

»*Die* Information. Die Information von der *Polizei*.«

»Ah ja. Vielen Dank.«

»Die Papiere liegen auf Ihrem Schreibtisch. Ihre Theorie hat sich bestätigt.«

»Meine Theorie? Sie meinen, die über ...«

»Genau.«

»Gut. Nochmals vielen Dank. Ich weiß Ihre Hilfe sehr zu schätzen.«

»Schon gut. Das gehört zu meiner Arbeit.«

Ich unterdrücke ein Lächeln. »Ja, trotzdem besten Dank.«

»Mr. Starankovic hat angerufen. Er sagte ...«

»Starankovic? Verdammt noch mal!«

Ihre Augen weiten sich.

»Entschuldigung, Miß Pershing.«

»Sie brauchen sich nicht zu entschuldigen, Miß DiNunzio. Langsam gewöhne ich mich daran.«

»Danke.«

»Mr. Starankovic sagte, Sie hätten ihn wegen des Termins für die Befragungen nicht zurückgerufen, deshalb habe er jetzt einen Antrag eingereicht. Ich habe die Papiere auf Ihren Schreibtisch gelegt. Ich hoffe, das heißt nicht, daß Sie mich heute abend noch brauchen, denn ich kann heute keine Überstunden machen. Heute abend trifft sich mein Lesekreis.«

»Agatha Christie, stimmt's?«

Sie nickt glücklich.

»Schon in Ordnung, Miß Pershing. Ich brauche Sie heute nicht mehr.«

»Gut. Dann also süße Träume«, sagt sie lächelnd. Sie wendet sich zum Aufzug, als Martin wie aus dem Nichts heranstürmt und sie umrennt.

»Huch!« kreischt sie und fällt rückwärts in meine Arme.

Martin rennt die Treppe hinunter, rücksichtslos bahnt er sich den Weg mit den Ellenbogen. In der Hand schwenkt er ein Bündel sich rollender Faxe.

»Alles in Ordnung, Miß P.?« Ich stelle sie vorsichtig wieder auf die Beine. Sie wirkt eher peinlich berührt, zu fehlen scheint ihr nichts.

»Du liebe Güte!«

Ich blicke die Treppe hinunter, aber Martin ist bereits verschwunden. Er hat sich nicht einmal umgesehen. Er rennt eine alte Frau über den Haufen und dreht sich nicht einmal um. Was ist das bloß für ein Mensch? Ein Unfallflüchtiger. Unwillkürlich schaudere ich.

»War das nicht der junge Mann, der Eulen mag?« erkundigt sich Miß Pershing.

»Martin H. Chatham IV.«

»Was für schlechte Manieren!« Sie zieht ein geblümtes Taschentuch aus dem Ärmel ihres Pullovers und betupft damit ihre Stirn. Das Taschentuch muß mit Parfüm getränkt sein, denn plötzlich riecht die Luft intensiv nach Flieder.

»Ich bringe Sie zum Aufzug, Miß P.« Ich biete ihr meinen Arm, und wir humpeln gemeinsam zum Aufzug. Ich schiebe sie hinein, in die erste Reihe vor die Sekretärinnen mit den neonfarbenen Lidschatten und den schwarzen Miniröcken. Die Türen schließen sich, und sie winkt mir neckisch mit ihrem Taschenbuch zu.

Martin.

Ich frage mich, wo er an dem Abend war, an dem Brent ermordet wurde. Ich überlege, was er für ein Auto fährt, wo er wohnt. Wenn er in der Stadt wohnen würde, läge es näher, daß er es ist, denn dann fiele es ihm leichter, mich zu verfolgen. Aber soweit ich weiß, wohnt er irgendwo in einem Vorort, in einer noblen Gegend natürlich. Ich beschließe, ein paar Nachforschungen anzustellen.

In meinem Büro hole ich Stallings Bilderbuch vom Regal. Darin sind die Fotos sämtlicher bei Stalling beschäftigter Rechtsanwälte mit näheren Angaben über ihre akademische Ausbildung und ihre Adressen abgedruckt. Ich überblättere die ersten paar Seiten, bis ich zu Martins Namen komme. Unter seinem Porträt, auf dem er überraschenderweise fast lebendig aussieht, steht Dartmouth College, B. A. 1969, darunter Yale

Law School, J. D. 1972. Seine Adresse lautet »Rondelay II« in Bryn Mawr. Nobel, natürlich. Sogar die Häuser haben römische Ziffern hinter den Namen.

Verdammt. Wer sonst könnte eifersüchtig auf mich sein? Jameson. Ich beschließe nachzusehen, wo er wohnt.

Ich schlage bei J auf und betrachte sein Foto. Er sieht aus wie eine blasierte Komikfigur. Er studierte am Penn, ging nach dem Collegeabschluß 1970 auf die Universität, wo er 1974 Examen machte. Seine Adresse lautet Pine Street in Society Hill. Ein Stadtbewohner also; das hatte ich nicht gewußt. Und die Häuser dort – jedenfalls die neuen – haben die Garagen im Haus. Ich mache mir im Kopf einen Vermerk. Nicht vergessen, Judy zu fragen, ob sie weiß, was er für ein Auto fährt. Kurt wird sich bestimmt daran erinnern, wenn er es anläßlich einer Firmenfeier einmal gesehen hat. Er arbeitet oft mit alten Wagen; er verwendet sie für seine Skulpturen. Seine letzte Ausstellung trug den Titel »Körperteile«. Ich habe auf einen Besuch verzichtet.

Ich blättere weiter, um bei Ned nachzuschauen. Ned Waters steht unter einem Bild, dessen Anblick mir fast den Atem verschlägt. Seine Augen, sein Gesicht. Sein Lächeln. Mein Gott, ist er schön. Ich denke daran, wie er im Bett war in jener Nacht, wie er mich trotz meiner Müdigkeit erregt hat. Es ist schwer zu glauben, daß er der Mörder sein soll, aber Judys Schlußfolgerungen sind nicht einfach von der Hand zu weisen. Wenigstens bis jetzt nicht. Ich klappe das Buch zu. Ende.

Ich will es gerade auf das Regal zurückstellen, da fällt mir Berkowitz ein. Jeder weiß, wo er wohnt. Er hat das Haus erst vor zwei Jahren in Gladwyne, einem von Philadelphias feudalsten Vororten, detailliert nach seinen Wünschen bauen lassen. Das Haus ist kein Haus, vielmehr ein Palast mit einem Swimmingpool und einem Tennisplatz. Aber Gladwyne ist nicht sehr weit von der Innenstadt entfernt, gerade mal zehn Minuten den West River Drive hinauf.

Der West River Drive. Dort wurde Mike umgebracht.

Rasch blättere ich zu Berkowitz. Sein fleischiges Gesicht füllt fast den gesamten vorgegebenen Rahmen des Bildes aus. Ich überfliege die Angaben über seine Ausbildung. Drexel University, Temple Law School. Stadtuniversitäten für kluge Kinder aus Familien ohne Geld. Ich stutze, als ich seine Adresse lese – oder Adressen, denn zu meiner Überraschung hat er zwei. Eine in Gladwyne, von der ich wußte. Aber anscheinend hat er auch ein Apartment in einem Hochhaus mit Eigentumswohnungen am Rittenhouse Square.

Rittenhouse Square. Dort wurde Brent ermordet. Nicht weit von meiner Wohnung entfernt. Berkowitz hatte also leichten Zugang zu beiden Tatorten. Er könnte Mike überfahren haben und über den West River Drive nach Gladwyne geflohen sein, und er könnte Brent überfahren haben und sich in seiner Wohnung am Rittenhouse Square verkrochen haben.

Berkowitz? Könnte es wirklich Berkowitz sein?

Moment. Ich weiß, er fährt einen Mercedes, und es war kein Mercedes, der Brent überfahren hat. Aber wenn er noch ein anderes Auto hat, ein altes vielleicht, das er in der Stadt untergestellt hat? Das Haus am Rittenhouse Square besitzt eigene Parkplätze in der Tiefgarage.

Großer Gott. Berkowitz. Vielleicht hatte Brent doch recht, was ihn angeht; er konnte ihn nie leiden. Auch meine Mutter nicht. Schmale Lippen. Ich stelle das Buch wieder auf das Regal.

Ich blicke auf die Uhr hinter mir. Der riesige goldene Zeiger glüht leuchtend. 18 Uhr 20. Der Himmel ist zu dunkel für sechs Uhr, anscheinend ist ein Gewitter im Anzug. Auf meinem Schreibtisch liegen die Vorladungen. Miß Pershing hat den Namen des Sergeants der Aufklärung von Unfällen mit Todesfolge eingetippt, auch sonst scheint alles korrekt. SUBPOENA DUCES TECUM. Zeugenladung mit der Auflage, bestimmte Urkunden vorzulegen. Es sind die alten Formulare, und die sind mir lieber. Sie sehen eindeutig angsteinflößend aus. Ich ziehe den gelben Zettel herunter, auf dem Miß Pershing als »Geheimdienstsekretärin« unterschrieben hat. Miß Pershing ist niedlich, aber ich will sie nicht mögen. Mir fehlt Brent.

Es ist mit an Sicherheit grenzender Wahrscheinlichkeit bereits zu spät, aber ich tippe die Nummer der AID und lausche, wie das Telefon läutet und läutet. Ich beschließe, morgen als erstes bei der AID vorbeizugehen. Scheiß auf eine Terminabsprache. Ich bin die Ehefrau, um alles in der Welt. Und Rechtsanwältin.

Ich lege den Hörer auf und lasse mich auf meinen Stuhl fallen.

Nicht gerade begeistert blicke ich auf den Stoß Post auf meinem Schreibtisch. Es ist nicht so, daß ich nichts zu tun hätte. Da liegt ein ganzer Berg Post, darunter der angekündigte Antrag von Starankovic. Ich öffne den Umschlag und lese den Antrag durch. Nicht schlecht, eine echte Verbesserung im Vergleich zu dem Scheiß, den er sonst einreicht. Wenigstens verlangt er keine mündliche Verhandlung, so daß mir ein zweites Ständchen für den Bärbeißigen erspart bleibt.

Ich gehe die Telefonnotizen auf meinem Schreibtisch durch. Eine Nachricht betrifft Jameson. MACHEN SIE DIE PROZESSUNTERLAGEN FERTIG, LÄSST ER AUSRICHTEN! Das hat Miß Pershing geschrieben, mit einem kleinen Gänseblümchen als Punkt für das Ausrufezeichen. Ich blättere den restlichen Haufen durch. Judy, Judy, meine Mutter, wieder einmal Stephanie Fraser, ansonsten Mandanten. Die werden warten müssen. Kein Anruf von Ned. Überleg dir gut, was du dir wünschst, es könnte in Erfüllung gehen.

Ich wende mich der Post zu. Mein Herz beginnt zu hämmern. Ziemlich weit oben liegt ein flaches weißes Geschäftskuvert. Mein Name steht darauf, in Großbuchstaben mit dem Laserdrucker gedruckt. Die Adresse von Stalling fehlt. Es fehlen auch der Poststempel und die Briefmarke. Er kam mit der Hauspost, also von jemand, der bei Stalling arbeitet. Ich nehme den Umschlag in die Hand. Meine Hand zittert leicht.

Berkowitz. Martin. Jameson. Ned. Nicht Neds Vater, denn dieser Brief kam mit der Hauspost.

Entschlossen reiße ich den Umschlag auf.

ICH LIEBE DICH, MARY.

Ned. Er muß es sein. Ein stechender Schmerz durchzuckt mich. Wie konnte ich so komplett auf jemanden reinfallen? Ich schließe die Augen.

Als ich sie öffne, steht Berkowitz in der Tür.

– 29 –

Berkowitz schlendert so lässig in mein Büro, als wäre er hier zu Hause. Ich staune über seine schiere Größe, die von ihm ausgehende Macht schüchtert mich ein. Zum erstenmal scheint mir allein seine Gegenwart bedrohlich, und ich begreife, warum so viele Menschen ihn nicht mögen.

»Maria hatte ein kleines Lamm«, sagt er. »Hübsches Plätzchen, das Sie da haben.«

»Nicht anders als das von allen anderen.« Ich lasse den anonymen Brief und die Vorladungen so unauffällig wie möglich unter meiner anderen Post verschwinden.

»Abgesehen von der Aussicht natürlich.«

»Richtig.« Ich blicke hinter mich auf die Uhr, die sich leuchtend von dem immer dunkler werdenden Himmel abhebt. Hinter dem Uhrturm türmen sich gewaltige Gewitterwolken auf.

Berkowitz lehnt sich lässig an den Aktenschrank neben den Bücherregalen. »Muß ein unheimliches Gefühl sein, dieses Ding ständig im Nacken zu haben. Als würde man die ganze Zeit beobachtet.«

Mir läuft es eiskalt über den Rücken. Er weiß von den anonymen Briefen. Was läuft hier, ein Spiel? Ich halte den Mund.

»Ich glaube, mir würde das nicht gefallen.«

»Das Gefühl oder die Uhr?«

»Beides. Jedes für sich.« Er lacht leise, es klingt wie ein Schnauben.

»Ich mag nur das Gefühl nicht. Mit der Uhr kann ich leben.«

Er antwortet nicht, seine Augen überfliegen meine Diplome, meinen Schreibtisch und den anderen Aktenschrank. Seine Miene ist ausdruckslos. »Sie haben keine Bilder in Ihrem Büro.«

»Nein.«

»Warum nicht?«

»Ich weiß nicht.«

»Aber Sie haben doch Familie. Im Süden von Philadelphia.«

»Ja.« Blitzartig sehe ich den Wagen vor mir, der mich in der Straße meiner Eltern fast plattgewalzt hätte. »Woher wissen Sie das?«

»Ihr Akzent. Ein untrügliches Kennzeichen.« Er bleibt vor Black's juristischem Wörterbuch stehen und fährt mit einem seiner kräftigen Finger über die Bindung des Buchrückens. Ich kann die Stimmung, in der er sich befindet, nicht einschätzen, dazu kenne ich ihn nicht gut genug. Er scheint mir zerstreut. Angespannt. »Benutzen Sie dieses Ding ab und zu?«

»Nein.«

»Warum steht's dann da?«

»Meine Eltern haben es mir geschenkt.« Nachdem ich ihm diese private Mitteilung gemacht habe, fühle ich mich ihm offen und wehrlos ausgesetzt. Meine Nervosität steigt. Ich rede mir innerlich gut zu, mich zu entspannen. Ich bin mit Lombardo fertig geworden. Ich kann auch mit ihm fertig werden. »Hatten Sie auch so ein Büro wie dieses, als Sie anfingen?«

»Als ich anfing, waren wir im Fidelity Building an der Broad Street. Da ließen sich noch alle Fenster öffnen.« Er lacht kurz und klopft sich auf die Brusttasche. »Rauchen Sie?«

»Nein.«

»Mist.«

»Tut mir leid.«

»Na ja.« Er lehnt sich an den Aktenschrank. »Stört es Sie, wenn ich die Tür zumache?«

Ich spüre, wie die Flecken auf meiner Brust in volle Blüte ausbrechen. »Ah ... warum?«

Herausfordernd hebt er den Kopf. »Na, was glauben Sie, Mary, Mary?« Plötzlich schlägt er donnernd die Tür zu. »Endlich allein«, sagt er mit einem trockenen leisen Lachen.

Unwillkürlich stehe ich auf. Mein Blick huscht auf der Suche nach einer Schere oder einem Brieföffner über den Schreibtisch. Aber da ist nichts, außer einer Heftmaschine und einem Diktiergerät. Ich bin wehrlos. Ich weiche zurück, bis ich das kalte Glas des Fensters in meinem Rücken spüre.

»Stehen Sie nicht etwas zu nah am Fenster, Mary?«

Wieder werfe ich einen Blick über die Schulter. Das Zifferblatt der Uhr glüht böse durch das Gewitter zu mir herüber. Wir befinden uns vierzig Stockwerke über der Erde in einem Turm aus schwarzem Spiegelglas, der im stürmischen Wind schwankt und stöhnt. Ich befehle mir, die Nerven zu behalten. »Warum sagen Sie mir nicht einfach, was Sie hier unten machen, Sam?«

Überrascht zieht er eine Augenbraue hoch. »Soll das heißen, genug des Geplänkels?«

»Genau.«

»Schön. Dafür gibt es zwei Gründe. Erstens: Ich gebe morgen abend im Konferenzraum A einen Empfang für den Regelausschuß. Um acht Uhr. Alle Partner und die Richter des Bezirksgerichts sind eingeladen. Sie auch.«

»Was?« Ich verstehe nicht.

»Morgen abend ist ein Empfang, und ich möchte, daß Sie kommen. Konferenzraum A. Acht Uhr.«

»Ich, zu einem Empfang für die Partner?«

Berkowitz sieht mich an, als sei ich nicht ganz bei

Trost. »Ja, Sie. Wissen Sie, was ein Empfang ist, Mary, Mary?«

»Ja.« Ich entspanne mich etwas.

»Bringen Sie Carrier mit. Sie beide sind miteinander befreundet, stimmt's?«

»Ja. Stimmt.« Ich atme etwas freier und entferne mich ein wenig vom Fenster. Draußen ertönt ein Donnerschlag, und ich ziehe mich noch weiter vom Fenster zurück.

»Gut.« Wieder fummelt er an seiner Brusttasche herum. »Schön. Okay. Zweitens: Diese verdammte Sache mit Tom Lombardo. Er hat mich heute angerufen. Er sagte, Sie hätten gesehen, was passiert ist.«

»Ja.«

»Also, vergessen Sie's.«

»Was?«

»Vergessen Sie's.«

»Ich soll es einfach vergessen …«

»Ja. Das ist ein Befehl.« Seine Stimme klingt barsch.

Langsam dämmert mir, was er da sagt. »Ich habe begriffen – ein Geschäft also. Sie bieten mir meine und Judys Partnerschaft an im Tausch gegen mein Schweigen über den Vorfall mit Lombardo? Und möglicherweise über den Tod von Brent?«

»Mary, das hat mit *Ihnen* verdammt noch mal nicht das geringste zu tun!« explodiert er aus dem Nichts heraus. Sein Gesicht ist schlagartig hochrot, er sieht aus wie ein Teufel. Aber inzwischen kämpfe ich gegen Teufel und gewinne den Kampf sogar. Austricksen, selbst wenn man gegen den Teufel persönlich tricksen muß.

»Schreien Sie mich nicht an!« Ich beuge mich vor. Fast Nase an Nase lehnen wir uns von beiden Seiten über meinen Schreibtisch. Berkowitz, der König der Austrickser, und ich, eine Anwärterin auf seinen Thron.

Plötzlich lächelt er etwas einfältig. Die Röte schwindet aus seinem Gesicht. »Das sagt meine Frau auch immer.«

»Sie sollten auf sie hören.«

Er lacht herzhaft. »Lombardo hat recht. Sie haben Haare auf den Zähnen.«

»Nein, habe ich nicht. Also, was hatte es damit auf sich?«

»Würden Sie mir glauben, wenn ich Ihnen sage, daß es für Sie von keinerlei Interesse ist?«

»Sie meinen, ich soll mir darüber mein hübsches kleines Köpfchen nicht zerbrechen?«

»Okay. Kommen Sie runter, Mädel.« Er wirkt belustigt, aber nach wie vor angespannt. Was immer es ist, es macht ihn wahnsinnig. »Also, es geht um Delia. Sie hat in die Kasse gegriffen. Sie hat im Laufe von fünf Jahren so an die Hunderttausend abgezweigt.«

»Sie nehmen mich auf den Arm.«

»Ich wünschte, es wäre so.« Sein Gesicht wird lang, er schüttelt den Kopf. »Ich dachte, es sei jemand aus der Buchhaltung, vielleicht dieses Arschloch, dieser blöde Zahlenhengst, der uns andauernd schikaniert. Ich habe nicht gedacht, daß sie es ist. Es kam mir überhaupt nicht in den Sinn, daß sie es sein könnte. Ich bat Lombardo, für mich ein paar Nachforschungen anzustellen, aber als er dann damit ankam, wollte ich ihm nicht glauben.«

»Haben Sie ihn deshalb geschlagen?«

Er verzieht gequält das Gesicht. »He, Sie müssen wissen, es hat mir wirklich weh getan. Sie hat mein Vertrauen mißbraucht, und das, nachdem ich mich so um sie gekümmert habe. Ich habe dieses Kind geliebt.«

Ich blicke ihm direkt in die Augen. Hatte Brent doch recht, was die beiden angeht?

»Sehen Sie mich nicht so an. Ich weiß, alle denken, ich treibe es mit ihr. Ich hab' sie denken lassen, was sie wollen. Tatsache ist, sie ist die Tochter meines besten Freundes, ihr Vater war mein Sparringspartner. Er und ich, wir waren so.« Er hält zwei aneinandergelegte Finger hoch, eine Geste, die ich seit einer Ewigkeit nicht mehr gesehen habe.

»Im Ernst?«

»Im Ernst. Ich bin ihr Pate. Der erste jüdische Pate in der Geschichte.«

Ich lache erleichtert. Ein Teil des Puzzles fügt sich zusammen. »Ist sie deshalb in letzter Zeit so wütend?«

»O ja, Delia ist wütend auf die ganze Welt; bestimmt hat sie es kommen sehen. Sie wollte nicht einmal mit mir reden, obwohl ich sogar den Ordnungsausschuß davon überzeugt habe, von einer Anzeige gegen sie abzusehen. Alles, was sie verloren hat, ist ihr Job. Wir haben einen Plan für die Rückzahlung ausgearbeitet. Sie gibt tausend und ich zehn. Ich kann Geschäfte machen, was?«

»Sie haben es richtig gemacht.«

Wieder klopft er sich im Verlangen nach einer Zigarette auf die Brusttasche. »Wie dem auch sei, heute morgen ist sie gegangen. Jetzt stehe ich ohne Sekretärin da. Haben Sie eine gute, die ich mir unter den Nagel reißen könnte?«

Ich denke an Miß Pershing. »Nein.«

»So. Geht's uns jetzt besser, Maria, Königin der Schotten?«

»Absolut.«

»Okay, ich muß gehen. Ich brauche Ihnen ja nicht sagen, kein Wort zu irgend jemand. Oder?«

»Nein.«

»Bis morgen abend«, ruft er, öffnet die Tür und geht hinaus.

Unendlich erleichtert sinke ich auf meinen Stuhl. Müde. Ausgebrannt. Der Streit, dessen Zeugin ich wurde, hatte überhaupt nicht das geringste mit Brent zu tun, und Berkowitz hatte auch keine Affäre mit Delia. Ich wüßte zu gern, welchen Kommentar Brent zu dieser Enthüllung abgeben würde, aber Brent ist nicht mehr da. Er fehlt mir. Und ich glaube, ich weiß, wer ihn umgebracht hat.

Erneut fällt mein Blick auf den anonymen Brief, der ein Stückchen unter dem Postberg hervorlugt. Ned, mein Geliebter. Meine Liebe. Ich bin verzweifelt, und ich habe Angst. Er muß verrückt sein, wirklich und wahrhaftig verrückt. Vielleicht war alles, was er mir über Prozac und so weiter erzählt hat, nur ein Märchen; ich habe die Daten auf den Fläschchen nie kontrolliert. Ist der Mann, mit dem ich geschlafen habe, wirklich dazu fähig, Brent umzubringen? Und ein Jahr früher Mike? Möglicherweise, wenn er tatsächlich so von mir besessen ist, wie Judy behauptet. Bin ich vor ihm sicher, oder wird er sich jetzt, nachdem ich ihn abgewiesen habe, mich vorknöpfen?

Ich sehe auf die Uhr. 19 Uhr 02. Zu spät, um allein im Büro herumzusitzen. Der Regen fällt in Strömen auf das Rathaus; ich spüre, wie das Gebäude leicht schwankt. Ich schließe den anonymen Brief in der mittleren Schublade ein und verlasse mein Büro, um zu Judy hinunterzugehen.

Aber ich vergesse meine Probleme, als ich sie sehe.

– 30 –

»Ich bin gefeuert«, sagt Judy mit tonloser Stimme.

»Was?!«

»Ich hab's versaut.« Ihre Augen sind rotgerändert und verschwollen, als hätte sie heftig geweint. Schlaff hängt sie auf ihrem Stuhl, das Kinn auf eine ihrer kräftigen Hände gestützt.

»Was ist passiert?« Ich setze mich.

»Der Mitsuko-Bericht ist im Eimer. Das Oberste Bundesgericht hat eine ähnliche Beweisführung in einem gestern verhandelten Fall über den Haufen geworfen. Ich wußte nicht einmal, daß in dem betreffenden Fall überhaupt eine Revision läuft, weil ich die neuen Berichte über die anstehenden Berufungsfälle noch nicht eingesehen habe. Großartig, was? Ein richtiger Anfängerfehler.«

»Oh, Jude. Wer ist dahintergekommen?«

»Rate mal.«

Mein erster Gedanke ist Martin, der Miß Pershing auf der Treppe rücksichtslos umgerannt hat. »Martin?«

»Nein. Versuch's noch mal.«

»Nicht der Mandant.«

»Aber ja doch, der Mandant. Natürlich der Mandant. Wer sonst, wenn nicht der Mandant, ertappt dich beim größten Schnitzer deiner Karriere? Der Chef der Rechtsabteilung unseres Mandanten hat uns eine Kopie des Urteils des Obersten Bundesgerichts gefaxt, nachdem wir ihm einen Abzug meiner Prozeßunterlagen gefaxt haben. Liebst du Faxe auch so sehr? Dank Fax merkst du, daß du verarscht worden bist, während du gerade noch geglaubt hast, du selbst würdest die anderen verarschen. Das nenne ich den wahren Fortschritt der Technik!«

Ich stöhne. Darum also ist Martin wie ein Verrückter mit den Faxen durch die Gegend gerannt.

»Warte. Das ist noch nicht alles. In zwei Tagen müssen die Unterlagen bei Gericht vorgelegt werden. Mir bleiben achtundvierzig Stunden, um Unterlagen, die eine Revision ermöglichen, zusammenzustellen, oder ich bin gefeuert.«

»Wer hat das gesagt? Martin? Das kann er gar nicht!«

»Ach nein? Ein Mandant des Hauses ist stocksauer, und das ist allein meine Schuld, ich habe die Firma bis auf die Knochen blamiert. Die Mitsuko-Revision steht ernsthaft auf dem Spiel – es geht um ihre Rechtsansprüche, nicht um unsere.« Sie fährt sich mit den Fingern durch das Haar, so daß es in komischen Büscheln absteht. Mit den verstrubbelten Haaren sieht sie leicht debil aus. »Es war so ein saudummer Fehler, ich sollte freiwillig abdanken.«

»Das läßt du besser bleiben. Wir schreiben den Bericht völlig neu.«

»Wir?«

»Jawohl, wir. Ich helfe dir. Wir machen es zusammen.«

»Du kannst mir nicht helfen, Mary. Du kennst die Vorgeschichte nicht.«

»Das muß ich auch nicht, *du* kennst sie. Außerdem brauchst du eine neue Beweisführung. Einen neuen Aspekt.«

Sie lächelt müde. »Ich weiß dein Angebot zu schätzen, aber es ist aussichtslos. Ich habe bereits über jede weitere mögliche Argumentation nachgedacht. Das war die beste.«

»Jude! Wo bleibt der Pioniergeist des Westens? Denk an den Oregon-Trail. Den Louisiana-Kauf. Den Missouri-Kompromiß. Alles vergessen?«

»Versuch bloß nicht, mich aufheitern zu wollen. Und deine Geographie- und Geschichtsstunde nervt.«

»Hör mal, ich habe heute den Teufel besiegt. Mir gelingt alles!«

»Du spinnst. Wir haben keine Zeit.«

»Wir haben die ganze Nacht Zeit. Draußen regnet es in Strömen, und ich muß sowieso mit dir herumhängen. Schließlich bist du meine Leibwächterin.«

»Gib's auf, Mary.«

»Nein. Sag mir, warum wir den Fall Mitsuko verloren haben, abgesehen davon, daß Martin nicht vor einer Jury stehen sollte, es sei denn, sämtliche Mitglieder der Jury hätten Jura studiert.«

»Mary, es hat keinen Zweck.«

»Antworte mir, Judith Carrier!«

»Arrgh«, knurrt sie frustriert. »Okay. Ich glaube, die Jury hat den Fall einfach nicht verstanden. Es gab zu viele Fakten. Zu viele Zahlen. Die rechtlich relevanten Dinge waren viel zu kompliziert und abstrakt...«

»Durften sich die Geschworenen Notizen machen?«

»Ja. Bei Richter Rasmussen dürfen sie das immer.«

»Jawohl!« Mir kommt eine Idee. Ich spreche mit Judy darüber. Ihr gefällt sie sofort, ihr entgeht nicht, daß zwar kein sicherer Sieg dabei herausspringt, aber wenigstens ein Untergang mit Pauken und Trompeten.

Sie ruft Kurt an und kocht zwei Kannen Kaffee, eine für sie, eine für mich. Ich rufe Lombardo an und gebe ihm für heute abend frei, aber er hält es nicht einmal für nötig, mir zu danken. Wir schließen uns in ein Arbeitszimmer in der Bibliothek ein und bringen Lexis zum Kochen. Ein paar Stunden später schließen wir uns in ein Zimmer auf Unmäßigkeit ein und beginnen mit der Abfassung des Konzepts. Zweimal lassen wir chinesisches Essen kommen, einmal um acht Uhr, dann noch einmal um zehn Uhr. Beide Male bestellen wir Lo Mein. Nach der zweiten Mahlzeit klopft Stallings altersschwacher Sicherheitsmann, von Judy Mack Sennett genannt, an die Tür.

»Alles in Ordnung mit euch Mädels da drin?« fragt er mit Ronald-Reagan-Stimme.

»Alles bestens«, antworte ich. »Aber behalten Sie uns im Auge.«

»Roger, alles paletti«, sagt er.

Daraufhin ändert Judy seinen Spitznamen in Roger Paletti. Ich prüfe noch einmal, ob die Tür auch abgeschlossen ist.

Um Mitternacht beschwatzen wir Roger Paletti, Schmiere zu stehen, während wir kurzentschlossen die Imbißkantine überfallen und Kartoffelchips, Schokoladenkekse und Kaffee organisieren. Judy versucht, den Kaffeeautomaten zu stürmen. Wir finden alles wahnsinnig komisch. Der Kaffee ernüchtert uns wieder, und wir schreiben bis zur Morgendämmerung in dem hermetisch abgeriegelten Arbeitszimmer. In aller Herrgottsfrühe legen wir den Entwurf schließlich auf Miß Pershings Schreibtisch, weil sie früher zur Arbeit kommt als Judys Sekretärin. Wir duschen im Umkleideraum, ich schon den zweiten Tag hintereinander. Als wir aus der Dusche treten, wird uns schmerzlich bewußt, daß wir keine frischen Sachen haben.

»Tauschen wir doch einfach die Klamotten«, erklärt Judy.

»Was?«

»Dann haben wir wenigstens die Kleider gewechselt.«

Ich stülpe mir Judys Zelt von einem Bauernkleid über den Kopf. Es bauscht sich wie ein Fallschirm bis auf meine Knöchel. Als mein Kopf endlich aus dem mit

Stickerei besetzten Ausschnitt auftaucht, steht Judy immer noch in ein Handtuch gehüllt da und hält unentschlossen mein recht eng geschnittenes weißes Kleid hoch.

»Braucht man einen BH für dieses Kleid?« fragt sie.

»Natürlich.«

»Ich habe keinen BH.«

»Was soll das heißen, du hast keinen BH?«

»Ich trage nie einen BH.«

»Du trägst im Büro nie einen BH? Bei Stalling und Webb? Das kommt einem Verstoß gegen die Bundesgesetze gleich!«

»Kein Mensch merkt das, meine Brüste sind so klein. Willst du mal sehen?«

»Nein! Mein Gott, wirst du dich wohl bedecken?«

»Wir sind zwei Frauen, Mary.« Sie hänselt mich, indem sie anfängt, langsam das Handtuch aufzuwickeln.

»Das weiß ich. Eben drum.« Ich öffne meinen Büstenhalter und lasse ihn durch den weiten Ärmel des Kittels gleiten. »Da, nimm meinen. Das ist eine Einheitsgröße. In dem Kleid sieht kein Mensch, ob ich einen trage oder nicht.«

»Du ohne BH? Das nenne ich einen wahren Kumpel!«

Während Judy in meinen BH schlüpft, gehe ich hinüber zum Spiegel und versuche, irgendwas mit meinen schlaffen Haaren anzufangen. Ein Fall für die heilige Rita von Cascia, zuständig für unerfüllbare Wünsche.

»Na, was sagst du?« fragt Judy.

Ich drehe mich um. Das Kleid, das an mir gut sitzt, ist Judy zu klein, es schmiegt sich eng an jede Kurve ihres Körpers. Sie sieht umwerfend aus. »Zum Anbeißen, Kleine.«

Sie zerrt noch einmal am Saum. »Beherrsch dich, Kleine.«

Nachdem wir fertig sind, marschieren wir hinaus,

um nachzusehen, ob Miß Pershing schon gekommen ist. Sie schließt gerade ihren durchsichtigen Plastikschirm ein, als ich sie in Gummistiefeln und einer Regenhaube aus Plastik an der Sekretärinnengarderobe entdecke.

»Guten Morgen, Miß Pershing.«

Sie mustert mich von oben bis unten und lächelt süß. »Sie sehen sehr hübsch aus heute, Miß DiNunzio. Sehr feminin.«

Judy klopft mir jovial auf die Schulter. »Nicht wahr? Ich habe ihr geholfen, das Kleid auszusuchen.«

Ich bedenke Judy mit einem warnenden Blick. »Vielen Dank, Miß Pershing. Wie war es gestern abend in Ihrem Lesezirkel?«

»Sehr schön. Nächste Woche ist Mary Higgins Clark dran.«

»Klingt spannend. Aber ich muß Sie warnen, heute wird ein harter Tag, denn Judy und ich arbeiten an den Unterlagen für einen Berufungsprozeß. Wir müssen auf jeden Fall heute abend damit fertig sein. Die Sachen liegen auf Ihrem Schreibtisch, könnten Sie bitte gleich damit anfangen? Wir haben keine Zeit, den Text selbst in den Computer einzugeben.«

»Was ist mit dieser anderen Sache? Die, über die wir gestern gesprochen haben.« Bedeutungsvoll blickt sie mir in die Augen.

»Die muß warten, Miß P.«

»Na denn, packen wir's an!« Energisch strafft sie die Schultern.

»Rufen Sie mich jedesmal an, wenn Sie eine Seite fertig haben. Ich hole sie dann ab. Und nehmen Sie die Anrufe für mich entgegen. Sagen Sie niemandem, wo ich bin, und auf gar keinen Fall Ned Waters. Wir müssen den ganzen Tag konzentriert arbeiten, denn die Unterlagen müssen unbedingt morgen eingereicht werden.«

»Keine Sorge.« Und weg ist sie. Mit Regenhaube und Gummistiefeln marschiert sie zu ihrem Schreibtisch.

– 31 –

Wir taufen sie die Pauken-und-Trompeten-Akte und arbeiten den ganzen Tag daran im abgeschlossenen Arbeitszimmer. Wir gehen Entwurf für Entwurf durch und essen alles, was der Speise- und Getränkeservice zu uns heraufkarrt. Uns ist abwechselnd schwindlig und schlecht, unsere Stimmung ist mal euphorisch und mal mies. Gegen Abend haben wir einen schweren Anfall von Magenverstimmung und phantastische Unterlagen für den Prozeßanwalt. Unseren endgültigen Entwurf legen wir Martin auf den Schreibtisch. Sein Büro ist bereits dunkel, und die leeren Augen der Eulen verfolgen uns im Hinausgehen. »Ich hasse diese verdammten Eulen«, sage ich zu Judy.

»Das sind die einzigen Freunde, die er hat.«

Meine Erschöpfung macht sich bemerkbar. »Glaubst du, er ist mit den Unterlagen zufrieden?«

Judy nickt fröhlich. »Er hat gar keine andere Wahl. Sie sind brillant. Dank dir.«

»Nein.«

»Doch. Dank dir, Mary.« Sie schubst mich spielerisch, was heißt, ich fliege gegen die Wand.

»Was ißt du morgens zum Frühstück?« erkundige ich mich, als sie munter davonhüpft.

Wieder im Arbeitszimmer ziehen wir uns zwei gleiche Drehstühle heran. Ich breche fix und fertig auf meinem zusammen, Judy fährt auf ihrem Karussell. Miß Pershing erscheint in der Tür. Mit einem Seitenblick auf Judy, die unentwegt im Kreis herumsaust, fragt sie:

»Miß DiNunzio, sind Sie beide noch nicht fertig für heute?«

»Nein, wir müssen noch zu einem Empfang hinauf.«

»Juchhuuu!« jauchzt Judy.

»Ich glaube, Sie sind zu müde für einen Empfang. Sie haben beide schwer gearbeitet.«

»Wir sind wirklich sehr müde, ich zumindest. Aber wir müssen hin.«

»Wir müssen! Wir müssen! Wir müssen uns verpissen!« singt Judy und dreht sich weiter und weiter. Miß Pershing wendet den Blick ab.

»Miß Pershing, vielen Dank für alles, was Sie heute für uns getan haben. Ich weiß das sehr zu schätzen, und meine Kollegin, diese Geistesgestörte da, auch.«

Judy hört auf, sich im Kreis zu drehen und zeigt grinsend ihre Zahnlücken. »Gott, ist mir schwindlig.« Sie greift sich an die Stirn. »Miß Pershing, ich möchte Ihnen danken, daß Sie es mit uns ausgehalten haben, besonders mit Mary. Sie kann recht schwierig sein, wenn sie unter Druck steht.«

»Das kann ich nicht sagen, mir ist das bisher noch nicht aufgefallen.« Sie schenkt mir ein warmes Lächeln.

»Vielen Dank, Miß P.«

»Mir ist aufgefallen, daß Sie die... Mitteilungen nicht abgeschickt haben, über die wir gesprochen haben.« Miß Pershing blickt nervös in Judys Richtung.

»Es ist alles in Ordnung, Miß Pershing. Judy weiß Bescheid über die Vorladungen.«

Sie scheint enttäuscht. »Oh. Ja gut. Warum haben Sie sie nicht zur Post gegeben? Habe ich etwas falsch ausgefüllt?«

»Nein, sie waren völlig in Ordnung, aber ich warte damit lieber noch ein bißchen.«

»Na gut«, sagt Miß Pershing. »Süße Träume, Mädels.«

»Süße Träume«, sage ich.

Judys Augen weiten sich in höchstem Amüsement. »Was ist das? Süße Träume?«

»Sag süße Träume zu Miß Pershing, Judy.«

Aber Judy prustet los, und bis sie sich von ihrem Lachkrampf erholt hat, ist Miß Pershing längst gegangen.

Bevor wir zum Empfang auf Habsucht hinaufgehen, machen wir uns im Umkleideraum ein wenig frisch. Judy bietet mir wieder mein Kleid an, aber ich lehne ab. So langsam gewöhne ich mich an ihren Ethno-Look und meine Büstenhalterlosigkeit. Ich fühle mich lockerer, freier. Ich spritze Wasser in mein Gesicht, um meine Lebensgeister zu wecken. Weihwasser, denke ich komischerweise. »Sieh mal, Jude, ich bin wiedergeboren.«

»Du bist nicht wiedergeboren, du bist erschöpft.« Sie drückt auf den Seifenspender. »Du bist seit zwei Tagen auf den Beinen, Kindchen. Erinnerst du dich an deinen Anruf bei Lombardo? Das war gestern morgen.«

Ich spüle mein Gesicht mit warmem Wasser ab. Ich denke an Lombardo, an Berkowitz und schließlich an Ned. Mein Herz wird bitter. »Weißt du, du hattest recht. Ned hat mir die anonymen Briefe geschickt. Ich kann es zwar nicht glauben, aber mein Verstand sagt mir, er muß es sein, der Brent umgebracht hat. Und vielleicht sogar Mike.« Seufzend drehe ich die Hähne ab.

Judy sieht mich überrascht an. »Wie kommst du darauf?«

»Ich habe noch einen Brief bekommen. Einen Liebesbrief diesmal. Er muß von ihm sein. Er kam mit der Hauspost.« Ich vergrabe mein Gesicht in einem zusammengeknüllten Handtuch. Am liebsten käme ich nie wieder hervor.

»Bleib heute nacht bei mir. Kurt ist im Studio.«

Ich werfe das Handtuch in den Wäschekorb. Ich treffe daneben. »Danke, aber das ist nicht nötig. Jetzt bin ich sicher. Keine Vorladungen mehr, keine Klage mehr. Gleich nach dem Empfang rufe ich Lombardo an und sage ihm, er soll Ned verhören.«

»Und wenn du Lombardo nicht so schnell auftreibst? Du gehst nicht nach Hause.«

»Alice hatte seit Tagen nichts zu fressen. Sie wird verhungern.«

»Und wo ist dein Problem?«

Wir machen uns fertig und nehmen den Aufzug nach Habsucht. Als wir aussteigen, begrüßt uns Roger Paletti und winkt uns mit Grandezza in das Konferenzzimmer A. Ich erkenne es kaum wieder, so sehr hat es sich verändert. In einer Ecke spielt ein Streichquartett Vivaldi. Sanftes Licht ergießt sich in den Raum, reguliert mit Dimmern, von deren Existenz ich bisher keine Ahnung hatte, und in Smokings gekleidete Ober schlängeln sich durch die Menge. Der hufeisenförmige Tisch, bedeckt mit einem Tischtuch aus echtem Leinen, ist überladen mit silbernen Tabletts, auf denen Riesengarnelen, frisches Obst und Rohkost angerichtet sind. Es erinnert mich an eine teure Ausgabe des Letzten Abendmahls.

»Allmächtiger Gott«, flüstere ich.

»Da sind ja nur Männer«, wispert Judy.

Die Männer, die sind eine Sache für sich. Der Raum ist durchdrungen von ihrer Macht. Die Apostel vom Regelausschuß sind da sowie die volle Besetzung der Richter vom Bezirksgericht. Ich entdecke den Gerichtsvorsitzenden Helfer mit Einstein, umschwänzelt von Goldrute und einem Schwarm Stalling-Alligatoren. Der Ehrenwerte Jacob W. Vapnek, der das Gesetz in meinem Fachbereich praktisch gemacht hat, hängt mit Berkowitz und dem Ehrenwerten John T. Shales zusammen, der den Gerüchten zufolge an das Oberste Bundesgericht berufen wird. Der Ehrenwerte Mark C. Gross und der Ehrenwerte Al Martinez, neu berufen von den Bezirken, reden ernsthaft auf Martin ein, der zuhört und noch mal zuhört. Der Bärbeißige kreist wählerisch über den Riesengarnelen wie ein Luftschiff über dem Stadion.

»Ich habe einen Job zu erledigen«, sagt Judy und drängt sich in die Menge.

Ich lasse mich in Richtung Bar schieben und beobachte Judy, die sich Einstein und Goldrute anschließt. Sie beherrscht ihr Geschäft perfekt. Es besteht darin, eidesstattliche Erklärungen für die Pauken-und-Trompeten-Akte zu sammeln. Unser Hauptargument beruht darauf, daß die den Geschworenen erteilte Erlaubnis, sich während der Verhandlung Notizen machen zu dürfen, zu ihrer Verwirrung beitrug und deshalb das Urteil der Jury anfechtbar ist. Die Gerichtsakte untermauert unsere Argumentation; die Geschworenen kamen während der Beratungszeit sechsmal mit Fragen heraus, die sich auf ihre während der Verhandlung mitgeschriebenen Notizen bezogen. Es gibt keinen Präzedenzfall, aber da kommen die eidesstattlichen Erklärungen ins Spiel. Und da wird's dann interessant.

Ich beobachte Judy, die ein Gespräch mit Einstein anknüpft, in dessen Verlauf er ihr erzählen wird, wie schlecht es sei, daß sich die Geschworenen Notizen machen dürfen. Anschließend wird sie mit so vielen Richtern wie nur möglich sprechen und Einsteins Meinung zu einem Konsens ausbauen. Später setzen wir eidesstattliche Erklärungen auf, die besagen, es bestehe allgemein Übereinstimmung, daß es Geschworenen nicht gestattet werden dürfe, sich Notizen zu machen, und diese Erklärungen reichen wir zusammen mit den Prozeßunterlagen ein. Sie sind nicht Bestandteil der Prozeßakten, aber das zuständige Gericht ist dafür bekannt, daß es vor neuen Wegen in der Rechtsprechung nicht zurückschreckt. Sollte die Erlaubnis, daß die Jury sich während der Verhandlung Notizen machen darf, vor diesem Gericht ebenso auf Mißbilligung stoßen wie bei den Intellektuellen vom Schlage Einsteins, findet es bestimmt eine Möglichkeit, Mitsuko zu einem Wiederaufnahmeverfahren zu verhelfen. Und Judy behält ihren Job.

Ich hebe mein Champagnerglas in einem stummen Toast auf die Pauken-und-Trompeten-Akte und anschließend auf Martin, der sie einreichen muß, weil er mit dem Rücken zur Wand steht. Ich trinke große Schlucke von dem moussierenden Getränk und bringe gleich noch einen Toast auf Judy und einen auf Berkowitz aus. Im Nu ist das Champagnerglas leer. Ich nehme mir ein neues Glas vom Tablett eines vorbeigehenden Kellners. Der Alkohol steigt mir direkt in den Kopf. Mir ist leicht schwindlig, und ich fühle mich glücklich. Ich bitte den Barkeeper um ein drittes Glas und trinke einen Toast auf Ned, den ich geliebt und verloren habe, anschließend einen auf Brent, dann auf meinen geliebten Mike. Langsam beginne ich zu begreifen, was gemeint ist, wenn man sagt, man empfinde keinen Schmerz mehr.

»Trinken Sie nicht zu schnell«, mahnt der junge Barkeeper, während er mir das nächste volle Glas reicht. Ich sehe sein Gesicht zwar nur verschwommen, aber ich erkenne ihn trotzdem. Es ist der Parkplatzwächter aus der Tiefgarage, mit einem Smoking verkleidet.

»Mich täuschen Sie nicht, ich weiß, wer Sie in Wirklichkeit sind. Sie sind Anthony aus der Garage, stimmt's?«

Er lacht. »Nein, Sie kann ich nicht täuschen, Miß Dee.«

»Heute doppelte Pflichten, ha?«

»Ich hatte die Wahl, Miß Dee. Entweder hübsche Damen anschauen oder einen Haufen großer Wagen parken. Da braucht man nicht lang nachzudenken.«

»Wir reisen beide inkognito, Anthony.«

»In was, Miß Dee?«

Plötzlich ertönt eine tiefe Stimme neben mir, fast nuschelt sie mir ins Ohr. Ich blicke auf, es ist Goldrute mit einem Glas in der Hand. Auch er sieht merkwürdig verschwommen aus, obwohl er so dicht vor mir steht. »Was sagten Sie, Richter Gold... van Houten?« Als ich den schleppenden Tonfall meiner Stimme registriere, stelle ich schleunigst mein Glas hin.

»Ich sagte, das ist ein hübsches Kleid.«

»Vielen Dank.«

»Das ist ein Bauernkleid, stimmt's? Haben Sie es in Mexiko gekauft oder an einem der vielen anderen Orte, die aufregender sind als Philadelphia?«

»Es gibt keinen Ort, der aufregender ist als Philadelphia, Richter.«

Er lacht und fährt mit dem Zeigefinger die gekräuselte Kante am Ausschnitt des Kleides entlang. »Mir gefällt besonders diese Stickerei am Oberteil.«

Stumm vor Erstaunen beobachte ich, wie sein Finger meine Brust knapp oberhalb meines blanken Busens berührt. »Das sollten Sie nicht tun. Ich bin Mikes Frau, und ich trage keinen BH«, platze ich heraus.

Goldrute scheint verblüfft. Mein benebelter Kopf begreift, daß ich zu betrunken bin, um länger hierzubleiben. Ich sehe mich im Raum nach Judy um, aber es ist zwecklos. Ich sehe nur verschwommene dreiteilige Anzüge. Ich murmle dem verdatterten Richter einen Abschiedsgruß zu und begebe mich auf den Weg zur Tür.

Aber mein Fluchtweg ist versperrt. Direkt vor der Tür steht der Bärbeißige und unterhält sich mit Jameson. Der Berg spricht zum Maulwurfshügel. Mit so sicheren Schritten wie möglich marschiere ich auf die beiden zu. »Entschuldigen Sie bitte«, sage ich schwerfällig. Sprechen erfordert Anstrengung. In meinem Kopf dreht sich alles.

»Miz DiNunzio«, sagt der Bärbeißige. Er hält einen Teller in der Hand, auf dem sich ein Hügel aus Garnelengerippen erhebt. »Ich bin überrascht, Sie hier zu sehen.«

Jameson wippt sich hinauf auf die Zehenspitzen. »Das sollten Sie nicht sein, Richter Bitterman. Mary ist unser Star. Sie ist im letzten Jahr geradezu kometenhaft aufgestiegen.« Seine Stimme trieft vor unverhohlener Eifersucht. Er muß noch betrunkener sein als ich.

»Ich muß wirklich gehen, Timothy.«

»Seien Sie doch nicht so schrecklich ungesellig, Mary.« Jameson streckt die Hand aus und faßt mich grob am Arm. »Sagen Sie Richter Bitterman, wie Sie es anstellen, daß Sie mit Sicherheit im Juni die Partnerschaft ergattern. Sagen Sie ihm, wie sehr Ihr Mentor sich anstrengt, damit wir Ihre Partnerschaft schlukken.«

»Timothy, ich weiß nicht, was ...«

Er preßt meinen Arm. »Ist das nicht ein schönes Wort, Richter Bitterman? Mentor. Das kann viel bedeuten, nicht wahr? Lehrer. Freund. Vertrauter. Ratgeber. Kennen Sie den Ursprung des Wortes *Mentor,* Richter?«

Zum erstenmal scheint der Bärbeißige sprachlos. Er schüttelt den Kopf.

»Mentor war ein Freund von Odysseus, dem der Held die Erziehung seines Sohnes Telemach anvertraute. Ist das nicht interessant? Wußten Sie, daß Mary auch einen ganz speziellen Mentor hat? Einen sehr mächtigen Mentor. Sam Berkowitz ist Marys Mentor. Er kümmert sich sehr fürsorglich um Mary. Stimmt's, Mary?«

»Timothy, hören Sie auf.« Ich versuche, ihm meinen Arm zu entziehen, aber Jamesons Griff ist erstaunlich kräftig.

»Was glauben Sie, Herr Richter? Glauben Sie, es sind Marys Scharfsinn und ihre analytischen Fähigkeiten, die Mr. Berkowitz so außerordentlich imponieren? Oder ist es eher ihre überragende Fähigkeit beim Abfassen von Schriftsätzen? *Ich* besaß das alles auch, Herr Richter, aber unser furchtloser Führer hat damals *meine* Partnerschaft mit allen Mitteln hintertrieben. Jetzt sagen Sie mir, was hat sie Ihrer Meinung nach, was ich nicht habe?«

Der Blick des Bärbeißigen wandert von mir zu Jameson.

»Sie wissen es, nicht wahr, Herr Richter? Sie sind ein brillanter Mann, trotzdem möchte ich Ihnen einen kleinen Hinweis geben. Mary ist eine lustige Witwe. Eine sehr lustige Witwe.«

Dem Bärbeißigen bleibt der Mund offenstehen.

Ich fasse nicht, was Jameson da sagt. Es ist unerhört. »Ich habe hart gearbeitet, um da hinzukommen, wo ich bin, Timothy.«

Jameson zieht mich mit einem heftigen Ruck an seine Seite. »Ich weiß, Mary. Ein großer starker Mann wie Berkowitz, ich wette, da mußten Sie ziemlich schwer was einstecken …«

»Sie Arschloch!« schreie ich Jameson an. Ich kämpfe darum, meinen Arm aus seinem Griff zu befreien.

Der Bärbeißige mustert mich aus schmalen Augen. Sein Gesicht ist hochrot vor Zorn. »Mary, das haben Sie nicht getan!«

Ich bin machtlos gegen diese Wut, ich könnte ihn nicht in einer Million Jahren vom Gegenteil überzeugen. Mir ist schwindlig, ich fühle mich schwach. Hinter dem Bärbeißigen wenden sich zahlreiche Köpfe in unsere Richtung. Ich muß schleunigst raus hier. Ich stürze zur Tür und laufe die Treppe hinunter. In Tränen aufgelöst, torkle ich die Stufen hinab. Schwer auf das Messinggeländer gestützt, passiere ich Wollust und Neid. Als ich endlich auf Unmäßigkeit anlange, fühle ich mich krank. Vor Scham. Vom Alkohol. Vom Schlafmangel. Ich sinke auf meinen Stuhl, und mein Kopf fällt nach vorn auf ein kühles Kissen aus aufgestapelter Post.

– 32 –

Er kocht.

Seine Lippen bewegen sich, aber ich verstehe nicht, was er schreit. Er zittert, er ist so wütend. Sein weiches Gesicht, das fast weibisch aussieht, ist verzerrt.

Wir sind allein, er und ich. Der Abend dämmert, sein Büro ist verlassen und düster. Die Sekretärinnen sind nach Hause gegangen, alle anderen auch. Das Zimmer ist kalt; er stellt den Thermostat immer niedrig ein. Er muß ein Exempel statuieren, sagt er.

Da sind Fotos von ihm mit anderen Männern, die Exempel statuieren. Richard Nixon. Oberster Richter William Rehnquist. Clarence Thomas. Neben den Fotos hängen Bücherregale voller Bücher, einer Menge Bücher, alle beschäftigen sich mit dem Recht. Rechtsphilosophie, juristische Kommentare, Rechtsanalysen. Ein Buch neben dem anderen, in vollendeter Ordnung. Und endlose Reihen goldener Ausgaben mit Kommentaren des Bundesgerichts, deren schwarze Bandnummern unheimlich im Halbdunkel zu schweben scheinen: 902, 903, 904. Er hat einen kompletten Satz für sich allein. Er ist ein Mann von Bedeutung, ein Rechtsgelehrter.

Aber er ist so wütend. Tobt, verliert fast die Kontrolle. Noch nie habe ich ihn so wütend gesehen. Ich habe überhaupt noch nie jemanden so wütend gesehen wie Richter Bitterman an dem Tag, als ich aufhörte, für ihn zu arbeiten.

Warum ist er so außer sich? Ich habe die Recherchen

für einen Artikel gemacht, so war es vereinbart, sage ich zu ihm. Ich habe keine Zeit, bei einem zweiten mitzuarbeiten.

Sie hatten bisher immer Zeit! schreit er.

Jetzt habe ich aber keine Zeit mehr. Die Dinge haben sich geändert.

Es ist ein junger Mann, stimmt's?

Ich antworte nicht. Es geht ihn nichts an. Obwohl er recht hat, ich bin verliebt. In Mike.

Miz DiNunzio, ich möchte einen der scharfsinnigsten Denker des Rechts zitieren. Das Recht ist eine eifersüchtige Herrin und verlangt langes, beständiges Werben. Man gewinnt sie nicht durch oberflächliche Gunst, sondern nur durch übergroße Huldigung. Diese Worte stammen von Professor Story, Miz DiNunzio, nicht von mir. Eine eifersüchtige Herrin. Das heißt, Sie können nicht beides haben. Entweder der junge Mann oder das Recht. Sie müssen wählen.

Ich habe bereits gewählt, sage ich zu ihm.

Da dämmert es mir, halb im Traum und halb im Wachen. Ich weiß, warum der Bärbeißige so wütend war. Sein Geschwätz über das eifersüchtige Recht war absoluter Mist. Er hat sich hinter dem Recht versteckt, hat es zur Verschleierung benutzt. Damals durchschaute ich ihn nicht, aber heute. Es war der Bärbeißige, der eifersüchtig war, wahnsinnig eifersüchtig auf Mike. Es scheint fast unglaublich, aber es ergibt einen Sinn.

Schlagartig bin ich hellwach.

Der Bärbeißige steht über mir und streicht mir mit einem friedvollen Lächeln über den Kopf. »Hallo, Mary«, sagt er sanft.

»Richter?«

»Du bist mir so kostbar, meine Liebe.« Seine Wangen sehen aus, als würden sie gleich vor Wonne platzen; er sieht aus wie ein überfütterter Säugling.

Von Panik erfüllt, blicke ich mich um. Meine Bürotür ist geschlossen. Alle sind auf dem Empfang, drei Stockwerke höher. Sein fetter Bauch preßt sich gegen meinen Stuhl. »Ich habe mich vom ersten Tag an, an dem du für mich gearbeitet hast, um dich gekümmert. Erinnerst du dich?«

Ich bin wie gelähmt, ich kann nicht antworten.

»Wir verbrachten ein ganzes Jahr zusammen, du und ich. Ich beobachtete deine Entwicklung, deine Fortschritte. Ich weiß, ich war manchmal hart zu dir, aber das war nur zu deinem Besten. Damals war ich dein Mentor, stimmt das nicht, Mary? Ich war der einzige.« Seine Stimme klingt unnatürlich hoch.

Ich nicke mechanisch. Mir dreht sich fast der Magen um, seine Berührung ist mir unerträglich.

»Nachdem du mich verlassen hast, habe ich jahrelang versucht, dich zu vergessen, aber vergeblich. Keine andere Frau ist wie du. Kannst du dir vorstellen, wie glücklich ich war, als endlich einer deiner Fälle mir zugeteilt wurde? Ich konnte den Tag deines Auftritts vor Gericht kaum erwarten. Es war deine erste Verhandlung, ja, Mary? Ich merkte es. Ich dachte, sie muß noch so viel lernen, und ich kann ihr noch so viel beibringen. Sie braucht mich immer noch.«

O nein. Ich habe den Antrag durchgebracht, und Mike war dabei mit seiner Klasse. Mike.

»Fast auf den Tag genau ein Jahr später bekam ich den Fall Harbison. Als hätte das Schicksal es so gewollt. Ich beraumte die Verhandlung nur an, um dich vor mir zu sehen. Du sahst so kompetent aus in deinem dunkelblauen Hosenanzug. Sobald ich den Gerichtssaal betrat, bist du aufgesprungen und hast mich auf die netteste Weise angelächelt. Da wußte ich, du empfindest dasselbe wie ich. Nach all dieser Zeit.«

Natürlich. Auch diesen Antrag brachte ich durch. Im Anschluß daran kam der erste anonyme Brief:

HERZLICHEN GLÜCKWUNSCH ZUR PARTNERSCHAFT, MARY. Der Bärbeißige wußte, dieser Sieg sicherte mir die Partnerschaft. Warum bloß habe ich nie daran gedacht, daß er es sein könnte? Ich schließe fest die Augen.

»Es war eine Dummheit, dich singen zu lassen. Verzeih mir, aber ich wollte deine Liebe auf die Probe stellen. Und später in Sams Büro, als ich dich nach deiner Meinung fragte, da wollte ich dir nur die Gelegenheit geben, vor den anderen zu glänzen. Aber du schienst böse auf mich zu sein, deshalb habe ich dir noch einen Brief geschrieben. Ich habe ihn im Anschluß an unsere Besprechung in Sams Postfach gelegt. Hast du meinen Brief bekommen, Mary? Ich habe befürchtet, du könntest ihn über die Hauspost vielleicht nicht erhalten.«

Mein Herz hämmert. Meine Brust glüht hochrot.

»Einen Penny für deine Gedanken.« Seine Hand faßt unter mein Kinn, er hebt mein Gesicht zu sich hoch. Seine Augen, fast verdeckt von quellendem Fleisch, starren mich an wie die eines Wahnsinnigen.

Plötzlich wird die Tür zu meinem Büro aufgerissen, und Judy stürmt herein. »Mary, was war denn los?« fragt sie. »Ich habe gehört, Jameson …«

»Machen Sie die Tür zu!« brüllt der Bärbeißige. Er entfernt sich einen Schritt von mir, reißt einen silbernen Revolver aus seiner Jacke und zielt damit auf Judy.

Verstört blickt sie von mir zu ihm. »Was zum …«

»Ich sagte, machen Sie die Tür zu! Und schließen Sie ab!«

Judy gehorcht geschwind und behält voller Angst die Kanone im Auge.

»Wer ist diese Frau, Mary?« Die dicken Hände des Bärbeißigen zielen mit dem Revolver genau auf Judys Brust. Ein metallisches Klicken ertönt, als er den Hahn spannt.

Mein Herz gerät ins Stolpern bei diesem Geräusch. »Nein!« schreie ich.

Der Bärbeißige sieht mich scharf an, sein Blick ist ein stummer Verweis.

Ich schlucke hart. »Bitte, tu ihr nichts, Bill. Sie ist meine beste Freundin. Meine liebste Freundin. Bitte, tu ihr nichts.«

Judy nickt nachdrücklich, ihre Augen sind groß vor Angst.

Der Bärbeißige läßt den Abzug los. »Deine beste Freundin? Gut. Wir können sie brauchen. Sie wird unsere Zeugin sein.«

»Ja, richtig«, antworte ich ruhig. »Aber jetzt laß sie gehen, Bill. Sie muß nach Hause.«

»Sie kann jetzt nicht gehen, sie ist unsere Zeugin. Unsere Trauzeugin. Ich vollziehe heute abend unsere Trauung. Steh auf, Mary!«

»Unsere Trauung?«

»Wir haben keine Zeit zu verschwenden. Ich weiß jetzt, was los ist. Ich kenne die ganze Wahrheit. Ich muß dich von dem Juden wegbringen. Dieser aufgeblasene Narr, das ist kein Anwalt. Das ist weiter nichts als ein Pferdehändler. Los, steh auf!«

Ich rühre mich nicht. Ich kann nicht.

»Steh auf, du Hure!« Wie von Sinnen schwenkt er die Waffe in meine Richtung.

Ich wage kaum zu atmen. Die Knarre befindet sich höchstens fünf Zentimeter von meiner Stirn entfernt. Sie hat die gleiche Farbe wie ein Hai, ein stumpfes Silber, und ist größer, als ich zuerst dachte. Größer als Marvs Waffe, die er mir – vor wie langer Zeit? – aufdrängen wollte. Der in einem tödlichen schwarzen Kreis endende Lauf zielt direkt auf mich.

»Steh auf!« Sein Gebrüll hallt in dem winzigen Büro. Unversehens stößt er mir die Waffe direkt an den Kopf.

Ich höre, wie Judy keucht.

Das kalte Metall gräbt sich in meine Haut. Wie gelähmt sitze ich auf meinem Stuhl, ich bin zu entsetzt, um mich auch nur einen Zentimeter zu bewegen. Ich zwinge mich, etwas zu sagen. »Bill, bitte. Wir müssen reden …«

»Jetzt ist keine Zeit zum Reden.« Wieder stößt er mir die Knarre gegen den Kopf.

Mein Magen verkrampft sich. »Ich verstehe nicht. Ich brauche dich … du mußt es mir erklären.«

»Was?«

»Ich verstehe dich nicht, deine Gefühle.«

»Meine Gefühle?« fragt er gereizt.

»Ja. Für mich.«

»Dafür ist jetzt keine Zeit, Mary. Was ist mit meinen Gefühlen? Drück dich klar aus!«

»Liebst du mich wirklich? Ich bin nicht …«

»Natürlich liebe ich dich, natürlich.« Er schüttelt leicht den Kopf. Der Revolverlauf an meiner Schläfe wackelt ein wenig hin und her.

»Ich war mir nicht sicher, Bill. Ich wußte nicht … was du empfindest. Du hast es mir nie gesagt.«

»Ja, ich liebe dich. Ich liebe dich mehr als all die anderen Kerle.«

»Aber wie soll ich an deine Liebe glauben, wenn du …«

»An meine Liebe glauben!« brüllt er. »An meine Liebe glauben! Ich habe alles für dich riskiert. Ich habe alles nur für dich getan. Alles!«

Ich halte die Luft an. Ich höre das Blut in meinen Ohren rauschen. »Was hast du für mich getan, Bill?«

»Ihn umgebracht! Deinen Mann, diesen Schullehrer. Er hat dich mir weggenommen, dem Recht weggenommen. Er brachte diese Gören in meinen Gerichtssaal. Diese Ignoranz! Sie haben *geklatscht,* bei Gott. In *meinem* Gerichtssaal!«

Mir bleibt das Herz stehen. Mike. Ich höre mich stöhnen.

»Er hat dich nicht verdient, Mary. Er konnte dir nicht bieten, was ich dir bieten kann. Um Himmels willen, er brachte kleinen Kindern bei, wie man buchstabiert. Er verstand nichts von Recht und Gesetz. Gar nichts!«

»Hast du meinen Sekretär umgebracht, Bill?« Ich bringe die Worte kaum heraus.

»Er hatte den Arm um dich gelegt. Ich dachte, es sei der Kerl von der Verabredung am Abend zuvor. Der, mit dem du essen warst. Der dich auf der Türschwelle geküßt hat. Er hatte kein Recht dazu!«

Ich schließe die Augen. Brent. Ein Irrtum. »Dann hast du mich also in dem Wagen verfolgt. Und mich angerufen.«

»Ich mußte es tun.«

»Warum? Warum mußtest du das?«

»Um dir nahe zu sein. Und um dich zu kontrollieren, ich gebe es zu. Ich mußte sichergehen, daß du hart arbeitest, dich anstrengst. Du läßt dich von Männern ablenken, Mary, wir beide wissen das. Ich durfte es nicht noch einmal geschehen lassen. Du hast eine brillante Karriere vor dir. Ich bringe dir alles bei, was ich weiß. Du wirst schreiben, publizieren. Du wirst eine der Besten werden!«

Der Revolverlauf bohrt sich tiefer in meine Schläfe.

»Weißt du jetzt endlich, wie sehr ich mich um dich kümmere? Hast du jetzt endlich begriffen?«

Im Büro herrscht Totenstille. Judy steht wie erstarrt an der Tür, ihre Augen spiegeln blankes Entsetzen.

»Ich verstehe jetzt ... daß du sehr viel für mich getan hast, Bill. Aber wenn du mich wirklich liebst, gibst du mir den Revolver. Das ist der Beweis, daß du mich wirklich liebst.«

»Ich bin nicht dumm, Mary«, sagt er kalt.

»Wie kann ich denn glauben, daß du mich liebst, wenn du drohst, mich umzubringen? Das ist nicht... logisch, Bill. Das entspricht nicht der Vernunft. Du hast mich gelehrt, wie wichtig es ist, zu...«

»Warum ist es so heiß hier drin? Warum?« Der Bärbeißige schaut sich zornig im Zimmer um. »Sie heizen zu stark!«

Der Revolver an meinem Kopf bewegt sich erneut. Ich versuche, meine Angst zu unterdrücken. »Sobald du mir den Revolver gibst, können wir heiraten. Ich will nicht als deine Gefangene gehen. Ich will aus freien Stücken gehen. Als deine Frau.«

»Nein, nein. Das ist alles falsch.« Tränen treten in seine Augen, aber er zwinkert sie weg. »Alles falsch. Ich brauche den Revolver. Ich kann ihn dir nicht geben.«

»Ich werde deine Frau sein, Bill. Jetzt und immerdar. Denk daran.«

»Das geht nicht.« Er beginnt zu schluchzen. »Jetzt willst du *ihn.* Mich willst du überhaupt nicht mehr. Du hast mich betrogen.« Er preßt mir den Revolver so fest gegen den Kopf, daß er mich damit zur Seite drückt.

Entsetzen steigt in meine Kehle, ich ersticke fast. »Nein, das habe ich nicht getan, Bill. Was Jameson gesagt hat, ist nicht wahr. Ich will dich. Ich werde hart arbeiten, du wirst stolz auf mich sein. Wir werden die Besten sein, Bill. Wir beide.«

Der Bärbeißige beginnt irr vor sich hin zu flüstern, lauter unverständliches Zeug. Tränen laufen ihm über das Gesicht. Ich schiele zu Judy hinüber. Sie ist aschfahl. Der Richter ist wahnsinnig, er zerfällt wie eine mumifizierte Kröte.

»Bill, gib mir den Revolver. Ich will die Beste sein. Ohne dich schaffe ich das nicht. Ich brauche dich!«

»Mary«, sagt er weinend. »Mary.« Das sind die einzigen verständlichen Worte, die er hervorbringt; der

Rest ist geflüstertes irres Gestammel. Seine Augen stehen voller Tränen, er kann nichts sehen. Er hebt den Arm, um sich mit dem Ärmel die Augen zu wischen, und der Revolver entfernt sich ein kleines Stück von meiner Schläfe.

Das ist meine einzige Chance. Und die von Judy.

Ich greife nach dem Lauf und versuche mit aller Kraft, ihm die Kanone zu entreißen. Plötzlich halte ich das Ding in der Hand.

Der Bärbeißige sieht mich zuerst erschrocken, dann wütend an. »Mary, was tust du!« Seine Augen verengen sich zu glitzernden Schlitzen.

»Zurück! Weg von mir!« kreische ich. Ich ziele mit der schweren Waffe auf ihn und stehe mit weichen Knien auf. Ich halte den Revolver mit beiden Händen, wie Marv es mir gesagt hat.

»Ich hole Hilfe!« ruft Judy. Sie öffnet die Tür und läuft los. So schnell, wie sie ist, immer zwei Stufen auf einmal nehmend, braucht sie nur ein paar Minuten bis Habgier und wieder zurück zu Unmäßigkeit.

»Zurück, Richter!«

»Das kann nicht dein Ernst sein«, sagt er mit einer Stimme, die schlagartig dunkel ist vor Feindseligkeit. Seine Tränen sind völlig versiegt, ebenso sein irres Gestammel.

»Zurück!« Ich hebe den Revolver und ziele genau zwischen seine Augen. »Sofort!«

Er weicht bis zum Bücherregal zurück und grinst mich höhnisch an.

»Nicht bewegen! Ich meine, was ich sage!« Ich strecke die Arme aus. Die Waffe schwankt leicht, ich packe den geriffelten hölzernen Griff fester.

»Du könntest nie auf mich schießen.«

»Bleib, wo du bist!« Ich versuche, die Knarre ruhig zu halten. Auf dem stählernen Lauf ist etwas eingraviert. S&W 0.357 MAGNUM. Mein Gott, es ist furchtbar, so ein Ding in der Hand zu halten. Etwas in der Hand zu halten, in dem soviel Macht steckt. Es kann töten, bevor man einmal geblinzelt hat. *Ich* kann töten. Diese Erkenntnis trifft mich mit der Wucht einer Kugel. Es sind keine Zeugen da. Ich könnte mit einem Mord davonkommen.

»Du kannst mir nichts tun. Du liebst mich.«

»Nein. Ich liebe Mike.«

Der Bärbeißige zuckt zusammen. »Den Lehrer? Vergiß ihn, der war nicht besser als Hundekacke. Darum habe ich ihn umgebracht. Er starb auch wie ein Hund. Auf der Straße.« Er lacht leise.

Ich kann mir das nicht anhören. Ich blicke auf den Lauf der Waffe. Am Ende befindet sich eine orangene Visiereinrichtung. Ich bringe sie auf eine Höhe mit der kleinen amerikanischen Flagge, die sich der Bärbeißige an die Krawatte gesteckt hat. Meine Hände zittern ein wenig, aber es ist nicht so schwer, mit der Waffe zu zielen, wie ich dachte.

»Er war ein Nichts. Bedeutungslos. Schwach. Wenn du sein Gesicht gesehen hättest ...«

»Hör auf!« Ich visiere die Flagge an wie das Schwarze einer Zielscheibe. Ich konzentriere mich darauf und atme tief durch. Einmal, noch einmal. Völlige Ruhe senkt sich über mich. Der Bärbeißige ist einen knappen Meter von mir entfernt, eine große Zielscheibe. Ich habe die Waffe, ich kann sie benutzen. Er hat zwei unschuldige Männer umgebracht, Männer, die ich liebte. Sie hatten den Tod nicht verdient. Er hat ihn verdient, und ich kann ihn töten. Ich muß nichts weiter tun, als abzudrücken. Das letzte und endgültige Austricksen.

»Er winselte wie ...«

»Halt den Mund!« zische ich ihn an mit einer Stimme, die mir völlig fremd ist. Mir bleiben nur noch Bruchteile von Sekunden, bevor Judy zurückkommt.

»Mary ...«

»Halt den Mund, habe ich gesagt! Halt den Mund!« Ich starre über den Lauf hinweg auf sein Gesicht, auf dem sich Verachtung und Ekel zeigen. Ich bewege den Abzug nur ein kleines bißchen. Der Hahn mit der geriffelten kleinen Fläche bewegt sich mit Leichtigkeit nach hinten. Ein lautes, metallisches Klicken ertönt, wie zuvor, als sich die Trommel um einen Millimeter drehte. Alles sehr mechanisch. Eine sehr hübsche Tötungsmaschine, Präzisionsarbeit aus den Vereinigten Staaten von Amerika. Wenn ich den Abzug noch ein bißchen weiter bewege, werden die Herren Smith und Wesson den Bärbeißigen für mich töten. Ich brauche es nicht einmal selbst zu tun.

Ich hebe die Waffe und visiere die Flagge an. Und meine Hände zittern nicht mehr.

»Nenn mir einen guten Grund«, sage ich.

– 33 –

In diesem Moment höre ich die Stimme. Plötzlich erkenne ich sie. Ich weiß, wer da spricht.

Ich habe gedacht, es sei Mikes Stimme, doch das war ein Irrtum. Und es ist weder die Stimme des Teufels noch die eines Engels. Es ist die Stimme meiner eigenen Seele, die mutig versucht, sich aus dem Loch zu befreien, das ich von der Stunde meiner Geburt an stetig, täglich, für sie gegraben habe.

Es ist meine eigene Stimme, die versucht, meine eigene Seele zu retten.

Du sollst nicht töten.

Aber ich habe getötet. Und jetzt will ich töten. Ich will es so sehr.

Verschone ihn. Erlöse dich selbst.

Erlöse dich selbst. Die Worte hallen in meinem Innern, in meinem innersten Kern, wider. Erlösung.

Die Vergangenheit kann ich nicht ändern, aber die Zukunft kann ich selbst in die Hand nehmen. Ich weiß, was es mich einmal gekostet hat, zu töten. Diesmal habe ich die Wahl. Ich wähle nein.

Ich nehme den Finger vom Abzug. Der Hahn schnappt mit einem endgültigen Klicken nach vorn.

Im gleichen Moment taucht eine entsetzte Judy in der Tür auf, in ihrem Gefolge Berkowitz, Einstein, Goldrute und ein Rudel erschrockener Richter. In dem Augenblick, in dem ich mich nach ihnen umdrehe, stürzt sich der Bärbeißige auf mich. »Gib mir die Waffe!« brüllt er.

Sein Gewicht schleudert mich rückwärts auf meinen Schreibtisch. Ich spüre, wie seine Hände auf meiner Brust nach der Waffe grabschen. Plötzlich geht die Kanone mit einem ohrenbetäubenden Knall los. Ich höre mich kreischen. Die Wucht der Explosion dröhnt in meinen Ohren und pulsiert meinen Arm hinauf. Einen Augenblick lang weiß ich nicht, wer getroffen wurde.

Ein Blick auf den Bärbeißigen gibt mir die Antwort. Sein Gesicht ist verzerrt, gezeichnet von Schmerz und Überraschung. Langsam sinkt er nach hinten, bis er schließlich schwer auf den Boden sackt. Sein Hemd ist rauchgeschwärzt, seine Krawatte in zwei Hälften zerfetzt. Eine hochrote Knospe erscheint über seinem Herzen und bricht zu voller zinnoberroter Blüte auf, während er verrenkt auf dem Teppich liegt. Die Luft stinkt nach Feuer und Rauch.

Berkowitz eilt zum Bärbeißigen hinüber, der ausgestreckt auf dem Boden liegt. Sein Blut besudelt den Teppich. »Großer Gott«, sagt Berkowitz und blickt zu mir auf. »Er ist tot.«

Die Richter, inzwischen allesamt versammelt, sehen mich ungläubig an. Voller Entsetzen. Voller Abscheu.

Der Urteilsspruch in ihren Augen läßt mich erstarren. Ich bin wie gelähmt, zittere, stehe unter Schock. Ich möchte alles erklären, aber ich kann es nicht. Alles, was ich tun kann, ist, sie ebenfalls anzusehen. Der Tag des Jüngsten Gerichts. Ich wußte, er kommt. Es war nur eine Frage der Zeit.

»Großer Gott, Mary!« ruft Berkowitz aus. Er nimmt mir den Revolver weg und zieht mich in seine Arme. In meiner Brust lastet ein entsetzlich schweres Gewicht, der heftige Schmerz meines brechenden Herzens. Ich beginne zu weinen, zuerst in abgehackten Schluchzern, schließlich unkontrolliert. Ich weine nicht um den Bärbeißigen. Ich weine um Mike und um Brent.

An diesem Abend, nachdem ein geläuterter Lombardo gekommen und gegangen ist, fährt mich Berkowitz persönlich nach Hause. Ich bin völlig fertig und sitze erschöpft in dem funkelnden Mercedes-Benz mit dem Geruch nach feinem Leder und abgestandenem Zigarettenrauch. Berkowitz öffnet mir die Wagentür und bietet mir an, mich hinaufzubegleiten, aber ich lehne ab. Dazu besteht kein Grund. Ich bin sicher. Keine Telefonanrufe mehr, keine weiteren anonymen Briefe. Meine einsame Wohnung gehört wieder mir allein.

Die Tür schließt sich hinter mir. Ich lehne mich im Dunkeln dagegen. Eine Ewigkeit bleibe ich da stehen und denke an Mike, der mich nur mit seiner Geduld und seinem Herzen von der Angst zur Liebe geführt hat. Ich kann nicht glauben, daß er für immer fort ist; es ist furchtbar, daß er tot ist und auf so entsetzliche Weise sterben mußte. Tiefe Trauer ergreift erneut von mir Besitz; ich frage mich, ob ich mir je erlaubt habe, wahrhaft um ihn zu trauern. Vielleicht bin ich zu schnell zum Nächstliegenden übergegangen.

Meine Gedanken wandern zu Brent. Er war so unschuldig. Ein wunderbarer Freund, ein liebevoller Freund. Seine Gesangslehrerin hatte recht; er war voller Freude. Auch er ist fort, vom selben Mann ermordet, und zwar irrtümlich. Das macht es merkwürdigerweise noch schlimmer.

Der Bärbeißige. Er war verbittert und böse aus einem Grund, den sich niemand je richtig wird erklären können. Der Teufel in Person, wahrhaftig. Der Tod der beiden Männer, die ich liebte, war sein Werk. Es war seine Schuld, nicht meine. Jetzt ist auch er tot. Dieser Teil ist mein Werk, dafür bin ich verantwortlich. Für mehr nicht.

Ich weine, ein hartes Schluchzen, ich scheine nicht mehr aufhören zu können. Der Kummer überwältigt mich; er zwingt mich vor der geschlossenen Tür in die

Knie. Ich kann nicht glauben, daß Mike tot ist, daß Brent tot ist. Daß ich keinen von beiden je wiedersehen werde.

Ich wünschte, ich könnte aufhören zu weinen, aber ich kann es nicht. Auf einmal höre ich ein lautes *Bum-bum-bum* an der Tür. Aber niemand hämmert an die Tür.

Nur mein eigener Schädel.

– 34 –

TÖDLICHE AFFÄRE EINES BUNDESRICHTERS! schreit die gut sieben Zentimeter hohe Schlagzeile der Morgenausgabe von *The Philadelphia Daily News.*

BUNDESRICHTER GREIFT ANWÄLTIN AN: STAATSANWALT ENTSCHEIDET AUF NOTWEHR, so liest sich die kleinere Schlagzeile in *The Philadelphia Inquirer,* der weniger reißerischen Schwesterzeitung.

Ich lese die Artikel nicht, ich möchte sie nicht einmal sehen. Ich möchte nur wissen, ob es Berkowitz gelungen ist, meinen Namen aus den Zeitungen rauszuhalten, damit ich weiter in dieser Stadt als Anwältin praktizieren kann. Irgendwann wieder.

»Ich finde ihn nirgends«, sagt Ned, während er die Artikel, an meinem Küchentisch sitzend, überfliegt. Seine Krawatte hat er sorgfältig in sein weißes Oxfordhemd gesteckt. Er kam auf dem Weg ins Büro bei mir vorbei, um zu sehen, wie es mir geht, und brachte Heidelbeermuffins mit. Er hat nicht versucht, mich zu umarmen oder zu küssen. Er schien zu spüren, daß ich Distanz brauche.

»Gut.«

»Du solltest dir Zeit lassen, bevor du wieder arbeiten gehst, Mary.« Die Muffins liegen zerkrümelt auf einem zwischen uns stehenden Teller.

»Bestimmt, diesmal ganz bestimmt.«

»Ich übernehme deine Arbeit. Du brauchst dir deswegen keine Gedanken zu machen.«

»Danke. Ich revanchiere mich mal dafür.«

Ned lächelt geheimnisvoll.

»Was ist?«

»Nicht jetzt. In letzter Zeit warst du mit Überraschungen wirklich überreich gesegnet.« Er faltet die Zeitung zusammen und legt sie auf den Tisch.

»Sag's mir, Ned.«

»Was soll's, eigentlich ist es ja eine angenehme Überraschung. Willst du es wirklich wissen?« Seine grünen Augen strahlen.

»Natürlich.«

»Ich verlasse die Firma. Sobald du zurück bist.«

»Was?« Das kommt so unerwartet, daß es mich einen Augenblick lang aus der Fassung bringt.

»Ich habe da keine Zukunft. Ich werde nicht zum Partner ernannt.«

»Woher weißt du das?«

»Berkowitz hat es mir gesagt.«

Ich bin völlig perplex und setze mich stocksteif auf.

»Er hat es mir gesagt, als ich mal zu ihm in sein Büro ging, weil ich wissen wollte, wie viele Partner sie aufnehmen.«

Mir fällt die Unterredung ein, die er mir verschwiegen hat, als wir an jenem Abend zusammen essen waren.

»Berkowitz sagte zu mir, ich würde auf keinen Fall Partner werden, egal, wie viele sie übernehmen.«

»Warum das denn?« Ich fühle mich stellvertretend für ihn verletzt.

»Er sagte, ich hätte nicht das notwendige Zeug dazu. Das Feuer. Die *cipolline* hat er, glaube ich, gemeint.« Er sieht mich mit einem schiefen Lächeln an.

»Das ist doch lächerlich.«

»Nein, ist es nicht. Er hat recht, Mary. Mir war es selbst nicht bewußt, erst als er es zu mir gesagt hat. Aber er hat wirklich recht. Ich habe nicht das Herz dazu. Ich bin nicht einmal gerne Anwalt. Ich habe diesen Beruf nur gewählt, um meinem Vater etwas zu beweisen.«

Ich weiß nicht, was ich darauf sagen soll. Schweigen breitet sich aus.

»Ich habe mit ihm gesprochen, weißt du«, sagt er.

»Mit deinem Vater?«

»Ja. Ich habe dir gesagt, ich würde mit ihm sprechen. Ich habe dich deshalb auch angerufen, aber du hast nie auf meine Anrufe reagiert.« Er zuckt leicht zusammen.

»Ned ...«

»Schon gut, du hast es mir erklärt. Nach dem letzten anonymen Brief hätte sogar ich mich verdächtigt. Wie dem auch sei, mein Vater ist dir nie gefolgt, allerdings hat er eine Menge Nachforschungen über dich angestellt. Er hat deinen Namen über Lexis gesucht und sämtliche Fälle überprüft, an denen du gearbeitet hast.«

»Warum?«

»Um zu sehen, wie die Konkurrenz ist. Um meine Chancen auf die Partnerschaft einzuschätzen. Darum hat er dich auch bei der eidlichen Vernehmung von Tiziani beobachtet.«

»Großer Gott.«

»Er hat auch hinter Judy hergeschnüffelt und hinter mir. Er sagte, er hätte wissen wollen, woran ich arbeite. Ich glaube, ihm ist tatsächlich nie in den Sinn gekommen, daß er dazu einfach den Telefonhörer in die Hand zu nehmen bräuchte.« Beiläufig pickt er einen Heidelbeerkrümel auf.

»Hat er irgendwas gesagt über das Frisieren von Akten?«

»Nein. Ich glaube auch nicht, daß er so etwas macht, das ist seiner Meinung nach unmoralisch. Frauen schlagen ist okay, aber Akten frisieren, nein.«

»Wie war es, als du ihn wiedergesehen hast?«

»Er sieht älter aus. Seine Haare sind ganz grau.«

»Seid ihr beide jetzt wieder ...«

»Nein, Kumpels sind wir nicht geworden, falls du das fragen wolltest. Wir werden wohl von Zeit zu Zeit mal miteinander reden, aber damit hat sich's. Außer seinen Haaren hat sich nichts verändert, das habe ich gleich gemerkt. Ich habe ihn gefragt, ob er mich zur Therapie begleiten möchte. Damit kam ich wirklich mächtig an.« Er lächelt, aber es ist ein säuerliches Lächeln.

»Was wirst du denn jetzt machen? Beruflich, meine ich?«

Ned schiebt eine Heidelbeere in den Mund. »Das weiß ich noch nicht. Vielleicht kann ich Rechtswissenschaft unterrichten, vielleicht werde ich Segellehrer. Heiraten, daheim bei den Kindern bleiben. Bei allen zehn. Was meinst du dazu?«

»Erwartest du darauf im Ernst eine Antwort von mir?«

»Ich fahre einen Miata, was willst du noch mehr?«

»Vertagung.«

»Typisch Rechtsanwältin, DiNunzio. Typisch Rechtsanwältin.« Mit einem lauten Lachen wirft er den Kopf in den Nacken. Er sieht richtig glücklich und befreit aus.

»Also, bekomme ich Vertagung?«

»Antrag stattgegeben«, sagt er.

Und Alice, die schon die ganze Zeit unter dem Küchentisch sitzt, reibt sich an seinem Bein.

– 35 –

Der 28. Juni, Mikes erster Todestag.

Ich fahre die zu dem rosa blühenden Magnolienbaum führende glatte Asphaltstraße entlang. Die Magnolie ist für mich Mikes Baum, obwohl sie mindestens sechzig weitere Gräber beschirmt. Die Gräber gehen fächerförmig in konzentrischen Kreisen vom Baumstamm aus, ein Gräberring nach dem anderen.

Ich fahre an den Straßenrand und parke an der gleichen Stelle wie immer. Ich schalte die Zündung aus, und die Klimaanlage stellt mit einem Pfeifen den Betrieb ein. Die Luft draußen ist feucht und riecht süßlich. Im Radio haben sie für den Nachmittag Gewitter angesagt, und bestimmt haben sie recht. Die Luft ist so naß, man könnte glauben, der Boden müsse unter dem Druck demnächst nachgeben und aufreißen wie ein mit Wasser vollgesogenes Papierhandtuch.

Der Friedhof ist still. Die einzigen Geräusche sind der Lärm der Autos, die auf der in einiger Entfernung verlaufenden Schnellstraße vorbeirasen, und das periodisch einsetzende Gezänk der Eichhörnchen. Ich gehe den gewohnten Weg zu Mikes Grab. Es ist erst ein Jahr her. Damals lag es im äußersten Ring, inzwischen liegt es bereits fast in der Mitte. Weitere Gräber sind hinzugekommen, weitere Menschen sind gestorben. Wie die Ringe am Magnolienbaum zeigen die Kreise der Gräber, wie die Zeit vergeht und das Leben weitergeht.

Auch der Tod geht weiter.

Ich gehe an den Grabsteinen mit den Namen vorbei,

die ich nicht kenne, bis ich zu denen komme, die mir vertraut sind. Ich habe wirklich das Gefühl, diese Menschen zu kennen. In gewisser Weise sind sie Mikes Nachbarn, und es scheint eine angenehme Nachbarschaft zu sein. ANTONELLI hat eine neue Tafel mit der Aufschrift UNSER DAD bekommen; seine Familie ist wirklich sehr aufmerksam zu ihm. Das Grab von LORENZ ist zwar kahl, aber der Grabstein trägt eine muntere Inschrift: STETS FREUNDLICH, GROSSZÜGIG UND FRÖHLICH. Ich mag Mrs. Lorenz, wie könnte man sie nicht mögen?

Ich gehe an BARSON vorbei, der Stein steht da rechts ganz allein. Es ist ein Kindergrab, und auf dem rosa Marmorstein ist das Bild einer Tänzerin eingraviert. Heute sitzt eine Barbiepuppe davor mit lang ausgestreckten Beinen und Füßen, die in Schuhen mit winzigen Pfennigabsätzen stecken. Ich bringe es nie über mich, lange zu BARSON hinzuschauen, und eile stets weiter zu MARTIN. Bei MARTIN ist immer was los. Für eine letzte Ruhestätte herrscht dort geradezu Tumult. Heute fällt mir auf, daß die Familie Martin, die anscheinend etwas übrig hat für Überladenes, tatsächlich noch einen weiteren Strauch auf die Einfassung gepflanzt hat, die den Grabstein ihrer Mutter umgibt. Diese Leute versetzen mich in Erstaunen. Ich verstehe nicht, wie sie es fertigbringen, auf einem geliebten Menschen zu gärtnern.

Ich stehe vor Mikes Grabstein und wische die eingerollten Magnolienblüten weg, die auf den Stein gefallen sind. Ich zupfe ein Bonbonpapier von seinem Grab, wie ich ihm früher Katzenhaare vom Pullover gezupft habe. Nur weil ich keine Sträucher auf seinem Kopf pflanze, heißt das nicht, daß ich mich nicht um sein Aussehen kümmere. Mit dem Abfall in der Hand setze ich mich dem Grabstein gegenüber.

Es ist ein schlichter, aber dennoch eindrucksvoller Granitstein. Vielleicht macht er auch nur auf mich großen Eindruck, weil Mikes Name mit solcher Endgültigkeit und Klarheit in den Granit gemeißelt ist, und ich nie damit gerechnet habe, einmal seinen Namen auf einem Grabstein zu lesen. Zumindest jetzt noch nicht. Nicht, solange ich mich noch so deutlich daran erinnern kann, wie wir während unserer Verlobungszeit auf einem Block herumkritzelten.

Mrs. Mary Lassiter.

Mrs. Mary DiNunzio Lassiter.

Mary DiNunzio-Lassiter.

Schließlich habe ich mich entschieden, meinen eigenen Namen zu behalten, aber ich gestehe, ein zwar politisch nicht korrektes, aber trotzdem prickelndes Gefühl empfunden zu haben, wenn ich an Mrs. Michael Lassiter adressierte Post bekam. Denn das war ich tief im Innern, ganz die Seine.

Ich bin es immer noch.

Ich mußte lernen, daß man nicht aufhört, einen Menschen zu lieben, nur weil er stirbt. Und man hört nicht auf, einen Menschen zu lieben, der tot ist, nur weil man wieder einen anderen Menschen zu lieben beginnt. Ich weiß, das verletzt das Prinzip, daß zwei Dinge niemals gleichzeitig am gleichen Ort sein können, aber auf das menschliche Herz traf das ohnehin nie zu.

Tief seufzend schließe ich die Augen.

»Guck ma'!« kreischt die Stimme eines Kindes in mein Ohr. »Guck, was ich da hab'!«

Ich öffne die Augen und befinde mich Angesicht zu Angesicht mit einem blauäugigen kleinen Mädchen in einem weißen Kittel. In den Grübchen-Armen trägt es ein Blumengebinde mit scharlachroten Rosen und ein paar Miniaturausgaben der amerikanischen Flagge. Offensichtlich hat die Kleine einen Einkaufsbummel an den Gräbern gemacht. »Du hast ja eine Menge toller Sachen.«

»Menge toller Sachen!« echot die Kleine. »Hab' ich gefunden! Gehören mir!« Sie hüpft auf und nieder, und eine Flagge fällt zu Boden. »Ah-oh, Fahne.«

Eine Frau in einem formellen Leinenkostüm eilt herbei und faßt das Kind am Arm. »Entschuldigen Sie, daß sie Sie belästigt hat«, sagt sie aufgeregt. »Lily, woher hast du diese Sachen?«

Lily kämpft darum, an die auf den Boden gefallene Flagge heranzukommen. »Fahne, Mommy. Fahne.«

»Sie hat mich nicht belästigt. Sie ist sehr niedlich.« Ich hebe die Flagge auf und reiche sie Lily.

»Dank' schön«, sagt Lily sehr akzentuiert.

»Was glauben Sie, wohin diese Sachen gehören? Ich möchte sie auf gar keinen Fall auf den falschen ... Platz zurücklegen.«

»Die Flaggen gehören zu den Soldaten da drüben, in die bronzenen Flaggenhalterungen. Ich glaube, die Veteranenvereinigung hat die Flaggenständer gestiftet. HAWLEY, gleich da drüben, war in Vietnam.«

»Ach, du meine Güte. Der Arme.« Bekümmert dreht sie sich um. »Wohin gehört Ihrer Meinung nach das Gebinde?«

Ich werfe einen Blick darauf. Ich habe keine Ahnung, wohin es gehören könnte. »Ich nehme es.«

»Vielen Dank. Es tut mir so leid.« Dankbar überreicht sie mir die Blumen, hebt Lily hoch und setzt sie sich auf die Hüfte. »Glauben Sie, ich finde die Soldaten alle?«

»Ganz sicher. Halten Sie einfach nach den Flaggenständern Ausschau.«

Lily heult vor Enttäuschung, als ihre Mutter die Flaggen wieder in die Halterungen von MACARRICI,

WAINWRIGHT und HAWLEY steckt. Ich mache ihr mit dem Daumen ein Zeichen, daß alles in Ordnung ist.

Prüfend betrachte ich das Blumengebinde. Die samtigroten Rosen sind mit grünem Blumendraht an einen runden Rahmen gebunden. Sogar ein kleiner grüner Dreifuß ist daran befestigt, damit man das Gebinde aufstellen kann. Ich setze es auf das Kopfende von Mikes Grab, direkt unter LASSITER.

Auf einer weißen Satinschärpe steht in goldener Schrift:

MEIN GELIEBTER EHEMANN

Ich sehe es lange an.

Es sieht gut aus.

– 36 –

Einen Monat später sitze ich in meinem neuen Büro bei Stalling & Webb. An der Wand hängt ein alter Quilt, eine Antiquität, die ich im Lancaster County bei den Amischen gekauft habe. Es handelt sich um eine Freundschaftsdecke, auf der die Namen der Näherinnen und ihrer besten Freundinnen in einem Dutzend leuchtender Farben eingestickt sind. Gestern habe ich alle Namen gelesen. Emma Miller aus Nappanee, Indiana. Katie Yoder aus Brinton, Ohio. Sarah Helmuth aus Kokomo, Indiana. Ich denke gern an diese Frauen, die ein so völlig anderes Leben geführt haben als ich und die einander so sehr schätzten. Zumindest das haben wir gemeinsam, und es verbindet mich mit ihnen.

Darüber denke ich gerade nach, während Judy auf der anderen Seite meines neuen Schreibtisches sitzt. Es ist ein irischer Bauernhaustisch, der Stalling mehr gekostet hat als ein irisches Bauernhaus. Judy präsentiert mir Kurts neuestes Werk, einen Stoppelhaarschnitt, der mich an die Frisur von Jean Seberg erinnert. Der Schnitt bringt den Glanz ihrer blauen Augen vortrefflich zur Geltung und betont die Kurve ihrer starken Backenknochen, aber das ist sicher eher Zufall. Sie sieht wunderschön aus, besonders wenn sie lacht. Sie ist eine tolle Frau; ich kann mich froh und glücklich schätzen, daß ich sie kenne. Daß sie ein Teil meines Lebens ist.

»Wieso siehst du mich so an, Mary?« fragt sie mit einem belustigten Stirnrunzeln.

Ich versuche, den in meiner Kehle steckenden Kloß runterzuschlucken. Wie kann ich zu ihr sagen: *Ich liebe dich?* Ihr Blick begegnet dem meinen, und endlich einmal nervt sie mich nicht damit, daß ich das Unaussprechliche aussprechen soll. Sie weiß es ohnehin. Sie war nicht umsonst die Nummer eins auf dem College.

»Also, was denkst du?« fragt Judy grinsend. Sie wedelt mit der Hand über dem Berg dreckiger Männersocken herum, der sich mitten auf meinem teuren rustikalen Schreibtisch auftürmt. »Ich wette, sie erwarten, daß du sie wäschst.«

Ich räuspere mich. »Ich halte das für ein gutes Zeichen. Sie behandeln mich genauso mies, wie sie sich gegenseitig behandeln.«

Sie lächelt. »Du hast doch nur fünfzig Riesen verloren. Nicht allzu schlimm.«

»Spielgeld.«

»Taschengeld.«

»Wahnsinnsgeld.« Ich lache. »Ach, weißt du, das war immerhin eine ganze Stange weniger, als Hart verlangt hat. Anscheinend konnten sie ihn wirklich nicht leiden. Besonders diese Vorarbeiterin nicht. Sie wußte, er war ein Schwein.« Ich rieche den Duft der Niederlage, aber es tut nicht halb so weh, wie ich gedacht hatte. Ich glaube, das ist gemeint, wenn man von der richtigen Perspektive spricht, aber ich bin nicht sicher. Ich war noch nie in einer solchen Situation.

»Hätte sich die Jury Notizen machen dürfen, dann hättest du einen Grund, in die Berufung zu gehen.« Sie kichert.

»Richtig. Jetzt steht's null zu zwei, seit wir auch den Fall Mitsuko verloren haben. Wir sind die beiden einzigen Anwältinnen, die vom Gericht als Team vom Platz gestellt wurden, und das in Rekordzeit. Was war das noch mal, was sie gesagt haben?«

Sie setzt sich kerzengerade auf und versucht, wie ein

Richter auszusehen. »Ich zitiere – ›Der armselige Versuch zweier übereifriger Anwältinnen, die Bundesbestimmungen für Revisionsverfahren mittels der vorsätzlichen Eingabe eidesstattlicher Erklärungen, die nicht Bestandteil der Prozeßakten waren, zu umgehen‹.«

»Die haben auch keinen Funken Humor.«

»Du hast's erfaßt.«

Wir lachen beide. »Wir haben tatsächlich zweimal verloren, Jude. Wir sind echt die Größten.«

»Aber Partner sind wir. Jetzt können wir alles ungestraft vermasseln.«

»Weißt du, es spielt eigentlich keine Rolle, daß wir den Mitsuko-Fall verloren haben. Die Pauken-und-Trompeten-Unterlagen waren trotzdem eine feine Sache. Das mußte sogar Martin zugeben, obwohl ihm der Schneid gefehlt hat, sie abzuzeichnen.« Ich rutsche auf dem Stuhl mit der Gobelinstickerei herum, den mir Martin geliehen hat; jeden Morgen muß ich mich mit meinem Hintern in ein Nest winziger Eulen setzen.

»Stimmt. Und du hast zwar deinen Prozeß verloren, aber die Sache an sich ist gut gelaufen, wirklich. Du hast Hart im Kreuzverhör im Griff gehabt. Nicht zuviel gefragt, gerade zur rechten Zeit aufgehört.«

»Sag mir noch mal, wie gut mein Schlußplädoyer war. Ich höre so gern, wenn du sagst, es war gut, verdammt gut.«

»Dein Schlußplädoyer war gut, Mary. Verdammt gut!« Judy schüttelt den Kopf mit der kappenartigen Stoppelfrisur.

»Was du nicht sagst!«

Ihre blauen Augen funkeln. »Weißt du, du und ich, wir beide könnten zwei Hälften eines verdammt interessanten Gespanns sein.«

»Willst du mich heiraten?«

Sie grinst zahnlückig. »Gewissermaßen.«

Endlich begreife ich, worauf sie hinaus will. »Ist das dein Ernst?«

»Klar. Du erledigst die Prozeßarbeit, und ich erledige den Papierkram. Wir könnten etwas daraus machen, ein richtig erstklassiges kleines Büro. Eine Art Kanzleiboutique.«

»Warte mal eine Sekunde, Judy. Wir bekommen vielleicht ein paar Aufträge von Stalling, aber ich habe schon so meine Sorgen, woher die Mandanten kommen sollen.«

»Du machst dir ohnehin dauernd Sorgen. Das steckt in dir drin, das läßt sich nicht ändern. Natürlich backen wir anfangs kleine Brötchen, aber ich brauche nicht halb soviel Geld, wie ich hier verdiene. Du?«

»Eigentlich nicht. Ich habe gar keine Zeit, es auszugeben.«

»Ich auch nicht. Selbst mit den Katalogen ist das so eine Sache, da kann man ganz schön reinfallen. Abgesehen von Victoria's Secret.«

»Ha! Was kaufst du denn bei denen? Du trägst nicht einmal einen Büstenhalter. In unserer neuen Kanzlei mußt du einen BH tragen. Ich will nicht, daß man uns wegen ...«

Judy wirft eine schwarze Socke nach mir, aber ich ducke mich rechtzeitig. »Mach du nur deine Witze, es ist und bleibt eine gute Idee. Du kannst dich ja weiter mit den Diskriminierungsverfahren befassen, aber die Kläger vertreten. Denk darüber nach. Tue recht *und* tue Gutes.«

»Arbeit für Gotteslohn, ha?« Der Gedanke schlägt eine Saite in mir an.

»Du sagst es! Jahrelang hast du die Beklagten vertreten. Du kannst doch jeden Schritt vorhersehen, stimmt's?«

»Möglich.«

»Also, wie steht's? Willst du? Komm, laß es uns

machen. Laß es uns verdammt noch mal einfach *machen*!« sagt Judy überschäumend vor Aufregung. Die Frau kommt in zwei Minuten von null auf hundert. »Wir brauchen Stalling nicht, Mare, wir sind hier nur zwei weitere Mäuler, die es zu stopfen gilt. Acht Lehrjahre haben wir hinter uns, jetzt wird's allmählich Zeit. Los! Vorwärts und aufwärts!«

Ich sehe sie an. Sie leidet nicht unter Zweifeln wie ich. Judy liebt Herausforderungen. Sie klettert auch einfach zum Spaß auf Berge. »Glaubst du, daß es so leicht ist?«

»Ja.«

Ich schiele sie von der Seite an, und sie grinst.

Kann man zu einem Sprung über den Abgrund einen besseren Partner finden als eine Frau, die auf Berge klettert? sagt die Stimme.

Ich lächle, zuerst zögernd, dann wird wie von selbst ein lautes Lachen daraus. Es ist ein Gefühl, als würde mir das Herz aufgehen. »Okay. Okay. Okay!«

»Okay!« Judy springt auf und tanzt mit hochgestreckten Armen um meine Bücherregale. »Sie hat okay gesagt!«

Ich lächle unentwegt, ich kann gar nicht mehr aufhören. »Wie sollen wir uns nennen?«

Sie wackelt mit dem Hintern. »DiNunzio und Carrier! Und wenn nicht, dann Ernie und Bert!«

»Nein, es müssen Frauennamen sein! Lucy und Ethel?«

»Thelma und Louise!«

»Die kannst du vergessen, die sterben am Schluß. Warte, wir haben was vergessen. Wir nehmen Miß P. mit, einverstanden?«

»Natürlich. Wir brauchen unbedingt jemanden, der uns süße Träume wünscht.«

Plötzlich taucht Miß Pershing in der Tür auf und platzt in unsere Party. »Wenn man vom Teufel spricht«, sage ich, und Judy tanzt auf Miß Pershing zu und wirbelt mit ihr im Kreis herum.

»Ohh!« kreischt sie. »Meine Güte, du meine Güte!«

»Laß sofort diese Sekretärin los«, sage ich energisch, denn ich bin nicht sicher, ob Miß P. Lambada besonders schätzt.

»Ach du«, sagt Judy.

Miß Pershings Wangen sind gerötet, und sie versucht erfolglos, ihre Haare wieder im Knoten zu bändigen. »Zum Glück heil überstanden. Ach du meine Güte. Das war ... aufregend.«

Judy macht einen Knicks. »Vielen Dank, Miß P.«

Miß Pershing wirkt leicht durcheinander. »Miß DiNunzio, ich dachte zwar, ich hätte Ihre Stimme gehört, aber ich bin überrascht, Sie hier zu sehen.«

»Sie meinen, Sie dachten, ich käme heute nicht ins Büro, weil mir diese widerliche Jury eine Niederlage zu schmecken gab?«

»Nein, darum geht es nicht. Ich begreife das nicht. Habe ich Sie nicht gerade oben gesehen?«

»Nein. Ich war überhaupt nicht oben.«

Mit dem Rücken zu Miß Pershing schneidet Judy ein Gesicht: Bei Miß Pershing war wohl das Seil nicht gesichert.

»Seltsam«, murmelt sie kopfschüttelnd. »Ich könnte schwören, ich hätte Sie gerade oben im Empfangsbereich sitzen sehen.« Sie humpelt verwirrt aus dem Zimmer. Mich befällt das deutliche Gefühl von Déjà-vu. Ich sehe meine Mutter vor mir, die ebenso kopfschüttelnd wegging wie eben Miß Pershing, wenn ich so getan habe, als sei ich Angie. Urplötzlich fällt der Groschen. Ich springe von meinem Stuhl auf und renne zur Tür.

»Mary?« ruft Judy hinter mir her.

»Bin gleich zurück, Partner.«

Und weg bin ich. Ich fliege die Treppen hinauf, immer zwei Stufen auf einmal nehmend, bis ich im Empfangsbereich bin. Da sitzt sie. Allein auf einem weißen Sofa ohne Lehnen. Sie sieht aus wie ich, bis auf den Kurzhaarschnitt. Und den Koffer.

Sie steht auf, als sie mich sieht. »Hallo, meine Schöne«, sagt sie.

Dank

Ich glaube, es war Tschechow oder Tolstoi, jedenfalls einer von beiden, der einmal etwas über den außergewöhnlichsten gewöhnlichen Menschen gesagt hat, dem er je begegnet ist. Solche Menschen gibt es. Ich weiß es, weil ich mit ihnen befreundet bin. Viele andere lernte ich im Laufe der Recherchen und während des Schreibens an diesem Roman kennen. Tatsächlich kenne ich inzwischen so viele dieser Menschen, daß ich ziemlich sicher bin, alle außergewöhnlichen gewöhnlichen Menschen der Welt zu kennen, und ich fürchte, für Sie bleibt da kaum einer übrig.

Da wäre zuerst meine Agentin, Linda Hayes von Columbia Literary Associates. Es war Kermit der Frosch – und jetzt bewege ich mich auf sichererem Boden –, der einmal etwas über all das Wundervolle sagte, das passiert, wenn eine verwandte Person an einen glaubt. Linda war die erste seelenverwandte Person (nicht blutsverwandt und nicht in Liebe mit mir verbunden), die an mich glaubte. Sie nährte mich und dieses Buch, als hätte sie uns beide geboren. Linda ist wahrhaft außergewöhnlich. Ich stehe für immer in ihrer Schuld.

Und sie ist eine gute Menschenkennerin. Sie machte mich mit Carolyn Marino bekannt, meiner Lektorin bei HarperCollins, einem weiteren außergewöhnlichen gewöhnlichen Menschen. Auch Carolyn glaubte an mich, und dafür danke ich ihr. Auch weil sie richtig einschätzte, was an der Geschichte gut war, aber trotzdem wußte, wie man sie verbessern konnte. Mit ihrem Charme, ihrer Intelligenz und ihrer Sensibilität gelang es ihr, mir diese Dinge zu sagen, ohne mir den Spaß an der Arbeit bis zur Veröffentlichungsreife zu nehmen.

Dank auch an Chassie West für ihre enorm wertvollen (und spaßig zu lesenden) Vorschläge.

Im Zuge der Recherchen zu diesem Buch kam ich ebenfalls mit etlichen außergewöhnlichen gewöhnlichen Menschen zusammen. Dazu gehören gute Katholiken, Bergsteiger, ein Priester, Mitarbeiterinnen und Mitarbeiter von Frauengesundheitszentren, Beamte meines örtlichen Polizeireviers und des Philadelphia Police Department, eine Exnonne, klösterliche Ordensschwestern und Eileen vom Dusty Rhoads Gun Shop, die besser über Revolver Bescheid weiß, als es für irgend jemanden gut ist. Diese Menschen beantworteten alle meine Fragen gründlich und ohne einmal auf die Uhr zu schauen, und das, obwohl ich für sie nichts anderes war als irgendeine x-beliebige Rechtsanwältin. Ihnen allen danke ich.

Und schließlich gilt meine ganze Liebe und mein Dank meiner Familie, den ersten Verwandten, die an mich glaubten, und meiner Tochter. Und allen meinen sehr hilfsbereiten Freunden – allesamt außergewöhnliche gewöhnliche Menschen – Rachel Kull, Judith Hill, Susan White, Laura Henrich, Franca Palumbo und Jerry Hoffman. Besonderer Dank gilt ferner Fayne Landes und Sandy Steingard für die psychiatrische Beratung (nicht für mich selbst, sondern bezüglich meiner Romanfiguren), Liz Savitt, deren ungeheure Energie und Tapferkeit mich überhaupt erst zum Schreiben veranlaßten, und Marsha Klein, die mir half, ein Fünkchen Tapferkeit in mir selbst zu entdecken.

Wie sich zeigte, war das alles, was ich brauchte.

Michael Grant Jaffe

Mom

Roman. Aus dem Amerikanischen von Michaela Grabinger
272 Seiten. Gebunden

Was macht ein Vater mit einem Sohn, der Quallen liebt und sie »Mom« nennt? Michael Grant Jaffe schildert Freud und Leid eines alleinerziehenden Vaters mit viel Wärme, Humor und einem seltenen Sinn für die Kostbarkeit des Augenblicks. In der Geschichte von Gordon Nash und seinem vierjährigen Sohn Calvin wird spürbar, was Geborgenheit und Glück bedeuten.

»Michael Jaffes Mom *ist ein tief bewegender Roman, der uns erzählt, wie es ist, Kinder zu haben und Liebe zu erfahren. Das Debüt eines äußerst talentierten jungen Autors.«*

Lorrie Moore

»Calvin ist so unvergeßlich wie echte Kinder im wirklichen Leben, und der Autor, der ihn erschaffen hat, ist eine wunderbare und willkommene Entdeckung.«

Rosellen Brown, Autorin des Romans *Mein lieber Sohn*

Limes

Finn Carling

Liebesbriefe an einen Toten

Roman. Aus dem Norwegischen von Ingrid Sack
144 Seiten. Gebunden

Warum schreibt eine Frau an ihren toten Mann? Um ihn über die Welt auf dem laufenden zu halten? Wendet sie sich überhaupt an ihn? Vielleicht versucht sie eher herauszufinden, was aus ihr selbst geworden ist. So geraten Felicias »Liebesbriefe« unter der Hand zu einer Abrechnung mit der allzu normalen Ehe und dem stets überlegenen, alles besser wissenden Partner – und warten am Ende mit einer verblüffenden Enthüllung auf...

»Der Roman ist auf meisterhafte Art komponiert, eingerahmt in einen überzeugend dargestellten Traum.«
Bergens Tidende

»Trauer und Aufbruch bilden eine Einheit. – Ein Buch voller Gefühle, Wehmut und Drang zu neuem, zu anderem.«
annabelle